W0285611

TEAM 2
Wirtschaft/Politik
Differenzierende Ausgabe
Nordrhein-Westfalen

Erarbeitet von:
Karin Herzig
Wolfgang Mattes

Zu diesem Schülerband ist lieferbar:
Materialien für Lehrerinnen und Lehrer, ISBN 978-3-14-105274-9

westermann GRUPPE

Druck A[1] / Jahr 2021
Alle Drucke der Serie A sind im Unterricht parallel verwendbar.

Redaktion: Buchmenue Christian Becker, Hildesheim
Illustrationen: Reinhild Kassing, Kassel
Umschlaggestaltung: Janssen Kahlert Design & Kommunikation GmbH, Hannover
Umschlagfotos: stock.adobe.com, Dublin/Prostock-studio (l.); iStockphoto.com, Calgary/aydinmutlu (r.)
Druck und Bindung: Westermann Druck GmbH, Georg-Westermann-Allee 66, 38104 Braunschweig

ISBN 978-3-14-**105271**-8

westermann

TEAM 2

Wirtschaft | Politik NRW
Differenzierende Ausgabe

Herausgegeben von Wolfgang Mattes

Erarbeitet von Karin Herzig und Wolfgang Mattes

Inhaltsverzeichnis

Politik

1 Auf dem Weg zum Erwachsenwerden

Wie gehe ich mit eigenen Wünschen und Erwartungen anderer um?

2 Leben in der digitalen Medienwelt

Wie können wir Chancen nutzen und Gefahren vermeiden?

3 Wir Jugendlichen und das Recht

Welche Bedeutung haben Rechte, Pflichten und Gesetze im Alltag?

4 Demokratie lernen und leben

Wie wichtig sind politisches Interesse und Engagement Jugendlicher?

5 Politik im Bundesland: Beispiel Nordrhein-Westfalen

Wie wichtig ist Landespolitik für uns und andere?

6 Jugendliche in der Welt des Konsums

Wie nehmen wir unsere Rechte als Verbraucherinnen und Verbraucher wahr?

7 Umgang mit Geld im digitalen Zeitalter

Wie funktioniert das Wirtschaften mit Geld in der Zukunft?

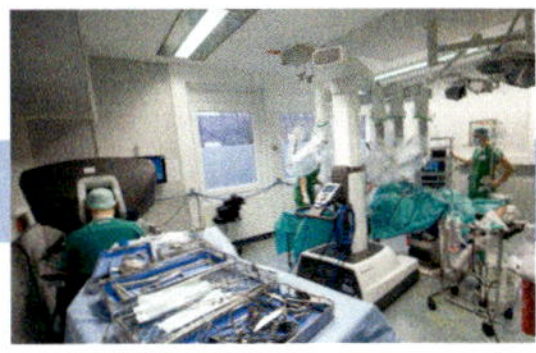

8 Einblick in die Arbeitswelt

Welche Bedeutung hat der digitale Wandel für uns und andere?

9 Unternehmen – Motor der Wirtschaft
Was sind ihre Aufgaben und Herausforderungen?

10 Nachdenken über die berufliche Zukunft
Wie können wir herausfinden, welcher Ausbildungsweg zu uns passt?

Methodenkarten

Info

Gemeinsam lernen mit TEAM 2

1

2

3

Es ist euch bestimmt auch schon aufgefallen: Je aktiver man im Unterricht teilnimmt, desto länger bleibt haften, was man gelernt hat. Mit dieser Neuausgabe von TEAM wollen wir euch Anregungen geben, wie möglichst alle in der Klasse aktiv, mit Freude und Interesse am Unterricht in Politik und Wirtschaft teilnehmen können, damit das Lernen wirksam bleibt. Wir haben uns dazu einiges einfallen lassen.

3 Ideen zum Einstieg

Da sind einmal die drei Impulse, die ihr immer auf den Aufmachserseiten zu neuen Kapiteln findet:

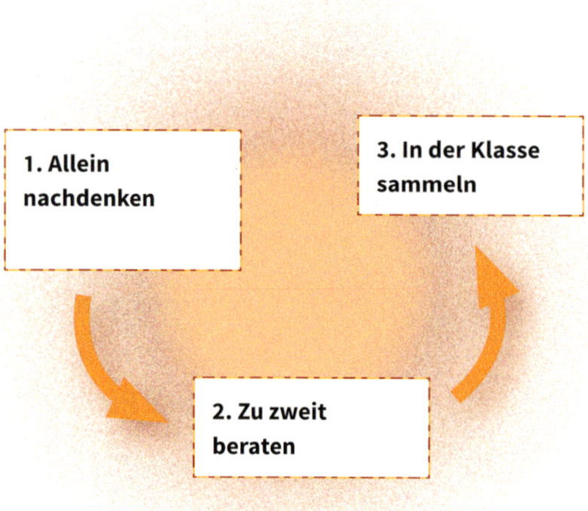

Sie sollen euch dazu anregen, zunächst einmal allein darüber nachzudenken, was ihr schon über das neue Thema wisst, welche Gedanken ihr damit verbindet und was euch daran besonders interessiert. Zu zweit oder zu dritt könnt ihr dann eure Überlegungen austauschen, bevor ihr gemeinsam in der Klasse darüber redet.

3 Arten von Buchseiten

Viele Seiten in diesem Buch sind entweder mit einem grünen oder einem roten oder einem blauen Balken gekennzeichnet.

Grün sind die Basisseiten. Sie sollten möglichst immer von allen bearbeitet werden. Sie enthalten grundlegende Materialien zu einem Thema.

Rot sind die Vertiefungsseiten. Damit könnt ihr tiefer ins Thema einsteigen.

Blau sind die Erweiterungsseiten. Darin geht es geht um ein neues Thema, das auch zum Kapitel passt.

3 Möglichkeiten, Texte zu bearbeiten

Text einfacher

Text ausführlicher

Das Buch enthält Texte, die aus anderen Quellen übernommen wurden. Oft wurden diese gekürzt oder so bearbeitet, dass sie von möglichst alle Schülerinnen und Schülern bearbeitet und verstanden werden können.
Wer eine ausführlichere Fassung lesen möchte, kann das tun. Wer noch Schwierigkeiten mit der deutschen Sprache hat, kann den Text in einer einfach gehaltenen Sprachform bearbeiten.
Unter dem aufgeführten Logo findest du einen Link, mit dem du deine gewünschte Sprachvariante auswählen kannst.

3 Unterschiedliche Arbeitsaufträge

Die durchnummerierten Arbeitsaufträge zu den Materialien in diesem Buch haben unterschiedliche Funktionen. Wir haben ihnen verschiedene Farben zugeordnet.

1. Stufe 1: Es geht ums Verstehen
Bei den grünen Fragen geht es um das Verstehen des zugehörigen Materials. Sie helfen euch dabei, Wichtiges aus dem Inhalt der gelesenen Materialien herauszufinden. Es sollten immer alle mit diesem Auftrag beginnen.

2. Stufe 2: Hier wird analysiert
Blau sind die Aufträge, bei denen es um das Analysieren von Texten und anderen Materialien geht, also um das genaue Untersuchen nach Plan. Wenn es mehrere davon gibt, könnt ihr auch eine Auswahl treffen oder die Arbeit aufteilen.

3. Stufe 3: Selbstständig weiterdenken
Die orangenen Aufträge fördern das Nachdenken über das, was erarbeitet wurde. Das geht es um die Beurteilung von beschriebenen Problemen, um eigene Lösungsvorschläge und Stellungnahmen oder auch um eure Vorbereitung für ein Klassengespräch oder eine Diskussion. Oft sind diese Aufträge ganz besonders dazu geeignet, in Partner- oder Gruppenarbeit bearbeitet zu werden.

Hilfekarten

S. 252 Manche etwas umfangreichere Aufgaben in diesem Buch sind mit diesem Symbol versehen. Dann steht dir eine Hilfekarte zur Verfügung, die du verwenden kannst, falls du Hinweise zum besseren Verständnis benötigst.

WES-105271-001

Der Band enthält Webcodes, die zu interessanten und geprüften Internetseiten führen. Dorthin gelangt man, indem man den Webcode in die Suchmaske unter www.westermann.de/webcodes eingibt.

Die Kompetenzampel

Das Lernen im Fach Wirtschaft und Politik umfasst mehrere Kompetenzbereiche. Unterschieden wird zwischen Sach-, Methoden-, Urteils- und Handlungskompetenz. Wir haben dazu eine Kompetenzampel entwickelt, die ihr an vielen Stellen im Buch entdecken werdet. Je nachdem, welche Farbe aufleuchtet, seht ihr sofort, was der Sinn und der Schwerpunkt des Lernens sein wird.

S M U H

Tipp: Präge dir das Kunstwort ***SMUH*** ein. So weißt du immer sofort, welcher Kompetenzschwerpunkt gemeint ist, wenn eine der Lampen in der Ampel aufleuchtet.

1. Sachkompetenz
Du informierst dich mit Texten und anderen Materialien über neue Themen und kannst dein Wissen sinnvoll nutzen.

2. Methodenkompetenz
Du trainierst Methoden, die dein eigenes und das gemeinsame Lernen in der Klasse verbessern.

3. Urteilskompetenz
Du bildest dir zu einer Sache, über die es verschiedene Ansichten gibt, dein eigenes Urteil und begründest es überzeugend.

4. Handlungskompetenz
Du trainierst das aktive Mitmachen bei Gruppenarbeiten, Präsentationen und anderen Unterrichtsformen und bereitest dich auf das Mitgestalten am gesellschaftlichen Leben vor.

Selbstständig weiterlernen mit Medien

Immer wenn ihr dieses Logo und diesen Hinweis seht, geht es darum, dass ihr zusätzliche Medien für das Lernen nutzt – und zwar möglichst selbstständig. Viele dieser Aufgaben lassen sich ganz individuell auch an einem eigenen PC außerhalb des gemeinsamen Unterrichts bearbeiten.

Arbeitsaufträge richtig verstehen

„Ich versteh' die Aufgabe nicht!"
Wahrscheinlich hast du diesen verzweifelten Ausruf schon einmal gehört. Damit das dir nicht passieren kann, solltest du diese kurze Anleitung durchlesen.

Bei den Arbeitsaufträgen solltest du stets auf die Verben achten, also auf das, was du tun sollst. Der Fachbegriff für diese Verben lautet Operatoren. Der Operator drückt aus, welche „Operation" auszuführen ist, also einfach ausgedrückt, was du tun sollst.
Hier die ausgewählten Beispiele:

„Nenne"

Wenn du etwas nennen sollst, geht es um ein stichwortartiges Aufzählen.
„Nenne drei Unternehmen, die du kennst."

„Beschreibe"

Steht das Verb beschreiben in einem Auftrag, heißt das, dass du etwas, was du gelesen oder angeschaut hast, sachlich richtig mit deinen eigenen Worten wiedergeben sollst.
„Beschreibe, was in dieser Karikatur dargestellt ist."

„Fasse zusammen"

Etwas zusammenfassen ist, was man im Deutschunterricht unter einer Inhaltsangabe versteht. Du gibst die wichtigsten Inhalte eines Vorgangs, eines Falles oder eines anderen Textes in kurzer Form sachlich richtig wieder.
„Fasse zusammen, was die Schülerinnen und Schüler in dem vorliegenden Fall unternommen haben."

„Erkläre"

Wenn du etwas erklären sollst, stellst du deine durch einen Text oder durch ein anderes Material gewonnenen Kenntnisse mit eigenen Worten so dar, dass andere Personen danach möglichst ebenso gut informiert sind wie du selbst.
„Erkläre, was man unter Rollen und Rollenerwartungen versteht."

„Erläutere"

Wenn es darum geht, etwas zu erläutern, ist der Auftrag umfangreicher. Hier verdeutlicht man eine Thematik oder ein Problem durch zusätzliche Beispiele und weitere Informationen.
„Erläutere an selbst gewählten Beispielen, wie Konflikte entstehen und warum Konfliktlösungen manchmal schwierig sind."

„Arbeite heraus"

Etwas herausarbeiten bedeutet, dass du einem Text oder einem Schaubild Informationen unter einem ganz bestimmten Gesichtspunkt entnehmen sollst.
„Arbeite aus dem Text heraus, welche Merkmale der Demokratie darin genannt werden."

„Analysiere"

Analysieren bedeutet, dass du ein Material genau untersuchst und dabei Schritt für Schritt systematisch vorgehst.
„Analysiere das Schaubild. indem du sagst, wovon es handelt, was die Zahlen bedeuten und welche Informationen daraus du dir für lange Zeit merken möchtest."

„Begründe"

Wenn du etwas begründen sollst, wird von dir erwartet, dass du mindestens einen Grund in deiner Antwort formulierst.
„Findest du diesen Fall interessant? Urteile spontan und begründe deine Ansicht."

„Beurteile"

Beurteilen ist mehr als zu sagen, ob man etwas gut oder schlecht findet. Es bedeutet, dass du zu einer bestimmten Sache oder zu einem Problem aus deiner persönlichen Sicht Stellung nimmst und in darüber hinaus in der Lage bist, deine Ansicht durch stichhaltige Argumente* zu unterstützen. Du formulierst die Gründe, warum dein Urteil so und nicht anders ausfällt. Diese Gründe werden auch als Kriterien* bezeichnet.
„Beurteile anhand der Kriterien Zeitaufwand und Engagement für die Demokratie, ob sich die Mitarbeit in einem Jugendparlament lohnt."

„Bewerte"

Wenn du einen Fall, einen bestimmten Zustand oder eine Entscheidung bewertest, machst du deutlich, worin du das Wertvolle in deiner formulierten Ansicht siehst und welche Werte dir dabei wichtig sind.
„Wie bewertest du, was die Aktion ‚Schule ohne Rassismus' für die Demokratie leistet?"

Den Unterschied zwischen Bewerten und Beurteilen kannst du dir am Beispiel einer Gerichtsentscheidung verdeutlichen. Das Gericht bewertet die Schwere einer Tat. Es fällt sein Urteil auf der Basis dessen, was das Gesetz vorschreibt. Beim Bewerten geht es um die persönliche Einschätzung, beim Urteilen um die Prüfung einer Sachlage.

* Merke ✓

Argument bedeutet „Beweis". Mit Argumenten will man beweisen, dass eine persönliche Beurteilung richtig ist.

Kriterien sind die besonderen Merkmale oder Maßstäbe, auf die sich eine Beurteilung stützt. (Einzahl = Kriterium)

Viele Arbeitsaufträge in diesem Buch können auch individuell außerhalb des Präsenzunterrichts am PC oder Notebook bearbeitet werden.

1 Auf dem Weg zum Erwachsenwerden

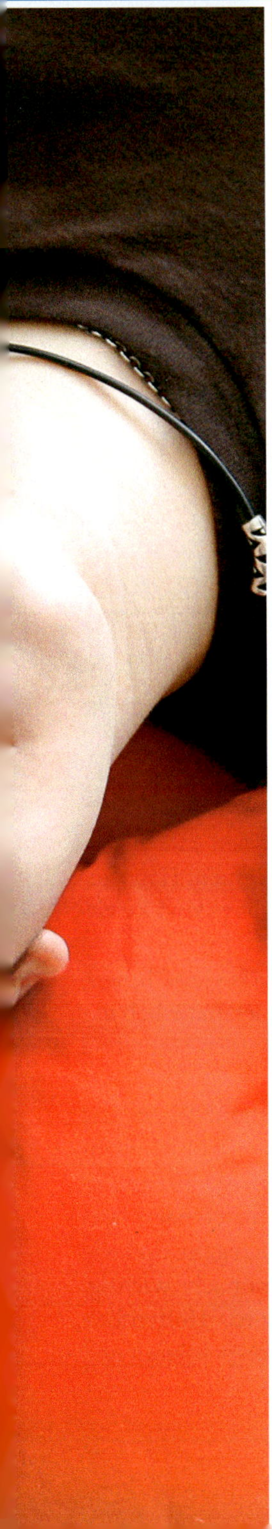

Wie gehe ich mit eigenen Wünschen und Erwartungen anderer um?

1. Allein nachdenken
Stelle dir vor, du würdest auf einer Bank in der Sonne sitzen und von der Zukunft träumen. Welche Wünsche für deine Zukunft kommen dir in den Sinn?

2. Zu zweit beraten
Was wünschen sich Jugendliche eures Alters, wenn sie an den aktuellen Zustand der Welt denken?

3. In der Klasse sammeln
Welche Zukunftswünsche haben Jugendliche privat, beruflich und für die Politik?

Im Verlauf dieses Kapitels könnt ihr ...

- eure eigenen Zukunftswünsche mit denen anderer Jugendlicher vergleichen,
- Rollenkonflikte analysieren, bei denen es um den Widerspruch zwischen persönlichen Wünschen und äußeren Erwartungen geht,
- beurteilen, welche Werte für das Zusammenleben der Menschen wichtig sind,
- Fallbeispiele zum sozialen Engagement von Kindern und Jugendlichen beschreiben und bewerten.

Eigene Schwerpunkte könnt ihr setzen, indem ihr ...

- darüber diskutiert, ob Werte wie Höflichkeit, gutes Benehmen, Fleiß erhalten bleiben oder mehr und mehr verloren gehen,
- mit eigenen Recherchen herausfindet, welche Möglichkeiten sozialen Engagements verschiedene ehrenamtliche Organisationen anbieten.

1 Wer bin ich? Wie will ich sein?

Zukunftswünsche beschreiben und vergleichen

A Eine Einstiegsübung für alle

Welche Ziele möchtest du erreicht haben, wenn du 18 Jahre alt sein wirst?
Tauscht dazu eure Gedanken aus.
Tipp: Denke dabei an die Schule, deine weitere Ausbildung, bis dahin erbrachte Leistungen, Freundschaften, Hobbys usw.

B Jugendliche erzählen

Die beiden Fragen aus der Überschrift legten die Autorinnen und Autoren von TEAM Schülerinnen und Schülern zwischen 12 und 15 Jahren vor.
Die abgedruckten Antworten könnt ihr benutzen, um eure eigenen Vorstellungen zu formulieren.

Dominik T., 12 Jahre

Meine Familie besteht aus meinem großen Bruder (14), meiner kleinen Schwester (3 Monate), meiner Mutter, meinem Stiefvater und meinem Vater, den ich jedes zweite Wochenende besuche. Mein wichtigstes Hobby ist das Fußballspielen, was ich im Verein mache.
Für meine Zukunft strebe ich einen guten Schulabschluss an, um später eine gut bezahlte Arbeit zu erlangen und auf eigenen Beinen stehen zu können. Die wichtigsten Werte, die ich in meinem Leben beachten möchte, sind Respekt und Freiheit, da Menschen nur friedlich zusammenleben können, wenn sie die Meinungen anderer Menschen respektieren.

Sarah W., 13 Jahre

Ich lebe zusammen mit meinen Eltern und meinem jüngeren Bruder in einem Haus außerhalb der Stadt. Meine Hobbys sind Zeichnen und Flöte spielen.
In meiner Zukunft möchte ich gerne Innenarchitektin sein. Dazu muss ich natürlich das Abitur schaffen. Ich möchte einen Mann und ein bis zwei Kinder haben.
Ich will ein erfolgreiches Berufsleben und ein gutes Familienleben haben. Mir ist wichtig, von anderen Menschen respektiert zu werden. Ich möchte selbst entscheiden, was ich machen möchte, wohin ich gehe und wie ich was mache. Auch ist es mir sehr wichtig, dass einander geholfen wird. Hoffentlich werden sich alle Menschen respektieren und sich gegenseitig helfen.

Julian N., 13 Jahre

Ich wohne bei meiner Mutter, sie ist alleinerziehend. Meinen Vater sehe ich nur sonntags. In meiner Freizeit treibe ich sehr gerne Sport, ich habe schon viele Sportarten ausprobiert, im Moment macht mir Turnen sehr viel Spaß. Nicht ganz so häufig bin ich bei den Pfadfindern. Und natürlich verbringe ich auch viel Zeit mit meinen Freunden.
Nach der zehnten Klasse möchte ich es in die Oberstufe schaffen und nach dem Abitur studieren: Sport oder Informatik. Auch möchte ich eine Familie gründen und Kinder haben, aber nicht so früh. Zuerst möchte ich meine beruflichen Ziele erreichen und mein Leben genießen. Wichtig ist mir, dass man sich in eine Gruppe einfügen und dabei auch mal eigene Interessen zurückstellen kann. Jeder sollte die Meinung anderer respektieren. Auf Freunde sollte man sich verlassen können.

Feras Y., 14 Jahre

Zu meiner Familie gehören meine beiden Eltern, mein jüngere Schwester Saida und mein kleiner Bruder Alim. Mein liebstes Hobby ist Fußball. Ich trainiere mindestens zweimal in der Woche und spiele fast jeden Sonntag in der D-Jugend in meinem Verein. Für meine Zukunft habe ich vor, die mittlere Reife mit einem guten Notendurchschnitt zu machen. Ich will einen technischen Beruf haben, zum Beispiel Mechatroniker, vielleicht sogar Ingenieur. Ich möchte später eine Familie mit mindestens zwei Kindern haben. Der Zusammenhalt in der Familie ist für mich sehr wichtig. Das habe ich von meinen Eltern gelernt. Man muss sich immer gegenseitig unterstützen und helfen. Religion spielt auch eine gewisse Rolle. Ich möchte als hilfsbereiter und fleißiger Mensch gesehen werden, auf den man sich verlassen kann. Für die Zukunft wünsche ich mir noch, dass die Menschen in Frieden miteinander leben und sich gegenseitig respektieren.

Hier entwerfen Jugendliche Pläne für ihre Zukunft.

Sabrina R., 15 Jahre

Ich wohne noch bei meinen Eltern und meiner jüngeren Schwester. Sehr wichtig sind mir meine Freunde, mit denen ich meine Freizeit verbringe. In Zukunft möchte ich auf jeden Fall gute Leistungen und gute Noten in der Schule haben. In meinem späteren Leben will ich unabhängig sein. Mein Beruf soll eine große Rolle spielen. Ich will beruflich so viel erreichen wie möglich. Denn von nichts kommt nichts. Eine Familie möchte ich auch, heiraten und Kinder bekommen. Doch zuerst möchte ich beruflich alles erreichen, was ich mir vorgenommen habe, denn es ist mir wichtig, dass ich meinen Kindern etwas bieten kann. Wichtig ist mir auch, verantwortungsvoll, vernünftig und ehrgeizig zu sein. Sich für Politik und Demokratie zu interessieren, ist auch wichtig.

1. Wähle aus: Welche der Stellungnahmen findest du besonders interessant? Begründe deine Wahl.

2. Fasse in einer Tabelle die genannten Ausbildungs- und Berufsziele und die Vorstellungen vom Zusammenleben der Menschen zusammen. (Das geht auch zu zweit).

3. Schreibe deinen eigenen Text zum Thema: Wer bin ich? Wie will ich sein?

Was auch noch interessant sein kann:
- Ein Bild oder eine Collage aus Fotos zum Thema „Meine Zukunft“ gestalten

C Hintergründe: Persönliche Lebensziele Jugendlicher in Deutschland

Das Schaubild und die Zitate auf dieser Seite wurden den Ergebnissen einer Befragung von über 1 000 Jugendlichen zwischen 14 und 22 Jahren entnommen, die im Auftrag des Bundesministeriums für Umwelt und Naturschutz (BMU) durchgeführt wurde. Man wollte damit in Erfahrung bringen, wie Jugendliche in Deutschland über ihre persönliche Zukunft denken.

Frage: Jeder Mensch hat ja bestimmte Vorstellungen, die sein Leben und Verhalten bestimmen. Wenn du einmal daran denkst, was du in deinem Leben eigentlich anstrebst: Wie wichtig sind dann die folgenden Dinge für dich persönlich?

Einen Partner haben, dem man vertrauen kann	78 %
Gute Freunde haben, die einen anerkennen und akzeptieren	76 %
Ein gutes Familienleben führen	67 %
Eine gute Ausbildung haben	66 %
Das Leben in vollen Zügen genießen	65 %
Eigenverantwortlich leben und handeln	64 %
Von anderen Menschen unabhängig sein	56 %
Erfüllung und Anerkennung im Beruf/bei der Arbeit finden	52 %
Die Vielfalt der Menschen anerkennen und respektieren	52 %
Sich leisten können, was einem gefällt	51 %

WES-105271-001

Text einfacher
Text ausführlicher

Merke ✓
Kultur = Bezeichnung für alles, was eine Gemeinschaft oder ein Land geistig und künstlerisch geschaffen hat

In verlässlichen Beziehungen leben

Für junge Menschen stehen drei Dinge ganz oben: einen Partner oder eine Partnerin zu haben, dem oder der man vertrauen kann, außerdem gute Freunde, die einen anerkennen, und ein gutes Familienleben. [...]
Auch eine gute Ausbildung zu haben, ist für zwei Drittel der befragten jungen Menschen sehr wichtig. [...]
Die jungen Leute wissen, dass es nicht immer einfach sein wird, ihre Ziele zu erreichen. Sie sind daher bereit, sich anzustrengen, Leistung zu erbringen und sich an die Erfordernisse des Arbeitsmarkts anzupassen.

Andere Lebensweisen respektieren

Für eine überwältigende Mehrheit der jungen Menschen ist es wichtig und richtig, die Vielfalt der Menschen anzuerkennen und zu respektieren. [...]
Ein Drittel der Teilnehmenden der Repräsentativerhebung (32 Prozent) hat selbst eine Migrationsbiografie, das heißt, sie oder ihre Eltern kommen aus einem anderen Land und nicht aus Deutschland. Nicht wenige haben ausländische Freunde oder kennen das Leben in anderen Ländern aufgrund von Reisen oder Auslandsaufenthalten. So ist die Anerkennung von kultureller Vielfalt* und der Respekt gegenüber anderen Lebensweisen für sie fast eine Selbstverständlichkeit – und eine unverzichtbare Voraussetzung für ein friedliches Zusammenleben.

(Schaubild und Zitate entnommen aus: Zukunft? Jugend fragen! Studie zu Einstellungen und Alltag junger Menschen, Hrsg. Bundesministerium für Umwelt, Naturschutz und nukleare Sicherheit, Redaktion: Korinna Siefert u. a., Berlin 2018, S. 14 ff.)

1. Angenommen es bittet dich jemand, das Ergebnis dieser Untersuchung in einem oder in zwei Sätzen zusammenzufassen. Wie fällt deine Zusammenfassung aus?

2. Wähle aus dem Schaubild drei Lebensziele aus, die für dich persönlich besonders wichtig sind. Vergleiche deine Auswahl mit der deiner Nachbarn.

3. Der Text zur Studie enthält mehrere Aussagen über das Verhalten Jugendlicher und deren Einstellungen. Überprüfe, ob du sie für zutreffend hältst. S. 252

D „Was wünschst du dir für deine Zukunft?" – Wir führen Partnerinterviews

Gespräche sind eine gute Möglichkeit, Zukunftswünschen auf die Spur zu kommen. Eine besonders geeignete Methode dazu ist das Partnerinterview. Dabei übernimmt jede und jeder von euch einmal die Rolle des Fragestellers und einmal die Rolle des Befragten. Im Anschluss daran können Gruppen gebildet werden, in denen der Reihe nach die Interviewer die interviewten Personen vorstellen. Interviews werden gemacht, um nachher darüber berichten zu können. Man darf nur Äußerungen weitergeben, für die es ein Einverständnis des Interviewten gibt.

Mögliche Interviewfragen – 5 aus 10

Damit nicht alle Interviews gleich ablaufen, solltet ihr aus dem Fragenkatalog fünf aussuchen, die euch besonders interessieren, und diese eurer Partnerin/eurem Partner stellen. Natürlich könnt ihr auch eigene Fragen hinzufügen.

1. Hast du schon eine Vorstellung davon, welcher Beruf später einmal für dich infrage kommt?
2. Möchtest du später einmal eine eigene Familie gründen und Kinder haben?
3. Gehören Haustiere in deinem zukünftigen Leben unbedingt dazu?
4. Kannst du dir vorstellen, in ein anderes Land auszuwandern?
5. Kannst du etwas über eine Person erzählen, die für dich ein Vorbild ist?
6. Was möchtest du erreicht haben, wenn du 30 Jahre alt sein wirst?
7. Was möchtest du am Ende deiner Schulzeit besser können als jetzt?
8. Worauf freust du dich besonders, wenn du erwachsen sein wirst?
9. Was macht dir Sorgen, wenn du an die Zukunft denkst?
10. Für welche Ziele im Leben bist du bereit, dich besonders anzustrengen?

Was ich noch gerne von dir wüsste: …

Vielen Dank für die Beantwortung der Fragen!

1. Gib der von dir befragten Person nach dem abgeschlossenen Interview eine Rückmeldung (= Feedback) folgender Art: „Meinem Eindruck nach sind dir die folgenden Zukunftswünsche besonders wichtig: …". Achte darauf, dass dein Feedback freundlich, gut verständlich und höflich ausfällt.

2. Fasse die Antworten der interviewten Person im Gespräch mündlich zusammen und frage sie, ob sie mit deiner Art der Ergebnisvorstellung in einer Gruppe einverstanden ist oder ob sie auf Änderungen besteht.

Was auch noch interessant sein kann:

- eine Wandzeitung gestalten und/oder ein Schaubild erstellen zum Thema: Zukunftswünsche in unserer Klasse

2 Was tun, wenn eigene Wünsche und fremde Erwartungen als unvereinbar erscheinen?

Wir trainieren den Umgang mit Rollenkonflikten

Konflikte sind schwierige Lebenssituationen. Sie entstehen, wenn unterschiedliche Ansichten und Interessen aufeinanderprallen. Manchmal sind solche Konflikte unvermeidlich, und es bedarf großer Anstrengung, aus solchen Situationen wieder herauszukommen. Am Beispiel der folgenden Fälle aus dem Bereich Schule könnt ihr euch darin üben, solche Fälle zu analysieren und Lösungen für Konflikte zu finden.

Zur Bearbeitung empfehlen wir euch eine arbeitsteilige Vorgehensweise. Bildet Partnerschaften und teilt Fall 1 und 2 untereinander auf. Jeder von euch liest seinen Fall und stellt ihn der Partnerin, dem Partner in mündlicher Zusammenfassung vor. Gemeinsam bearbeitet ihr dann einen oder beide Fälle mit den Schritten der Methode Fallanalyse. Wie das geht, erfahrt ihr in der Methodenkarte Fallanalyse auf der nachfolgenden Seite.
Zu zweit bereitet ihr eine Präsentation eurer Arbeitsergebnisse vor.

A Zwei Fälle

Fall 1: Der Alltagskonflikt: Soll Ada ihr Papier wegwerfen wie alle anderen auch?

■ In der 7c wurden im Sportunterricht zwei Mannschaften gebildet, die gegeneinander Handball spielten. Adas Team hat gewonnen und sie genießt in der großen Pause mit ihrem Team zusammenstehend den Sieg. Vor dem Schulgelände verkauft ein Händler Eis. Alle gehen zu ihm und kaufen sich ihr Lieblingseis, auch Ada. Zurück auf dem Schulhof wird über das Spiel geredet. Die Jungen und Mädchen aus der siegreichen Mannschaft reißen währenddessen ihre Eisverpackungen auf. Das Papier der beiden Jungen Borek und Paul landet im hohen Bogen auf dem Schulhof. Beide lachen, reden weiter und finden ihr Verhalten offensichtlich ganz normal. Der Hausmeister kann ja die Papiere später aufsammeln. Ada mag die beiden Jungs. Jetzt fühlt sich von diesen beobachtet. Zack – lässt auch sie ihre Eisverpackung ohne hinzuschauen auf den Boden fallen und denkt: „So cool wie die will ich auch sein!“ Kaum geschehen, meldet sich ihr schlechtes Gewissen. Ihr fällt nämlich ein, dass sie Mitglied der Umwelt-AG an ihrer Schule ist. Diese hat die Schülerinnen und Schüler erst kürzlich dazu aufgerufen, den Schulhof nicht zu vermüllen. Auch Ada hat sich aktiv dafür eingesetzt. „Mist!“, denkt sie, „hoffentlich hat niemand aus meiner Umwelt-AG zugesehen.“ Ada schießen mehrere Gedanken durch den Kopf: „Ich könnte jetzt mein Papier aufheben und zum Abfalleimer bringen, auch das der Jungs. Wahrscheinlich werden Borek und Paul dann über mich lachen und mich als Ökotante oder als ihre Sekretärin bezeichnen.“ Wie versteinert steht sie da. Der Abfall bleibt liegen. Sind ja nur ein paar Fetzen Papier ■

Fall 2: Konflikt wegen einer Straftat: Soll Sahir Svens Wutaktion verraten?

■ Für Sahir ist in dem folgenden Fall die Konfliktsituation so schlimm, dass er das Gefühl hat, sich zwischen zwei Mühlrädern zu befinden. Was soll er bloß tun?
Am Ende einer Fünf-Minuten-Pause ist Sahir allein in der Schülertoilette. Er will sie gerade verlassen, da springt die Tür auf und Sven stürmt herein. Sahir steht nun hinter der Eingangstür. Sven bemerkt ihn nicht. Er scheint unglaublich wütend zu sein. „Verdammt blöde Mathearbeit, so ein Mist, ne' Fünf!", flucht er vor sich hin. Dabei schlägt er so fest mit der Faust gegen einen Spiegel, dass das Glas platzt. Dann macht er sich in einer offenstehenden Toilette an einem Papierhalter zu schaffen. Er reißt ihn aus der Wand und schleudert ihn in eine Ecke. In seiner Wut nimmt er Sahir überhaupt nicht wahr. So schnell wie er hereingestürmt war, verschwindet er auch wieder. Der zerstörte Spiegel und die zerstörte Papierhalterung bleiben zurück.
Sahir ist wie angewurzelt hinter der Tür stehen geblieben. So ausgeflippt hat er Sven noch nie erlebt. Sven ist Schüler in der Parallelklasse. Sahir wäre gerne mit ihm befreundet. Viele finden Sven toll. Der ist aber einer von denen, die sich aussuchen können, wen sie in ihre Freundesclique aufnehmen und wen nicht. Nachdenklich geht Sahir in seine Klasse zurück. Er spricht mit niemandem über das, was er beobachtet hat. Es kommt die fünfte Stunde bei Herrn Schelling, Sahirs Klassenlehrer. Dieser sagt, er könne heute nicht mit dem vorgesehenen Unterricht beginnen, sondern müsse erst einmal einen höchst unerfreulichen Vorfall klären. Dann schildert er die Zerstörungen in der Schülertoilette und informiert die Klasse darüber, dass es sich dabei um eine Straftat nach dem Strafgesetzbuch handelt.
Anschließend fragt er: „War das jemand von euch? Weiß jemand etwas darüber?" Alle schweigen, auch Sahir. Herr Schelling guckt enttäuscht: „Wenn man Mist gebaut hat, sollte man auch dazu stehen. Aber das traut sich wieder mal keiner." Sahir fühlt sich schlecht. ■

1. Lege einen Stichwortzettel an. mit dem sich der von dir gelesene Fall mündlich zusammenfassen lässt: die Situation zu Beginn, die Beteiligten plus Notizen zur Abfolge des Geschehense.
2. Lest beide die Methodenkarte Partnerbriefing auf der nachfolgenden Seite.
3. Stellt euch nach den Regeln der Methode die Fälle gegenseitig vor.
4. Bewertet gemeinsam das Verhalten von Ada im Fall 1 und von Sahir in Fall 2. Ist es richtig, was sie tun? Verletzt es Regeln? Ist es fair, verantwortungsbewusst und gerecht. S. 252
5. Entwickelt für beide Fälle Lösungen, die Ada und Sahir dabei helfen, aus der schwierigen Situation so herauszufinden, dass diese selbst und andere wichtige Personen damit zufrieden sein können. S. 252

Partnerbriefing
Thema: Zwei Fälle zu Konflikten im Alltag

Worum geht es?

Partnerbriefing ist eine spezielle Form der Partnerarbeit. Ihr arbeitet dabei zunächst einzeln und informiert euch dann gegenseitig über das, was ihr erarbeitet hat. Der englische Ausdruck Briefing bedeutet, einen Partner mit Informationen zu versorgen. Die Aufgabe des Briefings übernehmt ihr in Partnerarbeit abwechselnd.

Mit dieser Methode kannst du dich darin üben, den Inhalt von Texten, die du einzeln erarbeitet hast, mündlich gut verständlich wiederzugeben. Ein großer Vorteil der Methode besteht darin, dass ihr die Arbeit aufteilen könnt. Ihr braucht nur ein Material zu erarbeiten und lernt zwei.

Wie macht man das?

1. Aufteilung der Arbeitsmaterialien

Die beiden Fälle auf der vorherigen Doppelseite werden auf Partner A und Partner B aufgeteilt. Sollte die Schülerzahl ungerade sein, wird eine Dreiergruppe gebildet.

2. Textbearbeitung in Einzelarbeit

Du liest deinen Text zweimal. Beim zweiten Durchlesen fertigst du einen Stichwortzettel als Merkhilfe an. Dieser Zettel soll dir helfen, der Partnerin oder dem Partner gegenüber den Inhalt deines Textes in deinen eigenen Worten mündlich zu berichten.

3. Briefing mit festen Regeln

Runde 1: Ihr müsst euch so einander gegenübersetzen, dass ihr euch anschauen könnt. Auf das Startzeichen hin fasst Partner A dem Partner B gegenüber den Inhalt seines Textes zusammen. Achtet dabei auf eine deutliche Aussprache! Anschließend hat Partner B die Gelegenheit, Fragen zu stellen (z.B. über Unverstandenes).

Partner B fasst dann den Bericht von Partner A zusammen.

Runde 2: Mit umgekehrter Rollenverteilung und mit dem Bericht über den zweiten Text wird nun genauso verfahren wie in der Runde 1

4. Planung eines Ergebnisvortrags

Gemeinsam sprecht ihr in Partnerarbeit über das, was ihr erarbeitet habt. Ihr überlegt, welche Informationen aus den beiden Teilen besonders wichtig sind, was ihr euch unbedingt merken wollt usw. Dann bereitet ihr einen Ergebnisvortrag vor.

5. Vortrag vor der Klasse

Dazu gibt es eine leichte und eine schwierige Variante. In der leichten Form stellt jeder von euch das Material vor, das er selbst bearbeitet hat. In der schwierigen Form stellen die Partner vor, was die Partnerin bzw. der Partner ihnen berichtet hat.

Zu den Vorträgen gibt es Rückmeldungen aus der Klasse:

- Waren die wichtigsten Informationen aus den Texten im Vortrag enthalten?
- Haben die Vortragenden gut präsentiert?

B Rollenerwartungen und Rollenkonflikte

1. Was versteht man unter Rollenerwartungen und Rollenkonflikten? Erkläre die Begriffe und deren Bedeutung für das eigene Leben.
2. Erläutere mit einem selbst gewählten Beispiel, wie Rollenkonflikte entstehen und warum der Umgang damit schwierig ist.
3. Manchmal scheint die einfachste Lösung im Konfliktfall die zu sein, sich rauszuhalten und zu schweigen. Beurteile die Vor- und Nachteile solchen Verhaltens.
4. Analysiere das Symbolbild: Was erzählt es dir über Wünsche und Erwartungen in Konflikten? S. 252

Teil 1: Rollen und Rollenerwartungen

Kinder lernen im Laufe ihrer Entwicklung, sich den Erwartungen ihrer Erzieherinnen und Erzieher entsprechend zu verhalten. Ein solches Verhalten, das durch Einflüsse von außen erworben wird, bezeichnet man als Rolle. So wie Schauspielerinnen und Schauspieler übernehmen wir Menschen im Laufe unseres Lebens verschiedenartige Rollen. Sie zeigen sich in unterschiedlichem Verhalten, je nachdem in welcher Situation wir uns befinden. In der Schulklasse verhält man sich anders als zu Hause, im Verein anders als in einer Clique. Die jeweilige Rolle hängt immer davon ab, welche Erwartungen in der jeweiligen Gruppe an die einzelnen Personen gestellt werden.
Soziale Rollenerwartungen nennt man die allgemeinen Vorstellungen, die man vom Verhalten von Personen oder Personengruppen in bestimmten Situationen hat. Zum Beispiel gibt es eine Summe von Vorstellungen darüber, wie gute Mütter, Väter, Ärzte, Handwerker, Auszubildende, Lehrerinnen und Lehrer, Schülerinnen und Schüler zu sein haben.
Manchmal können Rollenerwartungen auch belastend sein. Das geschieht zum Beispiel dann, wenn wir uns mit einer Rolle nicht identifizieren können. Wer zum Beispiel gegen seinen Willen zum Klassensprecher oder zur Klassensprecherin gewählt wird, wird auch Schwierigkeiten haben, die gestellten Erwartungen gut zu erfüllen.

Teil 2: Rollenkonflikte

Rollenkonflikte entstehen, wenn das, was wir selbst wollen, nicht mit dem übereinstimmt, was andere von uns erwarten. Das können Erwartungen der Eltern, Lehrer und anderer Erwachsener sein. Bei Kindern und Jugendliche ist es häufig auch die Gruppe Gleichaltriger, die solche Konflikte auslöst. Man fühlt sich wohl in der Gruppe von Freunden, muss aber oft auch gewisse Erwartungen erfüllen, damit man nicht ausgeschlossen wird. Erwartet die Gruppe etwas, was man selbst nicht gut findet, stellt sich die Frage, ob man dabei mitmacht oder nicht. In der Regel meldet sich in solchen Situation das eigene Gewissen, das sich im Laufe der Erziehung entwickelt hat. Es ist die innere Stimme, die einem sagt, welches Verhalten man als gut, gerecht und fair empfindet und welches als gemein, schädlich und verboten.

Unterschiedliche Konfliktlösungen

Stets gibt es bequeme Lösungen für Rollenkonflikte und unbequeme. Bequem ist es, sich immer dem Gruppendruck zu beugen und alles mitzumachen, was andere erwarten, auch wenn man es als falsch empfindet.
Ungleich schwieriger ist es, aktiv zu werden und zu sagen, welches Verhalten man für richtig und für falsch hält. Man kann versuchen, andere von der eigenen Sichtweise zu überzeugen. Gelingt eine gemeinsame Lösung nicht, sollte man auch einmal „Nein“ sagen können.
Der Umgang mit Rollenkonflikten ist für alle Menschen eine große Herausforderung. Weil das so ist, kann man ihn im Spiel trainieren, um besser auf die Wirklichkeit vorbereitet zu sein.

3 Welche Werte sind uns wichtig?
Wir beurteilen ihre Bedeutung für das Zusammenleben

Werte sind das, was wir für unser Leben als wertvoll betrachten. Für das Zusammenleben in der Gesellschaft sind besonders die Werte bedeutsam, bei denen es um das Verhalten gegenüber anderen Menschen, Tieren und der Natur geht. Respekt, Verantwortungsbewusstsein, Fairness sind zum Beispiel Begriffe dafür.

In diesem Unterkapitel könnt ihr darüber nachdenken, welche Werte Grundlage eures persönlichen Handelns sein sollen und welche Werte alle miteinander teilen sollten, damit das Zusammenleben in der Demokratie Bestand hat.

A Eine Einstiegsübung mit Fotos für alle

Mit den Fotos auf dieser Seite hat man versucht, Werte in Form von Bildern zu verdeutlichen. Betrachte sie der Reihe nach. Ordne jedem Foto einen Wert in Form eines Begriffes oder eines kurzen Satzes zu. Tausche dich mit deinen Zuordnungen mit anderen aus.

- Was sagen die Fotos über Werte aus?

B Werte

Teil 1: Unterschiedliche Werte*

Beim Nachdenken über Werte fallen einem meist zunächst die *persönlichen Werte* ein. Das sind Werte, die von Mensch zu Mensch unterschiedlich sein können. Für manche sind Freundschaften ein hoher Wert, andere suchen eher das Alleinsein in der Stille der Natur. Manche möchten später einmal viel Geld verdienen, anderen sind soziale Kontakte im Berufsleben wichtiger.

Für das Zusammenleben der Menschen sind *Gemeinschaftswerte* von besonderer Bedeutung. Das sind Werte, die sich auf den Umgang mit anderen beziehen. Hilfsbereitschaft, Respekt und gegenseitige Rücksichtnahme gehören dazu. Wichtig für das soziale Miteinander ist, dass diese Werte auf eine möglichst breite Zustimmung in der Bevölkerung treffen. Ist das nicht der Fall, fehlt einer Gemeinschaft der innere Zusammenhalt.

In der Demokratie gibt es die Vorstellung unverzichtbarer *demokratischer Werte*. Sie sind die Grundlage für ihren Bestand. Schutz des Lebens und der Freiheit, Gleichheit vor dem Gesetz, soziale Gerechtigkeit, auch Mitmachbereitschaft sind die tragenden Säulen. Im Grundgesetz für die Bundesrepublik Deutschland sind diese Werte für alle Menschen im Land verbindlich in Gesetzesform formuliert. Der oberste demokratische Wert steht darin im Artikel 1 direkt zu Beginn:

§ **Grundgesetz, Artikel 1:** Die Würde des Menschen ist unantastbar. Sie zu achten und zu schützen ist Verpflichtung aller staatlichen Gewalt.

Mit der „Würde* des Menschen" ist gemeint, dass alle Menschen – egal welcher Herkunft, welchen Geschlechts oder Glaubens – in gleicher Weise wertvoll sind. Die oberste Pflicht des Staates ist es, diese Würde zu schützen.

Teil 2: Normen* und Wertewandel

Der demokratische Wert Freiheit ist mit der Pflicht verbunden, die Freiheit anderer zu achten, der Wert der Gleichheit vor dem Gesetz mit der Pflicht, dieses Recht auch allen andern zuzubilligen usw.

Zum Wesen demokratischer Werte gehört, dass sie immer mit einer Pflicht verknüpft sind. Mit solchen Verpflichtungen bilden Werte die Grundlage allgemein gültiger Verhaltensregeln. Der Fachbegriff dafür ist Norm. Soziale Normen sind Vereinbarungen darüber, welche Regeln im Zusammenleben verbindlich einzuhalten sind. Beispiele: Man darf andere nicht verletzen. Man hat fremdes Eigentum zu achten.

Im Lauf der Zeit ändern sich die allgemeinen Vorstellungen von der Bedeutung der Werte. Dieser Prozess wird als Wertewandel bezeichnet. Umweltgerechtes Verhalten hat zum Beispiel in der heutigen Zeit eine wesentlich höhere Bedeutung als noch in der jüngsten Vergangenheit der Menschen. So ist der Wertewandel eine Folge der Veränderungen in den Lebensbedingungen der Menschen. Die Bedrohung der Erde durch die Klimaerwärmung und Umweltzerstörung hat dazu geführt, dass sich die Vorstellungen vom guten Leben ändern. Davon betroffen sind Werte wie verantwortliches Handeln und Rücksichtnahme auf Natur und Umwelt.

1. Beschreibe die Besonderheiten persönlicher, gemeinschaftlicher und demokratischer Werte und nenne dafür Beispiele.
2. Erkläre, was man unter sozialen Normen versteht und nenne ein Beispiel dafür.
3. Deute das Symbolfoto: Welche Aussage über die Bedeutung von Werten für die Gesellschaft lässt sich daraus ableiten?
4. Erläutere, warum sich die Vorstellungen von der Bedeutung der Werte im Laufe der Zeit verändern.

Merke ✓

Würde geht auf das alte germanische Wort „*Werba*" zurück. Es bedeutet Kostbarkeit.

*Zu den Begriffen „Freiheit", „Werte" und „Normen" findest du auch Informationen im Glossar.

C Wie sieht unsere Rangliste der Werte aus?

In der sogenannten 18. Shell-Jugendstudie von 2019 wurden cirka 2600 junge Leute im Alter zwischen 12 und 25 Jahren befragt, welche Werte ihnen im Leben besonders wichtig sind. Ihr könnt hier eure eigene Rangliste erstellen, miteinander vergleichen und dann darüber sprechen, was für Jugendliche in der Zukunft wichtig sein sollte und was nicht.

Euer Auftrag:

1. Wähle aus der Aufzählung die vier bis sechs Werte aus, die für dich persönlich besonders wichtig sind.

2. Begründe, warum du dich für diese Auswahl entschieden hast. *„Diese Werte sind mir besonders wichtig, weil …“*

3. Vergleiche dein persönliches Ergebnis mit anderen in einem Gruppengespräch (und mit dem Ergebnis aus der Shell-Studie im Kasten unten). Ermittelt gemeinsam die drei Werte, die allen Gruppenmitgliedern besonders wichtig sind. Stellt euer Ergebnis vor.

4. Sprecht in der Klasse darüber, was Jugendlichen wichtig ist und was nicht. Vielleicht fallen euch dabei weitere Werte ein, die hier nicht genannt sind.

eigenverantwortlich leben und handeln	bereit sein, anderen zu helfen
an alten Traditionen festhalten	von anderen Menschen unabhängig sein
einen hohen Lebensstandard haben	sich durchsetzen können
in sicheren Verhältnissen leben	viele Kontakte haben
die Vielfalt der Menschen respektieren	an Gott glauben
Gesetze und Ordnung achten	lernen, fleißig sein
das Leben genießen	gute Freunde haben
Macht und Einfluss haben	ein gutes Familienleben
jederzeit umweltbewusst handeln	politisch interessiert und engagiert sein

Das Ergebnis der 18. Shell-Studie

Die Zahlen hinder den Begriffen sagen aus, wie viel Prozent der befragten Jugendlichen diesen Wert als sehr wichtig einstufen. Hier die Rangfolge: 1. gute Freunde haben (97 %), 2. ein gutes Familienleben (89 %), 3. eigenverantwortlich leben und handeln (88 %), 4. Gesetze und Ordnung achten (87 %), 5. unabhängig sein (83 %), 6. lernen, fleißig sein (82 %), 7. Vielfalt der Menschen respektieren (82 %), 8. das Leben genießen (80 %), 9. in sicheren Verhältnissen leben (77 %), 10. umweltbewusst handeln (71 %), 11. viele Kontakte haben (71 %), 12. einen hohen Lebensstandard haben (63 %), 13. bereit sein, anderen zu helfen (62 %), 14. sich durchsetzen können (48 %), 15. politisch interessiert und engagiert sein (34 %), 16. Macht und Einfluss haben (32 %), 17. an Gott glauben (32 %), 18. an alten Traditionen festhalten (20 %),

D TEAM kontrovers: Sind Jugendlichen Werte mehr und mehr egal?

Viele Erwachsene schlagen Alarm. Von einem allgemeinen Werteverlust, ja von einem gänzlichen Werteverfall ist die Rede. Diesen Verfall könne man besonders bei der heutigen Jugend beobachten. Langsam, sagen die anderen. Es mag Menschen geben, die Werte missachten. Es ist aber falsch, die Schuld dafür bei den Jugendlichen zu suchen. Von einem Werteverfall in der heutigen Jugend kann keine Rede sein. Eher das Gegenteil ist der Fall. Für viele Jugendliche werden Werte immer wichtiger.

So kannst du vorgehen:

1. Lies die beiden Stellungnahmen und fasse zusammen, womit sie begründet werden.
2. Überlege: Welche Äußerungen entsprechen eher deinen Erfahrungen und welche nicht?
3. Bilde dir dein eigenes Urteil zum Thema und formuliere es schriftlich.
4. Tausche dich darüber mit einer Partnerin oder einem Partner aus.
5. Diskutiert gemeinsam in der Klasse.

Zwei unterschiedliche Ansichten zum Thema

„Dieser Jugend sind Werte nicht mehr wichtig. Die Werte verfallen."
Die Werte verfallen. Man braucht sich nur an einem normalen Wochenbeginn umzuhören: Mobbing in den Schulen, sich gegenseitig fertigmachen, Ausgrenzung von Minderheiten, Respektlosigkeiten gegenüber Erwachsenen, Müll achtlos in die Gegend werfen – das alles ist mittlerweile an der Tagesordnung.
Die traditionellen Werte scheinen vollkommen zu verschwinden, so wie Höflichkeit, gutes Benehmen, Pünktlichkeit, Sauberkeit, Fleiß. Der Gemeinschaftssinn nimmt ab. Schuld an dieser Misere sind grenzenloser Egoismus und fehlgeleitete Erziehung. Der Medienkonsum, bei dem sich Jugendliche an Brutalitäten ergötzen, trägt ebenfalls zum Verfall der Werte bei.

„Jugendliche haben positive Einstellungen. Die Orientierung an Werten steigt."
Es ist falsch, negative Verhaltensweisen einzelner Jugendlicher oder Jugendgruppen für das Ganze zu nehmen. Die große Mehrheit der Jugendlichen denkt und handelt wertorientierter als je zuvor. Sie engagieren sich für den Klimaschutz, verzichten auf klimaschädliche Verhaltensweisen, vermeiden Plastikmüll und kämpfen für artgerechte Tierhaltung.
Wann immer es Projekte gibt gegen Rassismus und für Hilfsmaßnahmen, ist die Mitmachbereitschaft groß. Sie halten Respekt und gutes Benehmen für wichtig und achten die Gesetze.
Es gibt keinen Werteverfall. Im Gegenteil: In ihrer Wertorientierung können viele Jugendliche Vorbild für Erwachsene sein.

Was auch noch interessant sein kann:

- den folgenden Briefanfang zu Ende schreiben:

Lieber Erwachsener,
du bist also der Ansicht, der heutigen Jugend seien Werte nicht mehr wichtig. Mag sein, dass du schlechte Erfahrungen gemacht hast. Ich schreibe dir diesen Brief, weil ich folgendermaßen darüber denke: ...

4 Wie groß ist die Bereitschaft zu sozialem Engagement?

Beispiele vorstellen und bewerten

A Zwei Ansichten zum Einstieg

„Ich glaube, dass nur ein kleiner Teil der Jugendlichen bereit ist, sich für andere einzusetzen."

„Ich bin sicher, dass viele Jugendliche gerne an sozialen Hilfsprojekten teilnehmen, auch wenn sie dafür ihre Freizeit opfern müssen."

Welcher der beiden Ansichten stimmst du eher zu? Urteile spontan, vergleiche mit deinen Tischnachbarn. Tauscht euch über eure Bewertungen und Begründungen dazu gemeinsam in der Klasse aus

B Zwei Beispiele für soziales Engagement

Die beiden Beispiele könnt ihr arbeitsteilig bearbeiten und euch dann gegenseitig informieren.

1 Schüler forsten Wald auf

Baumpflanzaktion 2019

Seit „Fridays for Future" steht überall in Deutschland das Bäumepflanzen wieder hoch im Kurs. Schließlich ist der Wald in unseren Breitengraden immer noch der CO_2-Fresser und Klimaschützer schlechthin. Das wussten auch die Schülerinnen und Schüler in der Stadt Velbert (NRW). Mehr als 200 halfen aktiv mit, als es darum ging, eine zerstörte Waldfläche im Wald von Neviges wieder aufzuforsten. An einem Freitagvormittag im November 2019 zogen die Schülerinnen und Schüler der Regenbogenschule mit Hacke und Schaufel am Morgen in den Wald. Zwei Flächen, die zuvor ein Sturm mit dem Namen „Kyrill" und andere Wetterextreme verwüstet hatten, sollten neu hergerichtet werden. Mitarbeiter der technischen Betriebe hatten schon mal Vorarbeit geleistet und das meterhohe Brombeergestrüpp entfernt. Jetzt galt es, die Setzlinge fachgerecht in den Boden zu bringen. Forstwirt Peter Thunecke erklärte, wie tief die Jungbäume in die Erde müssen, um eine gesunde Wurzel auszubilden.

Die Arbeit an den steilen Hängen machte den Schülerinnen und Schülern sichtlich Spaß. Unter anderem wurden Elena, Sam oder Stanislaw während der Pflanzaktion befragt, warum sie gerne dabei mitmachen. Die Antwort fiel bei den dreien übereinstimmend gleich aus: „Wir wollen etwas für die Umwelt tun, dazu beitragen, den Ausstoß an Kohlendioxid zu verringern und einfach etwas für die Natur und für andere Menschen tun."

(Vom Autor zusammengefasst nach einen Bericht des Westdeutschen Rundfunks WDR, Abteilung Nachrichten vom 15.11.2019)

2 Einsatz für Straßenkinder und Kinderrechte

„Straßenkinder für einen Tag“ waren alle sechsten Klassen der Ernst-Barlach-Gesamtschule in Duisburg im November 2019. An Infoständen in der Innenstadt informierten sie an drei Tagen die Leute in der Stadt darüber, dass die Rechte von Kindern in vielen Ländern der Welt nach wie vor verletzt werden. Die Aktion wurde vom Kinderhilfswerk „terre des hommes“ unterstützt und betreut.

Die Schülerinnen und Schüler putzten auch Schuhe, boten Kaffee, heiße Schokolade und selbst gebackene Kuchen an sowie selbst gestalteten Adventsschmuck, Weihnachtskarten, Schlüsselanhänger, Armbänder und mehr. Das eingenommen Geld kam dem Straßenkinderzentrum Thuthuka in Simbabwe (Afrika) zu Gute. „Wir wollen so auf die Situation von Kindern aufmerksam machen, die es nicht so gut haben wie wir“, sagte die zwölfjähriger Sechstklässlerin Lina. Zuvor hatten sich die Schülerinnen und Schüler mit den Themen Kinderrechte und Kinderarbeit im Unterricht auseinandergesetzt.

Einmal pro Jahr veranstaltet „terre des hommes“ (deutsch: „Erde der Menschen“) den Aktionstag „Straßenkind für einen Tag“. Schülerinnen und Schüler können dabei selbst aktiv werden und andere auf die Not von Kindern in den Armutsländern der Welt aufmerksam machen. Zur Vorbereitung gibt es Unterrichtsmaterialien, die von „terre des hommes“ kostenfrei zur Verfügung gestellt werden. Mehrere tausend Schülerinnen haben deutschlandweit bisher an solchen Aktionen teilgenommen.

Aktion „Straßenkind für einen Tag“

WES-105271-002

Hier findest du weitere Informationen zur Aktion Straßenkinder für einen Tag

C Stichwort „soziales Engagement“

Soziales Engagement bedeutet, dass man sich aktiv für andere Menschen oder allgemein für die Verbesserung der gesellschaftlichen Verhältnisse einsetzt, ohne dass man dafür eine Entlohnung in Form von Geld erwartet. Ein weiteres Merkmal ist, dass man es freiwillig tut. Etwa jeder dritte Jugendliche in Deutschland gibt an, sich regelmäßig in der Freizeit sozial zu engagieren. Ein weiteres Drittel macht das gelegentlich und wiederum ein Drittel verzichtet ganz darauf.*

Am häufigsten engagieren sich Kinder und Jugendliche für bessere Möglichkeiten der Freizeitgestaltung in ihrem Heimatort. Viele engagieren sich, indem sie ältere Menschen unterstützen oder auch Flüchtlingen vor Ort helfen. Als wichtig für die Gesellschaft gelten auch alle Aktivitäten von Kindern und Jugendlichen, die sich auf den Natur- und Tierschutz beziehen. Besonders in kleineren Städten und Gemeinden arbeiten Jugendliche in der freiwilligen Feuerwehr mit und engagieren sich in einem Sportverein. Manche sind dauerhaft aktiv in Kinder- und Jugendorganisationen von Umweltverbänden und sozialen Hilfsdiensten.*

Im Zuge der „Fridays for Future“-Bewegung nehmen Formen des Engagements zu, die sich auf den weltweiten Schutz des Klimas beziehen.

*Über Hilfsorganisationen erfährst du mehr auf den nachfolgenden Seiten

*Die statistischen Angaben in diesem Text beziehen sich auf die Shell-Jugendstudie 2019, nähere Angaben dazu S. 24 in diesem Buch

1. Fasse zusammen, was die Schülerinnen und Schüler in den beiden Beispielen übernommen haben.

2. Arbeite aus Material C heraus, was man unter sozialem Engagement versteht und wofür sich Jugendliche bevorzugt engagieren.

3. Bewerte die beiden Bespiele im Hinblick auf ihre Bedeutung für den Schutz der Umwelt, der Hilfe für Notleidende und der Bildung der an den Aktionen beteiligten Schülerinnen und Schülern.

D Wer hat einen Preis verdient für vorbildliches soziales Engagement?

Vier verschiedene Projekte werden hier vorgestellt. Angenommen, es sollte ein erster und zweiter Preis für das vorbildlichste Projekt vergeben werden und ihr wäret die Jury. Worauf fällt eure Wahl? Die Kriterien für die Preisvergabe sind:

1. Wie sehr lädt das Projekt zur Nachahmung ein?
2. Wie groß ist der Nutzen für Mensch und Natur?
3. Wie viel Zeit und Energie setzten die Jugendlichen ein?

Euer Auftrag: Gruppenmix

1. **Runde 1:** Bildet Gruppen, beratet und trefft nach wenigen Minuten eine gemeinsame Entscheidung. (Das geht auch im Stehen.)

2. **Runde 2:** Nun werden die Gruppen neu gebildet, z. B. in dem jedes Gruppenmitglied eine Nummer erhält oder einen farbigen Punkt. Alle mit gleicher Nummer oder blauem, grünen, gelben, roten und orangen Punkt bilden nun eine neue Gruppe.

3. Reihum stellen alle ihr Ergebnis aus Runde 1 vor, beraten und entscheiden erneut.

4. Die Gewinnerprojekte werden durch Zusammenzählen der Gruppenergebnisse aus Runde 2 ermittelt.

❶ In der Stadt Solingen helfen die beiden 15-jährigen Realschüler Firat und Mareike* regelmäßig einer Gruppe von Senioren. Sie übernehmen Arbeiten im Garten, gehen einkaufen und räumen im Winter den Schnee vor den Haustüren. „Das ist uns eine große Hilfe", sagt der 78-jährige Rentner Willi Buchmann. Zusammengekommen sind die Senioren und die Jugendlichen über die Solinger Taschengeldbörse. Mit ihrem regelmäßigen Einsatz können die Jugendlichen nebenbei auch ihr Taschengeld aufbessern. Fünf Euro Stundenlohn bekommen sie. Die Mittel dazu stellt die Stadt zur Verfügung.

❷ In Wuppertal übernahm eine Gruppe von Realschülerinnen und -schülern der Klassen 7 und 9 die Gestaltung eines Spielplatzes in der Nähe ihrer Schule. In ihrer „Sozial-AG" hatten sie herausgefunden, dass der Platz in einem trostlosen Zustand war. Gemeinsam machten sie sich an die Arbeit und entwickelten eine Reihe von Ideen, durch die der Platz sowohl für Kinder als auch für die beaufsichtigenden Eltern wieder attraktiv werden kann. Ihre fertigen Pläne und Modelle stellten sie in einer Sitzung dem städtischen Planungsteams vor. Der Bezirksbürgermeister lobte sowohl die Vorschläge als gut durchdacht und auch die Qualität der Präsentation.

❸ Schülerinnen und Schüler einer achten Gesamtschulklasse in Bremen starten in ihrer Stadt eine Aktion, die für viel Aufmerksamkeit sorgte. Mit einem riesengroßen Fischernetz zogen sie vom Bahnhof in die Fußgängerzone. Darin tummelten sich allerlei Meeresbewohner wie Haie, Wale, Delphine und Schildkröten, welche die die Jugendlichen in einer Projektarbeit aus Pappe hergestellt hatten. Sich selbst hatten die Mädchen und Jungen ebenfalls als Meeresbewohner verkleidet. Sie protestierten damit gegen die Überfischung der Meere und den Fischfang mit Netzen, durch den viele seltene Arten von Meerestieren sinnlos zu Tode kommen.

❹ In Mühlheim an der Ruhr fanden sich Schülerinnen und Schüler einer örtlichen Realschule und eines Gymnasiums zu einem gemeinsamen Chor und Orchester zusammen. Anlässlich der Wahl zum Europäischen Parlament im Mai 2019 wollten sie unter Anleitung ihrer Lehrerinnen und Lehrer für ein Zusammenleben in Europa für Frieden und Freiheit werben. Sie entwarfen dazu Plakate und übten europäische Lieder in acht verschiedenen Sprachen ein. Auf einem belebten Platz im Zentrum der Stadt gaben sie ein Konzert, das die vielen Zuhörerinnen und Zuhörer begeisterte. Der Oberbürgermeister der Stadt lobte ihr Engagement für ein vereintes Europa.

*Namen wurden aus Datenschutzgründen geändert, die Fakten stimmen.

E Internetrecherche: Welche Möglichkeiten für soziales Engagement bieten ehrenamtliche Organisationen

Hier findest du eine Auswahl an Internetadressen von gemeinnützigen* Organisationen, die Kindern und Jugendlichen die Möglichkeit bieten, sich ehrenamtlich zu engagieren. Sie sollen anhand von drei Rechercheaufträgen untersucht werden:

- Welche Ziele strebt die Organisation an?
- Welche Möglichkeiten zum Engagement gibt es hier für Jugendliche?
- Wie ist zu bewerten, was die Organisation leistet?

Empfohlen wird, dass ihr die Recherchen in der Klasse aufteilt. Vereinbart eine Zeit, stellt die Ergebnisse vor und bewertet sie anhand folgender Kriterien: Wie attraktiv sind die Mitmachmöglichkeiten? Was kann man für sein Leben dabei lernen? Wie wichtig ist die Arbeit der Organisation für das Zusammenleben in der Demokratie?

Tipp: Die Recherchen können auch außerhalb der Unterrichtszeit stattfinden.

Merke ✓

gemeinnützig = dem Wohl der Allgemeinheit dienend, nicht auf Gewinn ausgerichtet

1 www.jugendrotkreuz.de

Das Jugendrotkreuz (JRK) ist der Jugendverband des Deutschen Roten Kreuzes. Rund 140 000 junge Mitglieder im Alter von 6 bis 27 Jahren engagieren sich gemeinsam für Gesundheit, Umwelt, Frieden und internationale Verständigung.

2 www.unicef.de/mitmachen/youth

UNICEF ist das Kinderhilfswerk der Vereinten Nationen. UnicefJouth wendet sich speziell an Kinder und Jugendliche mit Angeboten in den Bereichen Kinderrechte, soziale Gerechtigkeit, Hilfsprojekte weltweit. Kinder und Jugendliche können sich an einzelnen Aktionen beteiligen und in JuniorTeams über längere Zeit mitarbeiten.

Auf dieser Seite konnte nur eine Auswahl gemeinnütziger Organisationen vorgestellt werden. Ihr könnt die Recherchen erweitern und auch selbst auf die Suche gehen (siehe Webcode). Achtet darauf, dass es sich um als gemeinnützig anerkannte Organisationen handelt, denen es nicht darum geht, Gewinne zu erzielen.

Tipp: Eure Ergebnisse in Form einer Wandzeitung oder eines Artikels in der Schülerzeitung präsentieren.

3 www.naju.de

Der Naju ist mit über 90 000 Mitgliedern und mit über 1 000 aktiven Gruppen der größte Kinder- und Jugendverband im Natur- und Umweltschutz (Stand 2021). Auf der Homepage wird zwischen Angeboten für Kinder bis 14 und für Jugendliche ab 14 Jahren unterschieden. Ein aktueller Schwerpunkt liegt in Projekten zum Klimaschutz.

4 www.tierschutzjugend-nrw.de

Die Tierschutzjugend NRW ist die Jugendorganisation im Landestierschutzverband NRW e. V. Hier können sich Kinder und Jugendliche in lokalen Gruppen organisieren und sich mit Themen rund um das Wohl der Tiere beschäftigen.

5 www.thw-jugend.de

Das Technische Hilfswerk ist eine Bundesbehörde und die THW-Jugend deren Jugendverband. Hier können Kinder schon ab sechs Jahren mitmachen. Für Jugendliche gibt es Jugendgruppen. 15 000 Jugendliche sind hier in Sachen Unfallschutz, Rettungsmaßnahmen und andere Hilfsleistungen aktiv.

6 www.bundjugend.de

In der Jugendabteilung des Bundes Umwelt- und Naturschutz (BUND) engagieren sich mehr als 77 000 Kinder, Jugendliche und junge Erwachsene auf vielfältige Weise im Themenbereich Umwelt- und Naturschutz (Stand 2021). Im Netzwerk Young friends of the Earth ist BUNDjugend mit Jugendgruppen auf der ganzen Welt verbunden.

WES-105271-003

Hier findet ihr Internet-Adressen für weitere Recherchen.

Was interessiert dich besonders? Was kannst du richtig gut?

Wähle, wie du vorgehen möchtest:
Möglichkeit 1: Ich arbeite individuell und suche mir zwei, drei oder mehr Aufgaben aus.
Möglichkeit 2: Ich arbeite mit einer Partnerin, einem Partner zusammen. Gemeinsam schaffen wir mehr als allein.
Möglichkeit 3: Wir bilden Gruppen, teilen die Aufgaben auf und lösen alles gemeinsam.

Was ich weiß

S M U H

Ich kann ...

1. mehrere Beispiele für Werte nennen, die für das Zusammenleben in der Demokratie von Bedeutung sind.

2. anhand eines Beispiels erläutern, was man in der Entwicklung eines Menschen unter Rollenerwartungen und Rollenkonflikten versteht.

Wozu ich meine Meinung formulieren und begründen kann

S M U H

1. Ist die Orientierung an Werten wichtig für das eigene Leben oder spielen sie im alltäglichen Leben keine besondere Rolle?

2. Ist die Mehrheit der Jugendlichen bereit, sich für andere Menschen und für die Natur zu engagieren oder denkt die Mehrheit nur an sich selbst?

Was ich methodisch gelernt habe

S M U H

Ich kann ...

1. Mitschülerinnen und Mitschülern erklären, was ein Partnerinterview ist, und ihnen je einen Tipp geben, den sie bei der Vorbereitung, Durchführung und der Vorstellung ihres Gesprächspartners beachten sollen.

2. Schritt für Schritt aufzeigen, wie man zwei unterschiedliche Texte mit der Methode Partnerbriefing bearbeiten kann.

Worüber ich mitreden kann

S M U H

Mit ein wenig Nachdenken kann ich (auch zusammen mit anderen) vor der Klasse eine, zwei oder drei Minuten frei sprechen:

1. Was ist Jugendlichen wichtig, wenn sie an ihre persönliche Zukunft und an die Zukunft der Menschen insgesamt denken?

2. Woran kann man erkennen, dass es einen Wertwandel in der Gesellschaft gibt, und haben Erwachsene recht, wenn sie bei der heutigen Jugend einen Werteverlust beklagen?

Sechs Merksätze zum Einprägen

1	**Unter sozialen Rollenerwartungen versteht man …**
A	allgemeingültige Vorstellungen vom Verhalten von Personen und Personengruppen.
B	Pflichten, die der Staat von den Bürgerinnen und Bürgern verlangt.
C	Leistungen, welche Menschen im Verlauf ihres Berufslebens erbringen.
D	den Versuch, andere von den eigenen Ansichten zu überzeugen.

2	**Wenn das, was man selbst will, nicht mit dem übereinstimmt, was andere von einem erwarten, spricht man von …**
A	einer Zwangslage.
B	einer Gewissensprüfung .
C	einem Rollenkonflikt.
D	einer Kampfansage.

3	**Soziale Normen bestimmen darüber, …**
A	wer welche Interessen im Umgang mit anderen vertritt.
B	welche Ausbildungswege Schülerinnen und Schülern offenstehen.
C	welche persönlichen Meinungen verboten und welche erlaubt sind.
D	welche Regeln im Zusammenleben verbindlich einzuhalten sind.

4	**„Wertewandel“ bezeichnet einen Prozess, in dem …**
A	man einen Wert gegen einen anderen eintauscht.
B	sich die allgemeinen Vorstellungen von der Bedeutung der Werte verändern.
C	Kinder und Jugendliche sich von anderen beeinflussen lassen.
D	Eltern ihre Kinder selbst entscheiden lassen, welche Werte wichtig sind.

5	**Analyse ist ein anderes Wort für …**
A	Beschreibung.
B	Zusammenfassung.
C	Untersuchung.
D	Bewertung.

6	**Mit der im Artikel 1 des Grundgesetzes genannten „Würde des Menschen“ ist gemeint, dass alle Menschen …**
A	unterschiedlich sind.
B	Anspruch auf die gleiche Behandlung haben.
C	das Recht haben, nur für sich selbst zu sorgen.
D	in gleicher Weise wertvoll sind.

!
- Bei richtiger Lösung kommen A, B einmal, C und D je zweimal vor.
- Übernimm die Merksätze in dein Heft und präge sie dir ein.

2 Leben in der digitalen Medienwelt

Wie können wir Chancen nutzen und Gefahren vermeiden?

1. Allein nachdenken
Welche der folgenden Medien hast du in den letzten zwei Tagen genutzt: Buch, Zeitung, Zeitschrift, Smartphone, Tablet, PC, E-Reader?

2. Zu zweit beraten
Welche Neuigkeiten aus den Bereichen Politik, Wirtschaft und Sport sind im Moment aktuell?

3. Gemeinsam sammeln
Fallen euch auch Gefahren ein, die durch die digitale Medienwelt entstehen?

Im Verlauf dieses Kapitels könnt ihr ...

- über die Vor- und Nachteile von „always online" diskutieren,
- Tipps zum Umgang mit persönlichen Daten im Internet entwickeln,
- Nachrichten-Videos auf YouTube analysieren,
- Stellung nehmen zu Hassbotschaften in den sozialen Medien.

Eigene Schwerpunkte könnt ihr setzen, indem ihr ...

- in einem Selbstversuch mehrere Tage auf euer Handy verzichtet und darüber online berichtet,
- eine Befragung zum Thema „Computersucht" durchführt und auswertet,
- Ideen für eine Projekt gegen Cybermobbing sammelt.

1 Alltag ohne Smartphone: undenkbar?

Wir diskutieren über die Vor- und Nachteile von „always online"

A Zum Einstieg

Stell dir vor, du müsstest aus irgendeinem Grund eine Woche lang auf dein Smartphone verzichten. Wie wäre das für dich?

a) Es würde mir sehr schwerfallen. b) Es wäre unangenehm, aber ich käme damit zurecht.
c) Das würde mir nichts ausmachen.

Beantworte die Frage zunächst für dich allein und redet dann in der Klasse darüber.

B Welche Bedeutung hat das Handy für Jugendliche?

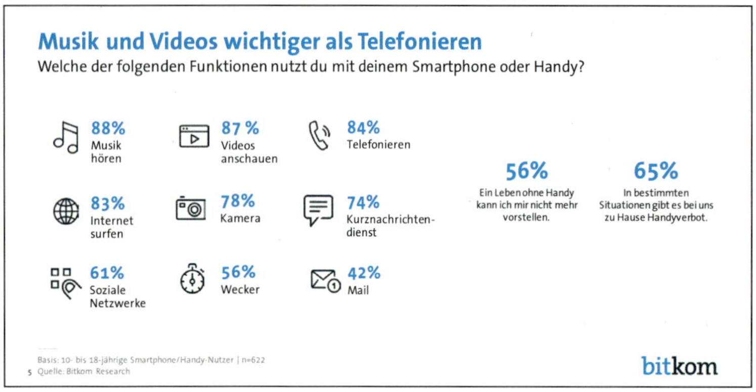

Ein Jugendlicher berichtet

Mein Smartphone ist für mich ziemlich wichtig und aus dem Alltag nicht mehr wegzudenken. Ich fühle mich jedoch nicht abhängig davon und kann auch mal längere Zeit ohne Handy auskommen. Mit dem Handy kann ich über WhatsApp und Instagram (soziale Netzwerke) mit meinen Freunden kommunizieren. E-Mail nutze ich auch, um über den Newsletter einiger Firmen immer über deren Produkte und Rabatte informiert zu sein. Die meiste Zeit verbringe ich aber auf YouTube und Netflix, um mir Filme, Videos und Serien anzuschauen. Gelegentlich nutze ich auch Apps zum Verkauf von alten Gegenständen. Spiele habe ich auf meinem Handy keine. Im Durchschnitt verbringe ich ca. 2 Stunden und 20 Minuten an meinem Handy pro Tag. *Julian, 14 Jahre*

Die Ergebnisse einer Umfrage unter Jugendlichen

Wichtiger als das eigentliche Telefonieren ist Jugendlichen der Medienkonsum auf ihrem Smartphone. [...] Mehr als die Hälfte (56 Prozent) sagt: Ein Leben ohne Handy kann ich mir nicht mehr vorstellen. Im Elternhaus müssen viele aber auch zwischendurch auf das geliebte Gerät verzichten. Für zwei Drittel (65 Prozent) gilt zu Hause in bestimmten Stiuationen Handyverbot. [...]

Im Bereich Social Media und Messenger haben die 10- bis 18-Jährigen klare Favoriten. Für Kurznachrichten liegt WhatsApp in allen Altersklassen an der Spitze. Bei den 10- bis 11-Jährigen ist die Video-App TikTok das populärste Netzwerk. Ein Viertel (24 Prozent) dieser Altersgruppe nutzt die App bereits. Ab dem 12. Lebensjahr dominiert die Foto- und Videoplattform Instagram (12 – 13 Jahre: 44 Prozent, 14 – 15 Jahre: 70 Prozent, 16 – 18 Jahre: 73 Prozent). Das mit ähnlichen Funktionen ausgestattete Snapchat rangiert dahinter.

(Aus: Bitcom (Hg.), Mit 10 Jahren haben die meisten Kinder ein Smartphone, 28.05.2019; in: www. bitkom.org/Presse/Presseinformation/Mit-10-Jahren-haben-die-meisten-Kinder-ein-eigenes-Smartphone; Abruf: 13.01.2021)

1. Betrachte das Schaubild: Welche Funktionen werden bevorzugt genutzt? Nenne die drei wichtigsten.

2. Vergleiche die Handynutzung von Julian mit den Ergebnissen der Umfrage.

3. Zwei von drei Jugendlichen haben zu Hause in manchen Situationen Handyverbot. Erläutere Vor- und Nachteile einer solchen Maßnahme.

C Ein Leben ohne Smartphone – was sich verändern würde

In zwei Versuchen (2014, 2018) bat der Philosophieprofessor Ron Srigley Studentinnen und Studenten, neun Tage auf ihr Smartphone zu verzichten. Die Teilnahme war jeweils freiwillig, alle bekamen dafür Extrapunkte im Studium. Hier die Ergebnisse des Experiments:

1. Sie schenkten den Menschen um sie herum mehr Aufmerksamkeit

Nicht nur, dass es den Studenten auffiel, wie viele andere Menschen um sie herum ihr Smartphone nutzten. Teilweise verärgerte es sie sogar, dass Leute, mit denen sie sich gerade unterhielten, inmitten des Gesprächs auf ihr Handy sahen oder sogar Nachrichten beantworteten.

2. Bessere Konversationen mit der Familie

Zwei Teilnehmer des Experiments stellten eine erhebliche Verbesserung der Gespräche zwischen ihnen und ihrer Familie fest. Benutzten sie vorher fast ganztägig einen Messenger, um zu kommunizieren, freuten sie sich nun über echte Gespräche in ihrem Leben ohne Smartphone und schenkten ihren Familienmitgliedern ungeteiltes Interesse.

3. Sie verspürten mehr Angst

In einem Leben ohne Smartphone machte sich bei vielen der Studenten instinktiv Angst breit und sie sahen die Welt plötzlich als einen wesentlich gefährlicheren Ort als je zuvor. Was ist, wenn ich einen Krankenwagen rufen muss oder sogar gekidnapped oder angegriffen werde? [...]

4. Ihre Produktivität steigerte sich

In einem Leben ohne Smartphone ist man bei der Erledigung wichtiger Dinge viel fokussierter* und arbeitet schneller, konzentrierter und leistungsfähiger im Allgemeinen, beschreiben sie nach dem Experiment. [...]

5. Sie liebten es, weniger gestört zu werden

Der unendliche Strom aus Neuigkeiten [...] verkürzt unsere, heutzutage sowieso schon geringe, Aufmerksamkeitsspanne. [...]

Karikatur: Michael Hüter

Obwohl beide Studien-Gruppen absolut ähnliche Erfahrungen machten, kamen die letzten Teilnehmer 2018 zu dem Schluss, ein Leben ohne Smartphone sei für sie unmöglich. Selbst die einfachsten Aktivitäten, wie zum Beispiel das Erwischen eines Busses oder die Verabredung zum Essen, stellten sie vor unlösbare Probleme. Eine Studentin schrieb außerdem: „Ein Leben ohne Smartphone wäre simpel und real, aber man wird von der Welt und der Gesellschaft abgehängt. Das geht nur für eine kurze Zeit".

(Aus: Paul Radestock, Ein Leben ohne Smartphone – Das passiert mit dir nach nur 9 Tagen, 09.01.2020, in: https://www.futurezone.de/digital-life/article228098057/Ein-Leben-ohne-Smartphone-Das-passiert-mit-dir-nach-nur-9-Tagen.html; Abruf: 13.01.2021)

WES-105271-004

Text einfacher

Text ausführlicher

Merke ✓

Fokussiert bedeutet auf das Wesentliche konzentriert, zielgerichtet.

4. Welches Ergebnis der Studie hältst du für besonders interessant, welches überrascht dich? Begründe deine Auswahl.

5. Leben „always online"– nur eine Bereicherung oder Einschränkung? Formuliere dazu deine persönliche Stellungnahme und diskutiert anschließend in der Klasse darüber.

Selbstständig weiterlernen mit Medien:

- Du kannst in einem Selbstversuch einen oder mehrere Tage auf dein Handy verzichten und darüber anschließend online berichten, zum Beispiel bei WhatsApp.

D Der Fall: Kann das Handy abhängig machen? – Mira berichtet

„Ich hatte mal einen ganz großen Facebook-Account, mit 5000 Freunden. Natürlich kannte ich die nicht alle. Das waren Leute, die vom Aussehen her irgendwie passten. Angefangen hat es damit, dass ich ungefähr hundert Leuten Freundschaftsanfragen geschickt habe, dann ging es weiter und weiter. Ich wurde geadded, und ich habe jeden angenommen. Wir haben uns meistens nur über Klamotten unterhalten. Aber irgendwann haben mich dann Leute auf der Straße erkannt und angesprochen, die ich nicht kannte. Da habe ich den Account geschlossen. Mein Vater hatte es mitgekriegt und darauf bestanden.

Bis dahin war meinen Eltern nicht ganz klar gewesen, wie viel Zeit ich auf Facebook verbrachte. Ich habe ja auch ganz andere Sachen am Computer gemacht, Hausaufgaben zum Beispiel, und alles Mögliche nachgelesen [...].

Wie Mira die Kontrolle entglitt

Ich muss im Nachhinein schon sagen, dass mir das entglitten ist. Irgendwann hat es mich richtig aus der Bahn geworfen. Ich hatte zwar noch Freunde, war also nicht nur in einer Ersatzwelt, aber wenn ich zu Hause war, war ich immer online und über Facebook erreichbar. Ich habe kein Buch mehr gelesen, nie mehr im Gras gelegen. Und ich war abhängig von den ‚Likes', also Komplimenten, die ich bekommen habe. Für mein Aussehen, für Fotos, die ich reinstellte, für meinen Status. Das ist der Stoff, der süchtig macht. Ich bin auf die Art auch mit schrägen Menschen in Kontakt gekommen.

Es war schwer, davon wegzukommen. Meine Mutter hat mir die Internet-Flatrate auf dem Handy gesperrt, damit ich nicht in Versuchung komme. Zu Hause wird mein Konsum limitiert. Jetzt habe ich 105 Freunde. Ich kenne sie alle. Ich gehe dreimal in der Woche auf Facebook, aber ich liege wieder im Gras. Und ich stelle fest, wie viel Kraft mir Facebook geraubt hat.

(Aus: Artikel „Was Jugendliche vom Internet halten", Gabriela Herpell, SZ.de vom 12.02.2012)

Selfies in sozialen Medien: Macht das Streben nach „Likes" abhängig?

1. Woran hat Mira gemerkt, dass ihr die Kontrolle entglitt? Nenne die Merkmale.

2. „Es war schwer, davon wegzukommen", sagt Mira. Begründe, warum es so schwierig ist, seine Gewohnheiten im Internet zu ändern.

Wann ist man süchtig?

Mira war eine von rund 100 000 Jugendlichen zwischen 12 und 17 Jahren, die in Deutschland von sozialen Medien abhängig sind und Merkmale von Sucht zeigen.

Ganz allgemein versteht man unter Sucht eine totale Abhängigkeit von einem Stoff oder einem Verhalten. Eine Sucht nach einem Stoff ist zum Beispiel die Alkoholsucht. Abhängig von Verhaltensweisen, ist man zum Beispiel, wenn man spielsüchtig ist. Als abhängig vom Internet und Computerspielen gilt in Deutschland rund jede/r zwanzigste Jugendliche (2019).

E Bist du gefährdet? – Fragebogen zur Selbsterkundung

Die Möglichkeiten der digitalisierten Welt faszinieren Jugendliche in besonderem Maß. Und wie alles, wofür man sich begeistert, kann diese Faszination zur Übertreibung bis hin zur Sucht führen. Seit man das Internet als Smartphone und Tablet überall mit sich tragen kann, hat sich auch die Gefährdung durch Abhängigkeit erhöht. War bis vor einiger Zeit vor allem die Sucht nach Computerspielen der Hauptgrund für eine Abhängigkeit, so werden inzwischen auch immer häufiger die übermäßige Nutzung von sozialen Medien als großes Problem erkannt.

Allgemeine Internet- und Computersucht liegt vor, wenn das Internet das eigene Leben völlig beherrscht und wenn die Kontakte und Kommunikation in der virtuellen Welt dazu führen, dass echte Begegnungen mit Freundinnen und Freunden immer seltener werden und den Betroffenen nicht mehr wichtig sind.

Niemand braucht sich davor zu fürchten, am Computer zu spielen oder Kontakte online zu pflegen. Die meisten Expertinnen und Experten halten den Umgang mit Smartphones und Tablets für sinnvoll und bereichernd. Erst wenn diese Geräte wichtiger als alles andere auf der Welt werden, ist es Zeit die Notbremse zu ziehen

Merkmale von Handy- und Computersucht	Trifft das auf dich zu?		
	Ja	manch-mal	Nie
Handy			
1. Man wird nervös, wenn das Smartphone ausgeschaltet ist.			
2. Man kann seine Freizeit nicht richtig genießen, wenn man sein Handy nicht dabei hat.			
3. Man schaut alle paar Minuten auf das Display, auch wenn andere dabei sind.			
4. Man beschäftigt sich ständig gedanklich damit, was man als Nächstes fotografiert oder als Nachricht postet.			
Computer und Internet			
5. Wenn man online ist, verliert man das Gefühl für die Zeit und bleibt länger sitzen, als man sich vorgenommen hat.			
6. Obwohl man es sich vorgenommen hat, kann man die PC- und Internetnutzung nicht reduzieren. Offline hat man das Gefühl eines Verlustes.			
7. Man legt keinen Wert mehr auf gemeinsames Essen und nimmt seine Mahlzeiten vor dem Computer ein.			
8. Man sagt Verabredungen mit Freunden kurzfristig ab, weil man die Zeit lieber am Computer verbringt.			

1. Notiere die Antworten für die einzelnen Punkte in deinem Heft.

2. Werte die Antworten aus. Je mehr „Ja“-Antworten du hast, desto stärker bist du gefährdet.

3. Entwickelt in der Klasse Ideen, wie man sich vor Internet- und Computersucht schützen kann.

Selbstständig lernen mit Medien

- Ihr könnt mithilfe des Fragebogens eine anonyme Befragung von Schülerinnen und Schüler anderer Klassen durchführen und diese am PC auswerten, zum Beispiel mit GrafStat, einer Software der Bundeszentrale für politische Bildung.

2 Jugendliche im Netz – verantwortungsbewusst oder sorglos?

Tipps zum Umgang mit persönlichen Daten entwickeln

A Zum Einstieg

In sozialen Medien kannst du im Nutzerprofil einiges über dich verraten.

- Notiere, welche Angaben dein Nutzerprofil enthält.
- Tausche dich dazu mit einem Partner oder einer Partnerin aus.

B Der Fall: Wann hat Alexander Müller Training?

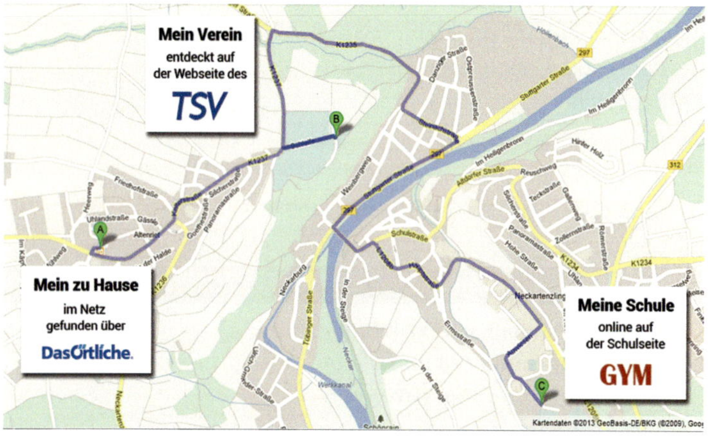

WES-105271-005

Wie man anonym surfen kann, erklärt dieses Video.

Einmal angenommen ...

■ Du nutzt die Facebook-App auf deinem Smartphone. Auf deinem Profil hast du deinen Wohnort, deinen Geburtstag und deine Schule sowie dein Hobby angegeben. Alexander Müller (Name von der Redaktion geändert) aus Altenriet in Baden-Württemberg hat das auch getan. Er hat am 18. Mai [...] Geburtstag, geht auf das Gymnasium Neckartenzlingen und spielt Fußball beim TSV Altenriet. Jetzt müssen wir nur eine kleine Onlinerecherche durchführen. Nach 30 Sekunden weiß man seine Adresse und Hausnummer aus dem Onlinetelefonbuch, danach findet man die Adresse der Schule auf der schuleigenen Homepage und schließlich kann man sich noch über die Trainingszeiten seiner Fußballmannschaft im Internet informieren. Nach lediglich 2 Minuten können wir ein tolles Bewegungsprofil über Alexander anstellen. Diese Informationen können auch missbraucht werden, z. B. könnte ein Unbekannter Alexander einfach an der Schule oder nach dem Training abfangen. ■

(Text und Karte aus: Datenschutz – Das einfache Spiel der Datensammler, 16.08.2017; in: www.handysektor.de/artikel/datenschutz-das-einfache-spiel-der-datensammler; Abruf: 13.01.2021)

C Datensammler am Werk: Jeder Klick eine Spur!

Das Internet von heute bietet eine Vielzahl von Diensten, und bei ihrer Nutzung entsteht ein Datenschatten. Jeder Klick, jeder Chat, jedes Foto, jede Suche, jeder Post, jede Nachricht – alles hinterlässt Datenspuren. Und oft werden diese gespeichert, ausgewertet und zu Nutzerprofilen verdichtet. Warum? Die Antwort heißt Werbung. Im Internet ist vieles, vielleicht sogar das meiste, kostenlos, obwohl Aufwand an Personal und Technik dahintersteht. Dieser finanziert sich vielfach über Werbung, und je genauer diese auf den potenziellen Kunden abgestimmt ist, je mehr man über ihn weiß, desto mehr kann erlöst werden. [...] Das heißt nicht, dass man das Internet meiden soll, aber es heißt, dass man bewusst mit seinen Daten umgeht, auf ein paar wesentliche Dinge achtet und Datenspuren vermeidet oder von Zeit zu Zeit beseitigt.

Um welche Datenspuren geht es dabei?

Zunächst um die IP-Adresse. Sie wird bei jedem Klick mitgeschickt und verrät einiges über den Nutzer. Sie lässt sich oft ziemlich genau dem Wohnort zuordnen oder jedenfalls der Region, aus der man kommt. [...]

In Verbindung mit den Angaben, die der Browser mitschickt, ist erkennbar, woher man kommt. Hast du dich schon einmal gefragt, warum du in der Regel deutsche Werbung zu sehen bekommst? Wieso keine auf Französisch oder Spanisch? Der Browser verrät zudem über den sogenannten „Referrer“, auf welcher Internetseite du zuvor gewesen bist. [...] Von großer Bedeutung sind hier die „Cookies“, Informationen, die von den Webseiten die du besuchst, auf deinem Rechner abgelegt und beim nächsten Besuch ausgelesen werden. Häufig werden Cookies dabei nicht nur von der jeweiligen Webseite gesetzt, sondern über dort platzierte Werbung auch von Unternehmen, wie z. B. Doubleclick. Diese können über diese Cookies erkennen, auf welchen Seiten du gewesen bist. Wenn man die Cookies zusammennimmt, lässt sich recht gut erkennen, was du im Internet so alles getan hast.

(Aus: https://www.youngdata.de/internet/datenspuren-im-netz/; Abruf: 13.01.2021)

Karikatur: Greser & Lenz

WES-105271-006

Text einfacher
Text ausführlicher

D Zur Diskussion: Gehen Jugendliche zu sorglos mit privaten Informationen im Internet um?

Ja! Das kann gefährlich werden

Viele Jugendliche posten in sozialen Medien privateste Fotos und Informationen über sich. So sind sie auf Fotos alkoholisiert oder nur leicht bekleidet zu sehen. Sie nutzen auch keine Privacy-Einstellungen und sind sich nicht bewusst, dass diese Angaben in falsche Hände geraten könnten. Wenig bekannt ist auch, dass Personalverantwortliche bei Bewerbungen erst einmal bei Instagram & Co. nachschauen, wie sich Bewerbende dort präsentieren.

Nein! Sie kennen die Gefahren im Netz

Jugendliche sind heute gut informiert über die Gefahren des Missbrauchs persönlicher Daten. Die meisten gehen sehr bewusst mit persönlichen Informationen im Netz um und zeigen auf WhatsApp & Co. nur harmlose Videos, zum Beispiel von Landschaften oder Tieren. Sie haben die Zahl der Freunde, die vertraulichere Informationen lesen dürfen, stark eingeschränkt. Deshalb ist es übertrieben, wenn Erwachsene von einer „Generation sorglos“ sprechen.

1. Erkläre, wie man innerhalb von zwei Minuten ein Bewegungsprofil über Alexander Müller erstellen kann.
2. Erläutere, wie und aus welchen Gründen im Internet persönliche Daten gesammelt werden.
3. Analysiere die Karikatur: Was zeigt sie, um welche Probleme geht es?
4. Beurteile die in Material D geäußerten Standpunkte und diskutiert anschließend in der Klasse über die Frage in der Überschrift.

E Datenschutz

1. Erkläre, was man unter Datenschutz versteht und warum die Gefahr des Datenmissbrauchs besonders groß ist.

2. Was regelt die Europäische Datenschutz-Grundverordnung? Erläutere die einzelnen Bestimmungen und ihre Bedeutung für Jugendliche.

3. Stelle alle für Jugendliche wichtige Informationen übersichtlich in einem Schaubild dar. Du kannst es auch am PC gestalten.

Teil 1: Persönliche Daten und die Gefahr des Missbrauchs

Persönliche Daten sind Informationen, die etwas über dich als Person aussagen, zum Beispiel wer du bist, dein Alter, deine Adresse, dein Bankkonto, deine Familie oder deine Hobbys. Alle persönlichen Daten gehören dir. Deshalb sollte man sich gut überlegen, mit wem man diese Informationen teilt.

In der Schule oder auf dem Rathaus müssen zu Verwaltungszwecken persönliche Daten von uns gespeichert werden. Doch kannst du davon ausgehen, dass sie vertraulich behandelt und keinesfalls an Unbefugte weitergegeben werden. Auch werden Daten gelöscht, wenn sie nicht mehr gebraucht werden. Für all das gibt es im Internet keine Garantie. Grundsätzlich können deshalb Daten missbraucht werden, wenn sie in falsche Hände geraten.

Datenschutz hat die Aufgabe, jeden Einzelnen vor einem Missbrauch persönlicher Daten zu schützen. Alle sollen selbst entscheiden, welche persönliche Daten erhoben werden und wie diese verwendet werden. Dieser Schutz ist ein Grundrecht in Deutschland. Der Staat ist deshalb verpflichtet, seine Bürgerinnen und Bürger vor Datenmissbrauch zu schützen.

Wer sich in den sozialen Medien bewegt, muss sich allerdings im Klaren sein, dass es absolute Sicherheit für Daten im anonymen Internet nicht geben kann. Wer zum Beispiel bei WhatsApp oder TikTok Bilder und Videos postet, muss damit rechnen, dass diese von fremden Leuten gesichtet und möglicherweise sogar zu kriminellen Zwecken verwendet werden. Nirgendwo ist die Gefahr so groß wie im Internet, dass sich Unbefugte Daten besorgen und für ganz andere Zwecke verwenden als ursprünglich gedacht. Es gibt zudem keine Kontrollbehörde, die die Einhaltung von Gesetzen im Internet kontrolliert.

Teil 2: Datenschutz

Seit 2018 gibt es die Europäische Datenschutz-Grundverordnung (DSGVO), die den Schutz personenbezogener Daten in Europa einheitlich regelt:

Altersstufen: Die Daten von Kindern und Jugendlichen werden in besonderer Weise geschützt. Deshalb wurden Altersstufen für die Verarbeitung persönlicher Daten eingeführt. Bei Kindern und Jugendlichen unter 16 Jahren müssen die Eltern bei der Erhebung persönlicher Daten einwilligen. Sie müssen demnach eine Anmeldung in sozialen Netzwerken ausdrücklich genehmigen. Erst ab 16 Jahren dürfen Jugendliche selbst über die Erhebung und Verwendung ihrer persönlichen Daten entscheiden. Allerdings nehmen es einige Internet-Anbieter mit der Überprüfung der Altersangaben nicht sehr genau.

Informationspflicht/Einwilligung: Niemand darf persönliche Daten ohne ausdrückliche Einwilligung der betreffenden Person erheben und verwenden. Man muss deshalb zum Beispiel auch vor dem Einsatz von Cookies auf Websites gefragt werden, ob man dieser Anwendung zustimmt. Bei der Erhebung persönlicher Daten muss auch mitgeteilt werden, wofür man diese Daten verwendet, wie lange sie gespeichert werden und wo man sich beschweren kann.

Recht auf Vergessen: Wenn man einen Internetdienst nicht mehr nutzt, kann man verlangen, dass persönliche Daten gelöscht werden. Ob die Informationen im Internet tatsächlich gelöscht werden, hängt allerdings vom Einzelfall ab.

F Welche Daten soll Sybel auf ihr öffentliches Profil stellen?

Einmal angenommen …

Sybel ist begeisterte Nutzerin sozialer Medien. Sie ist auf sehr vielen Kanälen und Portalen im Internet aktiv. In Ihrem öffentlichen Bereich sind die in der Tabelle aufgeführten Informationen zu finden.

Als eines Tages ihre Eltern per Zufall ihr Profil sehen, reagieren sie sehr besorgt. Sybel ist ratlos: Was soll daran schon schlimm sein? Was meint ihr?

Hinweis: Sybel ist eine fiktive Person, auch die persönlichen Daten sind erfunden.

Euer Auftrag:

1. Bewerte die Angaben in der Tabelle zunächst alleine.
2. Tauscht euch zu zweit darüber aus, welche Angaben ihr für unbedenklich haltet, welche für problematisch.
3. Sammelt in der Klasse Tipps, wie man mit persönlichen Daten im Internet umgehen sollte.

Daten	Inhalt	Ok	Problematisch, weil …
Name	Sybel Aslan		
Alter	14		
Geburtstag	3. Mai		
Anschrift	Saarbrücker Straße 229		
	54294 Trier		
E-Mail	fröschlein@amx.de (nur für liebe Freunde ☺)		
Fotos	3 vom letzten Familienurlaub, 32 Fotos mit Freundinnen und Freunden, 3 Fotos von der letzten Party, 11 Einzelaufnahmen nach Shoppingtouren.		
Das Tollste, was ich erlebt habe	Die letzte Städtereise nach Berlin. Dieses Jahr geht's im Juli und August in die Türkei. Freu mich schon drauf.		
Mein Lieblingsessen	Pizza Salami beim Italiener Da Antonio in der Hebelgasse.		
Hobbys	Handball, mit Freunden chillen, shoppen, lesen.		
Schule	Integrierte Gesamtschule im Montessoriweg.		
Lieblingsfächer	Sport beim schönen Rudi Müller.		
Freunde	362 Freunde an der Schule, 277 im Sportverein, 89 von der Freundesliste.		
Hassfach	Mathe		
Hasslehrerin	Die blöde Schaminski.		

3 YouTube als Informationsquelle für das Weltgeschehen: Reicht das?

Eine Videoanalyse durchführen

A Politik-Videos – bei Jugendlichen beliebter als die Tagesschau

17 Millionen Klicks erhielt der Youtuber Rezo 2019 für seine Parteienkritik. Er hatte im Vorfeld der Europawahl dazu aufgefordert, die CDU nicht zu wählen. Nach Ansicht von Wahlforschern kostete das die Partei mehrere Prozent an Stimmen.

Neun von zehn Jugendlichen nutzen regelmäßig YouTube. Nach Ansicht vieler Erwachsener geht es bei YouTube hauptsächlich um Lifestyle-Themen. Das bietet YouTube auch – doch nicht nur. Rund 60 Prozent der Jugendlichen zwischen 10 und 18 Jahren nutzen den Kanal, um sich über Themen von öffentlichem Interesse zu informieren. Jeder Fünfte informiert sich sogar direkt über aktuelle Nachrichten auf YouTube.

Offenkundig kommen Videos mit politischen Inhalten bei jungen Menschen gut an. Der Youtuber Rezo hat 2019 mit seiner Parteienkritik und 2020 mit seiner Medienkritik politische Diskussionen ausgelöst wie kein anderer vor ihm.

Der beliebteste Newsblogger in Deutschland ist zurzeit mit drei Millionen Abonnenten LeFloid. Florian Mundt, wie er bürgerlich heißt, spricht mit seiner lockeren und humorvollen Art der Nachrichtenpräsentation besonders junge Menschen an. Die Themenauswahl ist ähnlich wie klassischen Nachrichtensendungen – doch im Unterschied zu diesen äußert er deutlich seine persönliche Meinung.

Tagesschau vertrauenswürdiger als Online-Medien

Welchen Nachrichtenmedien Jugendliche am meisten vertrauen, hat die sogenannte Jim-Studie des Medienpädagogischen Forschungsverbunds Südwest 2018 untersucht: Danach nutzen Jugendliche zwar das Internet, um sich zu informieren. Bei der Glaubwürdigkeit stehen jedoch Tagesthemen und Tageschau an erster Stelle, gefolgt von den regionalen gedruckten Tageszeitungen und den öffentlich-rechtlichen Radiosendern.

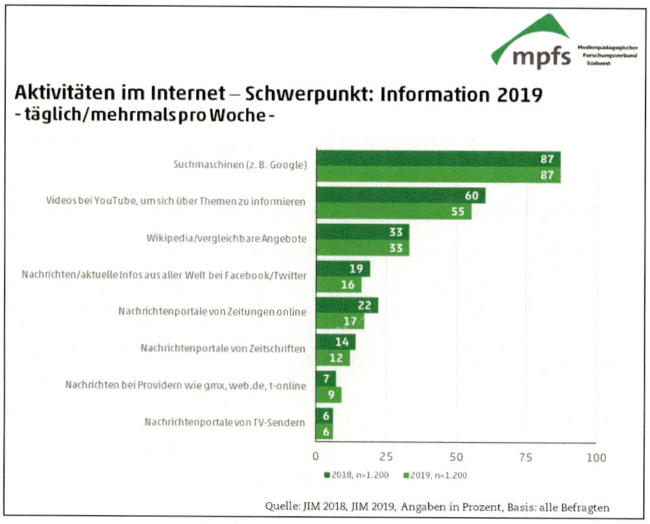

1. Beschreibe anhand des Schaubilds, welche Informationsmöglichkeiten bei Jugendlichen besonders beliebt sind.

2. Suche nach Erklärungen, warum Jugendliche der Tagesschau mehr Glaubwürdigkeit zusprechen als den Produktionen von Youtubern.

3. Analysiert ein Video eurer Wahl und präsentiert die Ergebnisse in der Klasse.

Videoanalyse
Thema: YouTube-Nachrichtenvideo

Worum geht es?

Jugendliche nutzen sehr gerne Videos, um sich über das Weltgeschehen zu informieren. Gemeinsam ist allen politischen Videos, dass darin Sprecherinnen und Sprecher auftreten, die etwas zum Thema sagen, Interviews führen, Zusammenhänge erklären und oft auch Meinungen äußern. Wie hilfreich sind diese Informationen? Wie stark lenken solche Videos die Urteilsbildung? Arbeiten sie informativ oder manipulativ?
Um diesen Fragen forschend auf die Spur zu kommen, können ihr politische Videos mithilfe einer Videoanalyse untersuchen. Verwenden könnt ihr dazu einen YouTube-Beitrag eurer Wahl zu einem Thema aus Politik oder Wirtschaft. Die Auswahl solltet ihr zuvor in der Klasse absprechen.

Wie macht man das?

Eine Analyse ist eine genaue Untersuchung, bei der man nach einem vorgegebenen Plan und nach genau definierten Kriterien vorgeht. Ihr müsst dazu den Beitrag, den ihr ausgewählt habt, mehrmals anschauen, mindestens zweimal. Mehrere Teams in der Klasse können sich mit unterschiedlichen Videobeiträgen auseinandersetzen. Alle Analyseschritte werden von allen Gruppenmitgliedern protokolliert.

1. Vorbereitung:

- Bildet Teams und wählt ein Video zu einem politischen Thema aus, das ihr analysieren wollt.
- Bereitet einen Protokollbogen vor, auf dem ihr das Thema, den Titel des Videos und die Untersuchungsfragen notiert.

2. Erste Sichtung

Schaut euch das Video vollständig an und sammelt im Team erste Bewertungen.

3. Zweiter Durchgang/Protokollierung

Schaut das Video erneut an, unterbrecht immer wieder und protokolliert in Stichworten eure Beobachtungen:

- Welche Informationen werden vermittelt?
- Welche Meinungen werden geäußert?
- Wo werden die Zuschauer zu Reaktionen aufgefordert?

4. Bewertung des Videos

Dabei helfen euch drei Fragen:

- Enthält der Beitrag neue, hilfreiche Informationen, die ihr euch merken wollt?
- Kann man erkennen, wann es sich um Fakten und wo es sich um Meinungsäußerungen des Moderators handelt?
- Regt das Video zum Nachdenken an oder wird versucht, eure Meinung in eine bestimmte Richtung zu lenken?

5. Ergebnispräsentation

Stellt eure Arbeitsergebnisse in der Klasse vor und diskutiert über die Frage: Wie wichtig sind YouTube-Videos für euch als Informationsquelle?

WES-105271-007

Hier findet ihr Beispiele von YouTubern, die politische Videos veröffentlichen.

4 Sind soziale Netzwerke in Wirklichkeit asozial?

Stellung nehmen zu Hassbotschaften im Internet

A „Und morgen bist du tot!" – zwei Beispiele von Hassbotschaften

Seit Jahren wird der Ton im Internet rauer. Persönliche Beschimpfungen und auch Drohungen gehören für viele Menschen inzwischen zum Alltag, vor allem für Personen, die in der Öffentlichkeit stehen. Häufig werden Hassbotschaften von Menschen mit rechtsextremen oder rassistischen Einstellungen verfasst. Die folgenden zwei Beispiele schildern, wie die ständigen Bedrohungen auf die Betroffenen wirken.

1. Ein Journalist/Autor: Soll man sich an Drohungen gewöhnen?

Täglich (habe ich) Hunderte, manchmal mehr als tausend Zuschriften erhalten. Darunter täglich ein Dutzend Morddrohungen, fast 400 insgesamt. So viele wie noch nie. „Verabschiede dich! Das Jahresende wirst du nicht mehr erleben! [...] Ich werde dafür sorgen, dass du artgerecht entsorgt wirst!" Oder: „Du bist eine hässliche Missgeburt, aber kein Deutscher!!!!! Man sollte dich nachträglich abtreiben!!!!!" Oder: „Wir wissen, wo du dich verkriechst du vaterlandsloser Geselle!!! Wir verfolgen dich, wir beobachten dich. Und morgen bist du tot!" Viele Jahre habe ich gedacht: Irgendwie kann man sich vielleicht an solche Drohungen gewöhnen. Ich bekomme sie seit Anfang der Neunzigerjahre, seitdem ich es mit meinem unverschämt fremden Namen wage, Artikel in deutschen Publikationen zu veröffentlichen. Es ist also kein neues Phänomen. Früher habe ich solche Zuschriften verdrängt, sie weggeklickt, versucht, sie nicht ernst zu nehmen. Ich habe auch einige Male Anzeige erstattet. Jedes Mal wurde das Verfahren eingestellt. Entweder, hieß es, konnte der Verfasser nicht ermittelt werden – oder er habe einfach behauptet, er sei es nicht gewesen, denn zu seinem Computer hätten mehrere Leute Zugang.

(Aus Hasnain Kazim: Und morgen bist du tot, 24.01.2020, https://www.zeit.de/gesellschaft/2020-01/hass-journalisten-morddrohung-meinungsaeusserung-neonazis-rassismus-afd; Abruf: 13.01.2021)

2. Eine Politikerin: Es berührt mich nicht mehr!

Beleidigungen und Drohungen erhalte sie fast täglich, sagt die frühere Grünen-Politikerin, die inzwischen für die Wählervereinigung ÖkoLinX in der Stadtverordnetenversammlung in Frankfurt am Main sitzt. „Am Anfang haut es dich emotional um, wenn dir ein Mensch, den du gar nicht kennst, detailliert beschreibt, wie er dich ermorden will", sagt sie. Die Mail aus dieser Woche: Sie sei eine „Judensau", die man in den „Gestapo-Keller" sperren, vergewaltigen und „Arme und Beine absägen" solle. Doch über die Jahre habe sie gelernt, wie man mit solchen Drohungen umgehe, sie rational verarbeite. „Ich bin jetzt kühl, es berührt mich nicht mehr."

(Aus: Felix Hackenbruch, Betroffene der Hassmails des „NSU 2.0" halten Bedrohungslage für „so hoch wie nie", 26.07.2020; in: www.tagesspiegel.de/politik/es-laeuft-etwas-schief-in-diesem-land-betroffene-der-hassmails-des-nsu-2-0-halten-bedrohungslage-fuer-so-hoch-wie-nie/26037442.html; Abruf: 13.01.2021)

B 98 Prozent der Nutzer lehnen Beleidigungen ab

Das geht aus einer repräsentativen Forsa-Studie im Auftrag der Landesmedienanstalt Nordrhein-Westfalen zum bundesweiten „Safer Internet Day“ [...] hervor. Dafür wurden bundesweit mehr als 1000 Internetnutzer ab einem Alter von 14 Jahren befragt.

[...] Meinungsfreudig und abgebrüht gegenüber Kritik zeigten sich die jüngeren Befragten: 72 Prozent der 14- bis 24-Jährigen gaben an, dass es ihnen leichtfalle, im Internet ihre Meinung zu sagen. Fast die Hälfte (49 Prozent) dieser Altersgruppe behauptete, dass ihnen beleidigende Kommentare egal seien und sie diese einfach ignorierten.

Insgesamt gab aber fast jeder dritte (32 Prozent) Befragte zu, aus Angst vor beleidigenden Kommentaren nichts online zu stellen. Gut jeder Vierte (27 Prozent) traut sich laut Umfrage nicht, seine Meinung im Internet kundzutun, weil er befürchtet, bloßgestellt zu werden.

(Meldung v. 04.02.2019, © dpa)

C Netiquette: Wie soll man sich im Internet verhalten?

Das Wort Netiquette setzt sich zusammen aus dem englischen Wort „net“ für Netz und dem französischen Wort „Etikette“. Mit dem Begriff bezeichnet man Verhaltensregeln im Netz. Ein höflicher und respektvoller Ton stellt sicher, dass sich alle im Netz sicher fühlen.

1. Regel: Nicht spammen. Überlege gut, ob du wirklich etwas mitzuteilen hast. Für andere ist es lästig, alle paar Minuten eine Nachricht von dir zu erhalten.

2. Regel: „Bitte“ und „Danke“ sind auch im Netz Zauberwörtchen, die so manche Tür öffnen.

3. Regel: Beachte Groß- und Kleinschreibung. Achtung! Großschreibung bedeutet in der Sprache des Internet „Brüllen“.

4. Regel: Beachte die Privatsphäre anderer. Poste niemals Persönliches oder Intimes über andere Personen.

5. Regel: Keine Beleidigungen! Das Internet ist kein geeignetes Medium, um Streitigkeiten auszutragen. Wenn du mit jemandem Probleme hast, triffst du dich am besten persönlich außerhalb des Internets und klärst die Angelegenheit.

1. Wie wirken Hassmails auf die Betroffenen? Beschreibe die Reaktionen in den beiden Beispielen in Material A.
2. Erläutere die Ergebnisse der Studie (Material B). Was hättest du geantwortet?
3. Hassbotschaften sind strafbar, kommen aber besonders häufig im Internet vor. Was könnten die Gründen dafür sein? S. 252
4. Wie soll man mit Hassbotschaften umgehen? Diskutiert darüber in der Klasse und beurteilt dabei auch den Beitrag von Netiquette.

5 Cybermobbing – nicht in unserer Klasse!
Ein Projekt planen

A Der Fall: Hass und Spott in den sozialen Medien

■ Sie kann wieder strahlen. Dass Chiara Sommer ihren Realschul-Abschluss einmal feiern würde, ist nach den schrecklichen Jahren, die das Mädchen aus Neunkirchen im Saarland durchgemacht hat, keine Selbstverständlichkeit. „Ich bin sehr stolz auf mich", sagt die 17-Jährige heute. Dabei ist es erst drei Jahre her, dass Orietta Sommer in das Zimmer ihrer Tochter ging und dort eine Entdeckung machte, die sie fassungslos zurückließ.

„An so etwas hatte ich nie gedacht", erinnert sich die alleinerziehende Mutter. Fünf Jahre lang wurde ihre Tochter an der Realschule in Neunkirchen gemobbt.

Abschiedsbrief auf dem Laptop

Im Zimmer von Chiara stand an diesem Tag [...] der Laptop der damals 14-Jährigen halboffen auf dem Schreibtisch. Auf dem Bildschirm: ein Abschiedsbrief. Von Tochter Chiara: keine Spur.

Der Brief war die Folge jahrelangen Mobbings, dem Chiara in ihrer Schule schutzlos ausgeliefert war. [...]

Chiara verändert sich immer mehr

Die Probleme mit Chiaras damaligen Klassenkameraden fingen an, als ihre ältere Schwester die Schule wegen Mobbings verließ und die Häme* wie ein Boomerang auf Chiara fiel. „Die Leute in meiner Schule machten sich über alles lustig. Darüber, wie ich rede, wie ich aussehe", erzählt sie mit tapferer Stimme. Auch Schläge musste sie einstecken. Einmal sei sie sogar beim Umziehen vor dem Schulsport gefilmt worden. Das Video landete auf YouTube. In Facebook- und WhatsApp-Gruppen ergoss sich der Hass auf sie – bis Bilder von Chiara im Netz mit dem Wort „Tod" auftauchten.

Zu diesem Zeitpunkt hatte sich das Mädchen bereits grundlegend verändert, wie die Mutter erzählt. [...] „Ich habe mich oft im Zimmer verschanzt und geritzt", sagt Chiara über diese Zeit. Auch Drogen seien irgendwann ins Spiel gekommen und mit den falschen Leuten habe sie auch abgehangen. [...]

*Häme = Schadenfreude

Hilfe bei der Familie und dem Bündnis gegen Cybermobbing

Als Mutter Orietta den Hilferuf in Form des Abschiedsbriefs findet, zieht sie Konsequenzen. Auch auf Anraten der Schule und nach mehreren Vermittlungsversuchen zwischen Chiara, ihren Mitschülern und der Schule wechselt die Jugendliche [...] die Schule.

Wie sich herausstellen sollte, der einzig richtige Schritt. „Die komplette Schule hatte sich auf Chiara eingeschossen", sagt der Pädagoge Peter Sommerhalter, bei dem Chiara Hilfe fand. Sommerhalter engagiert sich im Bündnis gegen Cybermobbing seit vielen Jahren gegen Hass und Häme, leistet Präventionsarbeit an Schulen und hilft, wenn der Albtraum Cybermobbing Menschen zu zerstören droht.

Auch Chiara half neben dem Bündnis gegen Cybermobbing vor allem ihre Familie weiter. „Meine Mama ist mir beigestanden", sagt sie. So konnte die Jugendliche die schwierige Zeit überstehen. Und ihre Mutter sagt: „Es war sehr hilfreich, dass es so etwas wie das Bündnis gegen Cybermobbing gab." ■

(Aus: Autor: Ludwig Obermeier, Titel: „‚Sie filmten mich sogar heimlich in der Umkleide' – wie Chiara dem Mobbing entkam"; FOCUS Online vom 18.09.2017; Link zum Artikel: https://www.focus.de/digital/internet/cybermobbing-mobbing-opfer-spricht_id_7276336.html; Abruf: 13.01.2021)

B Hintergrund: Warum ist Cybermobbing so schlimm?

Da die elektronischen Medien auf Kinder und Jugendliche einen besonderen Reiz ausüben, kann sich Mobbing leicht aus einem Spaß heraus entwickeln. Wer ausprobiert, was mit Fotobearbeitungsprogrammen möglich ist, wie man Fotos fälschen und Situationen aufleben lassen kann, die es so nie gegeben hat, erfreut sich möglicherweise zunächst nur an seinen Fähigkeiten und den dabei entstehenden Werken. Der Chemielehrer im rosa Tutu, die Klassenkameradin in der Hand von Godzilla – das alles bleibt lustig, solange es den eigenen Rechner nicht verlässt. Wer diese Bilder jedoch Freundinnen und Freunden zugänglich macht und damit die abgebildete Person beleidigt oder herabwürdigt, schafft einen Mobbingfall. Wer über solche Bilder lacht, ist Mitläufer, wer sie weiterverbreitet, beteiligt sich am Mobbing.

Im Vergleich zum direkten Mobbing fällt es Täterinnen und Tätern beim Cybermobbing noch leichter, Grenzen zu überschreiten: Sie fühlen sich sicher, weil sie glauben, unerkannt bleiben zu können und für ihre Taten nicht einstehen zu müssen. Da man außerdem dem Opfer nicht von Angesicht zu Angesicht gegenübertreten muss, wird auch mögliches Mitleid getilgt: Wer nicht sieht, wie sein Opfer leidet, wird oft noch hemmungsloser und denkt sich immer brutalere Methoden aus. Solange das Opfer das Mobbing nicht öffentlich macht, bleiben diese Taten im Verborgenen. Eltern, Lehrerinnen und Lehrer oder andere Erwachsene erfahren nichts davon und können so nicht eingreifen. […]

Hinzu kommt, dass das Internet nie vergisst. Während sich in der Schule manchmal nach den nächsten Ferien niemand mehr daran erinnert, wer im vergangenen Schuljahr Mobbingopfer war, tauchen Bilder, beleidigende Kommentare und Ähnliches im Internet noch nach Jahren weiterhin auf. So können Mitschülerinnen und Mitschüler andere darauf aufmerksam und sich gemeinsam über das Opfer lustig machen. Statt nur in einer Klasse ist ein peinliches Foto plötzlich in der ganzen Schule und darüber hinaus bekannt.

(Aus: Kristine Kretschmer, Clara Walther: Cybermobbing, Täter und Opfer, in: https://www.planet-schule.de/wissenspool/entscheide-dich/inhalt/hintergrund/cybermobbing-taeter-und-opfer.html; Abruf: 13.01.2021)

Wer Mobbing beobachtet und nichts dagegen unternimmt, wird zum Mittäter und ist mitverantwortlich für das Leid der Opfer.

Wer Mobber zur Rede stellt, riskiert, selbst Opfer von Mobbing zu werden. Das kann man niemandem zumuten.

1. Urteile spontan: Welche Gefühle löst der Fall in dir aus? (Material A)
2. Was ist Chiara passiert? Beschreibe die Formen und Folgen des Cybermobbings.
3. Erläutere die Besonderheiten von Cybermobbing.
4. Mobbing = kleiner Scherz unter Klassenkameraden? Analysiere die Aussageabsicht der Karikatur. S. 252
5. Bewerte die Aussagen in den Sprechblasen und diskutiert anschließend in der Klasse darüber.

C Wir planen ein Projekt gegen Cybermobbing

Projekt – Warum?

Mobbing gibt es nicht nur unter Jugendlichen. Auch Erwachsene können davon betroffen sein. Täter, Mitläufer und Kämpfende gibt es überall. Weil das Thema so wichtig ist und alle betrifft, schlagen wir die Durchführung eines Projektes vor. Man kann es im Rahmen von Projekttagen in der Schule gestalten oder im Verlauf eines sogenannten Themen- oder Demokratietages. Wenn sich eine Schülergruppe zusammenfindet, lässt sich das Projekt auch außerhalb der Unterrichtszeit planen und realisieren. Diese Doppelseite enthält einen Ablaufplan, an dem ihr euch bei der Planung, Durchführung und Auswertung des Projektes orientieren könnt.

Fünf Planungsschritte

1. Klärung der Ausgangslage: Was wollen wir erreichen?

Beim Thema Cybermobbing liegt das Ziel auf der Hand: Jede Art von Mobbing ist grausam und soll in unserer Klasse nicht (mehr) vorkommen. Sollte sich jemand als Opfer fühlen, muss damit Schluss sein. Sollte jemand feststellen, dass er schon als Täter aktiv war, muss er bereit sein, über sein Verhalten nachzudenken und es zu korrigieren.

Ihr könnt zu Beginn ein Meinungsbild mithilfe einer anonymen Zettelabfrage erstellen. Nach der Auswertung der Zettel könnt ihr miteinander darüber reden, wie groß das Interesse am Thema ist und wie ihr die Chancen einschätzt, dass Cybermobbing in eurer Klasse in Zukunft nicht (mehr) vorkommt.

Ich möchte an diesem Ziel mitarbeiten.
Ja/Nein

Ich halte das Thema für sehr wichtig.
Ja/Nein

2. Informationsphase: Was sollte man über das Thema wissen?

In Teams könnt ihr auf Informationssuche gehen und dabei das empfohlene Web-Quest durchführen.

Ihr könnt euch auch die kostenlose Broschüre von klicksafe bestellen oder downloaden.

Es gibt auch Fachliteratur in Buchform zum Thema. Besorgt euch den einen oder anderen Titel. Ihr könnt Filme zum Thema sichten. Unter dem Suchbegriff „Aktion gegen Mobbing" findet man im Netz eine Reihe von Filmbeiträgen über Anti-Mobbing-Projekte von Schülern. Die Informationsaufträge könnt ihr untereinander verteilen und euch dann gegenseitig über eure Ergebnisse in Kenntnis setzen (zum Beispiel in Gruppenarbeit oder in Form von Kurzvorträgen). Am Ende der Informationsphase solltet ihr Antworten auf die folgenden Fragen gefunden haben:

- Cybermobbing: Was ist das? (Erklärungen, Ausmaß des Problems)
- Die Opfer: Was passiert mit jemandem, der gemobbt wird? (Im Internet sind zahlreiche Fälle dokumentiert.)
- Täter und Mitläufer: Warum machen Menschen so etwas? Warum wehren sich viele nicht dagegen?
- Was tun, wenn uns ein Fall von Mobbing bekannt wird? (Bei www.klicksafe.de werden Vorgehensweisen empfohlen.)
- Mobbing als strafbare Handlung: Mit welchen Folgen müssen ertappte Täter rechnen? (Recherchiert dazu die Paragrafen 185 bis 187 und 201a des Strafgesetzbuches.)

3. Kreativphase: Was können wir tun?

Überlegt euch, welche Aktionen sinnvoll sind und wie ihr andere von euren Zielen überzeugen könnt.

Ihr könnt zum Beispiel …

- eine Umfrage in anderen Klassen oder in der Schule durchführen und dazu einen Fragebogen vorbereiten, der Anonymität sichert. (Hast du schon einmal mitgekriegt, dass jemand gemobbt wurde? Warst du selbst einmal Opfer einer Mobbing-Aktion? etc.)
- Plakate entwerfen, Anti-Cybermobbing-Buttons gestalten, kleine Warnschilder herstellen, die man an vielen Stellen anheften kann.

- Nachdenkbilder malen. Symbolhafte Darstellungen sind oft besonders gut geeignet, Menschen zum Nachdenken anzuregen.
- euch eine Theaterszene ausdenken, einstudieren und vorspielen (vielleicht sogar selbst ein Anti-Mobbing-Video drehen).
- Artikel für die Schülerzeitung schreiben.
- Maßnahmen für Täter formulieren: Was muss mit Täterinnen und Tätern geschehen, die ertappt werden und nicht bereit sind, mit dem Cybermobbing aufzuhören? Dazu kann man Maßnahmen überlegen und aufschreiben.

4. Präsentationsphase

Die Präsentation eurer Arbeitsergebnisse sollte ein Höhepunkt der Projektarbeit sein. Übt in der Klasse, bevor ihr eure Arbeitsergebnisse einem erweiterten Publikum vorstellt.

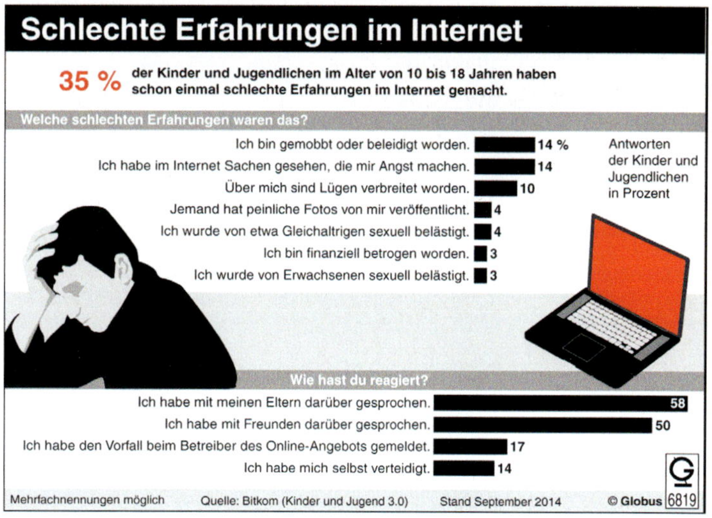

5. Reflexionsphase

Am Ende solltet ihr gemeinsam über die folgenden Fragen sprechen:

- Welche Erkenntnisse und Erfahrungen aus diesem Projekt sind für uns besonders wichtig?
- Was hat sich durch unser Projekt verändert?
- Haben wir unser Ziel erreicht?
- Hat sich der Aufwand gelohnt?
- Was bleibt noch zu tun?

Internetrecherche

Thema: Projekt gegen Cybermobbing

- Unser Rechercheauftrag:
- Mitglieder der Arbeitsgruppe sind:
- Zeit für die Recherche:

Empfohlene Adressen: www.

- klicksafe.de
  Safer-Internet-Programm der EU
- mobbing-schluss-damit.de
  Neuwerk von Vereinen, Firmen und anderen Organisationen; viele Tipps
- schau-hin.info
  mit Hotline und Tipps zum Datenschutz
- schueler-gegen-mobbing.de
  Eine Initiative von Schülern für Schüler

Stand der Adressen: Januar 2021

Was interessiert dich besonders? Was kannst du richtig gut?

Wähle, wie du vorgehen möchtest:

Möglichkeit 1: Ich arbeite individuell und suche mir zwei, drei oder mehr Aufgaben aus.

Möglichkeit 2: Ich arbeite mit einer Partnerin, einem Partner zusammen. Gemeinsam schaffen wir mehr als allein.

Möglichkeit 3: Wir bilden Gruppen, teilen die Aufgaben auf und lösen alles gemeinsam.

Was ich weiß

S M U H

Ich kann ...

1. die Aufgaben des Datenschutzes beschreiben.

2. die Merkmale von Computerabhängigkeit erklären.

Wozu ich Stellung nehmen kann

S M U H

Ich kann zu folgenden Diskussionspunkten meine Meinung formulieren und diese mit Argumenten begründen:

1. Reichen News-Videos aus, um politisch gut informiert zu sein?

2. Gehen Jugendliche zu sorglos mit ihren Daten im Netz um?

Was ich methodisch gelernt habe

S M U H

Ich kann ...

1. die einzelnen Schritte einer Videoanalyse nennen.

2. erläutern, wie man bei der Planung eines Projektes gegen Cybermobbing vorgehen kann.

Worüber ich mitreden kann

S M U H

Mit ein wenig Nachdenken kann ich mit meinem Banknachbarn oder innerhalb einer Gruppe oder vor der Klasse über die folgenden Fragen eine, zwei oder drei Minuten freisprechen:

1. Welche Regeln der Netiquette sollte man beachten?

2. Welche Gefahren gibt es für Jugendliche im Internet und wie kann man sie vermeiden?

Was ich nicht mehr vergessen werde… 9 Merksätze zum Einprägen

1	Ein Leben ohne Handy …
A	kann sich jeder Jugendliche gut vorstellen.
B	kann sich die Mehrzahl der Jugendlichen nicht vorstellen.
C	können sich 82 Prozent der Jugendlichen nicht vorstellen.
D	kann sich kein Jugendlicher vorstellen.

2	Abhängig vom Computer oder Handy ist man, wenn …
A	man am Tag mehrmals auf seine Nachrichten in den sozialen Medien schaut.
B	man mehr als zwei Stunden im Internet surft.
C	man Wert auf das neueste Handymodell legt.
D	Freundinnen und Freunde unwichtig werden und man lieber seine Freizeit am Computer verbringt.

3	Die Europäische Datenschutz-Grundverordnung …
A	gilt ausschließlich im Internet.
B	verbietet die Erhebung persönlicher Daten.
C	gilt nur für volljährige Bürgerinnen und Bürger der EU.
D	regelt den Schutz personenbezogener Daten.

4	Persönliche Daten darf man …
A	ohne Einwilligung der betreffenden Person erheben, wenn es notwendig ist.
B	bei Kindern und Jugendlichen grundsätzlich nicht erheben.
C	bei Jugendlichen unter 16 Jahren nur mit Einwilligung der Eltern erheben.
D	aus Gründen des Datenschutzes grundsätzlich nicht erheben.

5	Als Netiquette bezeichnet man …
A	ein großes Online-Datingportal.
B	Verhaltensregeln im Internet, vor allem in sozialen Medien.
C	Verhaltensregeln beim Tanzkurs.
D	Regeln bei Sportübertragungen im Fernsehen.

6	Hassbotschaften im Netz …
A	gibt es ziemlich selten.
B	richten sich nur gegen Prominente.
C	werden von fast allen Nutzerinnen und Nutzern des Internets abgelehnt.
D	sind den Betroffenen egal.

7	Will man Fotos auf sozialen Medien veröffentlichen, …
A	benötigt man die Einwilligung der abgebildeten Personen.
B	sollten diese vorher immer mit einem Bildbearbeitungsprogramm bearbeitet werden.
C	kann man das ohne Einschränkungen tun.
D	müssen die fotografierten Personen älter als 16 Jahren sein.

8	Cybermobbing …
A	kann jeden treffen.
B	wird immer aufgedeckt und die Täter werden hart bestraft.
C	ist für die Opfer nicht so schlimm.
D	trifft nur Außenseiter und Nerds.

9	Mobbing im Internet ist besonders schlimm, weil …
A	weil sich Opfer und Täter im Alltag sonst gut verstehen.
B	das Internet nichts vergisst und die Beleidigungen nach Jahren noch zu lesen sind.
C	die Eltern eher davon erfahren.
D	Mobbing während der Schulzeit passiert.

!
- Bei richtiger Lösung kommen A zweimal, B dreimal und C und D je zweimal vor.
- Übernimm die Merksätze in dein Heft und präge sie dir ein.

3 Wir Jugendlichen und das Recht

Welche Bedeutung haben Rechte, Pflichten und Gesetze im Alltag?

1. Allein nachdenken

Was hat das Foto mit dem Thema Recht zu tun? Erkläre den Zusammenhang.

2. Zu zweit beraten

Wozu braucht man im Fußball feste Regeln und Schiedsrichter?

3. In der Klasse sammeln

Sammelt Gründe, warum es auch im Staat Gesetze geben muss.

Im Verlauf dieses Kapitels könnt ihr ...

- erklären, wozu wir das Recht brauchen,
- die besonderen Rechte und Pflichten von Jugendlichen beschreiben,
- einen Fall von Internetkriminalität beurteilen,
- den Ablauf eines Straf- und Zivilprozesses erläutern,
- Sinn und Zweck von Strafen für jugendliche Gewalttäter erörtern.

Eigene Schwerpunkte könnt ihr setzen, indem ihr ...

- ein Erklärvideo zur Rechtsstellung von Jugendlichen dreht,
- ein Interview mit einer Jugendrichterin oder einem Jugendrichter führt,
- erörtert, ob wir härtere Strafen für jugendliche Gewalttäter brauchen.

1 Wozu dient das Recht?

Die Bedeutung von Gesetzen im Alltag untersuchen

*Zum Begriff „Gesetz“ findest du auch Informationen im Glossar.

Ob ihr einkaufen geht, mit dem Fahrrad zur Schule fahrt oder euch im Kino einen Film anschaut – bei fast allen Tätigkeiten im Alltag sind Gesetze* im Spiel. Zwei Beispiele findet ihr in den folgenden Texten. Ihr könnt sie arbeitsteilig bearbeiten.

A Fallbeispiele

1. Vorfahrt missachtet – Verkehr und Recht

■ „Na los! Fahr zu, du Schlafmütze!“, ruft Nico seinem Freund Adem zu, als er ihn wie jeden Tag zur Schute abholt. Wie so oft sind sie spät dran, in der ersten Stunde schreiben sie eine Englischarbeit. Adem tritt nun kräftig in die Pedale seines neuen Mountainbikes. Die Kaiserstraße ist eine Vorfahrtsstraße und an diesem Morgen ziemlich belebt. „Wetten, dass ich als Erster an der Schule bin?“, fordert Adem seinen Freund heraus. Er überholt Nico und legt auf der leicht abschüssigen Straße nochmals an Tempo zu. Plötzlich Reifenquietschen und ein dumpfer Knall! Ein Autofahrer ist links abgebogen – und hat dabei die entgegenkommenden Fahrradfahrer übersehen. Benommen liegt Adem auf der Straße, neben ihm das völlig zerbeulte Mountainbike. „Alles ok mit dir, soll ich einen Krankenwagen rufen?“, fragt der Autofahrer besorgt. Doch außer ein paar Schürfwunden ist Adem glücklicherweise nichts passiert.

Wie ist die Situation rechtlich zu bewerten?

Nach den Straßenverkehrsregeln muss der Autofahrer vor dem Abbiegen entgegenkommende Fahrzeuge passieren lassen. Nico und Adem hatten also Vorfahrt. Der Autofahrer hat gegen die Straßenverkehrsordnung verstoßen und damit den Unfall verursacht. Auch für Adem und Nico gilt das Straßenverkehrsrecht: Sie dürfen mit ihrem Rad nur so schnell fahren, dass sie es sicher lenken können und niemanden gefährden.
Das neue Mountainbike ist kaputt – was nun? Wenn der Autofahrer den Unfall verursacht hat, kann Adem von ihm verlangen, dass seine Versicherung den Schaden an dem Fahrrad ersetzt. Die Versicherung wird nun prüfen, ob Adem wegen überhöhter Geschwindigkeit eine Mitschuld trägt. Ist dies der Fall, wird sie den Schaden nicht vollständig ersetzen. Wären Adems Verletzungen schwerwiegend, könnte er auch Schmerzensgeld bekommen. Adem ist minderjährig, deshalb vertreten seine Eltern seine Ansprüche gegenüber dem Autofahrer. ■

2. Strandurlaub verdorben – Reisen und Recht

Schulstress ohne Ende! Clara stöhnt unter den vielen Klassenarbeiten am Ende des Schuljahres. Einziger Lichtblick: ihr Urlaub in Spanien. Erstmals darf sie mit ihrer besten Freundin ohne ihre Familie reisen. Ihre Eltern haben bei einem bekannten Veranstalter für Jugendreisen 14 Tage Spanien gebucht. Darauf freut sie sich riesig. Und im Prospekt sieht die Reise sehr vielversprechend aus: Das neu eröffnete Jugendhotel liegt direkt an einem feinsandigen Traumstrand. Vollpension mit Buffet, tolles Abendprogramm, Ausflüge und Kontakt zu vielen Jugendlichen aus ganz Europa. Alles, was zu einem rundum gelungenen Urlaub gehört!
Umso größer ist ihre Enttäuschung, als sie im Urlaubsort eintrifft. Das Jugendhotel ist vollkommen überfüllt. Deshalb wird sie zusammen mit drei anderen deutschen Jugendlichen und ihrem Betreuer in einer kleinen Pension untergebracht, die sich 6 km entfernt im Landesinneren befindet. Jeden Morgen werden sie in einem kleinen Bus zwar zum Strand gebracht – doch von dem Abendprogramm bekommen sie nichts mit, auch das Essen entspricht nicht dem, was sie erwartet haben. Verzweifelt ruft sie ihre Eltern an. Diese raten ihr, sich zunächst bei ihrem Betreuer zu beschweren. „Clara, du siehst doch auch, dass wir euch in dem völlig überbuchten Hotel nicht unterbringen können. Zu der Pension hier gibt es keine Alternative. Es ist doch hier auch ganz gemütlich, am besten findest du dich damit ab“, erwidert ihr Betreuer, als sie ihn darauf anspricht. Doch Clara ist der Urlaub gründlich verdorben. Sie hatte sich so darauf gefreut, neue Leute kennenzulernen und abends mit ihnen gemeinsam zu feiern.

Für viele Menschen ist der Urlaub die schönste Zeit des Jahres. Entpuppt sich der versprochene Traumstrand als Müllhalde, liegt ein Reisemangel vor.

Wie ist die Situation rechtlich zu bewerten?

Gleich nach ihrer Rückkehr wenden sich ihre Eltern an den Veranstalter der Reise. Er ist dafür verantwortlich, dass die Versprechen im Katalog eingehalten werden. Entspricht die Reise in einem wesentlichen Punkt nicht der Beschreibung im Katalog, muss er Schadensersatz leisten und den Eltern einen Teil der Kosten erstatten. Wenn sich der Veranstalter und die Eltern nicht einig werden, können Claras Eltern vor Gericht klagen.

1. Stellt euch die Fälle gegenseitig vor. Achtet dabei vor allem auf die Kernaussagen zur rechtlichen Situation.

2. Prüft gemeinsam, ob
- Adem den Schaden vollständig ersetzt bekommt.
- Claras Eltern das Recht auf eine teilweise Erstattung der Reisekosten haben. S. 252

3. Beurteilt gemeinsam:
- Wovor schützen uns die Straßenverkehrsregeln und das Reiserecht?
- Was würde passieren, wenn es im Straßenverkehr und auf Reisen keine Gesetze gäbe?

B Recht und Rechtsstaat

1. Beschreibe die Bedeutung von Gesetzen.

2. Erläutere die fünf Merkmale des Rechtsstaats.

3. Einmal angenommen, in einem Land wird die Tochter eines bekannten Politikers mit Alkohol am Steuer ertappt und festgenommen. Ihr Vater setzt mit seiner Partei im Parlament durch, dass die Promillegrenzen rückwirkend erheblich gesenkt werden. Damit wäre das Vergehen seiner Tochter nicht mehr strafbar. Prüfe, ob ein solches Vorgehen mit den Prinzipien eines Rechtsstaats vereinbar ist.

*Zu den Begriffen „Rechtsstaat“ und „Rechtsordnung“ findest du auch Informationen im Glossar.

Teil 1: Warum brauchen wir Gesetze?

Überall, wo Menschen zusammenleben, benötigen sie Regeln, die für alle Menschen in dieser Gemeinschaft gelten. Sonst würden die Stärkeren ihre Interessen rücksichtslos auf Kosten der Schwächeren durchsetzen. Gesetze regeln das Zusammenleben aller Menschen in einem Staat. Sie schaffen Ordnung und vermitteln ein Gefühl von Sicherheit. Gesetze schützen uns vor unerlaubten Eingriffen in das Leben und ermöglichen so, dass nicht nur einige wenige, sondern alle Menschen ihre Freiheitsrechte wahrnehmen können. Die Gesamtheit aller Regeln und Gesetze bezeichnet man als Rechtsordnung. Grundlage der Rechtsordnung* ist die Verfassung Deutschlands, das Grundgesetz. Es ist das oberste Gesetzbuch, an das sich sowohl die Bürger als auch alle staatlichen Einrichtungen halten müssen.
Da Gesetze dem Wohl und der Sicherheit aller Bürgerinnen und Bürger dienen, darf der Staat die Einhaltung notfalls erzwingen und Gesetzesverstöße bestrafen.

Dieses Recht wird als Gewaltmonopol bezeichnet. Gemeint ist damit, dass nur der Staat Gewalt zum Schutz der Gesetze anwenden darf. Im Auftrag des Staates übt die Polizei Gewalt aus, wenn sie zum Beispiel bei einem Überfall die bewaffneten Bankräuber stoppt.

Teil 2: Merkmale des Rechtsstaats

Wir leben in einem Rechtsstaat*. Das bedeutet, dass sich alle, auch jede staatliche Einrichtung dem Recht unterordnen und in ihrem Handeln die Gesetze beachten müssen. Deshalb spricht man auch von der Herrschaft der Gesetze im Gegensatz zur Willkürherrschaft in Diktaturen. Weitere Merkmale des Rechtsstaats sind:

- **Rechtsgleichheit:** Die Gesetze gelten für alle Bürgerinnen und Bürger gleich. Es darf in der Rechtsprechung keine Rolle spielen, wie reich oder einflussreich jemand ist.
- **Rechtssicherheit:** Gesetze müssen veröffentlicht werden, damit sich jeder Bürger darüber informieren kann, welche Folgen ein Verstoß haben könnte. Außerdem dürfen Gesetze nicht rückwirkend gelten. Niemand darf für eine Tat bestraft werden, die zu diesem Zeitpunkt nicht verboten war.
- **Bindung der Gesetzgebung an das Grundgesetz:** Die Gesetze werden von den Abgeordneten des Deutschen Bundestages und – in einigen Fällen – von den Vertretern der Bundesländer gemacht. Doch die Abgeordneten dürfen nicht einfach Gesetze formulieren, die ihnen gerade passen. Sie müssen sich an das Grundgesetz halten.
- **Rechtswegegarantie:** Wer sich in seinen Grundrechten verletzt fühlt, kann ein Gericht anrufen.
- **Unabhängigkeit der Richter:** Richter und Gerichte sind in ihren Entscheidungen nur an die Gesetze gebunden. Keine staatliche Behörde, kein Politiker darf ihnen Weisungen erteilen oder versuchen, Einfluss auf den Ausgang eines Prozesses zu nehmen.

C Wir erklären die Bedeutung von Gesetzen im Alltag

Euer Auftrag:

1. Ordne die Punkte 1 bis 6 den gesetzlichen Regeln a bis f zu und ergänze den Satz „Die Situation hat etwas mit Recht zu tun, weil …“.
2. Vergleicht zu zweit eure Ergebnisse und ergänzt gemeinsam, wozu diese Gesetze jeweils dienen.
3. Stellt eure Ergebnisse in der Klasse vor.

Ein Tag in Paulas Leben: Was hat das mit Recht zu tun?

„Paula, jetzt wird es aber höchste Zeit, dass du aus den Federn kommst!“, ruft ihre Mutter. „Ich habe heute so gar keine Lust auf Schule“, murmelt Paula verschlafen. ❶ Wenig später fährt sie mit dem Fahrrad zur Schule. Beinahe wäre sie mit einem Jungen aus der Nachbarschaft zusammengestoßen. „Du hast kein Licht, so darfst du eigentlich nicht fahren!“❷, schreit dieser sie an. Als sie ihn nicht weiter beachtet, wird er richtig wütend: „Du hirnlose Idiotin, wenn du zu blöd bist, auf dein Fahrrad zu achten, dann musst du eben laufen.“ ❸
Nach der Schule geht sie in den Supermarkt zum Einkaufen. Ob ihre Lieblingswürstchen noch vorrätig sind? Sie findet sie schnell, doch ganz hinten im Regal stößt sie auf eine Packung, deren Verbrauchsdatum schon abgelaufen ist. ❹ „Oh, die haben wir beim Aussortieren wohl übersehen, danke für den Hinweis“, erwidert die Verkäuferin, als Paula sie darauf hinweist.
Paula freut schon auf ihren wöchentlichen Besuch im Tierheim, wo sie ehrenamtlich aushilft. Ganz entsetzt reagiert sie, als sie ein kleines Kätzchen entdeckt, das in einem jämmerlichen Zustand ist. Die Besitzer haben es einfach ausgesetzt, es wäre beinahe verhungert. ❺ Als sie nach Hause kommt, ist ihre Mutter gerade dabei, einige Kleidungsstücke im Internet zu bestellen. Komm, schau mal, ob du auch etwas Schönes findest. Dann kann ich es gleich mitbestellen.“ Das lässt sich Paula natürlich nicht zweimal sagen. ❻

Was ist gesetzlich geregelt?

a) Das Verkehrsrecht umfasst nicht nur die Straßenverkehrsgesetze, sondern regelt auch, wie Fahrzeuge ausgestattet sein müssen, damit sie sicher am Verkehr teilnehmen können.
b) Das Verbraucherrecht schreibt vor, dass Händler verderbliche Waren mit einem Haltbarkeitsdatum versehen müssen.
c) Alle Kinder haben in Deutschland das Recht und die Pflicht, eine Schule zu besuchen. Die Schulpflicht dauert neun Jahre.
d) Tiere zu vernachlässigen oder zu quälen ist nach dem Tierschutzgesetz verboten und wird bestraft.
e) Wer im Internet einkauft, schließt einen Kaufvertrag ab. Weil man die Waren beim Einkauf nicht persönlich in Augenschein nehmen kann, gelten dafür besondere Gesetze.
f) Wer mit einer Beleidigung die persönliche Ehre eines anderen Menschen verletzt, kann nach dem Strafgesetzbuch mit bis zu einem Jahr Gefängnis bestraft werden.

2 Warum gelten für Jugendliche besondere Gesetze?

Die besondere Rechtsstellung von Jugendlichen erklären

Die Scheune ist komplett abgebrannt: Wer kommt für den Schaden auf?

*Zum Begriff „Jugendrecht" findest du auch Informationen im Glossar.

A Der Fall: Feuer in der Scheune

■ Noah und Hannes sind seit frühesten Kindheitstagen eng befreundet. Heimlich haben sie den Nachmittagsunterricht geschwänzt, um sich mit zwei Mädchen zu treffen. Da das Wetter bereits sehr herbstlich war, wählten sie als Treffpunkt eine leer stehende Scheune etwas außerhalb ihres Dorfes. Die beiden 13-Jährigen sind wegen ihrer Eskapaden im Dorf berüchtigt. Nicht immer endeten ihre Streiche harmlos. Besonders gerne zündeln sie – eines ihrer „Experimente" hatte vor einiger Zeit beinahe das Gartenhaus ihrer Nachbarin entflammt. Daraufhin wurden sie von ihren Eltern streng ermahnt. Für den Wiederholungsfall drohten sie ihnen harte Strafen an.

Die kleine Gruppe machte es sich in der Scheune gemütlich: Sie hörten Musik und unterhielten sich bestens. „Mir wird's langsam kalt, ich gehe jetzt", kündigte Alisa an. „Bleib doch noch ein bisschen, wir machen ein kleines Feuer, dann wird's dir gleich wieder warm", bat sie Noah. Hannes warf seinem Freund einen warnenden Blick zu, doch er ignoriert diesen. Routiniert entfachten die beiden in der Scheune ein kleines Feuerchen. Wird schon nichts passieren, dachten sie sich. Doch es kam anders. Als jemand versehentlich eine Jacke zu nahe ans Feuer legte, entflammte diese und Noah sah mit Schrecken, wie sich das Feuer rasch ausbreitete. „Los raus hier!", schrie er den anderen zu.

Zum Glück wurde niemand verletzt, doch die Feuerwehr konnte nicht verhindern, dass die Scheune komplett abbrannte. Insgesamt war ein Schaden von 10 000 Euro entstanden. Wer muss diesen bezahlen? ■

Hinweis: In ähnlicher Form hat sich dieser Fall tatsächlich ereignet. Einzelheiten haben wir verändert.

B Hintergrund: Können Noah und Hannes für ihre Tat zur Verantwortung gezogen werden?

Wenn Kinder und Jugendliche eine Straftat begehen oder einen Schaden verursachen, gelten für sie besondere gesetzliche Regelungen*. Der Gesetzgeber berücksichtigt damit, dass sie die Folgen ihrer Tat noch nicht in gleicher Weise absehen können wie Erwachsene.

Deliktsfähigkeit

Für die Beurteilung des Falles spielt der Begriff Deliktsfähigkeit eine wichtige Rolle. Wer deliktsfähig ist, muss für den von ihm verursachten Schaden haften und ihn ersetzen.

	Deliktsfähigkeit	Strafmündigkeit
Definition	Wer deliktsfähig ist, muss für einen von ihm verursachten Schaden haften. Das bedeutet, dass er ihn ersetzen muss.	Strafmündig ist man, wenn man vor Gericht angeklagt werden und für eine Straftat bestraft werden kann.
Rechtsquelle	§ 828 Bürgerliches Gesetzbuch (BGB)	§1 und § 3 Jugendgerichtsgesetz (JGG)
Alterstufe	• unter 7 Jahren: deliktsunfähig • 7 bis 18 Jahre: beschränkt deliktsfähig • ab 18 Jahren: deliktsfähig	• unter 14 Jahren: strafunmündig • 14 bis 18 Jahre: strafmündig nach dem Jugendgerichtsgesetz • 18 bis 21 Jahre: Heranwachsender, Verhandlung nach dem Jugendgerichtsgesetz möglich • ab 21 Jahre: voll strafmündig

Kinder unter sieben Jahren sind nicht deliktsfähig. Im Alter zwischen sieben und 18 Jahren sind Kinder und Jugendliche beschränkt deliktsfähig. Sie müssen für den Schaden haften, wenn sie die notwendige Einsicht und Reife haben, um die Folgen ihres Handelns abschätzen zu können. Dabei spielt es keine Rolle, ob sie den Schaden vorsätzlich (mit Absicht) oder fahrlässig (aus mangelnder Vorsicht) angerichtet haben.
Ab 18 Jahren sind Jugendliche deliktsfähig und müssen für den angerichteten Schaden selbst aufkommen.

Eltern haften für ihre Kinder, oder?

Nicht immer ist das der Fall. Dieser Satz gilt nur, wenn Eltern ihre Aufsichtspflicht verletzt haben. Sie sind für ihre Kinder verantwortlich und müssen wissen, wo sie sich aufhalten und was sie tun. Die Aufsichtspflicht bedeutet nicht, dass Eltern diese lückenlos kontrollieren müssen. Gerichte urteilten, dass Kinder ab einem Alter von 8 Jahren im Freien ohne Aufsicht spielen oder allein in die Schule gehen können. Es genügt, wenn sich die Eltern einen groben Überblick verschaffen. Je älter ein Kind ist, desto eher wird es für einen Schaden zur Verantwortung gezogen. Wenn ein Jugendlicher einen Schaden verursacht hat und dies vor Gericht festgestellt wurde, muss er den Schaden bezahlen, sobald er eigenes Geld verdient – bis zu 30 Jahre nach der Tat gilt der Anspruch auf Schadenersatz.

Strafmündigkeit

Wer fremdes Eigentum beschädigt oder zerstört, macht sich strafbar. Doch Kinder unter 14 Jahren sind strafunmündig. Das bedeutet, dass sie für eine solche Straftat weder angeklagt noch bestraft werden können. Im Alter von 14 bis 18 Jahren können Jugendliche nach dem Jugendgerichtsgesetz verurteilt werden, wenn sie reif genug sind, um das Unrecht ihrer Tat einzusehen. Heranwachsende im Alter zwischen 18 und 21 Jahren können ebenfalls nach dem Jugendgerichtsgesetz verurteilt werden, wenn sie zum Tatzeitpunkt in ihrer Reife Jugendlichen nahestehen.

1. Was ist in der Scheune passiert? Beschreibe die Ereignisse.

2. Erläutere mithilfe des Schaubildes die Begriffe Deliktsfähigkeit und Strafmündigkeit.

3. Analysiere den Fall unter folgenden Aspekten: Deliktsfähigkeit, Verletzung der Aufsichtspflicht, Schadenersatzpflicht, Strafmündigkeit.

4. Wer muss den Schaden bezahlen? Formuliere ein Urteil und begründe es mit den entsprechenden Fachbegriffen. S. 252

Selbstständig weiterlernen mit Medien:

- mithilfe des Handys in einem Erklärvideo an Beispielen die Begriffe „Deliktsfähigkeit“ und „Strafmündigkeit“ anschaulich erklären und das Video in der Klasse vorstellen

C Rechte und Pflichten von Jugendlichen

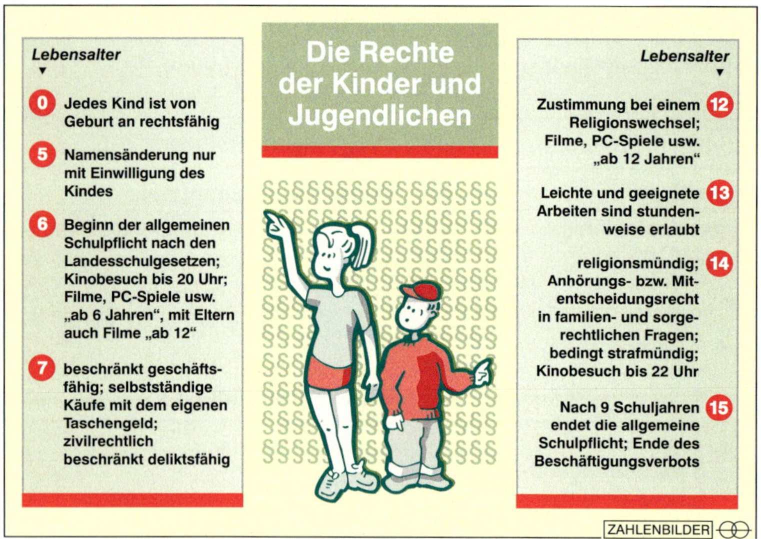

© Bergmoser + Höller Verlag AG

© Bergmoser + Höller Verlag AG

Manche 14-Jährige fühlen sich sicherlich schon erwachsen und träumen davon, frei von Einschränkungen und lästigen Vorschriften zu sein. Erwachsen zu werden bedeutet jedoch, einen langjährigen Reifeprozess zu durchlaufen. Mit jedem Jahr, das sie älter werden, wachsen Jugendliche in neue Rechte und Pflichten hinein, bis sie schließlich im Alter von 18 Jahren volljährig werden. Neben dem Arbeitsschutzgesetz soll auch das **Jugendschutzgesetz*** Jugendliche vor Gefahren schützen.

Alkohol und Tabak: Zigaretten und branntweinhaltige Produkte (zum Beispiel Wodka oder Schnaps) dürfen an Jugendliche unter 18 Jahren nicht verkauft werden. In Kinos darf für diese Produkte erst nach 18 Uhr geworben werden. Alkoholische Getränke wie Bier, Wein oder Sekt dürfen an Jugendliche erst ab 16 Jahren verkauft werden.

Filme, Computerspiele: Kinofilme und auch Computerspiele müssen mit einer Altersgrenze gekennzeichnet werden. Jugendgefährdende Schriften oder Medien können verboten werden.

Soziale Netzwerke: Nach der Europäischen Datenschutz-Grundverordnung (EU-DSGVO) sind die persönlichen Daten von Kindern und Jugendlichen besonders geschützt. Sie benötigen die Einwilligung der Erziehungsberechtigten, wenn sie ein Nutzerprofil in den sozialen Netzwerken anlegen wollen. Erst mit 16 Jahren darf man über die Verwendung persönlicher Daten frei entscheiden.

Gaststätten, Diskotheken, Clubs: Ab 16 Jahren dürfen sich Jugendliche dort bis 24 Uhr aufhalten. Der Besuch von Nachtclubs ist erst ab 18 Jahren erlaubt.

1. Beschreibe, welche Rechte und Pflichten du in deinem Alter hast.

2. Mit 14 Jahren wird man strafmündig. Das bedeutet auch, dass man ab diesem Alter die Pflicht hat, die Gesetze eigenverantwortlich einzuhalten. Welche weitere Pflicht kannst du dem Schaubild entnehmen?

3. In jüngster Zeit wird ein grundsätzliches Alkoholverbot für Jugendliche unter 18 Jahren diskutiert. Nimm Stellung zu dem Vorschlag und diskutiert anschließend in der Klasse darüber.

*Zum Thema „Jugendrecht" findest du auch Informationen im Glossar.

D Das ist doch nicht erlaubt?

Euer Auftrag:

1. Prüfe mithilfe des Schaubildes und des Textes auf S. 38, welche Tätigkeiten das Gesetz erlaubt oder verbietet.
2. Suche dir eine Partnerin oder einen Partner und vergleicht eure Antworten und Begründungen.
3. Stellt eure Ergebnisse in der Klasse vor.

		erlaubt	nicht erlaubt
1	Caroline (13 Jahre) nimmt in den Sommerferien einen Ferienjob an.		
2	Uli (14 Jahre) geht von der Schule ab, weil er lieber arbeiten möchte.		
3	Timo (17 Jahre) genießt am Samstagabend in der Disko sein Bierchen.		
4	Verena (21) hat keine Lust babyzusitten und schickt deswegen die kleine Nachbarstochter (vier Jahre) zusammen mit einer Freundin ins Kino.		
5	Steffi (18 Jahre) nimmt ohne Wissen ihrer Eltern einen Kredit über 2000 Euro auf, um eine Urlaubsreise zu finanzieren.		
6	Ann-Kathrin (zwölf Jahre) will gegen den Willen ihrer Eltern aus der Kirche austreten.		
7	Anja (zwölf Jahre) wird wegen wiederholten Ladendiebstahls zu einem Jahr Jugendgefängnis verurteilt.		
8	Christopher (17 Jahre) leiht von seinem Freund Ulf (19 Jahre) dessen Auto für eine kurze Spritztour.		

3 Warum werden Jugendliche kriminell?

Formen von Jugendkriminalität beschreiben – Ursachen erklären

A Eine Einstiegsübung

Jugendliche können aus verschiedenen Gründen mit dem Gesetz in Konflikt geraten. Welche Ursachen vermutest du?
Tipp: Überprüfe deine Vermutungen nach der Bearbeitung der Doppelseiten auf ihre Richtigkeit.

B Fallbeispiele

1. Mordkomplott gegen Lehrer

Nach einem mutmaßlichen Mordkomplott von drei Schülern gegen einen Lehrer in Dortmund ist Anklage gegen die Beschuldigten erhoben worden. [...] Der Pädagoge einer Gesamtschule soll im Mai von dem jungen Trio in einen Hinterhalt gelockt worden sein. Dort wollten die damals 16, 17 und 18 Jahre alten Verdächtigen den Mann laut Anklage mit Hämmern erschlagen. Die Schüler sind nun [...] wegen versuchten Mordes und wegen der Verabredung zu einem Verbrechen angeklagt.
Der 16-Jährige soll aus Unzufriedenheit mit einer Benotung seinen 17 Jahre alten Mitschüler und einen früheren Schulkameraden angestiftet haben. Zu der Gewalttat war es nicht gekommen, wohl weil der Lehrer Verdacht geschöpft hatte und vorsichtig war. Den Ermittlungen zufolge sollen die Jugendlichen noch einen weiteren Anlauf geplant haben. Die beiden älteren Beschuldigten haben weitgehend gestanden. Der 16-Jährige bestreitet die Vorwürfe. Zwei der drei Tatverdächtigen waren Schüler der Martin-Luther-King-Gesamtschule und wurden nach dem Vorfall von der Einrichtung verwiesen. Der 18-Jährige besuchte eine andere Schule.

(Aus: Meldung v. 17.07.2019; © dpa)

*Vandalismus: sinnlose Zerstörung mit teuren Folgen

*Kavaliersdelikt = harmloses Vergehen

2. Vandalismus* – Polizei schnappt Jugendliche

Sachbeschädigung ist kein Kavaliersdelikt*. Diese Gewissheit haben nun auch drei Jungs aus Xanten. Zwei davon, 14 und 15 Jahre alt, müssen sich demnächst wegen neun Straftaten im Raum Xanten verantworten. Der Dritte im Bunde ist 13 Jahre alt [...] und nicht strafmündig. [...] „Aufgrund von Zeugenaussagen konnte die Xantener Polizei sie ermitteln", sagt Timm Wandel, Leiter der Pressestelle. [...]
Die drei Jungs sollten unter anderem den neuen Spielplatz auf dem Schulhof der Grundschule und den alten Spielplatz gegenüber der Kirche in Marienbaum beschädigt haben. Wenige Meter daneben sollen sie auch das Bushaltestellenhäuschen mit dem Schriftzug ACAB beschmiert haben. Ein Garagentor an der Turnhalle in Marienbaum, eine Außenwand an der Grundschule in Marienbaum sowie ein Spielplatz am Sandweg in Xanten wurden ebenfalls beschmiert beziehungsweise beschädigt. „Wir haben Strafanzeige erstattet [...]", sagt Bürgermeister Thomas Görtz [...] Seiner Meinung nach handelt es sich nicht um sogenannte Dumme-Jungen-Streiche, sondern um Sachbeschädigung. ■

(Aus: Vandalismus: Xantener Jugendliche wurden geschnappt, 06.01.2018, in: https://www.nrz.de/staedte/rheinberg-xanten-um-land/vandalismus-xantener-jugendliche-wurden-gefasst-id213024851.html; Abruf: 13.01.2021)

1. Welche Straftaten haben die Jugendlichen begangen oder geplant? Beschreibe sie.

2. Welche Fragen würdest du in den beiden Fällen den Tätern stellen, um mehr über ihre Motive zu erfahren?

C Hintergrund: Ursachen von Jugendkriminalität

Jugendliche werden viel häufiger kriminell auffällig als irgendeine andere Altersgruppe, insbesondere bei Gewaltdelikten. Dass Jugendliche Grenzen übertreten, ist normal: Es gehört zum Erwachsenwerden dazu. Dass die Täter immer jünger und immer brutaler werden, ist jedoch ein Problem. [...]
Jeder Mensch hat Aggressionen und ist zu Gewalt fähig, darüber sind sich alle Forscher einig. Aber was steckt dahinter, wenn jemand zuschlägt, weil ein anderer blöd guckt? Wann leben Jugendliche ihre Aggressionen aus? Fest steht: Es gibt kein simples Kausalprinzip mit Ursache und Wirkung, sondern ein ganzes Netz von Risikofaktoren. Klar ist auch: Eine biologische Störung ist selten der Grund, wenn ein Jugendlicher gewalttätig wird.

Risikofaktoren

Ein Risikofaktor ist das Elternhaus. Konflikten mit Gewalt zu begegnen ist eine Strategie, die Kinder oft von ihren Eltern erlernen. Gewalt wird von Generation zu Generation weitergegeben. [...]
Aggressive Jugendliche haben meist eine geringe Schulbildung und unterdurchschnittliche Noten. [...]
Da ihre Zukunftsaussichten ohnehin eher düster sind, wächst das Risiko, dass die Jugendlichen auf einer anderen Ebene um ein starkes Selbstwertgefühl ringen: mit Gewalt. [...]
Auch eine problematische Wohnsituation kann ein Risikofaktor sein. Mangelnde Sprachkenntnisse, brutale Filme oder Computerspiele, sozialer Neid und sogar Langeweile – all das kann eine negative Wirkung haben. [...]
Das soziale Umfeld hat auf Jugendliche großen Einfluss. Viele Jugendliche suchen durch Gewalt nach Selbstbestätigung. Sie verteidigen ihre Ehre, verschaffen sich Respekt, demonstrieren Stärke und Durchsetzungsfähigkeit. [...]
Dies gilt nicht nur für körperliche Gewalt, sondern auch für psychische Gewalt, zum Beispiel durch das gezielte Mobbing von Mitschülern. Gewalttätige Jugendliche beschreiben sich meist als durchsetzungsstark, dominant und selbstbewusst. [...]
Die meisten gewalttätigen Jugendlichen haben kaum Schuldgefühle und sind wenig bereit, ihr Verhalten zu ändern. Auf Vorwürfe reagieren sie mit Rechtfertigungen und Verharmlosungen. Das Opfer hatte Schuld, das Ganze ist irgendwie „dumm gelaufen“.

(Aus: Christine Buth, Jugendgewalt in Deutschland, in: https://www.planet-wissen.de/gesellschaft/psychologie/jugendgewalt_in_deutschland/index.html, 31.07.2019, WDR 2020; Abruf: 13.01.2021)

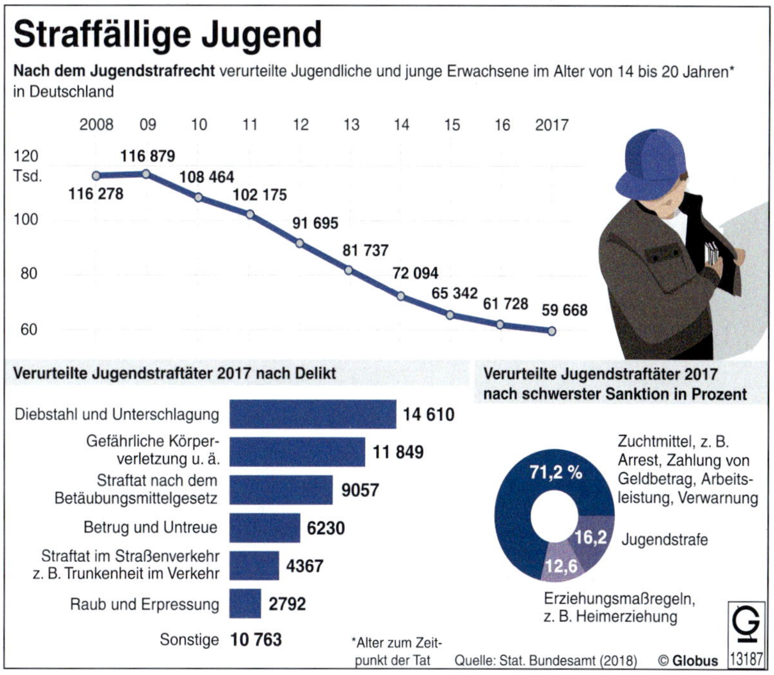

WES-105271-008

Text einfacher
Text ausführlicher

3. Welche Ursachen von Jugendkriminalität werden im Text genannt? Erläutere sie.

4. Beurteile die Entwicklung der Jugendkriminalität anhand von Daten aus dem Schaubild: eher harmlos oder besorgniserregend? S. 252

5. In der Debatte um wirksame Maßnahmen gegen Jugendgewalt wird diskutiert, die Strafmündigkeit auf 12 Jahre herabzusetzen. Erörtere das Pro und Kontra.

4 Tatort Internet: Warum kann ein Download teuer werden?

Wir beurteilen einen Fall zum Urheberrecht

A Der Fall: Alles ganz harmlos, oder?

„Boah, ist mir langweilig!“, beschwert sich die 13-jährige Kim Gerber bei ihrem älteren Bruder Erik. Sie sind vor einer Stunde nach Hause gekommen, ihre Eltern arbeiten noch. „Wolltest du nicht etwas mit deiner Freundin Emma unternehmen?“, fragt Erik. „Ja, eigentlich schon, und zwar im Kino den neuesten Musical-Film mit Mike Buster anschauen. Doch in diesem Monat habe ich kein Geld mehr und nächsten Monat läuft der Film sicher nicht mehr im Kino.“ „Ich habe da vielleicht eine Lösung“, kündigt Erik an. Er steht auf und kommt aus dem Arbeitszimmer seiner Mutter mit ihrem Laptop zurück. „Seit einigen Wochen bin ich bei einer Tauschbörse angemeldet. Man kann dort Filme, Musik und Spiele untereinander tauschen. Mal sehen, ob jemand deinen heiß geliebten Film hat.“ Nach einigem Suchen werden sie fündig. „Ist das nicht verboten?“, gibt Kim zu bedenken. „Ach Quatsch! Selbst wenn es so wäre – das macht doch jeder“, versichert Erik.

Weil das so gut funktionierte, laden sie sich in den folgenden Wochen immer mal wieder einen Film herunter – bis einige Wochen später ihre Mutter Post von einem Anwaltsbüro erhält. Dieses verlangt im Auftrag der Filmgesellschaft 1 500 Euro für die unerlaubte Nutzung und Verbreitung des Musical-Films.

Frau Gerber ist empört. Die Anwälte werfen ihr vor, gegen das Urheberrecht verstoßen zu haben, indem sie den Film über eine Tauschbörse weiterverbreitet habe. Frau Gerber ist sich ganz sicher, dass sie zu Unrecht beschuldigt wird.

Betreten gestehen die beiden Geschwister, dass sie die Übeltäter waren. „Ich werde nicht zahlen, denn ich habe nichts gemacht und wusste von nichts“, antwortet ihre Mutter.

Die Anwälte bleiben bei ihrer Forderung. So kommt es einige Zeit später zu einem Gerichtsprozess. Muss Frau Gerber als Inhaberin des Internetanschlusses tatsächlich zahlen?

Hinweis: Diese Schilderung beruht auf ähnlichen Fällen, die sich tatsächlich ereignet haben.

B Hintergrund: downloaden – streamen – teilen: Was ist erlaubt, was nicht?

Wie Kim und Erik spielen jeden Tag Millionen Menschen Musiktitel, Filme, Fotos oder Texte aus dem Internet auf ihren PCs oder Handys ab. Was dabei erlaubt und was verboten ist, regelt das Urheberrechtsgesetz.

1. Das Urheberrecht* schützt geistiges Eigentum

Das Urheberrecht ist eine Art Eigentumsrecht für die Werke von Künstlerinnen und Künstlern. Es gilt zum Beispiel für Bücher, Filme, Musiktitel oder Fotos. Nur die Kunstschaffenden – also die Urheber der Werke – dürfen entscheiden, was man mit ihrem Werk machen darf: ob man dieses veröffentlichen darf oder nicht, ob man für die Nutzung Geld bezahlen muss oder nicht. Manche Künstler treten ihre Rechte an Verlage oder Unternehmen ab, die dann diese Rechte wahrnehmen.

Merke ✓

Streaming (englisch) bedeutet übersetzt „Strömung“. So bezeichnet man das Abspielen von Inhalten aus dem Internet auf dem eigenen Computer.

*Zum Begriff „Urheberrecht“ findest du auch Informationen im Glossar.

Wie Erik und Kim nutzen viele Menschen illegale Streaming-Dienste und Tauschbörsen, um Filme, Musik oder Hörbücher herunterzuladen – zum Schaden der Unterhaltungsindustrie, der Millionen Euro an Einnahmen verloren gehen.

2. Online veröffentlichen, streamen und tauschen

Sobald man ein urheberrechtlich geschütztes Material veröffentlichen möchte, benötigt man eine Genehmigung. Sonst macht man sich strafbar. Urheberrechtlich geschützte Inhalte kann man manchmal an dem ©-Zeichen erkennen, das unter einem Inhalt platziert ist.

Sehr beliebt ist das Streamen von Fotos, Filmen oder Musikstücken aus dem Internet. Inzwischen gibt es viele Unternehmen, bei denen man als Kunde gegen eine Gebühr legal solche Inhalte streamen kann. Daneben gibt es viele Plattformen, auf denen man kostenlos und gesetzeswidrig Inhalte streamen kann. Bei sogenannten Tauschbörsen teilen die angemeldeten Nutzer untereinander Musik, Filme, E-Books oder Fotos. Grundsätzlich ist das erlaubt, wenn es sich um selbst verfasste Werke handelt. Wenn ein Nutzer jedoch ein geschütztes Werk auf seinen privaten PC lädt, teilt er es gleichzeitig mit oft Tausenden anderen Nutzern der Tauschbörse. Die Gerichte bewerten das als Veröffentlichung. Der angerichtete Schaden für die Inhaber der Urheberrechte ist dabei erheblich größer als beim Streamen. Die Inhaber des Internetanschlusses können dafür haftbar gemacht werden und müssen bei einem entsprechenden Urteil Schadensersatz an das klagende Unternehmen leisten sowie die Kosten eines Gerichtsverfahrens tragen. Da kann schnell ein Betrag von über 1000 Euro zusammenkommen.

3. Bildrechte

Bei der Veröffentlichung von Fotos gilt es, gleich zwei rechtliche Vorschriften zu beachten:

1. Nach dem Urheberrecht haben die Fotografierenden das Recht, über die Veröffentlichung zu entscheiden und eine Gebühr dafür zu verlangen. Man darf also zum Beispiel nicht Fotos über die sozialen Medien verbreiten, die urheberrechtlich geschützt sind.

2. Das Recht am eigenen Bild gehört zum Persönlichkeitsrecht eines jeden Menschen. Es besagt, dass die auf einem Foto abgebildeten Personen vor dem Fotografieren ihre Einwilligung geben müssen. Verweigern sie diese, so darf man nicht fotografieren.

Haha, lächerlich, wer wird denn schon bei illegalen Downloads erwischt? Karikatur: Thore

WES-105271-009

Hier findet ihr unter den Schlagwörtern „Urheberrecht" oder „Tauschbörse" Urteile zu ähnlichen Fällen.

C Ist das rechtens?

Auf einer Ratgeberseite im Internet findet sich folgender Chat:

LizzyS: Ich war neulich auf einer Ausbildungsmesse und wurde an einem Stand zusammen mit meiner Freundin fotografiert. Wenige Tage später entdeckte ich das Foto auf der Online-Ausgabe unserer Tageszeitung. Durfte der Fotograf das so einfach veröffentlichen?

BennyT: Das geht schon in Ordnung. Das Recht an dem Foto hat allein der Fotograf. Er ist der Urheber.

Experte22: Benny, deine Antwort ist nicht richtig. Lass mich das klarstellen ...

1. Warum bekommt Frau Gerber Post von einem Anwaltsbüro? Erkläre.
2. Was ist beim Streamen und Tauschen erlaubt, was verboten? Erläutere die urheberrechtlichen Regelungen.
3. Prüfe, ob Frau Gerber Schadensersatz leisten muss, und begründe deine Entscheidung. S. 253
4. Vervollständige die Antwort von Experte22 in Material C.

5 Jugendliche vor Gericht: Eine Tat – zwei Prozesse

Straf- und Zivilprozess vergleichen

A Der Fall: Schlägerei vor der Eisdiele

„Deutschland den Deutschen, Ausländer raus!" „Hier marschiert der nationale Widerstand!" Laut grölend marschiert eine Gruppe junger Leute mit rassistischen Parolen auf den Lippen durch die Wieslocher Innenstadt. Unter ihnen befindet sich auch der 17-jährige Ben Wittmann mit seinem 23-jährigen Freund Timo Kern. Beide sind Nachbarskinder und von Kind an eng befreundet. Seit einiger Zeit stehen sie der rechtsextremen Szene nahe und sind bereits mehrfach bei Kundgebungen von Neonazis beobachtet worden.

Am 5. Juli treffen sich die jungen Männer am frühen Nachmittag in Mühlheim und beladen ihren Bollerwagen mit reichlich Alkohol. Schließlich gibt es etwas zu feiern: Der Anführer der Gruppe, Sven Hoffmann, feiert seinen Abschluss als Industriemechaniker. Zu Fuß marschieren sie – zunehmend betrunken – in die zwei Kilometer entfernte Kleinstadt Wiesloch. Dort treffen sie gegen 21 Uhr ein.

Im Außenbereich eines Eiscafés sitzen zur gleichen Zeit etwa zehn Erwachsene und vier Kinder aus miteinander verwandten Familien zusammen. Alle haben türkische Wurzeln und die meisten von ihnen seit vielen Jahren die deutsche Staatsbürgerschaft.

Als ein Hausbewohner die grölende Gruppe junger Männer sieht, ruft er ihnen zu: „Verpisst euch, wir wollen euch hier nicht!" Durch diesen Ausruf fühlen sich Timo und Ben provoziert und nehmen ihn zum Anlass, die Großfamilie vor der Eisdiele übel zu beschimpfen und anzugreifen.

Eines der Opfer, Yasin Ergkül, berichtet später: „Sie haben ‚Heil Hitler' gerufen und dann ist alles ganz schnell gegangen. Ich habe ihnen zugerufen: ‚Wir sitzen hier nur und trinken Kaffee.' Plötzlich hat mich Ben Wittmann ohne Vorwarnung angegriffen." Ben tritt zunächst mit dem Fuß gegen den Tisch, sodass alles herunterfällt. Dann schlägt er mit einer abgebrochenen Bierflasche auf Yasin ein und hört auch nicht auf, als dieser regungslos am Boden liegt. Yasin zieht sich schwere Verletzungen am Kopf und den Beinen, mehrere gebrochene Rippen sowie eine Gehirnerschütterung zu. Er muss fünf Tage in der Klinik behandelt werden. „Ich hatte Angst, zu Tode geprügelt zu werden, der ist vollkommen ausgerastet", erinnert sich der 42-jährige Yasin. Doch damit nicht genug: Timo Kern prügelt auf einen zweiten Besucher des Cafés ein und verletzt ihn im Gesicht. Mehrere Mitglieder der Gruppe werfen mit Stühlen auf weitere Gäste. Auf einem Handyvideo sind minutenlange laute Schreie der Opfer zu hören. Die Stimmung ist hochexplosiv, die Kinder flüchten vor Angst unter die Tische. Als die Polizei eintrifft, findet sie die Großfamilie völlig verstört neben den Trümmern der Einrichtung vor. Die Mitglieder der Gruppe werden festgenommen und angeklagt. Auch Ben Wittmann muss sich vor Gericht für seine Tat verantworten.

(Nach einem wahren Fall erzählt, die Namen wurden geändert.)

Opfer von Gewalttaten wie Yasin Ergkül leiden oft noch jahrelang unter den Folgen der Tat – auch wenn ihre körperlichen Schäden längst geheilt sind.

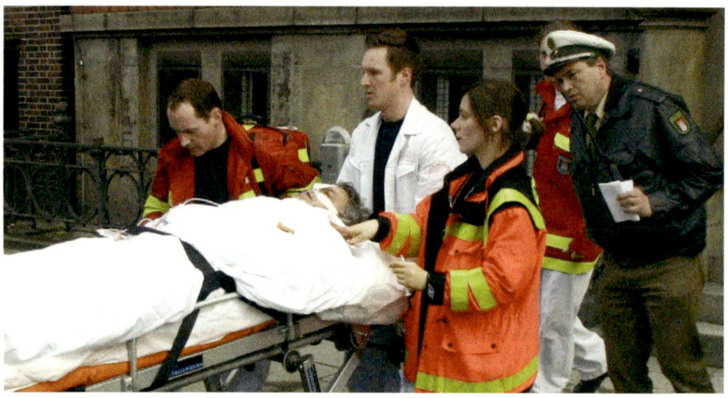

1. Beschreibe die Abfolge der Ereignisse in der Wieslocher Innenstadt.

2. Angenommen, du hättest Gelegenheit, Ben zu seiner Tat zu befragen: Welche Fragen würdest du ihm stellen?

Fallstudie: Ben Wittmann vor Gericht

Ben Wittmanns Tat hat gleich zwei Prozesse zur Folge: zunächst einen Strafprozess vor dem Jugendgericht und anschließend einen Prozess vor dem Zivilgericht. Mit einer arbeitsteiligen Gruppenarbeit könnt ihr die Hintergründe der Tat, die gesetzlichen Grundlagen und den Ablauf der Prozesse untersuchen und anschließend in der Klasse präsentieren.

1. Gruppen bilden	Die Gruppen sollten aus vier bis sechs Schülerinnen und Schülern bestehen. Teilt die Gruppen in zwei Hälften. Die eine beschäftigt sich mit dem Strafprozess (Gruppe 1), die andere mit dem Zivilprozess (Gruppe 2). Innerhalb der beiden großen Gruppen kann in Kleingruppen gearbeitet werden.
2. die Tat analysieren	Wie jede Juristin und jeder Jurist solltet ihr zunächst genau den Tathergang analysieren (Material A): • Wer waren die Beteiligten? • Wie war der Ablauf der Tat? • Welche Folgen hatte die Tat für das Opfer?
3. den Gerichtsprozess und die gesetzlichen Grundlagen erarbeiten	Mithilfe der Materialien B und C könnt ihr die beiden Prozesse sowie die gesetzlichen Grundlagen untersuchen und eine Präsentation vorbereiten. An folgenden Fragen könnt ihr euch orientieren: • Wofür ist ein Strafgericht bzw. Zivilgericht zuständig? • Wer sind die Beteiligten an dem Prozess? • Wie verläuft ein Prozess vor dem Strafgericht bzw. Zivilgericht? • Was ist für die Urteilsfindung im Fall Ben Wittmann wichtig? • Welches Urteil haltet ihr für angemessen? Formuliert ein Urteil und begründet es.
4. Ergebnisse präsentieren	Präsentiert die Ergebnisse eurer Gruppenarbeit vor der Klasse. Anschließend kann die Klasse über das Urteil diskutieren: Haltet ihr es für gerecht? Hat euch die Urteilsbegründung überzeugt?

Tipp: einen Gerichtsbesuch planen und durchführen.

B Worum geht es in dem Strafprozess?

Aus dem Strafgesetzbuch (StGB) §

§ 130 Volksverhetzung

(1) Wer in einer Weise, die geeignet ist, den öffentlichen Frieden zu stören,

1. gegen eine nationale, rassische, religiöse oder durch ihre ethnische Herkunft bestimmte Gruppe, gegen Teile der Bevölkerung oder gegen einen Einzelnen wegen seiner Zugehörigkeit zu einer vorbezeichneten Gruppe oder zu einem Teil der Bevölkerung zum Hass aufstachelt, zu Gewalt- oder Willkürmaßnahmen auffordert, [...]

wird mit Freiheitsstrafe von drei Monaten bis zu fünf Jahren bestraft.

§ 223 Körperverletzung

(1) Wer eine andere Person körperlich misshandelt oder an der Gesundheit schädigt, wird mit Freiheitsstrafe bis zu fünf Jahren oder mit Geldstrafe bestraft.

§ 224 Gefährliche Körperverletzung

(1) Wer die Körperverletzung

1. durch Beibringung von Gift oder anderen gesundheitsschädlichen Stoffen,
2. mittels einer Waffe oder eines anderen gefährlichen Werkzeugs,
3. mittels eines hinterlistigen Überfalls,
4. mit einem anderen Beteiligten gemeinschaftlich,
5. mittels einer das Leben gefährdenden Behandlung begeht,

wird mit Freiheitsstrafe von sechs Monaten bis zu zehn Jahren, in minder schweren Fällen mit Freiheitsstrafe von drei Monaten bis zu fünf Jahren bestraft.

*Merke ✓

Das Wort **Plädoyer** kommt aus dem Französischen. Bevor sich das Gericht zur Urteilsfindung zurückzieht, fassen sowohl Anklage als auch Verteidigung ihre Argumente in einer Rede zusammen.

Aus dem Plädoyer* der Anklage:

„... deshalb fordere ich für Ben Wittmann eine Jugendstrafe von zehn Monaten ohne Bewährung."

Aus dem Plädoyer der Verteidigung:

„... deshalb halte ich für Ben Wittmann eine Jugendstrafe von sechs Monaten auf Bewährung für angemessen."

Was ist für die Urteilsfindung wichtig?

Ben Wittmann wird unter anderem wegen gefährlicher Körperverletzung und Volksverhetzung angeklagt.

Der Angeklagte wuchs zusammen mit zwei älteren Brüdern im Haus seiner Eltern auf, wo er bis heute lebt. Nach der Grundschule besuchte er die Hauptschule, wo er durchschnittliche Leistungen zeigte. Nach seinem Abschluss begann er eine Ausbildung zum Zimmermann. Zum Zeitpunkt der Tat befand er sich im zweiten Ausbildungsjahr. Bei seinem Arbeitgeber ist er bisher nicht negativ aufgefallen.

In rechtsextremen Kreisen verkehrt er seit seinem 16. Lebensjahr, wo er regelmäßig an Demonstrationen und Kundgebungen teilnimmt, bisher jedoch nicht mit Gewaltaktionen auffiel. Seit seinem 15. Lebensjahr konsumiert er mehrmals pro Woche Alkohol, zuletzt in steigender Menge. Zum Tatzeitpunkt gab er an, sechs Bier sowie ebenso viele Schnäpse getrunken zu haben.

Der Angeklagte ist nicht vorbestraft. Er ist zum Zeitpunkt der Tat 17 Jahre alt und gilt damit strafrechtlich als Jugendlicher, für den das Jugendgerichtsgesetz anzuwenden ist. An seiner strafrechtlichen Verantwortungsreife besteht nach dem persönlichen Eindruck kein Zweifel.

Das Opfer hat durch die Tat erhebliche körperliche Schäden erlitten und leidet bis heute unter den Folgen der Tat. Wegen der psychischen Schäden ist Yasin Ergkül seit dem Überfall in psychotherapeutischer Behandlung.

Zugunsten des Angeklagten spricht, dass er seine Tat bereut und sich bei dem Opfer entschuldigt hat. Es kann nicht ausgeschlossen werden, dass er zur Tatzeit wegen des Alkoholkonsums vermindert schuldfähig war. Nach eigenen Angaben ist Ben Wittmann aus der rechtsextremen Szene inzwischen ausgestiegen. Er arbeitet die Hintergründe seiner Tat in einer Therapie auf. Seinen Alkoholkonsum, den er als Auslöser seiner Tat betrachtet, hat er inzwischen erheblich reduziert.

Strafprozess

Teil 1: Anklage und Prozess

Ein Strafprozess wird eingeleitet, wenn jemand unter begründetem Verdacht steht, eine Straftat begangen und damit gegen Strafgesetze verstoßen zu haben. Ankläger ist der Staatsanwalt, der im Prozess die Interessen des Staates vertritt. Kinder und Jugendliche unter 14 Jahren sind nicht strafmündig. Das heißt, sie können nicht vor Gericht gestellt werden. Jugendliche von 14 bis 18 Jahren können vor einem Jugendgericht angeklagt werden. Heranwachsende Straftäter im Alter von 18 bis 21 Jahren können ebenfalls nach dem Jugendgerichtsgesetz verurteilt werden, wenn sie zum Zeitpunkt der Tat in ihrer geistigen Reife eher wie Jugendliche entwickelt sind. Das entscheidet das Gericht im Einzelfall.

Prozessbeteiligte

Die Zusammensetzung des Gerichts hängt von der Schwere der Straftat ab: Bei einfacheren Straftaten besteht es aus einem Richter oder einer Richterin. Er/Sie leitet die Verhandlung und ist in den Entscheidungen nur an die geltenden Gesetze gebunden. Ist die Straftat schwerwiegender, wird der Richter oder die Richterin von zwei Schöffinnen oder Schöffen unterstützt. Das sind an das Gericht berufene ehrenamtliche Richter. Sie haben die gleichen Rechte wie Berufsrichter. In besonders schweren Fällen, zum Beispiel bei Mord, besteht das Gericht aus drei Richtern und zwei Schöffen. Stellvertreter des Staates (Anklage) ist der Staatsanwalt oder die Staatsanwältin. Die Interessen des Angeklagten vertritt als Verteidigung meistens ein Rechtsanwalt oder eine Rechtsanwältin.

Teil 2: Strafen

Je nach der Schwere der Tat kann das Gericht verschiedene Strafen verhängen, auch eine Gefängnisstrafe. Ist zu erwarten, dass der Angeklagte künftig nicht mehr straffällig wird, kann das Gericht die Strafe zur Bewährung aussetzen. Das bedeutet, dass der Angeklagte nicht mehr ins Gefängnis muss, sich aber über einen längeren Zeitraum einwandfrei und gesetzestreu zu verhalten hat.

1. Arbeitet aus Teil 1 heraus, welches Gericht für Ben Wittmann zuständig ist und wie es zusammengesetzt ist.

2. Wendet die Gesetze auf den Fall Ben Wittmann an (siehe Methodenkarte S. 72).

3. Erläutert, welche Möglichkeiten der Strafe ein Jugendgericht hat.

4. Formuliert ein Urteil und begründet es.

Erziehungsmaßnahmen

Das Gericht prüft zunächst, ob sogenannte Erziehungsmaßnahmen angebracht sind. So kann es zum Beispiel bestimmen, dass der/die Jugendliche

- eine Lehrstelle oder eine Arbeit annehmen muss,
- gemeinnützige Arbeiten zum Beispiel in einem Altenheim oder einer Jugendeinrichtung verrichten muss,
- für einige Zeit in einem Heim oder in einer Pflegefamilie untergebracht wird.

Wenn eine besonders schwere Schuld vorliegt, wird eine Jugendstrafe verhängt. Das bedeutet Freiheitsentzug im Jugendgefängnis von mindestens sechs Monaten und höchstens zehn Jahren.

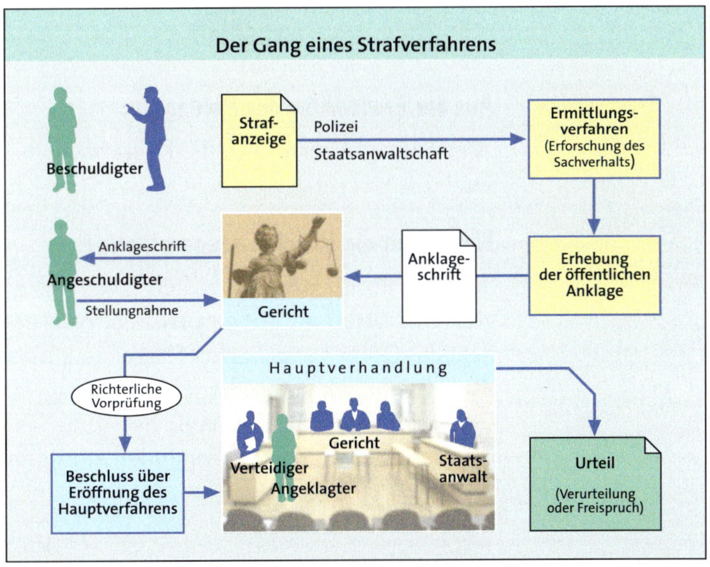

Dieses Schaubild kannst du benutzen, um den Gang von Strafprozessen zu beschreiben.

C Warum folgt ein Zivilprozess?

Aus dem Bürgerlichen Gesetzbuch

§

§ 823 Schadensersatzpflicht

(1) Wer vorsätzlich oder fahrlässig das Leben, den Körper, die Gesundheit, die Freiheit, das Eigentum oder ein sonstiges Recht eines anderen widerrechtlich verletzt, ist dem anderen zum Ersatz des daraus entstehenden Schadens verpflichtet.

§ 253 Immaterieller Schaden

[...]

(2) Ist wegen der Verletzung des Körpers, der Gesundheit, der Freiheit oder der sexuellen Selbstbestimmung Schadensersatz zu leisten, kann auch wegen des Schadens, der nicht Vermögensschaden ist, eine billige Entschädigung in Geld gefordert werden.

Aus der Klageschrift:

„Der Kläger beantragt, den Beklagten Ben Wittmann zu verurteilen, dem Kläger ein Schmerzensgeld von 8000 Euro zu zahlen. Die Kosten des Verfahrens trägt der Beklagte."

Aus der Erwiderung des Beklagten:

„Der Beklagte beantragt, die Klage abzuweisen."

Was ist für die Urteilsfindung wichtig?

Seit dem Strafprozess ist einige Zeit vergangen. Das Urteil wurde gesprochen. Nun erhebt das Opfer Yasin Ergkül Klage vor einem Zivilgericht und fordert Schmerzensgeld. Der Beklagte Ben Wittmann hat seine Tat bereits im Strafprozess gestanden und gibt zu, das Opfer geschlagen zu haben. Da der Kläger erhebliche körperliche sowie seelische Schäden durch die Tat erlitt, fordert der Kläger Schmerzensgeld. Bei der Bemessung des Schmerzensgeldes fallen neben den schweren körperlichen Verletzungen, die heute vollständig geheilt sind, auch die seelischen Spätfolgen der Tat ins Gewicht.
Der Kläger Yasin Ergkül ist infolge der Tat erheblich in seiner Lebensfreude beeinträchtigt. Bis heute leidet er unter Angstzuständen und Panikattacken und traut sich kaum, das Haus zu verlassen. Größere Menschenansammlungen meidet er seit der Tat vollkommen. Der ehemals lebenslustige Mann hat kein Interesse mehr an seinen Hobbys und vernachlässigt infolge seiner nervlichen Belastung auch seine Familie. Er ist deswegen seit über einem Jahr in psychotherapeutischer Behandlung. Vor vier Monaten hat er seine Arbeit in einem Fitness-Studio verloren – wegen der häufigen Krankmeldungen.
Während des Überfalls litt der Kläger unter Todesangst: Als Ben Wittmann mit den Schlägen auch nicht aufhörte, als er am Boden lag, rechnete er damit, totgeprügelt zu werden. „Die Tat hat mein Leben zerstört", äußert er während seiner Anhörung mit tränenerstickter Stimme. Dieser Einschätzung schließt sich auch seine Ehefrau an.
Ben Wittmann wurde bereits in einem Strafprozess zu einer Jugendstrafe verurteilt. Zu berücksichtigen ist, dass er nach einem Gutachten wegen seines hohen Alkoholkonsums vermutlich nur eingeschränkt in der Lage war, sein Verhalten zu steuern, und daher vermindert schuldfähig war.
Er hat sich bei seinem Opfer entschuldigt. Seit der Tat hat er sein Leben grundlegend geändert, unter anderem in einer Therapie die Hintergründe seiner Tat aufgearbeitet. Er gibt an, seinen Alkoholkonsum erheblich eingeschränkt zu haben.

Zivilprozess

Teil 1: Klage und Prozess

Der Zivilprozess ist ein Gerichtsverfahren, in dem Rechtsstreitigkeiten unter Bürgerinnen und Bürgen verhandelt werden. Wer sich in seinen Rechten verletzt sieht und sich mit seinem Gegenüber auf andere Weise nicht einigen kann, kann eine Klage bei Gericht einreichen. Meistens stützt sich eine solche Klage auf Bestimmungen im Bürgerlichen Gesetzbuch. Dieses regelt die rechtlichen Beziehungen zwischen Privatpersonen. Das können zum Beispiel Gesetze über Rechte und Pflichten beim Einkaufen, beim Mieten, bei Nachbarschaftsstreitigkeiten usw. sein. Weitaus die meisten Rechtsfälle werden vor einem Zivilgericht verhandelt.

Prozessbeteiligte

In einem Zivilprozess treffen Kläger und Beklagte aufeinander. Dabei werden sie meistens von Rechtsanwälten vertreten. Bereits vor dem Prozess formuliert die Rechtsanwältin oder der Rechtsanwalt die Klageschrift, in der die Forderungen des Klagenden begründet werden. Der gegnerische Rechtsanwalt formuliert dann eine Erwiderung. Bei dem Gerichtstermin tragen die Anwälte wichtige Tatsachen und Argumente vor, die die Grundlage für die Entscheidung des Richters bilden. Geleitet wird die Verhandlung von einer Richterin oder einem Richter. Sie oder er spricht auch das Urteil. Dabei muss das Gericht sich an die Gesetze halten.

Teil 2: Urteil und Zuständigkeit

Das Verfahren kann in einem Vergleich enden, also einem Kompromiss, auf den sich die Parteien vor Gericht einigen. So kann der Richter zum Beispiel vorschlagen, dass sich die beiden Parteien auf ein etwas niedrigeres Schmerzensgeld einigen als ursprünglich gefordert. Ist das nicht möglich, endet das Verfahren mit einem Urteil. Der Richter oder die Richterin weist die Klage ab oder gibt ihr teilweise oder vollständig statt. In diesem Fall muss der Beklagte die Forderung des Klägers erfüllen. Eine Strafe kann ein Zivilgericht nicht aussprechen.

1. Arbeitet aus Teil 1 heraus, welches Gericht für Ben Wittmann zuständig ist und wie es zusammengesetzt ist.
2. Wendet die Gesetze auf den Fall Ben Wittmann an (siehe Methodenkarte S. 72).
3. Erläutert, welche Möglichkeiten das Gericht hat, auf die Klage zu reagieren.
4. Formuliert ein Urteil und begründet es.

Zuständigkeit des Gerichts

In Zivilprozessen ist das Amtsgericht in der Regel für Streitsachen im Wert von bis zu 5000 Euro zuständig. Liegt der Streitwert höher, wird der Fall vor einem Landgericht verhandelt.
Wenn die Kläger oder die Beklagten mit dem Urteil nicht einverstanden sind, können sie Berufung einlegen. Das bedeutet, dass der Fall noch einmal vor einem höheren Gericht verhandelt wird. Wenn sie dort den Prozess verlieren, müssen sie allerdings sowohl die Kosten für den ersten als auch für den zweiten Prozess übernehmen.

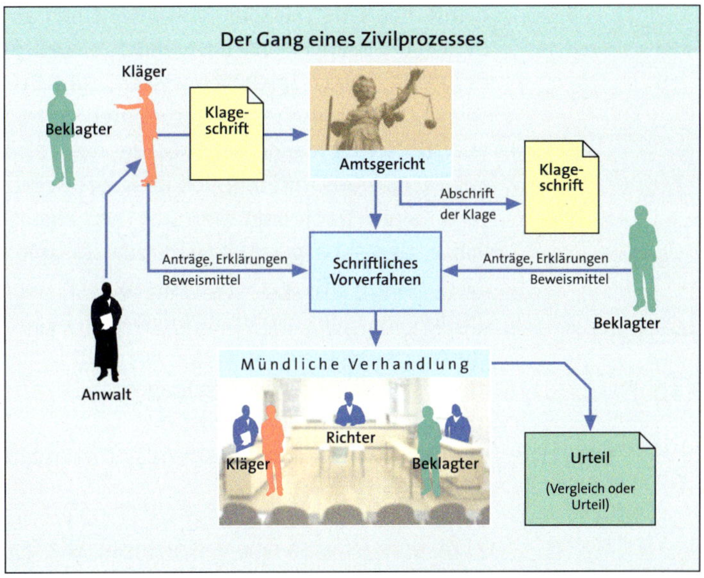

Dieses Schaubild kannst du benutzen, um den Gang von Zivilprozessen zu beschreiben.

Gesetzestexte lesen und verstehen

Thema: Der Fall Ben Wittmann

Worum geht es?

Gesetzestexte sind eine besondere Textart. Auf den ersten Blick wirken sie oft unverständlich. Das liegt daran, dass sie in einer besonderen Sprache verfasst sind: Sie sind sehr allgemein formuliert, sodass sie auf eine möglichst große Zahl von Fällen zutreffen. Auch kommen häufig Wörter darin vor, die wir im Alltag nur sehr selten verwenden oder auch in einem anderen Zusammenhang.

Wie macht man das?

1. Du klärst, was du erfahren möchtest.

Wenn man einen Gesetzestext oder einen anderen juristischen Text liest, möchte man in der Regel etwas Spezielles wissen, zum Beispiel: „Darf ich in meinem Alter einen Vertrag abschließen?“ Manchmal möchte man sich auch einen Gesamtüberblick über ein Gesetz verschaffen. Dann fragt man sich, was eigentlich in dem Text geregelt wird, zum Beispiel: „Was steht im Bürgerlichen Gesetzbuch über die Rechte eines Wohnungsmieters?“ Beantworte – je nach Leseauftrag – vor dem Lesen mindestens eine der beiden Fragen:

a) Was möchte ich gerne wissen?
b) Was ist in diesem Gesetz oder Dokument insgesamt geregelt?

2. Du notierst nach dem ersten Lesen, was du schon verstanden hast.

Auch wenn man vielleicht nicht alles beim ersten Lesen versteht, ein wenig versteht man immer. Das solltest du notieren, bevor du weiterarbeitest.

3. Du klärst die Bedeutung der gefundenen Schlüsselbegriffe.

Beim zweiten Lesen musst du Wort für Wort vorgehen, weil du davon ausgehen kannst, dass in diesen Texten jedes Wort wohlüberlegt wurde, bevor man es verwendet hat. Einzelne Wörter, wie zum Beispiel „Geschäftsfähigkeit“ oder „körperlich misshandelt“, haben eine herausragende Bedeutung. Suche nach solchen Wörtern, notiere sie und kläre ihre Bedeutung.

4. Du übersetzt den Text in eine Sprache, die du und andere verstehen könnt.

Mache es wie bei einem fremdsprachigen Text. Übersetze ihn in eine allgemein verständliche Sprache, am besten laut und gegenüber einer anderen Person: „Ich erkläre dir jetzt, was der Taschengeldparagraf darüber aussagt, ob du dir als 16-Jähriger ohne Genehmigung der Eltern einen Motorroller kaufen darfst.“ Wenn du das schaffst, hast du auch den schwierigen juristischen Text verstanden.

5. Du wendest den Text auf einen Fall an.

Prüfe für jede einzelne Bestimmung, ob sie auf das Fallbeispiel zutrifft. Was sagt das Gesetz über den speziellen Fall aus?

Beispiel: § 223 Strafgesetzbuch §

„Wer eine andere Person körperlich misshandelt …“

Ben Wittmann hat einen Besucher des Eiscafés in Wiesloch im Gesicht verletzt.

„… wird mit einer Freiheitsstrafe bis zu fünf Jahren oder mit Geldstrafe bestraft.“

Für Ben Wittmann kommt also sowohl eine Freiheitsstrafe als auch eine Geldstrafe infrage.

D Wie kann man die Unterschiede zwischen Straf- und Zivilprozess veranschaulichen?

Es gibt zwei Arten von Prozessen

Der Strafprozess	Der Zivilprozess

Vor Gericht wird ein Konflikt zwischen zwei Privatpersonen ausgetragen.

Hier vertritt ein Staatsanwalt die Interessen des Staates (der öffentlichen Ordnung).

Es ist ein freiwilliger Prozess.

Es wird keine Strafe ausgesprochen, sondern es geht um die Wiedergutmachung eines Schadens.

Es ist ein Streit zwischen der staatlichen Ordnung und dem Angeklagten.

Bei ausreichenden Verdachtsmomenten ist die Anklage Pflicht.

Staatsanwalt und Angeklagter stehen sich gegenüber.

Zwei Privatpersonen (Kläger und Beklagter) stehen sich gegenüber.

Im Prozess gibt es keinen Staatsanwalt.

Es geht um die Feststellung einer Schuld. Grundsätzlich wird entweder eine Strafe verhängt oder der Angeklagte wird freigesprochen.

Euer Auftrag:

1. Welche der Aussagen treffen auf den Strafprozess zu und welche auf den Zivilprozess?

2. Gestaltet aus den zehn Aussagen ein möglichst übersichtlich gegliedertes Tafelbild. Das geht am besten in Partnerarbeit. Welche Partner finden die beste Lösung?

6 Bestrafen oder erziehen: Wie kann man jugendliche Täter von weiteren Straftaten abhalten?

Maßnahmen beurteilen – Strafziele erläutern

Täter-Opfer-Ausgleich: Zwei junge Erwachsene, die ein jüdisches Mahnmal beschädigt hatten, unterstützten die jüdische Gemeinde bei Festvorbereitungen. Dadurch blieb ihnen die Bestrafung erspart.

Wie kann man verhindern, dass jugendliche Straftäter rückfällig werden? Diese Frage wird seit vielen Jahren diskutiert. Jugendgerichte setzen vor allem auf erzieherische Maßnahmen, die die Täter dazu veranlassen sollen, über ihre Tat nachzudenken und zu lernen, wie man sich gesetzestreu verhält. Einige Möglichkeiten lernt ihr in den folgenden Beispielen kennen.
Tipp: Ihr könnt sie arbeitsteilig bearbeiten und euch die Beispiele gegenseitig vorstellen.

A Täter-Opfer-Ausgleich

Das Opfer eines Raubüberfalls erzählt: „Ich dachte nur, das kann alles nicht wahr sein, draußen laufen Leute vorbei, fahren Busse, das kann nicht sein, dass mich jetzt jemand erschießt.“ Die beiden jugendlichen Täter wurden gefasst und zu vier Jahren Haft verurteilt.
Der Fall in Pforzheim, einer wie Hunderte andere. Und doch nicht. Denn er steht auch als Beispiel für einen gelungenen Täter-Opfer-Ausgleich im Strafvollzug. „Am Anfang war's schwierig. Irgendwann will man sich entschuldigen, aber man traut sich nicht“, sagt der Haupttäter. Noch schwieriger als das Gespräch mit dem Opfer allerdings wäre es für ihn gewesen, „ein Leben lang damit zu leben, das verfolgt einen“. Unter der professionellen Hilfe eines justizunabhängigen, besonders geschulten Sozialarbeiters kam ein „richtig gutes Gespräch“ zustande. „Uns hat es geholfen“, sagt das Opfer, „es nimmt einem auch ein bisschen den Schrecken vor der Tat.“ Auch für die Täter kann die Bereitschaft zum Ausgleich positive Folgen haben, Gerichte können Haftstrafen bis zu einem Jahr gegen Bewährung aussetzen oder höhere abmildern.

(Nach: Bettina Wieselmann, Es nimmt ein wenig den Schrecken, 30.10.2014; in: https://www.badische-zeitung.de/taeter-opfer-ausgleich-es-nimmt-ein-wenig-den-schrecken--93769282.html)

B Kann Lesen Strafe sein?

Das Amtsgericht München hat einen 19-jährigen Verkehrssünder verurteilt. [...] Es ist nicht das erste Mal, dass der 19-jährige Fahrer mit dem Gesetz in Konflikt kommt, schon ein halbes Jahr zuvor ermittelte die Staatsanwaltschaft gegen ihn – wegen exakt derselben Tat mit demselben Motorrad. „Kennzeichenmissbrauch“ heißt das Delikt [...]. Die Richterin erteilte eine Leseweisung. Der 19-jährige Lagerist wurde dazu verurteilt, sich 20 Stunden „auf intellektueller Ebene noch einmal mit der Tat auseinanderzusetzen“, so steht es in der Begründung für die Strafzumessung. [...] Dabei geht es nicht um das bloße Lesen eines beliebigen Buches. „Im Rahmen eines Erstgesprächs suchen sich die Jugendlichen aus einer größeren Anzahl von Vorschlägen Bücher aus, die zu ihren Interessen und/oder Problemlagen passen“, so Gerichtssprecherin Monika Andreß. [...] Das Buch werde in Terminen mit ehrenamtlichen Studierenden auch besprochen und auf das eigene Leben bezogen. Am Ende steht eine Abschlussarbeit, „in der die Inhalte der Bücher und Gespräche in unterschiedlichen kreativen Formen verarbeitet werden“. Denkbar seien zum Beispiel Kurzgeschichten oder Plakate.

(Aus: Daniel Wüstenbergm Gerichtsurteil: Warum ein Jugendlicher 20 Stunden lesen muss, 15.08.2017; in:www.stern.de/panorama/gesellschaft/muenchen--jugendlicher-muss-laut-gerichtsurteil-20-stunden-lesen-7579000.html; Abruf: 13.01.2021)

C Weitere Möglichkeiten nach dem Jugendstrafrecht

Anti-Aggressions-Training: Eine häufig verordnete Strafe für gewalttätige junge Straftäter ist die Verpflichtung, ein Anti-Aggressions-Training zu absolvieren. Das Training ist hart: Wer einmal fehlt, kommt wieder vor den Richter und landet im Gefängnis. Es ist für jugendliche Straftäter häufig die letzte Chance, einer Gefängnisstrafe zu entgehen.

In dem Training setzen sich die Jugendlichen in der Gruppe mit ihrer Tat auseinander und lernen, selbst für ihre Taten und die Folgen Verantwortung zu übernehmen. Sie trainieren, andere Meinungen zu ertragen, sich nicht provozieren zu lassen und Konflikte ohne körperliche Gewalt auszutragen. Fast alle haben eine schwierige Kindheit hinter sich, in der sie selbst häufig Gewalt erfahren haben. In dem Training soll deshalb auch ihre Persönlichkeit gestärkt werden. Sie sollen lernen, zu anderen Menschen Vertrauen aufzubauen, sich selbst mit ihren Stärken und Schwächen anzunehmen und ihr oft mangelndes Selbstbewusstsein nicht mit aggressivem Auftreten zu überspielen.

Jugendarrest: Bei schwerwiegenderen Taten oder wenn Erziehungsmaßnahmen nichts bewirkt haben, können Richterinnen und Richter Jugendarrest verhängen. Er kann in seiner leichtesten Form als Freizeitarrest verhängt werden. Das bedeutet, dass Jugendliche einen Teil ihrer wöchentlichen freien Zeit im Arrest verbringen müssen. Die härteste Form des Jugendarrests ist der Dauerarrest, der mindestens eine Woche, höchstens vier Wochen beträgt.

Arrest wird in speziellen Jugendarrestanstalten vollzogen. Er soll nicht nur erzieherisch auf die Jugendlichen wirken, sondern sie sollen damit auch für begangenes Unrecht büßen und von neuen Taten abgeschreckt werden.

So fühlt sich ein Opfer: Teilnehmer eines Anti-Aggressions-Trainings in der Rolle des Opfers

Seit vielen Jahren ist unter Experten umstritten, ob Jugendarrest die erhoffte Wirkung zeigt. Vor allem Vertreter der Polizei fordern, wesentlich häufiger als bisher Arrest zu verhängen, damit sich jugendliche Straftäter erst gar nicht zu Intensivtätern entwickeln.

Dagegen vertreten einige Jugendrichter die Auffassung, dass Jugendarrest relativ wirkungslos sei, weil eine intensive Betreuung der Jugendlichen in den Arrestanstalten nicht möglich sei. Dafür spreche auch die hohe Rückfallquote nach einem Arrest.

1. Beschreibe die verschiedenen Strafformen nach dem Jugendstrafrecht.
2. Begründe, warum eine Leseweisung eine erzieherische Maßnahme ist.
3. Wie schätzt du die Erfolgschancen der dargestellten Maßnahmen ein? Begründe dein Urteil.

D Welchen Sinn soll Strafe haben?

Warum Jugendgerichte Erziehungsmaßnahmen verhängen

Patrick Jung ist 16 Jahre alt. Er geht noch zur Schule und wiederholt die 9. Klasse. Patrick hat zwei Freunde, Niklas und Thorben. Die drei sind auf dem Schulhof gefürchtet. Wenn sie knapp bei Kasse sind, „rippen sie ab“. So zum Beispiel: Patrick, Niklas und Thorben umringen in der Pause Conrad und sagen: „Mensch, coole Jacke. Hat die dein Vater gekauft? Lass mal sehen. Richtig cool. So eine hätte ich auch gern. Mein Alter hat aber nicht so viel Kohle. Wenn du die Jacke behalten willst, dann gib uns 30 Euro. Sonst gibt's Schläge nach der Schule.“ [...]
Was die drei Freunde harmlos als „abrippen“ bezeichnen, ist Erpressung. Erpressung kann mit einer Geld- oder Gefängnisstrafe bis zu fünf Jahren bestraft werden. Eine Geldstrafe macht für die Jugendlichen keinen Sinn. Sie gehen noch zur Schule und verdienen kein eigenes Geld. Ihre Eltern müssten für sie die Strafe bezahlen, was aber nicht Sinn einer Strafe ist. Es bliebe nur eine Gefängnisstrafe, die aber wäre übertrieben und auch nicht gut für die drei. Im Gefängnis wären sie dem schlechten Einfluss der Mitgefangenen ausgesetzt, die im Zweifel das „Abrippen“ gut finden. Nein, die drei Jungs müssen nicht bestraft, sondern erzogen werden. Dazu hat das Jugendstrafrecht verschiedene Mittel [...] Die Idee hinter all diesen „Strafen“ ist immer die gleiche: Patrick, Niklas und Thorben sollen lernen, dass sie etwas falsch gemacht haben und dass es sich nicht lohnt, Straftaten zu begehen. [...]

(Aus: Nicola Lindner, Jura für Kids. Eine etwas andere Einführung in das Recht, Beck Verlag 2013, S. 64 f.)

Warum es ein besonderes Strafrecht für Jugendliche gibt

Ab ihrem 14. Geburtstag sind junge Menschen keine Kinder mehr und sollten gelernt haben, was man darf und was man nicht darf. Daher sind sie ab jetzt strafrechtlich verantwortlich und der Staat kann sie für einen Diebstahl oder für eine Schlägerei bestrafen. Der Staat ist bei Jugendlichen aber noch nicht so streng wie bei Erwachsenen. Jugendliche sind noch keine Erwachsenen. Jugendliche sind auf dem Weg zum Erwachsenwerden, sie sind „halb Kind“ und „halb Erwachsener“. Auch wenn sie etwas „anstellen“, sind die meisten von ihnen – nicht alle – in der Welt der Kriminalität nicht zu Hause. [...]

Ziele des Jugendstrafrechts

Das Jugendstrafrecht will nicht bestrafen, es will dem Jugendlichen klarmachen, warum er zukünftig keine Straftaten mehr begehen soll. Dieser Gedanke, den Jugendlichen zu einem straffreien Leben zu erziehen, zeigt sich auch in den „Strafen“, die der Richter verhängen kann. Oft sind es richtige „Denkzettel“.

(Aus: Nicola Lindner, ebd., S. 63 f.)

1. Erläutere die Zwischenüberschriften des Textes jeweils in einem Satz.

2. Interpretiere die Karikatur.

3. Stelle Anwendungsbereich, Ziele und Mittel des Jugendstrafrechts grafisch dar. Ziehe dazu auch die Info-Seite 69 heran.

Selbstständig weiterlernen mit Medien:

- Führe ein Interview mit einer Jugendrichterin/einem Jugendrichter, zeichne das Gespräch auf und präsentiere es in der Klasse.

E TEAM kontrovers: Brauchen wir härtere Strafen für jugendliche Straftäter?

Eine gute Nachricht: Seit Jahren ist die Jugendkriminalität rückläufig. Doch gibt es einen harten Kern von jugendlichen Straftätern, die die Polizei und Gerichte stark beschäftigen und oft äußerst brutal vorgehen. Seit Jahren wird diskutiert, wie man mit diesen jugendlichen Kriminellen umgehen soll. Die Polizei kritisiert, dass Gerichte oft zu milde bestrafen, während Richter und Sozialarbeiter darauf verweisen, dass Gefängnisstrafen die Rückfallquote sogar noch erhöhen.

1. Arbeite die Positionen durch und bilde dir ein Urteil. Führt dann in der Klasse eine Pro-Kontra-Diskussion.

Tipp: Zu Beginn und am Ende der Diskussion könnt ihr zum Thema dieser Seite eine Abstimmung durchführen.

Pro: Strafe muss wehtun

Wir brauchen härtere Strafen. Viele Straftäter gehen selbst nach schweren Delikten mit geringen Strafen oder straffrei aus einem Prozess, mit der Folge, dass sie Gerichte nicht mehr ernst nehmen. Über 20 Stunden Sozialarbeit lachen diese Täter nur.

Auch für die Opfer von Straftaten ist es wichtig, dass die Täter eine angemessene Strafe erhalten. Opfer und ihre Angehörigen leiden oft jahrelang unter den Folgen einer Tat.

Bei dem harten Kern von Intensivtätern, die oft schon im Jugendalter jahrelange kriminelle Karrieren hinter sich haben, kommt man nur mit Konsequenz und Härte weiter. Zu viele Sozialarbeiter und Richter sind zu verständnisvoll im Umgang mit dieser Gruppe. Eine schwierige Kindheit rechtfertigt keine Straftaten. Die Gerichte sollten häufiger Arrest verhängen. Das wäre ein Warnschuss. Nur mit Freiheitsentzug kann man diese Jugendlichen beeindrucken. In Bayern wird wesentlich häufiger Arrest verhängt, mit der Folge, dass es erheblich weniger junge Gewalttäter als in Nordrhein-Westfalen gibt.

Kontra: Härtere Strafen bringen nichts

Mehr Arrest- und Gefängnisstrafen haben eher einen gegenteiligen Effekt: Viele Jugendliche kommen dort in Kontakt mit Schwerverbrechern und werden dort erst zu Intensivtätern. Im Gefängnis lernen sie nicht, ihr Unrecht einzusehen und sich künftig gesetzestreu zu verhalten. Diese Einsicht kann nur durch pädagogische Maßnahmen gefördert werden. Härtere Strafen, vor allem mehr Arrest, würden den Zielen des Jugendstrafrechts widersprechen, das Erziehung in den Vordergrund stellt.

Jugendliche, die im Gefängnis waren, finden nur schwer einen Ausbildungs- oder Arbeitsplatz. Sie haben weit über ihren Gefängnisaufenthalt hinaus unter den Folgen zu leiden und finden nur schwer in die Gesellschaft zurück.

Eine Verschärfung des Strafrechts würde sich auch auf Jugendliche auswirken, die nicht so schwere Delikte verübt haben. Bei der großen Mehrzahl der jugendlichen Täter besteht jedoch kein Rückfallrisiko. Sie würden unnötig hart bestraft. Viel wichtiger wäre es, die Prozesse zu beschleunigen. Zwischen Tat und Strafe muss der zeitliche Abstand möglichst gering sein.

Was interessiert dich besonders? Was kannst du richtig gut?

Wähle, wie du vorgehen möchtest:
Möglichkeit 1: Ich arbeite individuell und suche mir zwei, drei oder mehr Aufgaben aus.
Möglichkeit 2: Ich arbeite mit einer Partnerin, einem Partner zusammen. Gemeinsam schaffen wir mehr als allein.
Möglichkeit 3: Wir bilden Gruppen, teilen die Aufgaben auf und lösen alles gemeinsam.

Was ich weiß

Ich kann ...

1. beschreiben, ab welchem Alter man strafmündig ist und welche Folgen das für Jugendliche hat.

2. erläutern, wofür ein Jugendgericht zuständig ist und welche Strafen es verhängen kann.

Wozu ich meine Meinung formulieren und begründen kann

Ich kann zu folgenden Diskussionspunkten meine Meinung formulieren und diese mit Argumenten begründen:

1. Ist die Entwicklung der Jugendkriminalität eher harmlos oder besorgniserregend?

2. Helfen jugendlichen Straftätern eher erzieherische Maßnahmen oder müssen harte Strafen sein?

Was ich methodisch gelernt habe

Ich kann ...

1. die einzelnen Schritte beim Entschlüsseln eines Gesetzestextes beschreiben.

2. einen Gesetzestext in Alltagssprache übersetzen und auf einen Fall anwenden.

Worüber ich mitreden kann

Mit ein wenig Nachdenken kann ich mit meinem Banknachbarn oder innerhalb einer Gruppe oder vor der Klasse über die folgenden Fragen eine, zwei oder drei Minuten frei sprechen:

1. Welche Bedeutung hat das Recht in unserem Alltag?

2. Was passiert, wenn ein Jugendlicher eine schwere Straftat begeht?

Neun Merksätze zum Einprägen

1	Gesetze …
A	gelten nur für volljährige Bürgerinnen und Bürger.
B	regeln das Zusammenleben aller Menschen in einem Staat.
C	gelten auch, wenn sie nicht aufgeschrieben sind.
D	dürfen ausschließlich von der Regierung geändert werden.

2	In einem Rechtsstaat …
A	bestimmt die Politik die Rechtssprechung.
B	können nur reiche Menschen vor Gericht klagen.
C	müssen auch alle staatlichen Organe stets die Gesetze beachten.
D	darf nur die Polizei Gesetze brechen.

3	Wenn man deliktsfähig ist, …
A	kann man für einen Schaden haftbar gemacht werden.
B	kann man mit Jugendgefängnis bestraft werden.
C	müssen die Eltern weiterhin für Schäden haften
D	ist man körperlich in der Lage, Straftaten zu begehen.

4	13-Jährige haben das Recht, …
A	im Kino alle Filme anzuschauen.
B	sich in die Jugendausbildungsvertretung wählen zu lassen.
C	stundenweise leichte Arbeiten zu übernehmen.
D	in Gaststätten Alkohol zu trinken.

5	Zu den drei häufigsten Straftaten von Jugendlichen zählt …
A	Mord.
B	Raub.
C	eine Straftat im Straßenverkehr.
D	gefährliche Körperverletzung.

6	Wenn man jemanden fotografieren möchte, …
A	muss man die Person stets um Erlaubnis bitten.
B	muss man die fotografierte Person möglichst vorteilhaft darstellen.
C	muss man die Fotos mindestens sieben Jahre lang aufbewahren.
D	darf man das Foto grundsätzlich in den neuen Medien verbreiten.

7	Bei einem Prozess vor einem Jugendgericht …
A	können keinen Gefängnisstrafen verhängt werden.
B	dürfen die Angeklagten keine Verteidiger haben.
C	stehen sich zwei Privatpersonen gegenüber.
D	kann der oder die Angeklagte zu einer Strafe verurteilt werden.

8	Das Gericht darf in einem Prozess …
A	nach seinen Vorstellungen von Gut und Böse ein Urteil fällen.
B	nur auf der Grundlage von Gesetzen urteilen.
C	die Wünsche der Angehörigen des Opfers erfüllen.
D	sich in Ausnahmefällen über Gesetze hinwegsetzen.

9	Ziel von Jugendstrafen ist es, …
A	die Täter leiden zu lassen.
B	die Täter dauerhaft von der Gesellschaft auszugrenzen.
C	den Angehörigen der Opfer Wünsche nach Rache zu erfüllen.
D	die Jugendlichen zu einem straffreien Leben zu erziehen.

- Bei richtiger Lösung kommen A, B und C je zweimal und D dreimal vor.
- Übernimm die Merksätze in dein Heft und präge sie dir ein.

4 Demokratie lernen und leben

Wie wichtig sind politisches Interesse und Engagement Jugendlicher?

1. Allein nachdenken

Welche Eindrücke vermittelt dir dieses Foto über das Interesse Jugendlicher an Politik und Demokratie?

2. Zu zweit beraten

Wenn ihr die Macht hättet, die Politik in Deutschland zu gestalten: Was würdet ihr als Regierung tun?

3. In der Klasse sammeln

Was sind die Themen und Probleme aus dem Bereich der Politik, die Jugendliche besonders interessieren?

Im Verlauf dieses Kapitels könnt ihr ...

- am Beispiel der Arbeit von Mitgliedern in einem Jugendrat Möglichkeiten der politischen Mitwirkung bewerten,
- gemeinsam sammeln, welche grundlegenden Merkmale zur Demokratie gehören,
- Mindmaps zu den Themen Demokratie und Wahlen gestalten und präsentieren,
- beurteilen, welche Bedeutung Vielfalt für das Zusammenleben in der Demokratie hat,
- Schülerprojekte gegen Rassismus vorstellen und bewerten,
- politische Maßnahmen zum Klimaschutz auswählen, vorstellen und bewerten.

Eigene Schwerpunkte könnt ihr setzen, indem ihr ...

- über die Vor- und Nachteile einer Wahlpflicht miteinander diskutiert,
- in der Klasse weitgehend eigenverantwortlich eine Klimakonferenz gestaltet und dabei demokratische Mitgestaltung spielerisch trainiert.

1 Demokratie lernen: Was gehört dazu?

Merkmale sammeln, visualisieren und präsentieren

Auf dieser Seite geht es um die Planung eines Klassenausflugs. Vielleicht fragt ihr euch: Was hat das mit Demokratie zu tun? Lest die beiden Berichte und sucht dann nach Antworten auf die Frage.

A Wohin soll die Klassenfahrt gehen? Zwei Beispiele

Bericht 1:
Vor gar nicht allzu langer Zeit …

Saskias Opa ist 62 Jahre alt und erinnert sich an seine Schulzeit:
„Wenn wir einen Klassenausflug planten, lief das eigentlich immer nach dem gleichen Schema ab. Unser Lehrer betrat den Klassenraum, schrieb den Termin für den Ausflug an die Tafel und teilte uns mit, wo es diesmal hingehen sollte. Mal ging es ins Naturkundemuseum, mal wurde gewandert, mal besuchten wir irgendeine Ausstellung. Selbst entscheiden durften wir nicht."

Bericht 2:
Und heute in Saskias Klasse …

Saskia, Klassensprecherin der 8e, teilt der Klassenlehrerin Frau Steffens mit, dass die Klasse selbst entscheiden will, was sie am Tag des vorgesehenen Klassenausflugs unternehmen möchte. Saskia und Cem, ihr Stellvertreter, vereinbaren mit der Lehrerin einen Termin für eine Klassenversammlung. Saskia bittet die Klasse darum, nach Vorschlägen für die Gestaltung eines schönen Ausfluges zu suchen.

In der Klassenversammlung nimmt Frau Steffens auf einem der freien Stühle innerhalb der Schülergruppe Platz. Saskia eröffnet die Sitzung und bittet um Vorschläge. Cem notiert an der Tafel. An Vorschlägen werden genannt: Besuch eines Freizeitparks, Wanderung zu einem Wolfsgehege, Besuch bei einem Biobauern. Frau Steffens schlägt die Besichtigung eines Braunkohlekraftwerkes oder einer Windkraftanlage vor. Weil jeder Vorschlag Vor- und Nachteile hat, ergibt sich schnell eine lebhafte Diskussion. Unter den Schülerinnen und Schülern bilden sich Gruppen, die gemeinsam ihr vorgeschlagenes Ziel durchsetzen wollen. Mehrfach muss Saskia ihr Glocke benutzen, damit wieder Ruhe einkehrt und die Diskussion fair bleibt. Als gegen Ende der zur Verfügung stehenden Zeit noch keine Einigung in Sicht ist, schlägt Saskia eine Abstimmung vor. Die Mehrheit soll über das Ausflugsziel entscheiden. Cem bereitet Zettel vor, auf die jeder aus der Klasse, auch Frau Steffens, ihren Vorschlag schreiben kann. Gemeinsam sammeln Cem und Saskia die Zettel ein und zählen die Stimmen aus. Es ergibt sich eine knappe Mehrheit für den Besuch beim Biobauern. Damit ist das Ausflugsziel für alle entschieden. Einige Schülerinnen und Schüler jubeln, andere sind enttäuscht. Sie müssen darauf hoffen, dass sie sich bei der nächsten Abstimmung durchsetzen können.

1. Worin besteht der Hauptunterschied zwischen den beiden Berichten? Beschreibe ihn.
2. Was haben die beiden Beispiele mit Demokratie zu tun? Erkläre die Zusammenhänge. S. 253
3. „Zu Saskias Opas Zeiten war alles besser und unkomplizierter!" Bewerte diese Aussage.

B Was gehört eurer Meinung nach alles zur Demokratie dazu?

Sicherlich habt ihr eigene Vorstellungen darüber, was alles zu einer Demokratie dazugehört. Alle eure Vorstellungen sollen hier gesammelt werden. Für die Sammlung wird die **Placemat-Methode** empfohlen.

Setzt euch dazu in Vierergruppen zusammen. Vor euch liegt ein Blatt, das in Einzelfelder und in ein Gemeinschaftsfeld eingeteilt ist (siehe Zeichnung). Placemat bedeutet Tischdeckchen. Weil das vorbereitete Blatt Ähnlichkeit mit einer kleinen Tischdecke hat, wird die Methode so genannt. Die Placemat-Methode ermöglicht es euch, die im Thema gestellte Frage in drei Schritten zu bearbeiten.

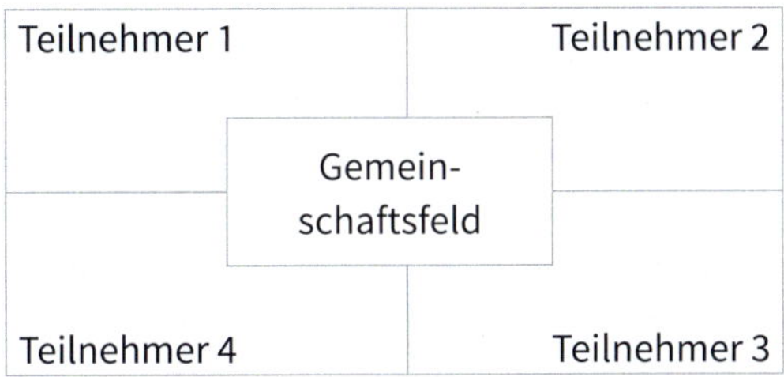

Worum geht es?	Was ist zu tun bei der Arbeit nach der Placemat-Methode?	Welche Regeln gelten?
Erster Schritt Nachdenken 	Jeder in der Gruppe denkt leise über die Frage nach. Alles, was dir dazu einfällt, notierst du. Dafür steht jedem von euch auf dem Blatt ein Einzelfeld zur Verfügung. Du kannst die Einträge der anderen lesen und dich dadurch selbst zu weiteren Gedanken anregen lassen. Das gemeinsame Blatt kreist auf dem Tisch, damit alle sehen können, was die anderen schreiben.	• Es wird eine Zeit vereinbart. • Alle arbeiten allein. • Es wird nicht gesprochen. • Das Tischset kreist.
Zweiter Schritt Austausch in der Gruppe 	In der Gruppe stellen nun alle der Reihe nach ihre Gedanken zum Thema Demokratie vor. Dabei benutzt ihr eure Notizen. Zusammen füllt ihr dann das Gemeinschaftsfeld aus. Hier sammelt ihr, was die Gruppe insgesamt zum Thema herausgefunden hat. (Im Gemeinschaftsfeld können Notizen zum zweiten Mal eingetragen werden.)	• Es wird gesprochen. • Jeder kommt dran und stellt seine Gedanken vor. • Im Gemeinschaftsfeld muss mehr stehen als in den Einzelfeldern.
Dritter Schritt Gruppenergebnisse vorstellen und sammeln 	Die Gruppen stellen die Inhalte der Gemeinschaftsfelder vor. Anschließend könnt ihr an der Tafel sammeln, welche Gedanken euch insgesamt in der Klasse zum Thema Demokratie eingefallen sind. Mithilfe der Tafelnotizen fasst ihr einzeln oder zu zweit zusammen: *„Was nach Ansicht unserer Klasse zu einer Demokratie dazugehört“*. Das könnt ihr auch in einer Hausaufgabe zusammenfassen.	• Alle Gruppen stellen ihre Ergebnisse vor. • Alle hören einander zu. • Nach der Vorstellung wird an der Tafel gesammelt.

C Grundlagen der Demokratie in Deutschland

1. Erkläre die Bedeutung der Begriffe *repräsentative Demokratie* und *Volkssouveränität* für die Demokratie in Deutschland.

2. Begründe am Beispiel der Merkmale Wahlen, Minderheitenschutz und Menschenrechte, warum sie in der Demokratie als unverzichtbar gelten.

3. Beschreibe mit deinen eigenen Worten die inhaltlichen Bestandteile der vier Säulen, auf denen die deutsche Demokratie aufbaut.

4. Welche der im Teil 2 des Textes genannten Vorzüge der Demokratie hältst du für besonders wichtig? Beurteile ihre Bedeutung.

Tipp: Die Bearbeitung von Teil 1 und Teil 2 dieses Textes kann in Partnerarbeit geschehen. Wendet dazu die Methode Partnerbriefing an (Methodenkarte auf der Seite 20). Die Aufträge können dann gemeinsam bearbeitet werden.

Teil 1: Der Begriff Demokratie

Repräsentative Demokratie – Abgeordnete des Deutschen Bundestags während einer Abstimmung im Parlament

Wörtlich übersetzt heißt Demokratie „Herrschaft des Volkes“. Wir haben den Begriff von den alten Griechen übernommen, die vor etwa 2500 Jahren die Volksherrschaft erfunden haben. Die Bundesrepublik Deutschland ist eine *repräsentative Demokratie**. Die über 82 Millionen Bundesbürger stimmen nicht selbst über die Gesetze ab. Vielmehr wählt das Volk Vertreterinnen und Vertreter, die dann das Parlament bilden und als sogenannte Repräsentanten des Volkes für eine begrenzte Zeit die politische Herrschaft ausüben können.
Daneben gibt es in der der Gemeindepolitik und der Landespolitik auch Merkmale direkter Demokratie. Es gibt dort Bürgerbegehren*, Bürger- und Volksentscheide*. Das sind direkte Formen der Demokratie, weil das Volk dabei durch Abstimmungen direkt politisch entscheiden kann. Nur das Volk hat in der Demokratie das Recht zu bestimmen, wer die politische Macht ausüben darf (und nicht wie in früheren Zeiten der Fürst, König oder Kaiser von Gottes Gnaden). Dieses grundlegende Merkmal wird als *Volkssouveränität* bezeichnet. Souveränitat bedeutet hier, dass das Volk dafür zuständig ist.

*Zu den Begriffen „repräsentative Demokratie“, „Bürgerbegehren“, „Volksentscheid“ und „Menschenrechte“ findest du auch Informationen im Glossar.

Unverzichtbare Merkmale

Demokratien können sehr unterschiedlich organisiert sein. Manche Staaten nennen sich Demokratie, obwohl sie es eigentlich nicht sind. Für Deutschland hat das Bundesverfassungsgericht die Merkmale festgelegt, die unverzichtbar zur Demokratie gehören. Hier die wichtigsten Bestimmungen:

- Jegliche Gewalt- und Willkürherrschaft muss für alle Zeiten ausgeschlossen sein.
- Es muss freie Wahlen geben, bei denen die Mehrheit entscheidet.
- Minderheiten sind in besonderer Weise zu schützen. Ganz besonders haben diejenigen Personen und Parteien, die bei den Wahlen nicht die Mehrheit erreicht haben, das Recht, die Regierung zu kritisieren und im Parlament eine Opposition (= Gegenpartei) zu bilden.
- Die Menschenrechte* müssen geschützt sein. In diese Rechte darf der Staat nur in Ausnahmefällen eingreifen.
- Gerichte und Richter müssen das Recht unabhängig anwenden können.
- Es muss mehrere Parteien geben, damit die Wählerinnen und Wähler bei politischen Wahlen eine Auswahl treffen können.

Volksbegehren für ein Gesetz zur Rettung der Bienen – Element direkter Demokratie

Teil 2: Die fünf Bausteine der Demokratie

Verfassungsprinzipien

Die wichtigsten Grundlagen, auf denen die Demokratie in Deutschland gebaut ist, sind im Artikel 20 des Grundgesetzes festgelegt – und zwar in einem einzigen Satz (siehe Schaubild). Diese Grundlagen werden als *Verfassungsprinzipien* bezeichnet. Darunter versteht man die Merkmale, die in der Verfassung – also im Grundgesetz für die Bundesrepublik Deutschland – festgelegt sind. Es sind sozusagen die Bausteine, die zusammen das Haus der Demokratie bilden.

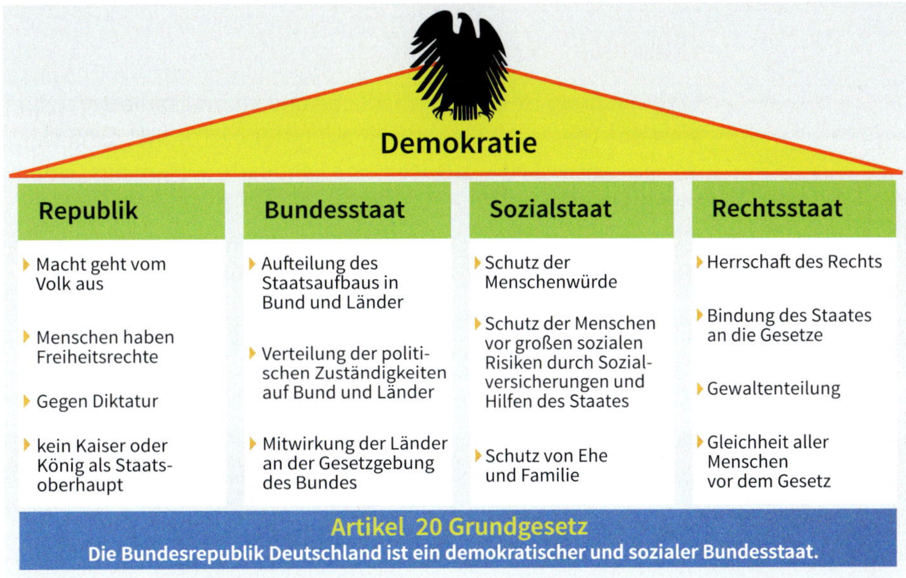

Baustein 1: Demokratie

Deutschland ist eine Demokratie und soll es für alle Zeiten bleiben. Meinungsfreiheit und freie Wahlen bilden ihre wichtigsten Grundlagen. Im Grundgesetz ist festgelegt, dass die Demokratie niemals abgeschafft werden darf (Artikel 79). Diesen Baustein kann man sich bildlich gesehen als das Dach der Demokratie vorstellen.

Baustein 2: Republik*

Der lateinische Begriff „res publica" bedeutet, dass der Staat „Sache des Volkes" ist. Heute verstehen wir darunter eine Staatsform, bei der die Regierenden für eine bestimmte Zeit vom Volk gewählt werden. Einen König, Kaiser oder einen Diktator*, der auf unbestimmte Zeit regiert, darf es in der Republik nicht geben.

Baustein 3: Bundesstaat*

Ein Bundesstaat ist ein Staat, der in mehrere Teilstaaten untergliedert ist, die zusammen einen Bund bilden. In Deutschland sind die Teilstaaten die Bundesländer und die Stadtstaaten Berlin, Bremen und Hamburg. Alle Bundesländer haben ein eigenes Parlament und eigene Aufgaben.

Baustein 4: Sozialstaat*

Deutschland ist ein Sozialstaat. Darin übernimmt der Staat die Pflicht, die wirtschaftlich Schwachen zu schützen und jedem seiner Bürgerinnen und Bürger eine menschenwürdige Existenz zu ermöglichen.

Baustein 5: Rechtsstaat*

Im Rechtsstaat gelten Recht und Gesetz. Auch der Staat und die Regierung sind im Rechtsstaat an die Gesetze gebunden. Jeder, der sich in seinen Rechten verletzt fühlt, kann vor Gericht dagegen klagen. Im Rechtsstaat gibt es Gewaltenteilung. Das bedeutet, dass die Gerichte unabhängig von Beeinflussungen durch die Regierung entscheiden.

Tipp: Auf der folgenden Doppelseite haben wir die Textteile 1 und 2 mithilfe einer Mindmap visualisiert. Du kannst sie benutzen, um die die Inhalte mit eigenen Worten zusammenzufassen und vorzutragen. In Partnerarbeit fallen sowohl die Vorbereitung als auch der Vortrag leichter.

*Zu den Begriffen „Republik", „Bundesstaat", „Sozialstaat", „Rechtsstaat" und „Diktatur" findest du auch Informationen im Glossar.

Mindmaps entwerfen

Thema: Grundlagen der Demokratie in Deutschland

Mindmap: Was ist das?

Eine Mindmap ist eine anschauliche und einprägsame Darstellung von Arbeitsergebnissen. Man setzt das Thema auf die Mitte eines Blattes und ordnet dann die weiteren Ergebnisse drumherum an. Man entwickelt sozusagen eine Landkarte (= Map) aus Gedanken und ermittelten Informationen (= Mind).
Mindmaps eignen sich besonders gut zur Erarbeitung schwieriger Sachtexte, weil man mit ihrer Herstellung einen Text sehr anschaulich visualisieren kann.

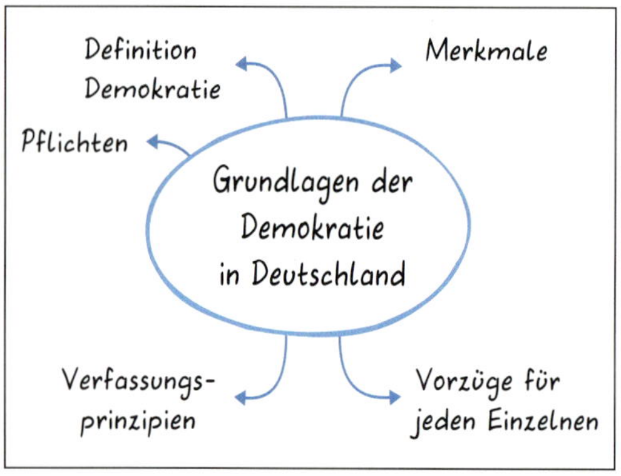

Wie macht man das?

1. Du platzierst das Thema im Zentrum eines Blattes.

Bei der Gestaltung einer Mindmap geht man immer von einem Zentrum aus. Im Zentrum steht das Thema. Man braucht dazu nur ein leeres Blatt und ein Schreibgerät. Hilfreich können einige farbige Stifte sein.

2. Du legst die Hauptstränge an.

Das Anlegen der Hauptstränge ist der wichtigste und der schwierigste Schritt beim Erstellen einer Mindmap. Hier hilft es dir, wenn du den Text, den du umwandeln möchtest, zuvor in Sinnabschnitte untergliederst. Kurze Überschriften können als Bezeichnungen für die Hauptstränge verwendet werden.
Im Text über die Grundlagen der Demokratie bieten sich die Überschriften *Definition Demokratie, Merkmale, Verfassungsprinzipien, Vorzüge* und *Pflichten* als Überschriften für die Hauptstränge an.

3. Du fügst den Hauptsträngen Nebenstränge hinzu.

Wenn man die Hauptstränge festgelegt hat, beginnt der vorteilhafteste Teil des Mindmappings. Die näheren Informationen zu den Hauptsträngen werden in Form von Nebensträngen angelegt. So wird die Mindmap nach und nach vervollständigt. Dabei ist man nicht an eine Reihenfolge gebunden, sondern kann die Informationen immer dann an den passenden Hauptstrang anbinden, wenn man sie findet.

4. Du überarbeitest deinen ersten Entwurf.

Am Ende sollte die Mindmap überarbeitet werden. Sind die Haupt- und Nebenstränge richtig zugeordnet? Sollte noch ein weiterer Strang hinzugefügt werden? Ist die Mindmap übersichtlich, nicht zu voll und nicht zu leer? Oft lohnt es sich, wenn man auf der Basis des ersten Entwurfs eine zweite Fassung erarbeitet. Besonders anschaulich werden Mindmaps, wenn sie mit kleinen Zeichnungen versehen werden.

5. Du verwendest die Mindmap.

Fertige Mindmaps sind zunächst einmal eine gute Merkhilfe. Auch wenn seit der Behandlung des Themas schon einige Zeit vergangen ist, genügt oft ein Blick auf die gestaltete Mindmap, um sich den Inhalt wieder in Erinnerung zu rufen. Mindmaps können als Visualisierung für Vorträge benutzt werden. Mithilfe der Stränge kann man einen Vortrag gliedern.

Man kann den Vortrag auf mehrere Schülerinnen und Schüler aufteilen und so eine Teampräsentation gestalten, bei der jeder Vortragende einen Hauptstrang der Mindmap vorstellt und mithilfe der Zusatzinformationen erläutert.

Mit dem Sachtext auf der folgenden Seite könnt ihr das Erstellen einer Mindmap üben.

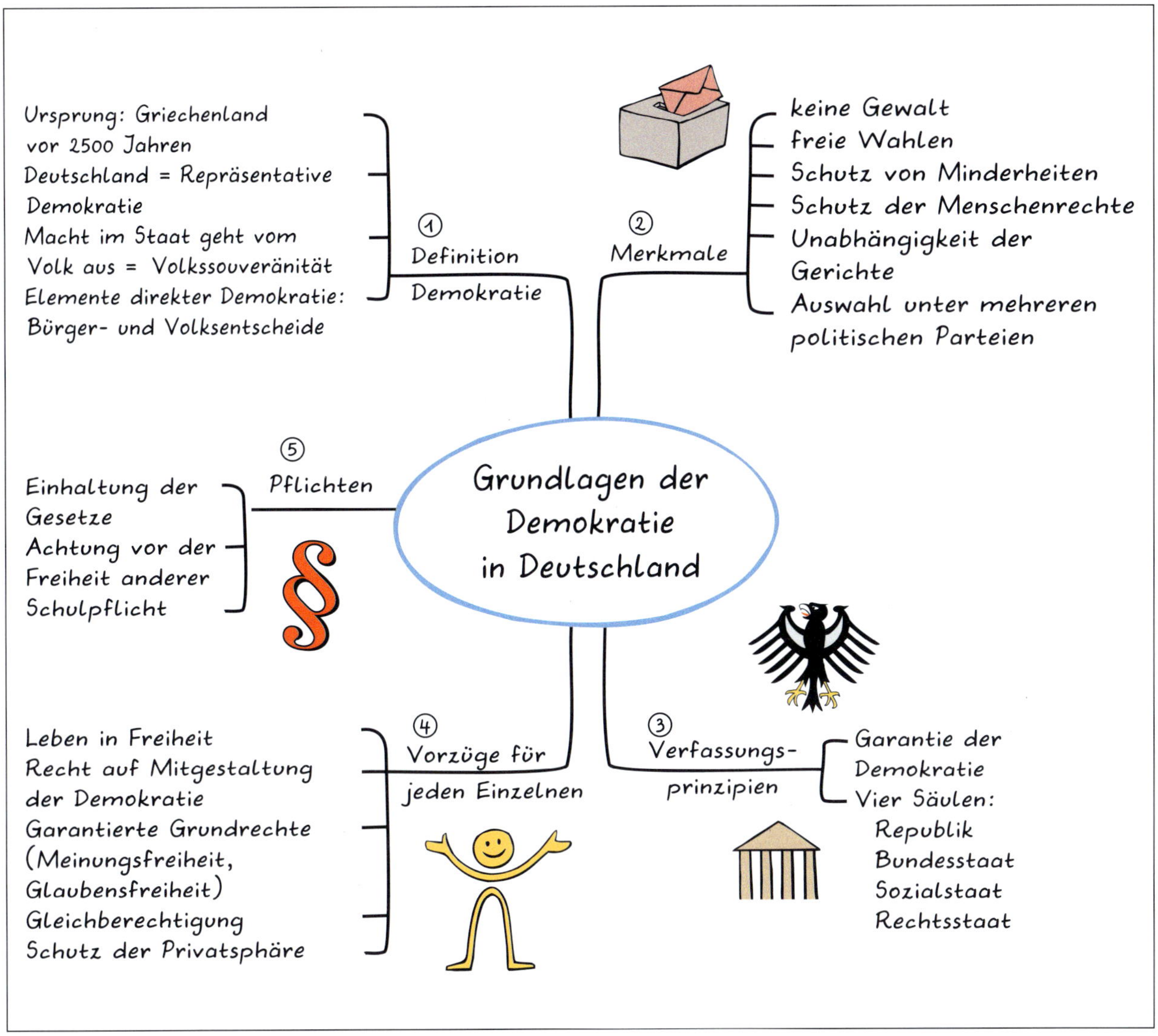

Benutzt diese Mindmap, um mit ihrer Hilfe den Text zum Thema „Grundlagen der Demokratie in Deutschland" auf der Doppelseite zuvor in einem mündlichen Vortag zusammenzufassen.

D Eine Mindmap erstellen zum Thema: Bedeutung von Wahlen

Den folgenden Text kannst du als Grundlage für die Erstellung einer Mindmap zum Thema Wahlen benutzen. Lies zunächst den Text in Einzelarbeit. Die Mindmap kann auch in Partner- oder Gruppenarbeit entwickelt werden. Haltet euch dabei an die fünf Schritte, die in der Methodenkarte auf der vorangehenden Seite empfohlen werden.

Definition

Unter einer Wahl versteht man eine Entscheidung zwischen mindestens zwei oder mehreren Möglichkeiten. Das Recht, wählen zu können, gehört unverzichtbar zur Demokratie dazu.

Politische Bedeutung

Wahlen sind die wichtigste Form politischer Beteiligung, weil durch sie der Volkswille zum Ausdruck kommt. Durch Wahlen wird entschieden, welche Parteien und Personen für eine begrenzte Zeit in der Politik das Sagen haben. Politische Macht ausüben darf nur, wer durch eine Wahl den Auftrag dazu bekommen hat.

In der Demokratie gibt es nicht nur in der Politik Wahlen. Gewählt wird auch in Betrieben und Vereinen und in anderen Organisationen und Bereichen. In der Schule haben Schülerinnen und Schüler zum Beispiel die Möglichkeit, ihre Interessenvertretungen zu wählen.

Voraussetzungen

Jede Wahlentscheidung setzt eine Auswahl voraus. Es müssen verschiedene miteinander konkurrierende Personen oder Parteien vorhanden sein, zwischen denen der Wähler eine Auswahl treffen kann. Auch sollten sich die zur Wahl stehenden in ihren Zielen und Programmen unterscheiden.

Demokratisch ist eine Wahl nur, wenn man sich frei, d. h. eigenverantwortlich und ohne Druck oder Zwang entscheiden kann.

Unverzichtbar ist auch, dass Wahlen nach festen Zeitabständen erneut stattfinden müssen. Wer durch eine Wahl politische Macht erhält, muss wissen, dass ihm diese nur auf Zeit übertragen wird.

Wichtig sollte auch sein, dass die Wählenden darüber informiert sind, was eigentlich zur Wahl steht und wodurch sich die Personen und Programme unterscheiden.

Merkmale

In der Bundesrepublik Deutschland müssen bei politischen Wahlen fünf Merkmale erfüllt sein. Sie müssen allgemein, unmittelbar, frei, gleich und geheim sein. So ist es im Artikel 38 des Grundgesetzes festgelegt. Allgemein bedeutet, dass alle Bürgerinnen und Bürger daran teilnehmen können, wenn sie das Mindestalter erreicht haben. Unmittelbar heißt, dass die Kandidatinnen und Kandidaten direkt in die Parlamente gewählt werden. Frei bedeutet in diesem Sinne freiwillig. Die Wahlberechtigten sollen zur Wahl gehen, entscheiden aber selbst, ob sie ihr Recht in Anspruch nehmen oder nicht.

Diese Freiwilligkeit gibt es nicht in allen Demokratien Europas. Zum Beispiel herrscht in Belgien, Griechenland, Italien und Luxemburg Wahlpflicht. Wer die Wahl verweigert, kann dort mit einem Bußgeld bestraft werden.

Gleich ist die Wahl, wenn alle Stimmen gleich viel zählen und geheim ist sie, weil niemand dazu gezwungen werden darf, seine Wahlentscheidung bekannt zu geben.

1. Entwickle alleine oder zusammen mit anderen eine Mindmap zum Text. Benutze sie als Grundlage für eine mündliche Zusammenfassung.
2. Worin siehst du die Vor- und die Nachteile einer Wahlpflicht? Formuliere dazu eine Stellungnahme, mit der du am Ende der Präsentation deiner Mindmap eine Diskussion eröffnest. (Das geht auch in Teamarbeit.)

E Wahlen: Welche Antwort passt zu welcher Frage?

Bei der folgenden Übung geht es darum, aus einem Topf zu den drei Fragen die jeweils passenden Antworten herauszufischen und so nach und nach einen Text zu erstellen, den man vor der Klasse vortragen kann. Man kann die Übung allein durchführen. Leichter geht es, wenn man sich die Arbeit teilt. Bildet dazu Gruppen zu dritt.

Euer Auftrag:

1. Jedes Gruppenmitglied notiert eine der drei Fragen ins Heft und fischt die dazu passenden Antworten heraus.
2. Entscheidet immer gemeinsam, welche Antwort zu welcher Frage passt. (Zu jeder Frage sollte es drei Antworten geben.)
3. Tragt die Fragen und die Antworten zu dritt in der Klasse vor.

1. Was sind Wahlen? **2. Warum muss es Wahlen geben?** **3. Wo überall wird gewählt?**

1. Wenn man will, dass die Menschen mitmachen und mitbestimmen, muss man ihnen die Möglichkeit garantieren, wählen zu können.

2. In Vereinen bestimmen die Vereinsmitglieder durch Wahlen verschiedenartige Ämter: z. B. Vereinsvorsitzende, Jugendwarte u. a.; in Betrieben wählt die Belegschaft den Betriebsrat.

3. Eine Gruppe von Menschen (nämlich die Wählerinnen und Wähler) bestimmt, welche Personen oder Parteien für eine bestimmte Zeit Ämter und Aufgaben übernehmen.

4. In der Schule finden Wahlen statt. Es gibt die Klassensprecher- und Schülersprecherwahl, die Wahl der Verbindungslehrer und andere Wahlen mehr.

5. Eine Wahl sollte immer eine Auswahl sein. Wählen heißt, dass man zwischen mindestens zwei oder besser mehreren Möglichkeiten entscheidet.

6. Ohne Wahlen kann es keine Demokratie geben, weil Demokratie bedeutet, dass die Staatsgewalt vom Volk ausgehen muss.

7. Durch die Wahl haben die Wähler/-innen die Möglichkeit, eine Regierung abwählen zu können. Wahlen verhindern so, dass jemand dauerhaft die Macht an sich reißt.

8. In der Bundesrepublik Deutschland finden politische Wahlen auf vier Ebenen statt: Es gibt die Kommunalwahlen, die Landtagswahlen, die Bundestagswahlen und die Wahl zum Europäischen Parlament.

9. In der Demokratie sind Wahlen immer Personenwahlen – selbst dann, wenn man seine Stimme einer Partei gibt. Man wählt Personen, die für eine bestimmte Zeit politische Verantwortung übernehmen.

2 Mitmachen in der Demokratie: Lohnt sich das?

Mitwirkungsmöglichkeiten von Kindern und Jugendlichen bewerten

Anhand eines Interviews könnt ihr hier herausfinden, wie andere junge Leute über die in der Überschrift gestellten Frage denken. Auch könnt ihr prüfen, welche Mitmachmöglichkeiten für euch selbst in Frage kommen. Darüber hinaus erhaltet ihr Anregungen zu Internetrecherchen über Organisationen, bei denen Jugendliche sich ehrenamtlich engagieren können.

A Interview mit Mitgliedern des Jugendrates der Stadt Münster, NRW

JUGENDRAT MÜNSTER

Mitmachen – Mitbestimmen – Mitgestalten:
Unter diesem Motto setzt sich der Jugendrat der Stadt Münster seit vielen Jahren für die Interessen der Kinder und Jugendlichen in ihrer Stadt ein. Zwischen 12 und 17 Jahren sind seine jeweils für drei Jahre gewählten Mitglieder. Mit den drei Mitgliedern Luna (15 Jahre), Hesham und Jerome (beide 14 Jahre) führte TEAM im Oktober 2019 ein Interview.

TEAM: Warum habt ihr euch für den Jugendrat zur Wahl gestellt?

LUNA: Als ich vom Jugendrat Münster erfahren habe, hatte ich sofort Ideen, was man für Jugendliche in Münster verändern könnte. Zum Beispiel war mir schon oft aufgefallen, dass man außerhalb von Vereinen in meinem Stadtteil nicht viele Möglichkeiten hat, seine Freizeit zu gestalten. Daran wollte ich gerne etwas ändern und habe deshalb als Mitglied des Jugendrates kandidiert.

JEROME: In bin in den Jugendrat gekommen, weil ich gerne mitreden wollte und mich für Politik interessiere.

HESHAM: Als ich den Flyer bekommen habe von der Jugendratswahl, habe ich endlich eine Möglichkeit gesehen, in der Politik mitzubestimmen und die Jugendlichen zu vertreten.

TEAM: Was sind die Themen, mit denen ihr euch aktuell beschäftigt?

JEROME:: In der letzten Zeit setzen wir uns sehr stark dafür ein, dass die Digitalisierung an Schulen voranschreitet. Wir fragen viel bei der Verwaltung nach, was sie dafür unternommen haben. Wir unterstützen „Fridays for Future", indem wir eine Stellungnahme veröffentlicht haben.

HESHAM: Wir haben uns in der AG Toleranz eine Aktion ausgedacht, in der Jugendliche zu diesem Thema ihre Kreativität rauslassen können. Ich habe mich um den Kunstwettbewerb „Zeig uns dein Münster" gekümmert und ihn organisiert.

LUNA: Im Bezirk, den ich vertrete, wird im Moment ein Skaterpark mit Parcourstrecke geplant, was auch eine meiner Ideen war, als ich mich für die Wahl habe aufstellen lassen.

TEAM: Wie funktioniert die Zusammenarbeit mit den Erwachsenen im Rat der Stadt und in der Verwaltung?

LUNA: Eine Mitarbeiterin der Verwaltung begleitet uns durch die Sitzungen, hilft uns, Treffen zu planen, und behält allgemein ein bisschen den Überblick. Das funktioniert sehr gut und soweit ich weiß, gibt es auch niemanden, der damit unzufrieden ist.

TEAM: Was bringt euer Engagement für euch ganz persönlich?

JEROME: Der Jugendrat bringt für mich jede Menge Spaß, aber auch Erfahrungen, die ich in meinem Leben mitnehmen werde. Wenn Anliegen bestehen, können wir uns jederzeit mit Anregungen an den Rat der Stadt Münster wenden, sodass unsere Anliegen in der Politik gehört werden.

HESHAM: Wenn man die gute Veränderung sieht, die man selbst erreicht hat, dann freut man sich über den Erfolg. Außerdem macht man Erfahrungen, die im späteren Leben wichtig sind.

LUNA: Seit ich Mitglied im Jugendrat bin, interessiere ich mich mehr für lokale Politik und bin informierter darüber. Viele Zusammenhänge lassen sich besser nachvollziehen, wenn man weiß, wie Diskussionen und Abstimmungen in Räten bzw. Parlamenten ablaufen.

TEAM: Was ratet ihr Schülerinnen und Schülern, die noch überlegen, ob sie für ihren Jugendrat kandidieren sollen?

JEROME: Eins kann man sagen: Wenn man an Politik interessiert ist und Ausdauer hat, sollte man sich auf jeden Fall für den Jugendrat bewerben. Es macht Spaß, ist interessant und ich finde es cool, dass ich meine Stadt Münster mitgestalten kann.

HESHAM: Das Wichtigste ist, dass man eine Chance hat, seine Stadt positiv zu verändern, und dass man durch seine Mitwirkung in der Politik auch andere Jugendliche vertreten kann.

LUNA: Meiner Meinung nach sollte man sich vorher überlegen, wie viel Zeit und Interesse man dafür aufbringen kann. Mitglied in einem Jugendrat zu sein, bedeutet auch, an AG-Treffen teilzunehmen und mehrstündigen Sitzungen aufmerksam zu folgen. Trotzdem ist die Arbeit im Jugendrat interessant und bereichernd. Wenn man also wirklich interessiert ist, sollte man definitiv kandidieren.

B Mitwirkung als garantiertes Recht

Politische Mitwirkung ist ein Grundelement der Demokratie, für das es keine Altersbeschränkung gibt. Kinder und Jugendliche sollen mitdiskutieren, mitgestalten und mitentscheiden. Für alle Formen der Teilnahme verwendet man den Begriff Partizipation*. Politische Partizipation von Kindern und Jugendlichen ist keine freiwillige Veranstaltung. Staatliche Einrichtungen sind per Gesetz verpflichtet, Minderjährige politisch zu beteiligen und dazu passende Angebote zu machen.

Der Mitgestaltung sind allerdings Grenzen gesetzt. Deren Sinn besteht darin, Minderjährige nicht mit einer zu großen Verantwortungsübernahme zu belasten und sie ihrem Entwicklungsstand entsprechend zu beteiligen. Im Jugendrat einer Stadt werden die Jugendlichen in die Entscheidungsprozesse mit einbezogen. Voll verantwortlich entscheiden können sie noch nicht. In der Regel geht es darum, gemeinsam mit Erwachsenen an Lösungen zu arbeiten, welche die Wünsche und Interessen von Kindern und Jugendlichen angemessen berücksichtigen.

*Zum Begriff „Partizipation“ findest du auch Informationen im Glossar.

Können Kinder die Demokratie hochhalten? Zeichnung: Holger Appenzeller

1. Nenne Äußerungen aus diesem Interview, die du persönlich für besonders als besonders interessant empfindest. Tausche dich mit anderen darüber aus.

2. Fasse zusammen, was den Jugendlichen Luna, Jerome und Hesham das Engagement im Jugendrat bringt und was sie anderen Schülerinnen und Schülern raten.

3. Bewerte die Mitarbeit im Jugendrat anhand folgender Kriterien: persönlicher Erfahrungsgewinn, Demokratie lernen, Politik gestalten, Zeit opfern, Schwierigkeiten überwinden. S. 253

4. Gehen die Partizipationsmöglichkeiten von Kindern und Jugendlichen weit genug: Ja oder Nein? Bewerte Chancen und Grenzen aus deiner persönlichen Sicht.

Tipp: Du kannst Kontakt mit Mitgliedern deines örtlichen Jugendrates aufnehmen und selbst ein Interview durchführen.

C Bei welchen Freizeitaktionen sind wir dabei – bei welchen eher nicht?

Euer Auftrag:

1. Wählt individuell die Aktivitäten aus, bei denen ihr bereits mitgemacht habt oder gerne mitmachen würdet. Notiert die Nummern dazu.
2. Stellt eure Auswahl der Reihe nach in einer Gruppe vor.
3. Einigt euch in der Gruppe (wenn möglich) auf zwei, drei oder vier Aktionen, bei denen alle Mitglieder zum Mitmachen bereit wären.
4. Stellt eure Favoriten in der Klasse vor und begründet eure Wahl.

In der Demokratie basiert Engagement auf dem Prinzip der Freiwilligkeit. Man entscheidet selbst, für wen und für was man sich einsetzen möchte und welche Formen des Mitmachens einem so viel Freude machen, dass man gerne dafür Zeit und Arbeit investiert.
In dieser Übung könnt ihr dieser Frage nachgehen.

Ich bin dazu bereit, …

❶ in einer gemeinsam mit anderen gestalteten Theateraufführung mitzuwirken, in der es gegen Mobbing, Rassismus und andere Arten von Ausgrenzung geht

❷ für eine Aktion wie „Schüler helfen leben“ einen oder mehrere Tage zu jobben, um mit dem verdienten Geld ein Hilfsprojekt für Kinder in einem anderen Land zu unterstützen

❸ an einem Wochenende an einer Baumpflanzaktion teilzunehmen, wie es bei der Aktion „Plant for the Planet“ geschieht.

❹ zusammen mit anderen Videos zu produzieren, in denen für Natur- und Klimaschutz geworben wird.

❺ Mitglied in einem Jugendteam eines anerkannten Naturschutzverbandes zu werden und regelmäßig an Gruppensitzungen und Naturschutzaktionen teilzunehmen.

❻ an einer Schülerdemonstration zum Schutz des Klimas teilzunehmen.

❼ mich bei den anstehenden Wahlen zu einem Kinder- und Jugendparlament als Kandidatin oder Kandidat zur Verfügung zu stellen

❽ Kleidertauschbörsen oder -partys mitzuorganisieren, bei denen deutlich werden soll, dass man nicht ständig neue Klamotten kaufen muss.

❾ zwei- bis dreimal in einem Jahr bei „Clean-up-Aktionen“ mitzumachen, Plätze und Parks von weggeworfenem Müll zu säubern, um so auf die Problematik von Plastikabfällen aufmerksam zu machen

❿ bei einer anstehenden Schülersprecherwahl die Kandidatinnen und Kandidaten aktiv in ihrem Wahlkampf zu unterstützen, die ich als für das Amt geeignet halte

Darf man demokratisches Engagement von allen Jugendlichen erwarten?

D Einige Fakten

Jugendliche in Deutschland: engagiert für Demokratie, Ökologie und soziales Leben

Nahezu neun von zehn Jugendlichen in Deutschland halten die Demokratie für eine gute Staatsform (86 %). Vier von fünf sind mit der Demokratie – so wie sie in Deutschland ist – entweder sehr oder eher zufrieden (77 %). Sechs von zehn halten ein politisches Engagement entweder für sehr wichtig oder teils, teils für wichtig (59 %). Etwa jeder zweite Jugendliche gibt an, sich stark oder einigermaßen für Politik zu interessieren. Zu diesen Ergebnissen kommt die Shell-Jugendstudie aus 2019, die alle fünf Jahren wiederholt wird.

Insgesamt geht die Zahl der engagierten Jugendlichen leicht zurück. Dieser Rückgang ist nach Ansicht der Forscherinnen und Forscher aber nicht auf schwindendes Interesse zurückzuführen. Viele Jugendliche hätten einfach nicht die Zeit für ein soziales oder ein politisches Engagement.

E Team kontrovers: Mitmachen – Ja oder Nein?

Nein, demokratisches Engagement kann nur die Ausnahme sein!

Schülerinnen und Schüler sollen die wenige Freizeit, die ihnen nach der Schule verbleibt, zur Erholung und zum Treffen mit Freunden nutzen. Eine kurzfristige Mitarbeit an einer Aktion für die Demokratie oder einem Projekt kann sinnvoll sein, muss aber als Ausnahme angesehen werden. Man darf nicht zu viel von den jungen Leuten erwarten. Es bringt den Jugendlichen mehr, wenn sie sich auf die Schule konzentrieren. Das ist auch die Voraussetzung dafür, dass sie nach der Schulzeit eine gute Ausbildung bekommen. Davon hat dann auch die Gesellschaft insgesamt den größten Nutzen.

Ja, mitmachen und sich für andere engagieren, bringt viel!

Schülerinnen und Schüler, die sich regelmäßig in ihrer Freizeit engagieren – zum Beispiel im Umweltschutz, in Hilfsprojekten oder in einer Jugendvertretung – berichten immer wieder, wie sehr das Mitmachen Spaß macht und das Leben bereichert. Zugleich leisten sie dadurch wertvolle Dienste für das Zusammenleben in der Gesellschaft und die Gestaltung einer lebendigen Demokratie. Die schulischen Leistungen müssen nicht darunter leiden. Ganz im Gegenteil, man macht wertvolle Erfahrungen, die auch nach der Schule von Nutzen sein können. Die Demokratie braucht noch mehr junge Leute, die zum Mitmachen bereit sind.

1. Fasse die Untersuchungsergebnisse über Einstellungen Jugendlicher zur Demokratie in eigenen Worten zusammen.
2. Mit welchen Aussagen werden die beiden Standpunkte zum Thema Mitmachen begründet? Nenne sie einzeln.
3. Erörtere die Frage im Thema dieser Seite und stelle dein Ergebnis in der Klasse vor.

3 Welche Bedeutung hat Vielfalt für die Demokratie?

Die Vorzüge von Diversität erläutern und bewerten

A Eine Einstiegsübung für alle

Fans aus mehreren Ländern feiern gemeinsam bei einer Fußballübertragung.

- Welche Gedanken zur Bedeutung von Vielfalt im Zusammenleben löst dieses Foto in dir aus? Notiere Stichworte dazu und tausche dich mit anderen darüber aus.

B Eindrücke zum Thema Vielfalt

Mal weiß, mal dunkelhäutig

Harry Potters Freundin Hermine wurde in einem Theaterstück über den berühmten Zauberer von der dunkelhäutigen Schauspielerin Noma Dumezweni gespielt. In den Harry Potter-Filmen spielt die Rolle die weißhäutige Britin Emma Watson. Die Verfasserin der Harry Potter-Romane J. K. Rowling freute sich über die unterschiedliche Besetzung der Rolle. „Braune Augen, krauses Haar", so hatte sie Hermine im Buch beschrieben. Ob hell- oder dunkelhäutig, spielte keine Rolle. „Ich liebe die dunkle Hermine!", erklärte die berühmte Autorin auf Twitter.

Unternehmen – stolz auf Vielfalt

„Wir sind stolz auf die große Vielfalt in unserem Unternehmen. Vielfalt ist unser Antrieb für Ideen, Erfindergeist und Erfolg. Spitzenleistungen sind unabhängig von Geschlecht, Alter oder Herkunft. Mit unserem Engagement bei den Christopher Street-Day-Paraden* zeigen wir, dass Daimler für Toleranz, Offenheit und Wertschätzung steht."

(Wilfried Porth, Vorstand für Personal und Arbeitsdirektor & Mercedes-Benz, 2017; https://media.daimler.com; Abruf: 13.01.2021)

Deutschland – Keiner gleicht dem anderen

„In Deutschland leben fast 82 Millionen Menschen und keiner gleicht dem anderen: Leute mit blonden, braunen und schwarzen Haaren, mit heller und dunkler Haut, mit großem und kleinem Körperbau. Viele leben in Städten, andere in Dörfern. Das Deutschland von heute ist bunt und vielfältig!"

(Solvejg Hoffmann, Typisch Deutsch?, in : Deutschland typisch deutsch? Zeitschrift Geolino Oktober 2020; Abruf: 13.01.2021)

*In den Christopher-Street-Day Paraden demonstrieren Menschen gegen die Benachteiligung von homosexuellen, lesbischen und Personen eines dritten Geschlechts, das weder als weiblich oder männlich zu beschreiben ist

C Stimmen zweier Politiker

„Land voller Vielfalt"

„Charta der Vielfalt e. V." ist der Name eines als gemeinnützig anerkannten Vereins zur Förderung der Vielfalt in Wirtschaftsunternehmen. Anlässlich der Vereinsgründung 2011 sagte die damalige Bundeskanzlerin* Dr. Angela Merkel in einer Rede:

„Deutschland war schon immer ein Land voller Vielfalt. Dazu haben auch Menschen aus anderen Ländern und Kulturen ebenso beigetragen wie der Wandel zu einer Gesellschaft der pluralen Lebensstile* und Weltanschauungen. [...]

Was macht eine lebendige, aber auch zugleich stabile Gesellschaft aus? Wie können wir uns im internationalen Wettbewerb künftig am besten behaupten? Richtungsweisende Antworten darauf lassen sich letztlich nur unter der Voraussetzung gemeinsamer Wertvorstellungen finden. Es kommt darauf an, die Vielfalt der Erfahrungen, Begabungen und Bedürfnisse auf der Grundlage gemeinsamer Werte zu erkennen und anzuerkennen, zu fördern und zu nutzen."

(Aus: Dr. Angela Merkel: Grußwort; in: https://www.charta-der-vielfalt.de/ueber-uns/ueber-den-verein-charta-der-vielfalt/schirmherrschaft/; Abruf: 13.01.2021)

„Wir alle sind das Volk"

Bei einer Veranstaltung zur Feier des dreißigjährigen Bestehens der deutschen Einheit am 3. Oktober 2020 hielt der zu dieser Zeit amtierende Bundespräsident* Frank-Walter Steinmeier eine Rede in Potsdam. Er ging dabei auch auf die Bedeutung von Vielfalt für eine lebendige Demokratie ein:

„Heute leben wir in einem wiedervereinten Land, ohne zu erwarten, dass alle gleich sein müssen. ‚Wir sind das Volk', das heißt doch ‚Wir alle sind das Volk': Bayern, Küstenbewohner, Ostdeutsche haben ihr eigenes Selbstbewusstsein. Landbewohner ticken anders als Städter.

Christen, Muslime, Juden und Atheisten sind Teil unseres Landes.

Ossis und Wessis gibt es weiterhin, aber diese Unterscheidung ist für viele längst nicht mehr die entscheidende. Durch das Zusammenwachsen von Ost und West, durch Zuwanderung und Integration ist unser Land in den letzten dreißig Jahren vielfältiger und unterschiedlicher geworden.

Das friedliche Miteinander der vielen verschiedenen Menschen in unserem Land, dieses immer wieder zu organisieren, das ist die Aufgabe, vor der wir heute stehen. Eine Aufgabe, die, wie wir alle wissen, nicht immer einfach ist. Aber es ist eben Ausdruck der Freiheit, die dieses Land auszeichnet, für die so viele vor uns gekämpft haben, und ohne die wir nicht leben wollen.

Unsere Einheit ist eine Einheit in Freiheit und Vielfalt, eine Einheit, die Deutschland immer auch europäisch definieren muss! Wir haben uns entschieden [...] für ein europäisches Deutschland.

Das genau ist der Weg, den wir weitergehen wollen."

(Aus: Frank-Walter Steinmeier, Festakt zum Tag der Deutschen Einheit 2020; in: www.bundespraesident.de/SharedDocs/Reden/DE/Frank-Walter-Steinmeier/Reden/2020/10/201003-TdDE-Potsdam.html; Abruf: 13.01.2021)

* Zu „Bundeskanzlerin" und „Bundespräsident" findest du auch Informationen im Glossar.

Merke ✓

plurale Lebensstile
= viele unterschiedliche Arten, das Leben zu gestalten

1. Beschreibe, was nach Ansicht von Angela Merkel zu einer lebendigen Gesellschaft gehört.
2. Nenne die Beispiele für Vielfalt, die der Bundespräsident Steinmeier in seiner Rede erwähnt.
3. Die damalige Bundeskanzlerin fragt: „Was macht eine lebendige, aber zugleich stabile Gesellschaft aus?" Bewerte die Frage aus deiner persönlichen Sicht. S. 253

D Diversität, Vielfalt

Teil 1: Diversität und Demokratie

Wenn die Schulgemeinschaft ein Schulfest plant, ist es immer hilfreich, wenn viele daran beteiligt sind. Die einen können gut organisieren, andere sorgen für die Musik, wieder andere bereiten Speisen vor usw. Besonders lebendig wird das Fest, wenn Eltern und Kinder in- und ausländischer Herkunft etwas Besonders aus ihrem Lebensumfeld dazu beitragen oder etwas gemeinsam auf die Beine stellen. Das ist ein Beispiel für Diversität.

Wörtlich kann man den aus dem Englischen stammenden Begriff mit „Vielfalt" übersetzen. Dabei geht es um mehr als um eine korrekte Bezeichnung. Diversität ist vielmehr Praxis und Ziel in einer lebendigen Demokratie. Sie erfordert es, die Vielfalt der Menschen anzuerkennen und als beschützenswerte Grundlage für das Zusammenleben zu betrachten.

In der Demokratie ist die Anerkennung von Vielfalt keine freiwillige Veranstaltung, die man entweder mag oder nicht. Sie ergibt sich verpflichtend aus der geltenden Rechtsordnung. Das Grundgesetz bestimmt, dass niemand wegen seines Geschlechts, seiner Sprache, seiner Heimat und Herkunft, seines Glaubens, seiner politischen und religiösen Anschauungen benachteiligt oder bevorzugt werden darf. So bestimmt es Artikel 2 des Grundgesetzes. Die Achtung vor den Gesetzen bildet die gemeinsame Basis, welche den Bestand der Demokratie in ihrer Vielfalt garantiert.

1. Erkläre am Beispiel Schule die Merkmale von Diversität.

2. Definiere die Begriffe Diskriminierung und Toleranz.

3. Begründe, warum Diversität und Toleranz Merkmale einer lebendigen Demokratie sind.

4. Wie gut gelingt es den Menschen in Deutschland, Vielfalt zu akzeptieren? Bewerte die Situation aus deiner persönlichen Sicht. S. 253

Tipp: Ein eigenes Symbolbild gestalten.

Diversität in Form eines Symbobildes illustriert

Teil 2: Diskriminierung und Toleranz

Diversität hat die Aufgabe, Vielfalt zu schützen. Das Gegenteil davon ist Diskriminierung. Darunter versteht man alle Formen der Benachteiligung von Menschen auf Grund ihres Geschlechts, ihrer Herkunft und Hautfarbe, ihrer Religion, ihrer sexuellen Orientierung. Auch wegen ihrer Überzeugungen, ihres Aussehens, ihrer Sprache oder wegen einer Behinderung können Menschen diskriminiert werden. *Discriminare* ist ein lateinisches Wort und bedeutet „Ausschluss". Es geht um alle Formen von Benachteiligungen, bei denen grundlegende Rechte missachtet werden. Diskriminierung wird vermieden durch die Bereitschaft und Befähigung, mit der Einzigartigkeit und der Unterschiedlichkeit der Menschen leben zu können. Die Schlüssel sind Diversität und Toleranz.

Tolerant ist, wer anderen Menschen offen begegnet und sie mit ihren besonderen Persönlichkeitsmerkmalen respektiert. Das heißt nicht, dass man alles gut finden muss, was andere denken und tun. Man muss dies aber erdulden können, auch dann, wenn die eigenen Sichtweisen anders sind. Duldsamkeit ist ein anderes Wort für Toleranz.

Toleranz sollte nicht mit Gleichgültigkeit verwechselt werden. Sie muss Grenzen haben. Sie gilt nicht gegenüber denen, die Vielfalt nicht respektieren, andere diskriminieren und Hass oder gar Gewalt verbreiten. Zu einer lebendigen Demokratie gehört auch, dass sie sich vor denen schützt, die Vielfalt zerstören wollen.

E Wie soll der Umgang mit Vielfalt aussehen in der Demokratie?

In dieser Übung könnt ihr selbst darüber entscheiden, bei welchen Gelegenheiten Vielfalt zu respektieren und zu fördern ist und bei welchen sie in der Demokratie keine Rolle spielen darf.

Euer Auftrag:

1. Wähle aus der Aufzählung alle Aussagen aus, die du richtig und wichtig findest.
2. Vergleiche deine Entscheidung mit anderen in einer Partner- oder Gruppenarbeit.
3. Sprecht gemeinsam über die Beispiele, die ihr als nicht oder nur als teilweise richtig und wichtig bezeichnet habt, und begründet warum.
4. Wählt je zwei Beispiele aus, die ihr positiv und negativ bewertet, und stellt sie in der Klasse vor.
5. Wählt je zwei Beispiele aus, die ihr positiv und negativ bewertet, und stellt sie in der Klasse vor.

	Ich finde es richtig und wichtig, wenn …	Ja, das stimmt	Nein, das stimmt nicht	teils, teils
1.	die Menschen unterschiedliche Meinungen haben und gemeinsam darüber diskutieren.			
2.	alle Mitglieder in einer Sportmannschaft nach ihren eigenen Regeln spielen.			
3.	alle ihre unterschiedlichen Religionen frei und nach ihren eigenen Vorstellungen praktizieren.			
4.	die Mitarbeiterinnen und Mitarbeiter in einem Unternehmen aus verschiedenen Ländern kommen.			
5.	jeder Mensch lieben kann, wen sie oder er will und das auch zeigen kann.			
6.	Lehrerinnen und Lehrer ihre Schülerinnen und Schüler unterschiedlich behandeln.			
7.	alle selbst darüber entscheiden, ob sie gerne Fleisch essen oder lieber Vegetarier oder Veganer sind.			
8.	die Menschen frei entscheiden können, ob sie für oder gegen Diskriminierung sind.			
9.	es bei der Höhe von Gehältern keine Rolle spielen darf, ob die Arbeit von Frauen oder Männern gemacht wird.			
10.	es verschiedene politische Parteien gibt, die sich in ihren Programmen unterscheiden.			
11.	in einem Wohngebiet in einem Dorf oder einer Stadt Menschen aus unterschiedlichen Herkunftsländern miteinander leben.			
12.	auch denjenigen alle Freiheiten zustehen, die für die Abschaffung der Demokratie eintreten.			

4 Demokratie schützen durch „Schule ohne Rassismus"

Den Umgang mit rassistischen Sprüchen trainieren

A Eine Einstiegsübung für alle

In diesem Unterkapitel geht es unter anderem um das Netzwerk „Schule ohne Rassismus".

- Was ist dir darüber bekannt?

Notiere einige Stichworte und tausche dich mit anderen darüber aus.

B Schülerprojekte gegen Rassismus

Beispiel 1: Die erste Netzwerkschule – bis heute dabei

Als erste Schule in Deutschland wurde dem Dortmunder Immanuel-Kant-Gymnasiums (IKG) am 21. Juni 1995 der Titel „Schule ohne Rassismus" verliehen. Pate war der bekannte Fernsehjournalist Friedrich Küppersbusch. Damals übersetzten die Schülerinnen und Schüler Texte in verschiedene Sprachen. Über die neuen Aktivitäten erfahren wir in der Festschrift der Aktion „Schule ohne Rassismus, Schule mit Courage" anlässlich ihres 25-jährigen Bestehens 2020:

„Nach einer längeren Flaute ist die Schule seit sieben Jahren wieder voll dabei. Jeden Dienstagmittag treffen sich engagierte Schülerinnen und Schüler mit drei Lehrer*innen – Nicole Tröger, Matthias Oidtmann, Rüdiger Koch – in der Aktiven-AG. Als jüngste große Aktion tat sich das Gymnasium mit sechs weiteren Dortmunder Schulen zusammen: Gemeinsam verzierten Schüler*innen einen Stadtbahn-Wagen mit Motiven gegen Rassismus und für Toleranz und Vielfalt. Die Linie verbindet den Dortmunder Westen mit dem Stadtviertel Dorstfeld, wo immer wieder Neonazis Schlagzeilen machen. So setzen sieben Schulen zusammen ein sichtbares Zeichen für Respekt und Miteinander."

(Aus: Jeanette Goldar, Redaktion: 25 Jahre Schule ohne Rassismus, Schule mit Courage. Hg. von der Aktion Courage e.V. 2020, S. 20).

Plakat des Netzwerks „Schule ohne Rassismus"

Beispiel 2: „Gemeinsam sind wir bunt"

„Hunderte Mädchen und Jungen der Realschule plus in Puderbach bilden einen Kreis auf dem Schulhof. Sie halten Teelichter in der Hand. Konrektorin Natanja Neitzert ordnet kurz die Menge, jeder findet seinen Platz. Jetzt bittet sie um Ruhe für eine Gedenkminute an die Opfer der rassistischen Anschläge in Hanau und in Halle.* Drei Jugendliche zeigen ein großes Plakat mit der Aufschrift: ‚Gemeinsam sind wir bunt'.

Nur für wenige Augenblicke sind noch Stimmen zu hören, die sekündlich leiser werden. Stille. Die Teilnehmer sind für eine Minute völlig in sich gekehrt, gedenken der Opfer. Mit der Aktion hat die Realschule plus ein Zeichen gegen Rassismus gesetzt [...]

Zwei Jungen aus der Schülervertretung machten in einer Ansprache deutlich, welche Gemeinschaft sie sein wollen: ‚Rassismus, Hass und Intoleranz haben in unserem alltäglichen Leben nichts zu suchen.'"

(Aus: Lars Tenorth: Realschule setzt Zeichen gegen Rassismus, Artikel in der Rhein-Zeitung Koblenz vom 29.02.2020, Seite 14)

* In den Städten Halle und Hanau gab es 2019 bzw. 2020 rassistisch motivierte verbrecherische Anschläge mit unterschiedlicher Täterschaft, bei denen zahlreiche Menschen ihr Leben verloren.

1. Fasse den Inhalt eines der beiden Beispiele in eigenen Worten zusammen.

2. Bewerte spontan: Wie wichtig und wie nachahmenswert sind solche Projekte?

C Rassismus

Teil 1: Merkmale

Rassisten glauben, man könne die Menschheit in unterschiedliche Rassen einteilen, um daraus abzuleiten, dass die Rasse, der man scheinbar angehört, allen anderen überlegen ist. Rassen gibt es als Unterscheidungsmerkmal aber nur bei Tieren. Es gibt zum Beispiel Hunde- und Pferderassen. Kein Hund kann Nachkommen mit einem Pferd haben. Jede Frau und jeder Mann auf der Welt können sich lieben und gemeinsame Kinder haben – ganz einfach, weil sie Menschen sind.

Rassisten denken zum Beispiel, dass „Weiße“ zu besseren und größeren Leistungen fähig sind als Menschen mit einer anderen Hautfarbe.

Rassismus zeigt sich häufig in der Form von Fremdenfeindlichkeit und der Ausgrenzung von Minderheiten. Alle, die anders sind als man selbst, werden als minderwertig empfunden, herabgewürdigt und oft sogar aggressiv bekämpft. Die Opfer sind häufig Angehörige von Minderheiten, die anders leben, eine andere Religion haben oder nur irgendwie anders aussehen. Dabei sind die Rassisten sich oft gar nicht im Klaren darüber, dass ihr Denken und Handeln rassistisch ist. Sie glauben, dass sie auf der Seite der Guten stehen. Zur schlechten Seite gehören alle, die irgendwelche anderen Merkmale aufweisen als man selbst.

Wer sich zum Neonazitum bekennt, vertritt eine extreme Form des Rassismus. „Neo“ bedeutet „neu“ und „nazi“ kommt von Nationalsozialismus. Neonazis nehmen sich den Nationalsozialismus der Hitlerzeit zum Vorbild. Sie haben meist folgende Einstellungen:

- Sie missachten Menschen anderer Herkunft und anderen Aussehens.
- Sie stellen die eigene Nation über alle anderen.
- Sie hassen Ausländer und Juden.
- Sie wollen die Demokratie abschaffen.
- Sie missachten den Rechtsstaat.
- Sie wollen die Herrschaft des Rechts durch die Herrschaft des Stärkeren ersetzen.
- Sie bekämpfen und missachten Andersdenkende.

Teil 2: Ursachen und Unvereinbarkeit mit demokratischen Werten

Die Ursachen für rassistisches Denken und Handeln können unterschiedlich sein. Zum einen gibt es Menschen, die Fremdartiges nicht als Bereicherung, sondern als Störung oder gar als Bedrohung empfinden. Mangelnde Bildung gilt als besonders häufige Ursache. Wer sich nicht genauer mit einem Problem beschäftigen will oder kann, sucht gerne nach Sündenböcken, die man dafür verantwortlich machen kann. Dann sind es eben „die Ausländer“, die an allem schuld sind. Es gibt auch Menschen, die andere gerne herabsetzen, um sich selbst besser zu fühlen. Sie glauben, dass sie selbst mehr wert sind, in dem sie andere schlecht machen. Rassismus dient oft als ein aggressives Ventil, um mit der Unzufriedenheit mit dem eigenen Leben fertigzuwerden.

Rassismus geht immer mit Intoleranz einher und kann daher niemals mit den Werten einer Demokratie vereinbar sein. Zu deren Wesensmerkmalen gehört das friedliche Zusammenleben unterschiedlichster Menschen in Freiheit, gegenseitigem Respekt und Gleichheit aller vor dem Gesetz. Zum Recht auf die eigene Freiheit muss immer gehören, die Freiheit anderer anzuerkennen und zu schützen.

1. Stelle zusammen, was menschenverachtend am Denken und an den Aktivitäten von Rassisten bzw. Neonazis ist.

2. Beschreibe, worin möglichen Ursachen rassistischen Denkens und Handelns liegen können.

3. Begründe, warum Rassismus und Demokratie unvereinbar sind.

4. Überlege, welchen Beitrag Aufklärung bzw. Bildung zum Schutz vor Rassismus und zur Förderung demokratischer Einstellungen leisten können. Stelle deine Überlegungen in der Klasse vor.

D Seit über 25 Jahren: Die Aktion „Schule ohne Rassismus"

WES-105271-010

Hier findet ihr weitere Adressen von Initiativen, die sich mit dem Thema Rassismus auseinandersetzen.

Als ein Beispiel für die Möglichkeit, etwas zu tun, zählt die Aktion „Schule ohne Rassismus – Schule mit Courage" des eingetragenen Vereins „Aktion Courage e. V." 2020 feierte diese Aktion ihr 25-jähriges Bestehen. Auf der Homepage wird über die Ziele und das bisher Geleistete berichtet:

Das Netzwerk ist auf über 3.300 Schulen mit mehr als zwei Millionen Schülerinnen und Schülern angewachsen.* An den Schulen haben Tausende von Aktionen gegen Menschenfeindlichkeit und für eine Gesellschaft, in der die Würde aller Menschen zählt, stattgefunden. [...]

WES-105271-011

Text einfacher

Text ausführlicher

Kinder und Jugendliche sind im Netzwerk Schule ohne Rassismus – Schule mit Courage aktiv, weil es sie stört, wenn Menschen wegen ihrer Hautfarbe, ihrer Herkunft oder aufgrund ihrer Religion beschimpft, gemobbt oder gar körperlich bedroht werden. Schule ohne Rassismus – Schule mit Courage ist ein Projekt für alle Schulmitglieder. Es bietet Schülerinnen und Schülern, Pädagoginnen und Pädagogen die Möglichkeit, das Klima an ihrer Schule aktiv mitzugestalten. Und zwar, indem sie sich bewusst gegen jede Form von Diskriminierung, Mobbing und Gewalt wenden. [...]

Es würde jeden Rahmen sprengen, all die Aktionen zu würdigen. Sie reichen von Konzerten gegen Rassismus und gemeinsamen Demonstrationen in der Stadt über Diskussionsrunden mit Politiker*innen bis hin zu Gedenkveranstaltungen, Projekttagen und Ausstellungen. Genauso finden Theatervorstellungen, Workshops, Vernetzungstreffen und Kunstaktionen statt. An fast jedem Tag im Jahr finden bundesweit mehrere Aktionen für ein diskriminierungssensibles Miteinander an den Courage-Schulen statt.

(Aus: Schule ohne Rassismus: Wer wir sind und was wir machen, Redaktion Sanem Kleff, in: https://www.schule-ohne-rassismus.org/netzwerk//; Abruf: 13.01.2021)

*In Nordrhein-Westfalen gehörten im Herbst 2021 mehr als 900 Schulen zum Aktionsbündnis.
Auf der Homepage des Aktionsbündnisses www.schule-ohne-rassismus.org findet ihr alles, was man über die Ziele, die Aktionen und die Beitrittsbedingungen wissen sollte.

1. Erläutere anhand vom Material D, was seit der Gründung von „Schule ohne Rassismus" passiert ist, welche Ziele erreicht wurden und noch erreicht werden sollen.

2. Ist Rassismus ein Thema, mit dem sich Schülerinnen und Schüler vom Grundschulalter an auseinandersetzen sollten? Bewerte die Ziele und Maßnahmen des Netzwerks unter diesem Aspekt.

Selbstständig weiterlernen mit Medien

- Suche eine der unter dem Webcode genannten Internetadressen aus und informiere andere über die Gestaltung und die Inhalte der jeweiligen Homepage.
- Sammelt gemeinsam eigene Projektideen. Falls eure Schule zum Netzwerk dazu gehört, könnt ihr euch auch über die bereits durchgeführten Aktionen informieren, z. B. durch Fragen an die SV.
- Plakate entwerfen – gegen Rassismus, für Toleranz und Demokratie

E Wie können wir mit rassistischen Sprüchen und Naziparolen umgehen?

Stellt euch folgende Situation im Unterricht vor:
Eure Lehrerin oder euer Lehrer fragt, wie ihr euch eure berufliche Zukunft vorstellt. Da platzt mitten in das Gespräch hinein der 14-jährige Mitschüler Paul mit folgender Äußerung: „Das ist doch ein Witz, dass wir Deutschen uns anstrengen müssen, eine gute Arbeit in unserem Land zu finden, bloß weil die ganzen Ausländer uns die besten Lehrstellen wegnehmen." Und ein anderer mit Namen Max fügt hinzu: „Eigentlich haben die Neonazis recht, wenn sie sagen, Deutschland muss wieder uns Deutschen gehören."
Wie sollte man mit einer solchen Situation umgehen? Um Antworten auf diese Frage geht es bei dieser Übung.

Euer Auftrag:

1. Geht die Vorschläge zunächst alleine durch und notiert, welche ihr für klug und hilfreich haltet und welche nicht.
2. Setzt euch dann zu zweit oder in Kleingruppen zusammen, vergleicht eure Vorschläge und einigt euch auf eine gemeinsame Vorschlagsliste.
3. Stellt eure Vorschläge in der Klasse vor und begründet eure Wahl.
4. Einigt euch in der Klasse auf eine Liste der besten Reaktionen. (Das können auch andere sein als die hier vorgeschlagenen.)

Vorschlag: Man sollte in dieser Situation …		☺	☹
1	nicht weiter auf die Äußerungen eingehen, weil man so deutlich macht, dass das mit dem Thema des Unterrichts nichts zu tun hat.		
2	die beiden Schüler ernst nehmen und sie erklären lassen, seit wann und warum sie so denken.	?	
3	alle Schülerinnen und Schüler in der Klasse berichten lassen, aus welchem Land ihre Familie ursprünglich stammt.		
4	die beiden überlegen lassen, wie sich ihr Leben ab dem nächsten Tag verändern würde, wenn alle Ausländerinnen und Ausländer Deutschland verlassen würden.		?
5	ihnen unter Androhung einer Strafe strikt verbieten, solche und ähnliche Äußerungen noch einmal zu wiederholen.		
6	sich nach dem Unterricht mit der SV in Verbindung setzen, um dort zu überlegen, was die Schulgemeinschaft gegen Rassismus und Neonazitum unternehmen kann.	?	
7	ein Rollenspiel planen und durchführen, in dem die beiden sich in die Situation eines von Rassismus bedrohten ausländischen Jugendlichen hineinversetzen müssen.		
8	der Lehrerin oder dem Lehrer das Handeln überlassen. Schließlich ist das nicht das Problem der anderen Schülerinnen und Schüler in der Klasse.		?
10	der Lehrerin oder dem Lehrer das Handeln überlassen. Schließlich ist das nicht das Problem der anderen Schüler/-innen der Klasse.		

5 Demokratie gestalten zum Thema Klimapolitik
Die Klasse wird zur Klimakonferenz

In diesem Unterkapitel geht es um die Gestaltung einer Klimakonferenz. Ihr könnt dabei die Rollen verschiedener Akteure übernehmen, euch mit Problemen und Lösungsvorschlägen zum globalen Klimaschutz auseinandersetzen und gemeinsam beraten, diskutieren und Entscheidungen vorbereiten. Alle können dabei mitmachen. Alle können überlegen, wie man zu politisch klugen Entscheidungen kommen kann, und dabei gleichzeitig eine Form demokratischer Auseinandersetzungen praktizieren.

Januar 2020 – Demonstrationen Jugendlicher in Mainz und weltweit

„Fight every Crisis" – Aktion in Berlin während der Corona-Krise

1. „Fridays for Future" – wie denkst du über diese Bewegung? Was sind deine persönlichen Erfahrungen damit? Tausche dich mit anderen darüber aus.

Tipp: Der Infotext auf der folgenden Seite liefert für alle eine Basisinformation zur Klimapolitik.

A „Fridays for Future"

Die Aktion „Fridays for Future" (FFF) hat sich innerhalb kürzester Zeit zur weltweit größten Mitmachbewegung entwickelt. Überall auf der Welt gehen Jugendliche auf die Straße, um für eine bessere Klimapolitik zu demonstrieren. Der gemeinsame Vorwurf an die Politikerinnen und Politiker lautet: Ihr tut nicht genug, um die Gefahren der von Menschen gemachten Erwärmung des Weltklimas aufzuhalten! Ihr gefährdet in verantwortungsloser Weise die Zukunft der nachfolgenden Generationen! Ausgelöst wurde die Bewegung von der schwedischen Schülerin Greta Thunberg, die im August 2018 vor dem schwedischen Parlament in Stockholm damit begann, für den Klimaschutz zu protestieren. Sie wurde zum Vorbild für viele Jugendliche überall auf der Welt. 2019 wurde sie in die Liste der weltweit einflussreichsten Personen aufgenommen.

Fridays for Future wurde schnell mehr als eine reine Protestbewegung. Zunehmend versuchen junge Leute, mit konkreten Forderungen Einfluss auf die Politik zu nehmen. Begleitet und unterstützt werden sie dabei von anerkannten Klimaexpertinnen und -experten, die sich unter dem Namen „Scientists for Future" organisieren.

Als während der Corona-Krise Demonstrationen nicht möglich waren, erzielte die Bewegung mit neuen Ausdrucksformen weltweite Aufmerksamkeit. An einem Freitag im April 2020 legten jugendliche Aktivisten nach eigenen Angaben mehr als 10 000 Pappschilder unter dem Motto „Fight every Crisis" (Gegen alle Krisen kämpfen) vor dem Reichstagsgebäude in Berlin ab. Die Schilder waren von Jugendlichen aus ganz Deutschland erstellt worden.

B Klimapolitik

Teil 1: Ziele

Klimapolitik umfasst alle Maßnahmen, die dazu geeignet sind, eine weitere Erwärmung des Weltklimas zu verhindern oder zumindest so weit wie möglich zu begrenzen.
Als die wichtigste von Menschen gemachte Ursache der Erwärmung gilt die Zunahme von Treibhausgasen in der Erdatmosphäre. Die Bezeichnung verdeutlicht deren Wirkung. Sie verstärken die Sonneneinstrahlung vergleichbar mit den Glasdächern von Treibhäusern. Besonders hoch ist dabei der Anteil des Treibhausgases Kohlendioxid (CO_2). Es gelangt bei der Verbrennung der fossilen Energieträger Kohle, Öl und Gas in Form von Emissionen* in die Atmosphäre. Kraftwerke zur Stromerzeugung, Verkehr, private Haushalte und Fabriken sind die bedeutsamsten Emissionsquellen. Ziel der Klimapolitik ist es, die Nutzung dieser Rohstoffe als Energiequellen so weit wie möglich zu begrenzen oder gar ganz zu beenden, um damit den Ausstoß von CO_2 zu verhindern.
Neben dem Ziel der Vermeidung ist Anpassung an den bereits bestehenden Klimawandel Ziel von Klimapolitik. Dabei geht es zum Beispiel um Maßnahmen zum Küstenschutz, um mehr Grünflächen in den Städten und um viele andere Maßnahmen mehr.
Klimapolitik gilt heute als einer der wichtigsten Politikbereiche zur Sicherung einer lebenserhaltenden Zukunft für nachfolgende Generationen.
Klimapolitik ist schwierig, weil es kaum Entscheidungen gibt, denen alle Beteiligten zustimmen. Hinzu kommt, dass die Vorzüge von Entscheidungen oft mit der Vernachlässigung anderer politischer Ziele verbunden sind. Das ist besonders der Fall, wenn Veränderungen zum Verlust von Arbeitsplätzen führen. Auch sind die hohen Kosten ein Problem, die unweigerlich mit den meisten der zu treffenden Maßnahmen verbunden sind.

Teil 2: Entscheidungsebenen

Klimapolitik ist eine globale Herausforderung, denn die Klimaerwärmung kümmert sich nicht um nationale Grenzen. Um erfolgreich zu sein, muss sie auf mehreren Entscheidungsebenen stattfinden:
1. *Auf internationaler Ebene:* Dabei geht es um die Aushandlung internationaler Abkommen, die möglichst alle Staaten in die Pflicht nehmen.
2. *Auf europäischer Ebene:* In der Europäischen Union gibt es die Chance auf Klimaschutzvereinbarungen, die in allen Mitgliedstaaten der EU wirksam werden. Die besonderen Anforderungen bestehen darin, verbindliche Maßnahmen so zu vereinbaren, dass sie von allen 27 Staaten akzeptiert werden.
3. *Auf nationaler Ebene:* Dabei geht es um alle Maßnahmen innerhalb eines Staatsgebiets, also um die Art der Energie- bzw. Stromerzeugung, um den Verkehr bzw. die Mobilität, um die Landwirtschaft, die Industrie, den Bau und Beheizung von Häusern und auch um die sozial gerechte Gestaltung aller Maßnahmen.
4. und 5. *Auf regionaler und auf kommunaler Ebene:* Bundesländer und Gemeinden haben vielfach eine Schlüsselposition. Wege zum Klimaschutz gibt es hier durch die Verbesserung des öffentlichen Nahverkehrs, durch autofreie Innenstädte, den Ausbau von Fahrradwegen und durch anderes mehr.
6. *Auf individueller Ebene:* Nicht zuletzt liegt Klimaschutz auch in der Verantwortung jedes einzelnen Menschen. Einigkeit besteht weitgehend darüber, dass ein Mitmachen möglichst aller Menschen unverzichtbar ist. Individuelles Handeln kann die Klimapolitik der anderen Entscheidungsträger ergänzen. Ersetzen kann sie diese nicht.

1. Erkläre die Bedeutung der Begriffe Vermeidung und Anpassung bezogen auf die Ziele der Klimapolitik.

2. Beschreibe die grundlegenden Handlungsmöglichkeiten, die den unterschiedlichen Entscheidungsträgern zur Verfügung stehen.

3. Erläutere zusammenhängend Ziele, Ursachen, Entscheidungsebenen und die Dringlichkeit und Schwierigkeit von Klimapolitik.

Tipp: Erstelle eine Mindmap als Visualisierungshilfe für deine Erläuterung.

Hauptursache der Klimaveränderung: Treibhausgas CO_2

Merke ✓

Emission = Ausschicken (von lateinisch *emittere*). Gemeint ist hier der Ausstoß schädlicher Treibhausgase in die Lufthülle der Erde.

C So gestaltet ihr die Klimakonferenz

Phase 1: Die Vorbereitung

An der Konferenz nehmen sechs Teams teil, die im weiteren Verlauf dieses Unterkapitels auf je einer Seite vorgestellt werden. Teilt die gesamte Klasse auf die sechs Teams auf. Jedes Team bearbeitet dann im weiteren Verlauf einer Unterrichtsstunde das für dieses Team gestaltete Arbeitsblatt. (Die Zuteilung zu den Teams geht schnell, wenn per Los entschieden wird.) Die Arbeitsaufträge sind für alle Teams gleich.

Phase 2: Durchführung der Konferenz

- Die Konferenzleitung eröffnet die Sitzung und erteilt das Wort. Da sie nicht Partei ist und nicht mitdiskutiert, sollte dies die Rolle der Lehrperson sein.
- Der Reihe nach stellen die sechs Gruppen ihre ausgewählten Maßnahmen mitsamt den Begründungen vor. Dabei erklären sie auch, worum es auf der von ihnen vertretenen Handlungsebene geht und was zu den grundlegenden Problemen gehört. Die Vorschläge werden für alle sichtbar stichwortartig notiert.
- Mit der Frage: *Welche der vorgeschlagenen Maßnahmen ist nach Ansicht der Konferenz die allerwichtigste?* beginnt die Diskussion, an der sich möglichst viele Konferenzteilnehmer beteiligen.
- Am Ende beschließt die Konferenz einen Katalog von drei bis maximal sechs Maßnahmen, welche von den politischen Entscheidungsträgern möglichst schnell und konsequent umgesetzt werden sollten.

Phase 3: Die Auswertung

Zur Machbarkeit der Energiewende findet ihr am Ende dieses Unterkapitels eine Expertenmeinung, die ihr lesen und mit euren Vorschlägen vergleichen könnt. Jede und jeder von euch sollte am Ende seine persönliche Stellungnahme verfassen zum Thema: *„Wie ich mir eine wirkungsvolle Klimaschutzpolitik vorstelle.“*

Aufträge für die Gruppen:

1. Geht die sieben Vorschläge auf dem Arbeitsblatt einzeln durch und bewertet sie spontan. Bis zu 10 Punkte erhalten Maßnahmen, die ihr für besonders wichtig und wirkungsvoll haltet und die ihr möglichst sofort verwirklicht sehen möchtet. Weniger dringliche oder weniger sinnvolle Maßnahmen erhalten in der Rangfolge weniger Punkte.
2. Stellt eure Vorschläge in der Gruppe nacheinander vor und ermittelt die beiden Maßnahmen, die innerhalb der Gruppe die höchsten Punktzahlen erreicht haben.
3. Bereitet euch darauf vor, diese beiden Vorschläge auf der Konferenz vorzustellen und deren Wahl zu begründen.
4. Sucht dazu nach möglichst überzeugenden Argumenten und übt eure kurze Vorstellung in der Gruppe ein.

D Sechs Seiten für sechs verschiedene Teams

Team 1: Internationale Klimapolitik – Was können die Staaten der Welt gemeinsam vereinbaren?

Worum es geht

Klimapolitik im weltweiten Rahmen wird am wirkungsvollsten sein, wenn alle Staaten der Welt dabei mitmachen.

Organisiert werden kann eine internationale Klimapolitik von den Vereinten Nationen (= UNO). Diesem Bündnis gehören nahezu alle Staaten auf der Erde an (193 in 2020). In der UN-Klimakonferenz in Paris 2015 lautete der wichtigste Beschluss, dass die Klimaerwärmung bis zum Jahr 2050 auf maximal zwei Grad begrenzt werden muss, möglichst nur auf 1,5 Grad, und zwar gemessen am Klima vor Beginn der Industrialisierung – also vor etwa 200 Jahren.

Das Problem: Die Vereinten Nationen können Staaten nicht zu einer Mitarbeit verpflichten und sie können nicht garantieren, dass die Vertragsunterzeichner die vereinbarten Ziele auch tatsächlich einhalten. China hat zum Beispiel das Abkommen nicht unterzeichnet. Die USA stiegen kurze Zeit nach der Unterzeichnung wieder aus dem Vertrag aus.

Hauptgebäude der Vereinten Nationen in New York

	Welche Maßnahmen getroffen werden können (Auswahl)	Unsere Bewertung 10/9/8/7/6/5/4/3/2/1
1	Die Vereinten Nationen stellen armen Ländern in Afrika und Asien weitere finanzielle Mittel zur Verfügung, damit diese die negativen Folgen des Klimawandels abwenden können.	
2	Die Vereinten Nationen verständigen sich auf eine weltweit einheitliche Steuer für den Ausstoß von Kohlendioxid. Alle, die Treibhausgasemissionen verursachen, müssen sie bezahlen. Wer zum Beispiel viel fliegt, zahlt diese Steuer zusätzlich zum Ticketpreis. Auch Industriebetriebe zahlen sie – und zwar pro Tonne. Im Durchschnitt verursachen die Menschen in Deutschland durch Heizen, Reisen, Konsumieren etwa 10 Tonnen CO_2 pro Jahr. Würde die Steuer pro Tonne 30 Euro betragen, wären das 300 Euro pro Person und Jahr.	
3	Die Abholzung der Regenwälder zerstört die klimareinigende Kraft der Natur. Die Vereinten Nationen können den Ländern Alternativen und finanzielle Hilfen anbieten, wenn diese im Gegenzug auf die Abholzung des Regenwaldes verzichten.	
4	Möglichst viele Staaten schließen untereinander Handelsverträge ab, in denen sie sich verpflichten, nur Waren ein- und auszuführen, die klimaschonend und sozial gerecht hergestellt wurden.	
5	Die Vereinten Nationen organisieren in regelmäßigen Abständen weitere Klimakonferenzen, in denen alle 193 Mitgliedstaaten gemeinsam beraten, wie die vereinbarten Ziele in der Praxis umgesetzt werden können.	
6	Das Kinderhilfswerk der Vereinten Nationen setzt sich verstärkt dafür ein, dass alle Kinder der Welt eine Schule besuchen können und dabei auch eine grundlegende Umweltbildung erhalten.	
7	Die Vereinten Nationen erteilen Forschungsaufträge an Universitäten mit dem Forschungsziel, Strom aus erneuerbaren Energien billiger herstellen zu können als aus endlichen Rohstoffen. Die Folge soll sein, dass auch die Länder auf saubere Energien umsteigen, die jetzt noch Kohle, Gas und Öl zur Stromerzeugung nutzen.	

Team 2: Europäische Klimapolitik – Was können die Mitgliedstaaten der Europäischen Union tun?

Worum es geht
Die Europäische Union ist ein Zusammenschluss von 27 Staaten zur Sicherung des Friedens, der Freiheit und der Förderung des wirtschaftlichen Wohlergehens. In einem gemeinsamen Klimaschutzplan haben sich die Mitglieder dazu verpflichtet, die Treibhausgasemissionen bis 2050 gegenüber 1990 um bis zu 95 Prozent zu senken. Die EU kann Gesetze erlassen, die europaweit gültig sind.

Das Problem: Es dauert oft sehr lange, bis sich die 27 Mitgliedstaaten auf gemeinsame Maßnahmen verständigen können. Auch hat die EU relativ wenige Einflussmöglichkeiten, wenn einzelne Mitgliedstaaten ihren Verpflichtungen nur unzureichend nachkommen.

Flaggen der Mitgliedstaaten der EU vor dem Europäischen Parlament in Straßburg

Merke ✓
Ein **Zertifikat** ist eine Bescheinigung. In einem Emissionszertifikat wird einem Unternehmen bescheinigt, wie viel CO_2 es verursachen darf.

	Welche Maßnahmen getroffen werden können (Auswahl)	Unsere Bewertung 10/9/8/7/6/5/4/3/2/1
1	Die Europäische Union ermittelt und veröffentlicht in regelmäßigen Abständen die Treibhausgasemissionen gemessen pro Kopf der Bevölkerung in allen Mitgliedstaaten. Das soll dazu führen, dass alle daran arbeiten, möglichst niedrige Werte zu präsentieren.	
2	Die EU belohnt Unternehmen, die ihre Treibhausgasemissionen senken. Sie tut dies, indem sie Obergrenzen festlegt und sogenannte Emissionszertifikate vergibt. Liegt zum Beispiel die ermittelte Obergrenze für ein Unternehmen bei 1 000 Einheiten CO_2 und es verursacht nur 800, kann es die eingesparten Zuteilungen meistbietend verkaufen.	
3	Die EU nimmt ihr Recht stärker als bisher wahr, strenge Abgasnormen für Autos, Schiffe, Flugzeuge und für alle anderen technischen Erzeugnisse festzulegen. Sie erhöht so den Druck auf die Wirtschaft, Produkte zu entwickeln, die weitestgehend schadstofffrei funktionieren.	
4	Die EU schreibt allen Mitgliedstaaten vor, in welchem Ausmaß sie den Anteil erneuerbarer Energien an der Stromerzeugung steigern müssen und wie sehr sie parallel dazu die Nutzung von Kohle, Gas und Öl zur Energiegewinnung reduzieren müssen. Sie berücksichtigt dabei die geografischen Besonderheiten.	
5	Die EU erhebt europaweit eine nach und nach ansteigende Steuer auf Flugbenzin. Durch die so erzielte Verteuerung der Ticketpreise soll die Nachfrage nach Flügen und damit auch die Klimabelastung senken.	
6	Die EU bekämpft die Fluchtursachen aus Armutsgründen in den Ländern Afrikas und Asiens. Sie unterstützt die Menschen und die reformwilligen Regierungen beim Aufbau einer umweltverträglich gestalteten Landwirtschaft.	
7	Die EU passt ihre finanzielle Unterstützung für die landwirtschaftlichen Betriebe innerhalb der EU den veränderten Gegebenheiten an. Geld aus EU-Töpfen erhalten nur noch Betriebe, die konsequent umweltverträgliche Produktionsmethoden anwenden.	

Team 3: Nationale Klimapolitik – Was muss die Bundesregierung in Deutschland leisten?

Worum es geht

Erklärtes Ziel der deutschen Bundespolitik ist es, weltweit eine Führungsrolle in der Klimapolitik einzunehmen und die Ziele aller internationalen Vereinbarungen so schnell wie möglich zu erfüllen. Der deutsche Klimaschutzplan sieht vor, die Treibhausgasemissionen schrittweise bis 2050 auf null zu senken.

Das Problem: Jugendliche und andere Kritiker werfen der Bundespolitik vor, sie unternehme viel zu wenig, um ihre hochgesteckten Ziele zu erreichen. Noch immer würde zum Beispiel in Deutschland Strom aus Braun- und Steinkohle erzeugt. Der für 2038 beschlossene Ausstieg komme viel zu spät. Auch gäbe es zu wenige Bemühungen für eine ökologische Wende im Straßenverkehr. Politikerinnen und Politiker betonen im Gegenzug, die Politik müsse auch die Sicherung von Arbeitsplätzen im Blick haben und dürfe die Wirtschaftskraft Deutschlands nicht durch zu viele Verbote zerstören. Auch müsse sie die Versorgungssicherheit mit Strom garantieren. Ohne Strom laufe kein Handy und kein PC.

Kabinettsaal der Bundesregierung in Berlin, Ort wichtiger Entscheidungen

	Welche Maßnahmen getroffen werden können (Auswahl)	Unsere Bewertung 10/9/8/7/6/5/4/3/2/1
1	Die Bundesregierung muss Unternehmen von Steuern befreien oder mit Geld unterstützen, die erfolgreich an der Entwicklung umweltfreundlicher bzw. emissionsfreier Produkte arbeiten.	
2	Die deutsche Klimapolitik muss dafür sorgen, dass der Autoverkehr so schnell wie möglich auf Elektromobilität umgestellt wird und dass der Strom für Elektrofahrzeuge nur aus erneuerbaren Energien gewonnen werden darf.	
3	In Deutschland produzierten 2016 noch 106 große Kraftwerke Strom aus Braun- und Steinkohle und erzeugten ein Drittel der gesamten deutschen Emissionen des Treibhausgases CO_2 (nach Angaben des WWF). Kohlekraftwerke haben eine garantierte Laufzeit von 30 Jahren. Diese Laufzeiten müssen verkürzt werden.	
4	Weil Bildung und Forschungsstand der Schlüssel zur Zukunftssicherung sind, stellt die Bundesregierung verstärkt Mittel zur Förderung schulischer und beruflicher Bildung und zur Entwicklung neuer umweltfreundlicher Technologien zur Verfügung.	
5	Nach Auskunft des Bundesverbandes der Braunkohleindustrie hängen in Deutschland rund 70 000 Arbeitsplätze vom Abbau und von der Stromerzeugung aus Braunkohle ab. Bevor diese Anlagen geschlossen werden, muss die Bundesregierung mit Geld und Ideen dafür sorgen, dass ausreichend neue Arbeitsplätze in den betroffenen Regionen entstehen.	
6	Wer den Ausstoß von CO_2 verursacht, soll dafür zahlen. Das regelt eine vom Deutschen Bundestag beschlossene CO_2-Steuer. Wer mehr Strom verbraucht oder mehr Kraftstoff oder mehr Flug- oder Schiffsreisen unternimmt als andere, zahlt entsprechend mehr. Die Regelung soll für Privatpersonen und für Unternehmen gelten.	
7	Die Bundespolitik muss in den Ausbau und die Modernisierung des Zugverkehrs investieren, damit immer mehr Menschen die Angebote der Bahn nutzen und nicht mehr mit dem Auto fahren.	

Team 4: Klimapolitik in den Bundesländern – Welche Möglichkeiten haben die Regierungen der 16 Bundesländer?

Geschützter Wald bei Plettenberg in Nordrhein-Westfalen

Worum es geht
Alle Bundesländer in Deutschland können am globalen Ziel mitarbeiten, den Ausstoß von Treibhausgasen so weit wie möglich zu reduzieren. Dazu können sie eigene Gesetze und Klimaschutzpläne beschließen, welche sich besonders den speziellen Anforderungen in der eigenen Region widmen. Nordrhein-Westfalen kann zum Beispiel einen Schwerpunkt auf eine nachhaltige Industriepolitik legen. In den Küstenländern Niedersachsen, Schleswig-Holstein und Mecklenburg-Vorpommern hat Windenergie besondere Chancen. In den drei Stadtstaaten wiederum kann man sich auf den Umbau der städtischen Verkehrssysteme konzentrieren.
Das Problem: Politik im Bundesland hat oft damit zu kämpfen, dass die Menschen ihr mit eher geringem Interesse begegnen. Auch berichten die Medien vergleichsweise wenig darüber, was aber nicht bedeuten muss, dass Landespolitik nur einen geringen Stellenwert hat.

	Welche Maßnahmen getroffen werden können (Auswahl)	Unsere Bewertung 10/9/8/7/6/5/4/3/2/1
1	Die Landesregierungen sollen regelmäßig einzelne Personen, Umweltschutzverbände, Bürgerinitiativen und Expertinnen und Experten zu Gesprächsrunden einladen, um gemeinsam über Klimaschutzmaßnahmen im Land zu beraten.	?
2	In den Bundesländern legen die Lehrpläne fest, was die Schülerinnen und Schüler in den Schulfächern lernen sollen. Alle Themen, die mit dem Klimaschutz zusammenhängen, sollen darin einen noch breiteren Anteil bekommen, und zwar bereits vom ersten Jahr in den Grundschulen an.	?
3	In den Bundesländern, in denen Strom aus Kohle erzeugt wird, ist der Anteil des CO_2-Ausstoßes pro Kopf der Bevölkerung höher als in den Bundesländern, die vornehmlich Strom aus erneuerbaren Energien gewinnen. Das Ende der Stromerzeugung durch Kohle muss hier so schnell wie möglich von den Landesregierungen betrieben werden.	?
4	Klimaschutz hängt stark von der Entwicklung neuer Technologien ab. Deshalb soll die Landespolitik Unternehmen bei Modernisierungsmaßnahmen beraten und unterstützen, die zu einer emissionsärmeren Produktion führen.	?
5	Die Landespolitik muss überall im Land Maßnahmen zur Anpassung an den Klimawandel treffen und finanzieren, weil die Folgen der Klimaerwärmung nicht mehr zu vermeiden sind. Schutzmaßnahmen sind zu treffen gegenüber Stürmen, Starkregen, Überschwemmungen und Phasen großer Trockenheit.	?
6	Bäume sind Klimaschützer. Sie binden den Kohlenstoff und reduzieren die Schadstoffe in der Luft. Wo immer es möglich ist, müssen Wälder neu gepflanzt und bestehende Waldbestände geschützt werden. Der Verbrauch von Flächen muss eingeschränkt werden.	?
7	Die Landespolitik sollte möglichst viele Wettbewerbe für vorbildlichen Klimaschutz anbieten, und zwar sowohl für Unternehmen als auch für Kinder, Jugendliche und Erwachsene. Solche Veranstaltungen setzen positive Zeichen und fördern die Bereitschaft und Lust zum aktiven Mitmachen.	?

Team 5: Kommunale Klimapolitik – Was kann vor Ort in den Städten geschehen?

Worum es geht

Städte und Gemeindeverbünde können eine Vorreiterrolle in der Klimapolitik übernehmen, denn zwei Drittel aller Energie wird in Städten verbraucht und es werden hier zwei Drittel aller CO_2-Emissionen verursacht. Europaweit leben etwa drei Viertel aller Menschen in einer Stadt. In den städtischen Verwaltungszentren können im Rahmen der internationalen Vereinbarungen und nationalen Gesetze Entscheidungen getroffen werden, die sich direkt auf die örtlichen Klimaverhältnisse auswirken Hier haben alle Personen und Gruppen vielfältige Möglichkeiten der aktiven Mitgestaltung.

Das Problem: In der Mehrheit der Städte sind die Handlungsmöglichkeiten finanziell eng begrenzt. Viele Bewohner beklagen schon jetzt die hohe Gebühren- und Abgabenlast. Klimapolitische Entscheidungen führen vor Ort oft zu Konflikten, wenn Gruppen oder Personen ihre Wünsche und Interessen als vernachlässigt ansehen.

Vorbild Kopenhagen: Die dänische Stadt will ab 2025 weltweit die erste emmissionsfreie Hauptstadt sein.

	Welche Maßnahmen getroffen werden können (Auswahl)	Unsere Bewertung 10/9/8/7/6/5/4/3/2/1
1	Alle größeren Städte sollen ein Datum festlegen, bis zu dem ihre Innenstadt weitestgehend autofrei gestaltet ist. Öffentliche Verkehrsmittel werden so ausgebaut, dass man als Privatperson in der Stadt kein Auto mehr braucht.	
2	Die städtischen Behörden müssen mit gutem Beispiel vorangehen und ihre Verwaltungsgebäude so modernisieren, dass möglichst wenig Energie gebraucht wird und möglichst keine Schadstoffe freigesetzt werden. Schulen, Kindergärten, Krankenhäuser und andere Einrichtungen werden nach und nach in diese Maßnahmen einbezogen.	
3	In den örtlichen Schwimmbädern wird in der Vor- und Nachsaison auf das energieaufwendige Heizen des Wassers verzichtet.	
4	In den Innenstädten werden Netze von Fahrradstraßen ausgebaut, sodass Fahrradnutzer und Rollerfahrer sich ungefährdet durch den Autoverkehr von Ort zu Ort bewegen können.	
5	Viele Städte betreiben örtliche Kraftwerke zur Stromerzeugung. Wo es diese gibt, werden sie umgerüstet und in ein Verbundsystem integriert, so dass die bisher in die Luft abgeleitete Wärme zum Heizen und zur weiteren Energieerzeugung genutzt werden kann.	
6	Die Städte laden alle Bewohner und Gruppen in der Stadt in regelmäßigen Abständen zu gemeinsamen Beratungen zum Klimaschutz vor Ort ein. Die Verwaltung informiert die Bürger frühzeitig über geplante Maßnahmen und sorgt für einen fairen Umgang mit unterschiedlichen Interessen.	
7	Die Städte belohnen Müllvermeidung, indem sie denen die Gebühren für die Entsorgung erlassen, die wenig Abfall produzieren. Müll schädigt das Klima, weil bei der Produktion und beim Transport verpackter Waren große Mengen giftiger Abgase anfallen. Haushalte, deren Abfalltonnen ständig voll sind, müssen mit höheren Gebühren rechnen.	

Team 6: Klimaschutz individuell – Welchen Beitrag können wir einzeln und in Gruppen leisten?

Diesen Konsumenten macht umweltbewusstes Einkaufen sichtlich Spaß.

Worum es geht

Klimapolitik kann keine positive Wirkung erzielen, wenn die Menschen nicht dabei mitmachen. Jeder Mensch hierzulande hat viele Möglichkeiten, sein eigenes Verhalten umweltgerechter zu gestalten. Individueller Klimaschutz hängt auch davon ab, welchen Wert man ihm zumisst, wie sehr man sich selbst verantwortlich fühlt und wie sehr man selbst zu Verhaltensänderungen bereit ist.

Das Problem: Individuelles Handeln ist notwendig, um die Maßnahmen der Politik zu ergänzen und zu unterstützen. Ersetzen kann privates Eintreten die internationale und nationale Politik nicht. Das Eintreten für den Klimaschutz droht zu erlahmen, wenn man das Gefühl hat, dass die eigenen Anstrengungen weder von der Politik noch von der Mehrzahl anderer Menschen unterstützt werden. Deshalb ist es wichtig, so viele wie möglich dazu zu gewinnen, aktiv beim Klimaschutz mitzumachen.

	Welche Maßnahmen getroffen werden können (Auswahl)	Unsere Bewertung 10/9/8/7/6/5/4/3/2/1
1	Computer, Fernseher und andere elektronische Geräte treiben den Stromverbrauch und auch die CO_2-Emissionen in den privaten Haushalten in die Höhe. Deshalb sollte gelten: Alle Geräte so oft wie möglich ganz ausschalten. So senkt man nebenbei auch die Stromkosten.	
2	Die Modebranche gehört weltweit zu den besonders klimaschädlichen Industrien. Das betrifft sowohl die Herstellung der Produkte als auch den Transport und die Entsorgung. Second Hand Basare für getragene Mode sind ein guter Weg, einmal gekaufte Artikel länger zu nutzen.	
3	Die Besitzerinnen und Besitzer besonders luxuriöser Autos, Motorräder, Motorboote und dergleichen sollten nicht länger als Vorbilder gelten. Wer nicht mehr für sein luxuriöses, aber klimaschädliches Fortbewegungsmittel bewundert wird, verliert auch die Lust, solche Statussymbole zu erwerben.	
4	Eltern, Kindergärten und Schulen müssen den Kindern so früh wie möglich den Wert umweltgerechten Verhaltens und die Achtung vor der Natur vermitteln.	
5	Was der Mensch isst und trinkt, wird geerntet oder geschlachtet, weiterverarbeitet, gelagert und oft über weite Strecken transportiert. Das alles führt zu CO_2-Emissionen. Bewusster einkaufen, regionale Produkte bevorzugen, auf artgerechte Tierhaltung achten, weniger Fleisch essen, keine plastikverpackte Ware kaufen – das alles sind Merkmale klimaschonender Ernährung, die alle beachten sollten.	
6	Jugendliche sollten protestieren und sich Umweltgruppen anschließen, um Druck auf die politisch Handelnden auszuüben. Wenn die Politik spürt, dass mit Klimaschutz Wahlen gewonnen und verloren werden können, befördert das Qualität und Tempo klimapolitischer Entscheidungen.	
7	Handys haben eine schlechte Ökobilanz. Sie beinhalten seltene Rohstoffe, können nur mit hohem Energieaufwand hergestellt werden und werden oft achtlos entsorgt. Wenn alle bereit sind, auf das ständig neueste Modell zu verzichten, wäre das ein messbar hoher Beitrag für Ressourcenschonung und für einen besseren Klimaschutz.	

E Wissenschaftliche Studie hält die globale Energiewende für machbar

Unter der globalen Energiewende versteht man die völlige Umstellung der Stromerzeugung auf erneuerbare Energien. Das würde bedeuten, dass bei der Energiegewinnung keine schädlichen Treibhausgase mehr in die Atmosphäre gelangen.
Die folgende Textquelle berichtet von einem „best policy scenario". Sie erklärt so, was geleistet werden kann, wenn alle politischen Entscheidungsträger optimal zusammenarbeiten und die richtigen Entscheidungen treffen.
In der Klimaschutzdebatte ist oft zu hören, dass die Zeit noch nicht reif sei für einen völligen Verzicht auf fossile Energieträger, die erneuerbaren Energien seien noch nicht wirtschaftlich, die Technik noch nicht ausgereift, eine Lösung für Speicherung und Transport noch nicht gefunden. Zu einem ganz anderen Ergebnis kommt eine 2019 veröffentlichte Studie der *Energy Watch Group (EWG)* und der finnischen Universität *LUT*. Sie hält eine globale und vollständige Energiewende noch vor 2050 für technisch und wirtschaftlich machbar. Theoretisch könne der Energiebedarf überall auf der Erde in spätestens dreißig Jahren zu hundert Prozent durch erneuerbare Energiequellen gedeckt werden. [...]
Wie der zukünftige Energiemix aussehen könnte, zeigt das für 2050 berechnete Modell. Darin wird die Primärenergieversorgung* für sämtliche Bereiche – Strom, Wärme, Verkehr und Meerwasserentsalzung – durch regenerative Energiequellen gewährleistet. Den allergrößten Anteil stellt mit 69% die Solarenergie, die in allen Ländern des „Sonnengürtels" zwischen den beiden Wendekreisen die Hauptenergiequelle bildet. In den äquatorferneren Breiten dominiert dagegen Windkraft, die den zweitgrößten Anteil stellt (18%). Der restliche Energiebedarf wird im Modell durch Biomasse und Abfall (6%), Wasserkraft (3%) und Geothermie* (2%) gedeckt. Das Problem von Energieflauten – wenn die Sonne nicht scheint oder der Wind nicht weht – ließe sich durch künstlich hergestellte Kraftstoffe lösen, die sich besser speichern lassen. [...]
Dieses Modell [...] zeigt nur, wie es sein könnte, und geht dabei von einem „best policy scenario" aus. [...] Zudem sind Modellrechnungen naturgemäß mit Unwägbarkeiten behaftet. Das Modell verdeutlicht aber eindrucksvoll das technische und wirtschaftliche Potenzial der erneuerbaren Energien.

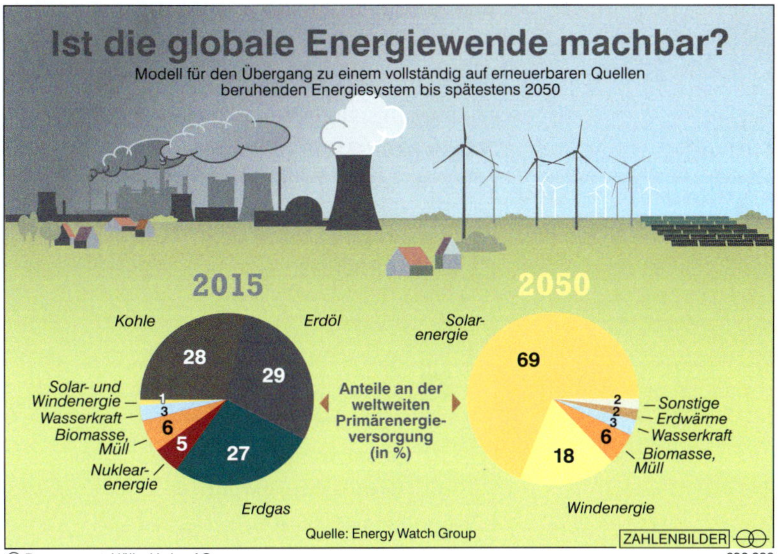

 636 338

(Quelle für Text und Schaubild, Zahlenbild Nr. 636 338 vom Juni 2019 „Die globale Energiewende", Bergmoser + Höller Verlag Aachen)

WES-105271-012

Text einfacher
Text ausführlicher

Merke ✓
Geothermie = Nutzung der Erdwärme

Merke ✓
Primärenergien = alle Energiearten, die in der Natur vorhanden sind. Dazu zählen sowohl die fossilen Stoffe Kohle, Gas und Erdöl als auch die erneuerbaren Energieträger Sonne, Wasser und Wind. Strom, Benzin und Heizöl sind demgegenüber Sekundarenergien.

1. Beschreibe anhand der Aussagen im Text das Ergebnis der Studie und wie sich die Forscherinnen und Forscher den Energiemix der Zukunft vorstellen.
2. Vergleiche im Schaubild die Angaben zur Nutzung der Primärenergien 2015 und in der Prognose für 2050. Beschreibe die Unterschiede. S. 253
3. Welche Forderungen an eine zukunftsweisende Klimaschutzpolitik kannst du aus dieser Studie ableiten? Verfasse dazu eine Stellungnahme, in die du auch deine Erfahrungen aus der gespielten Klimakonferenz einfließen lässt.

Was interessiert dich besonders? Was kannst du richtig gut?

Wähle, wie du vorgehen möchtest:
Möglichkeit 1: Ich arbeite individuell und suche mir zwei, drei oder mehr Aufgaben aus.
Möglichkeit 2: Ich arbeite mit einer Partnerin, einem Partner zusammen. Gemeinsam schaffen wir mehr als allein.
Möglichkeit 3: Wir bilden Gruppen, teilen die Aufgaben auf und lösen alles gemeinsam.

Was ich weiß

Ich kann …

1. mindestens drei Merkmale nennen, die unverzichtbar in einer Demokratie garantiert sein müssen.

2. definieren, was die vier Verfassungsprinzipien Republik, Bundesstaat, Sozialstaat und Rechtsstaat für die Demokratie in Deutschland bedeuten.

Wozu ich meine Meinung formulieren und begründen kann

1. Darf man Engagement von Jugendlichen für die Demokratie erwarten, oder sollen sie damit warten, bis sie erwachsen sind?

2. Macht die Vielfalt der unterschiedlichen Menschen (= Diversität) die Demokratie lebendiger und bunter oder schwieriger und komplizierter?

Was ich methodisch gelernt habe

Ich kann …

1. in mehreren Schritten erklären, wie man bei der Gestaltung einer Mindmap zum Thema „Wahlen“ vorgehen kann.

2. Zum Thema „Mögliche Akteure der Klimapolitik“ die Hauptstränge einer Mindmap entwickeln.

Worüber ich mitreden kann

Mit ein wenig Nachdenken kann ich (auch zusammen mit anderen) vor der Klasse eine, zwei oder drei Minuten frei sprechen:

1. Worin bestehen die Vorzüge, die besonderen Chancen und die Pflichten für jeden Einzelnen im Zusammenleben in der Demokratie?

2. Wer sollten die Akteure einer zukunftsweisenden Klimapolitik sein und welche Maßnahmen sollten sie politisch durchsetzen?

Acht Merksätze zum Einprägen

1	**Eine Demokratie, in der die Macht im Staat von gewählten Volksvertreterinnen und -vertretern ausgeübt wird, nennt man …**
A	repräsentative Demokratie.
B	Volksdemokratie.
C	direkte Demokratie.
D	Rätedemokratie.

2	**Volkssouveränität bedeutet, dass …**
A	das Volk an allen politischen Entscheidungen beteiligt ist.
B	die Mehrheit im Volk in der Regel im Recht ist.
C	die Macht im Staat auf dem Willen des Volkes beruht.
D	das Volk darüber entscheidet, welche Gesetze zur Abstimmung kommen.

3	**Eine Republik ist ein Staat, …**
A	der in mehrere Teilstaaten untergliedert ist.
B	in dem das Volk durch Wahlen darüber bestimmt, welche Parteien die Regierung bilden.
C	in dem eine Königin oder ein König an der Spitze des Staates steht.
D	in dem das Volk darüber wacht, welche Ansichten in der Presse veröffentlicht werden.

4	**In einem Sozialstaat übernimmt der Staat die Pflicht, allen seinen Bürgerinnen und Bürgern …**
A	ein Leben ohne finanzielle Probleme zu garantieren.
B	so wenige Abgaben in Form von Steuern zu erheben wie irgend möglich.
C	ein monatliches Einkommen in einer bestimmten Höhe zu zahlen.
D	ein menschenwürdiges Leben zu ermöglichen.

5	**Ein Bundesstaat ist ein Staat, …**
A	der in mehrere Teilstaaten untergliedert ist.
B	in dem die größte Machtfülle bei den Regierungen der Teilstaaten liegt.
C	in dem die politischen Parteien einen Bund bilden.
D	in dem die Landtage in den Bundesländern darüber mitbestimmen, wer im Bund die Regierung bildet.

6	**Zu den wichtigsten Pflichten aller Menschen in der Demokratie gehört …**
A	die Verpflichtung zur Geheimhaltung der eigenen Wahlentscheidung.
B	die Unterstützung der Arbeit der gewählten Regierung.
C	die Achtung und Einhaltung der Gesetze des Staates.
D	die Bereitschaft, seine Meinung über Andersdenkende jederzeit öffentlich zu äußern.

7	**Der erste Satz im Artikel 20 des Grundgesetzes zu den Verfassungsprinzipien der Bundesrepublik Deutschland lautet:**
A	Die Bundesrepublik Deutschland ist ein einheitlicher Bundesstaat.
B	Die Bundesrepublik Deutschland ist ein demokratischer und sozialistischer Staat.
C	Die Bundesrepublik Deutschland ist eine direkte Demokratie.
D	Die Bundesrepublik Deutschland ist ein demokratischer und sozialer Bundesstaat.

8	**Alle Formen der politischen Beteiligung von Kindern, Jugendlichen und Erwachsenen fasst man zusammen mit dem Begriff:**
A	Parteinahme.
B	Partizipation.
C	Polarisierung.
D	Populismus.

!
- Bei richtiger Lösung kommen A, B, C und D je zweimal vor.
- Übernimm die Merksätze in dein Heft und präge sie dir ein.

5 Politik im Bundesland
Beispiel Nordrhein-Westfalen

Baden-Württemberg – Freistaat Bayern – Berlin – Brandenburg – Freie Hansestadt Bremen – Freie Hansestadt Hamburg – Hessen – Mecklenburg-Vorpommern – Niedersachsen – Nordrhein-Westfalen – Rheinland-Pfalz – Saarland – Sachsen – Sachsen-Anhalt – Schleswig-Holstein – Thüringen

Dresden – Düsseldorf – Erfurt – Hannover – Kiel – Magdeburg – Mainz – München – Potsdam – Saarbrücken – Schwerin – Stuttgart – Wiesbaden

Wie wichtig ist Landespolitik für uns und andere?

1. Allein nachdenken

16 Bundesländer: Welcher Ländername, welche Landeshauptstadt und welche der angegebenen Einwohnerzahlen passen zusammen?

2. Zu zweit beraten

Zählt je einmal die Namen aller 16 Bundesländer auf, ohne dabei ins Buch zuschauen?

3. In der Klasse sammeln

Was wisst ihr schon über die Politik in eurem Bundesland? Was möchtet ihr gerne wissen?

Im Verlauf dieses Kapitels könnt ihr ...

- begründen, warum der Landtag in Nordrhein-Westfalen das Polizeigesetz verschärft hat,
- erklären, wofür die Landespolitik zuständig ist,
- herausfinden, wie Jugendliche ihr Bundesland mitgestalten können.
- Merkmale der bundesstaatlichen Ordnung beschreiben.

Eigene Schwerpunkte könnt ihr setzen, indem ihr ...

- eigene Recherchen über die Angebote zum Mitmachen von Jugendlichen in der Landespolitik durchführt,
- ein Projekt gestaltet, in dem ihr euer Bundesland anderen Jugendlichen präsentiert.

1 Worum geht es in der Landespolitik?

Aufgaben der Landesparlamente erklären und vergleichen

Blick in den Plenarsaal des nordrhein-westfälischen Landtags

*Schleierfahndung bedeutet, dass die Polizei auch Personen kontrollieren darf, wenn kein konkreter Verdacht vorliegt.

*Gewahrsam = Aufbewahrung: hier im Sinne von „in Arrest nehmen, einsperren"

A Der Fall: Landtag von NRW verabschiedet schärferes Polizeigesetz

■ Im Kampf gegen Terror und Alltagskriminalität bekommt die Polizei in Nordrhein-Westfalen mehr Befugnisse. Der Landtag in Düsseldorf verabschiedete am Mittwoch mit den Stimmen der Regierungsfraktionen von CDU und FDP sowie der oppositionellen SPD das umstrittene neue Polizeigesetz. Vorausgegangen waren monatelange Debatten und mehrfache Änderungen.

Erlaubt sind künftig der Zugriff auf verschlüsselte WhatsApp- oder andere Messengerdienste, die Videoüberwachung von Plätzen, Schleierfahndung* und elektronische Fußfesseln. Wer sich weigert, seine Identität preiszugeben, kann bis zu sieben Tage lang in Gewahrsam* genommen werden.

Die Beobachtung von Plätzen per Video ist zulässig, aber ein Polizist muss auf der anderen Seite der Kamera sitzen und im Gefahrenfall sofort eine Streife zu dem betreffenden Ort schicken können. ■

(Nach einer dpa-Meldung v. 12.12.2018, wgr/©)

B Hintergrund: Polizeiwesen ist Ländersache

Jedes Bundesland in Deutschland verfügt über eine eigene Polizei, denn die Organisation des Polizeiwesens ist Aufgabe der Länder. Man erkennt das zum Beispiel an den unterschiedlichen Uniformen in den 16 Bundesländern.

Die Aufgaben der Polizei sind in Landesgesetzen geregelt, die von den Landesparlamenten verabschiedet werden. Demnach bestehen ihre wichtigsten Aufgaben darin, für Sicherheit und Ordnung im Land zu sorgen, die Bürgerinnen und Bürger zu schützen, Gefahren abzuwehren und die Einhaltung der Gesetze zu überwachen. Polizei bedeutet wörtlich übersetzt „Staatsgewalt" (von griechisch „politeia"). Das bedeutet, dass sie im Auftrag des Staates verliehene Macht besitzt, die von allen Menschen zu achten und zu respektieren ist.

1. Fasse zusammen, warum der Landtag das Polizeigesetz verschärft hat und worin die Änderungen bestehen.
2. Beschreibe, wie das Polizeiwesen in Deutschland organisiert ist, was zu den polizeilichen Aufgaben gehört und warum alle Menschen im Land Anweisungen der Polizei zu befolgen haben.
3. Kritiker der Verschärfung des Polizeigesetzes für NRW sahen darin eine übertriebene Einschränkung der Freiheit der Menschen, Befürworter lobten die Zunahme an Sicherheit und Schutz. Wie bewertest du das Gesetz im Verhältnis zwischen Freiheit und Sicherheit? S. 253

C Gemeinde-, Landes-, Bundespolitik: Wer macht was?

Ebene 1: Gemeindepolitik; hier: Ratssaal der Stadt Wuppertal

Ebene 2: Landespolitik; hier: Landtagsgebäude in Düsseldorf

Ebene 3: Bundespolitik; Aufschrift des Reichstagsgebäudes in Berlin

Landtag, Bund

Jedes deutsche Bundesland hat einen eigenen Landtag, es gibt also ein kleines Landesparlament in jeder Landeshauptstadt. Weil es 16 Bundesländer sind, haben wir 16 Landtage. Bei den Landtagswahlen dürfen nur die Bewohner des entsprechenden Bundeslandes abstimmen. Sie wählen (wie bei der großen Bundestagswahl) Politiker als ihre Vertreter. Weil diese Politiker aber alle in demselben Bundesland zu Hause sind wie ihre Wähler, wissen sie auch am besten, was den Menschen dort wichtig ist. Sie können sich daher auch besser vorstellen, welche Gesetze die Menschen in ihrer Region brauchen: In Mecklenburg-Vorpommern sind zum Beispiel Gesetze für den Fischfang wichtig. Solche Gesetze braucht man in einer Gegend ganz ohne Meer natürlich nicht. Dafür brauchen vielleicht Leute, die in den Bergen wohnen, Regeln zu den Kühen auf der Alm! So bekommt jedes Bundesland genau die Gesetze, die für die Menschen dort wichtig sind. [...]

Die Bundesregierung bestimmt also über die Dinge, die ganz Deutschland angehen. Die Landesregierung bestimmt vor allem über das, was nur für das entsprechende Bundesland wichtig ist. Welche Themen Ländersache sind und über welche der Bundestag entscheidet, ist genau festgelegt. [...]

Bezirke, Kreise, Gemeinden

Und wer kümmert sich darum, dass die Hauptstraße bei euch im Ort endlich eine neue Ampel bekommt? Wer entscheidet, ob um die Ecke ein neues Jugendzentrum oder ein Seniorencafé gebaut wird? Sicher nicht die Politiker aus dem Landtag. [...]

Würden sie sich auch noch damit beschäftigen, hätten sie den ganzen Tag mit den Wünschen der Orte zu tun und könnten sich nicht mehr um die Probleme des ganzen Bundeslandes kümmern. Darum ist jedes Bundesland in noch kleinere Einheiten eingeteilt: In Bezirke, Kreise und Gemeinden. Und auch dort gibt es Probleme, die nur für die Leute, die genau dort wohnen, interessant sind. Deshalb gibt es dort kleine Mini-Parlamente, die sich um solche Sachen kümmern: den Bezirksrat, den Kreisrat, den Gemeinderat. Die meisten Leute, die in diesen Miniparlamenten Politik machen, tun das in ihrer Freizeit.

(Aus: Verena Glanos, Wie wird man Chef in Deutschland? Mit logo! durch die Bundestagswahl, Boje Verlag, Köln 2013, S. 19 ff.)

WES-105271-013

Text einfacher

Text ausführlicher

1. 16 Landesparlamente: Was tun sie? Wer wählt sie? Warum sind sie wichtig? Erkläre die Besonderheiten.

2. Was sind Gründe für die Aufteilung der Politik auf die Ebenen Gemeinde-, Landes- und Bundespolitik? Erläutere sie anhand konkreter Beispiele.

2 Was haben Jugendliche mit der Landespolitik zu tun?

Wir recherchieren Mitmachmöglichkeiten

A Beispiele

Jugendliche aus NRW während des Jugend-Landtags im Plenarsaal des Parlaments

Beispiel 1: Sieben Schulen in sechs Städten besuchte das Präsidium des Landtags im Mai, um mit Schülerinnen und Schülern aus Nordrhein-Westfalen über Politik und die Demokratie zu diskutieren. An allen Schulen traf es auf Kinder und Jugendliche, die sich für das Thema begeistern ließen. [...]
Klimawandel und Umweltpolitik, fehlende Studienplätze, Digitalisierung an Schulen, Inklusion: Viele Themen wurden von rund 100 Neun- und Zehntklässlern der Sekundarschule Olsberg mit Landtagspräsident André Kuper am 6. Mai 2019 diskutiert.

Beispiel 2: Der 9. Jugend-Landtag hat sich unter anderem mehrheitlich für die Einführung von günstigeren Nahverkehrstickets für Auszubildende sowie Teilnehmerinnen und Teilnehmer an Freiwilligendiensten ausgesprochen. Das bisherige „Young Ticket“ sei für viele Auszubildende und Teilnehmerinnen und Teilnehmer des Freiwilligen Sozialen Jahres (FSJ-ler) schwer zu finanzieren, hieß es im Antrag. [...]

Beispiel 3: Ein weiterer Beschluss: Informatik soll an allen weiterführenden Schulen in NRW als Pflichtfach eingeführt werden, das hat der Jugend-Landtag mehrheitlich beschlossen. Im Plenum sprachen sich Jugend-Abgeordnete u. a. dafür aus, dass sich Lehrkräfte fortbilden müssen, um Anforderungen des Informatikunterrichts gerecht zu werden.

(Texte und Fotos wurden der Homepage des Landtages entnommen; www.landtag.nrw.de; hrsg. vom Referat Öffentlichkeitsarbeit, Leitung Wibke Busch; Abruf: 13.01.2021)

Seit 2008 findet die Veranstaltung jedes Jahr im Düsseldorfer Landtag statt. Mehr als 2000 Jugendliche aus ganz NRW konnten seitdem in die Rolle der Abgeordneten schlüpfen und den parlamentarischen Arbeitsalltag der Landespolitiker selbst erleben. 2020 fiel die Veranstaltung wegen der Corona-Krise aus.
Schulen, die sich für das Angebot interessieren, können sich über folgende E-Mailadresse für das Programm „Präsidium macht Schule“ bewerben:
schulbesuch@landtag.nrw.de

Bei ihren Schulbesuchen beantworten die Mitglieder des Landtagspräsidiums Fragen und diskutieren mit den Schülerinnen und Schülern.

1. Wähle aus den Beispielen das Thema aus, das dich am stärksten interessiert. Begründe deine Wahl.

2. Formuliere zu deinem gewählten Thema eine oder zwei Fragen, die du beim Besuch einer Politikerin oder eines Politikers in deiner Schule gerne stellen würdest. Stelle deine Fragen vor. S. 254

S M U H

B Was bietet uns das Jugendangebot des Landtages von NRW?

Unter dem Stichwort „Jugendangebot“ richtet sich der Landtag Nordrhein-Westfalens auf seiner Homepage besonders an die Jugendlichen im Land. Ihr sollt das Angebot sichten und daraus Informationen auswählen, die für euch persönlich und für eure Klasse insgesamt von besonderem Interesse sind. Weil das Informationsangebot riesig ist und ständig wächst, solltet ihr arbeitsteilig in Teams vorgehen und euch auf spezielle Untersuchungsaufträge konzentrieren.

Euer Auftrag:

1. Bildet Teams mit fünf unterschiedlichen Aufgabenstellungen.
2. Vereinbart Zeiten für die Recherche und für die Dauer der Ergebnisvorstellungen (z. B. 30 Minuten plus 3).
3. Öffnet die Homepage an der vorgegebenen Stelle.
4. Konzentriert euch während der Recherche auf die beiden vorgegebenen Untersuchungsaufträge.
5. Beratet im Team, welche Informationen ihr beispielhaft auswählen und den anderen zur Verfügung stellen werdet.
6. Fertigt Notizen an und verteilt die Präsentationsaufgaben.
7. Stellt eure Ergebnisse im Rahmen eures Zeitbudgets vor.

www.landtag.nrw.de/home/jugendangebot.html

Jugendangebot

- Über den Landtag
- Neuigkeiten und Termine
- Wanderausstellung
- Jugend-Landtag
- Filme Jugend-Landtag
- Landtags-Spiel
- Lexikon
- Downloads & Rätsellösungen
- Jugend Datenschutz

Team und zu untersuchender Link	Untersuchungsaufträge
Team 1 **Über den Landtag**	• Worin bestehen die Unterschiede zwischen Landtag und Landesregierung? • Steckbrief: Was sollten alle über den Landtag unseres Bundeslandes wissen?
Team 2 **Neuigkeiten und Termine**	• Was ist aktuell los im Landtag? • Welche der Aktivitäten sind für uns Jugendliche besonders interessant?
Team 3 **Wanderausstellung für Schulen**	• Worüber informiert die Wanderausstellung des Landtages? • Wie kann man die Ausstellung für die eigene Schule buchen?
Team 4 **Jugend-Landtag**	• Was waren die Themen des letzten (und des vorletzten) Jugend-Landtages? • Über welche der Themen sollten wir auch miteinander reden?
Team 5 **Schulbesuche (Unterpunkt von „Neuigkeiten und Termine)**	• Welche Kontakte zwischen Vertreterinnen und Vertretern des Landtags und Schulen in NRW gab es in den vergangenen 12 Monaten? • Welche Kontakte sind für uns besonders interessant?

3 Das Bundesland Nordrhein-Westfalen
Wir realisieren ein fachbezogenes Projekt

A Worum geht es?

Stellt euch einmal die folgende Situation vor: Ihr plant eine mehrtägige Klassenfahrt. Ziel ist einer der Nachbarstaaten Deutschlands, zum Beispiel Frankreich oder Polen. Dort werdet ihr auch eine Partnerschule besuchen. Einige Wochen vor eurem Besuch erreicht euch ein Brief der Schulleitung mit folgendem Inhalt:

Liebe Schülerinnen und Schüler,

wir freuen uns auf euren Besuch in unserem Land. Gerne werden wir euch alle Fragen beantworten, die euch interessieren. Wir haben aber auch eine Bitte an euch: Könnt ihr unseren Schülerinnen und Schülern das Bundesland vorstellen, in dem ihr lebt? Ihr müsst wissen, dass es bei uns etwas Vergleichbares wie die Bundesländer in Deutschland nicht gibt. Wir würden gerne mehr über das Land und die Leute und über die Landespolitik in eurem Bundesland erfahren.
Werdet ihr uns die Freude machen, euer Bundesland zu präsentieren?

Wir bedanken uns schon jetzt für die Arbeit, die ihr euch machen werdet. Eurem Besuch sehen wir mit Vorfreude entgegen.
Wir wünschen euch eine gute Anreise und grüßen euch herzlichst.

Die Schulleitung

WES-105271-014

Hier findet ihr einen siebenminütigen Film der Landeszentrale für politische Bildung Nordrhein-Westfalen. In 5 Kapiteln wird darin das Land und seine Geschichte vorgestellt.

1. Was würdet ihr bei einem solchen Besuch über euer Bundesland erzählen? Sammelt gemeinsam, was euch spontan dazu einfällt.
2. Ergebnis eures Projektes soll die Gestaltung einer Präsentation sein. Verteilt dazu die Themenvorschläge im zweiten Teil des Gliederungsvorschlages auf unterschiedliche Gruppen.
3. Lest und bearbeitet zur Vorbereitung auf die Projektarbeit die Infoseite zum Thema „Bundesstaat Deutschland".
4. Die weiterführenden Informationen zu den verschiedenen Teilthemen könnt ihr in Internetrecherchen ermitteln. Hilfreich ist dazu die Anwendung der **WebQuest-Methode** (siehe dazu die folgende Doppelseite).

B Vorschlag für das Projektergebnis

Präsentation unseres Bundeslandes

Teil 3: Abschluss
Warum ihr uns und unser Land besuchen solltet: …

- **Wirtschaft und Arbeit**
  wichtige Wirtschaftszweige, Arbeitsplätze, Umweltschutz, aktuelle Probleme
- **Politische Mitwirkung**
  Wahlen, Petitionen, Volksentscheid, Volksinitiative, Jugendlandtag NRW
- **Die Landespolitik**
  Sitz des Landtages, Wahlsystem, Parteien im Landtag, Landesregierung, derzeit aktuelle Themen
- **Land und Leute**
  Sehenswürdigkeiten, touristische Höhepunkte, Freizeitgestaltung, Urlaub in unserem Land

Teil 2: Unser Bundesland
wichtige Daten, geografische Lage, Einwohnerzahl, Zentren, große Städte etc.

Teil 1: Begrüßung

C Bundesstaat Deutschland

Teil 1: Bundestaat: Was bedeutet das?

Wenn bei internationalen Veranstaltungen Deutschland offiziell angekündigt wird, tautet die Bezeichnung in der Regel „Federal Republic of Germany". Wie kann man erklären, was das bedeutet?

Föderation* ist das lateinische Wort für Bundesstaat. Das ist ein Staat, der sich aus mehreren Einzelstaaten zusammensetzt. Die Gliedstaaten sind die einzelnen Teile, die gemeinsam den Gesamtstaat bilden.

Wenn wir sagen, dass Deutschland ein föderalistisches Land ist, so bedeutet das, dass es ein Bundesstaat ist. Alle Bundesländer haben eine eigene Landeshauptstadt, eine eigene Verfassung und ein eigenes Parlament (das auch Landtag genannt wird), eine eigene Regierung, an deren Spitze eine Ministerpräsidentin oder ein Ministerpräsident steht. Sie haben auch eine eigene Landesflagge und ein eigenes Landeswappen. Ein wenig anders sieht es in den drei Stadtstaaten Berlin, Bremen und Hamburg aus. Hier zählt die Stadt als Bundesland.

Aufgabenteilung zwischen Bund und Ländern

Die staatlichen Aufgaben sind im Bundesstaat zwischen Bund und Ländern aufgeteilt.

Die Länder haben das Recht, über ihre politischen Angelegenheiten selbst zu entscheiden. Dazu zählen das Polizei- und das Schulwesen, kulturelle Angelegenheiten, der Bau von Landstraßen, die Verabschiedung von Gemeindeordnungen, in denen auch die Ladenöffnungszeiten festgelegt werden und anderes mehr.

Zur Bewältigung ihrer Aufgaben erlassen die Länder Gesetze und erheben eigene Steuern. Die Bundesländer haben keinen Außenminister und keinen Verteidigungsminister, weil Außen- und Verteidigungspolitik zu den Aufgaben gehören, die im Bund für ganz Deutschland einheitlich geregelt werden. Für diese Bereiche hat der Bund das alleinige Gesetzgebungsrecht.

Die Aufteilung der Aufgaben zwischen Bund und Ländern regelt das Grundgesetz.

1. Erkläre, was die englischsprachige Bezeichnung „Federal Republic of Germany" bedeutet.
2. Beschreibe die Aufgabe, die Zusammensetzung und den Weg zur Sitzverteilung im Bundesrat.
3. Entwirf eine Mindmap, in der du a) die Einrichtungen der Länder, b) deren Aufgaben, c) die ausschließlichen Aufgaben des Bundes und d) die Aufgaben und Zusammensetzungen des Bundesrats anschaulich darstellst. (Das geht auch zu zweit.)

Das Wappen von Nordrhein-Westfalen stellt die verschiedenen Landesteile dar. Der Fluss steht für das Rheinland, das westfälische Pferd für Westfalen. Die Rose ist das Zeichen des Landesteils Lippe.

Teil 2: Der Bundesrat in Berlin

Die Bundesländer sind aber auch an der Gesetzgebung für die gesamte Bundesrepublik beteiligt. Dazu haben sie eine eigene Institution, welche die Aufgabe hat, beim Bund in Berlin in der Bundesgesetzgebung mitzuentscheiden und dabei auf die Interessen der Länder zu achten. Diese Einrichtung ist der Bundesrat. Abhängig von der Einwohnerzahl haben die Bundesländer darin mindestens drei und maximal sechs Sitze. Die Mitglieder werden nicht gewählt, sondern von den jeweiligen Landesregierungen entsendet. Als bevölkerungsreichstes Bundesland entsendet Nordrhein-Westfalen sechs Personen in den Bundesrat.

*Zum Begriff „Föderalismus" findest du auch Informationen im Glossar.

Das Gebäude des Bundesrates in Berlin

Die WebQuest-Methode anwenden
Thema: Das Bundesland NRW

Was ist die WebQuest-Methode?

Die Methode wurde in den USA entwickelt. Ihr Name setzt sich aus zwei Bestandteilen zusammen. „Web" steht für das World Wide Web und „Quest" steht für Frage. Der Name bedeutet, dass man mit dieser Methode das Internet gezielt befragt. Das Besondere daran ist, dass sich alle Lernenden dazu verpflichten, nur die Internetadressen zu benutzen, die ihnen für die Recherche vorgegeben werden. So soll mit dieser Methode fehlerhaftes, zielloses und zeitraubendes Surfen im Netz vermieden werden.

Das soll die Methode verhindern.

Wie macht man das?

Für die WebQuest-Methode braucht man
- einen klaren Rechercheauftrag,
- eine Auswahl an vorbereiteten Internetadressen,
- ein Rechercheteam,
- eine vereinbarte Zeit,
- eine Vereinbarung darüber, wie der Unterricht nach der Recherche weitergehen soll.

Das Vorgehen erfolgt in vier Schritten.

1. Die Vorbereitungsphase

WebQuests sollte man erst durchführen, wenn man sich bereits ein wenig in das Thema eingearbeitet hat, um das es geht. Auch sollte man sich gemeinsam über das Ziel der Recherche verständigt haben.
In diesem Fall ist das WebQuest Teil eures Projektes zum Bundesland NRW.

2. Die Durchführung

Bildet dazu Zweier- oder Dreierteams. Sammelt während der Recherche nach und nach Informationen zu eurem Thema. Füllt dazu ein Protokollblatt aus (ähnlich wie auf der folgenden Seite vorgeschlagen). Notiert die Fundstellen. Vermeidet das Ausdrucken ungelesener und ungeprüfter Materialien (siehe Zeichnung!).
Ihr verpflichtet euch, nur die vorgegebenen Adressen für die Recherche zu benutzen!
Diese Verpflichtung gehört zum Kern der WebQuest-Methode. Wer ein WebQuest vorbereitet, muss darauf achten, nur Adressen auszuwählen, die fachlich zutreffende Informationen anbieten, die möglichst auf dem aktuellsten Stand sind.
So können die Teams ohne Zeitverlust mit der Recherche beginnen. Außerdem wird verhindert, dass die Suchenden auf Falschmeldungen (= Fake News) hereinfallen.

3. Die Auswertung

Am Ende der Recherche werden die Ergebnisse der Arbeit in der Klasse vorgestellt. Für eine computergestützte Präsentation machen die Teams auch Vorschläge für die Gestaltung von Folien zu ihren Schwerpunktthemen.

4. Die abschließende Präsentation

Für das Projekt „Unser Bundesland" kann ein neu zu bildendes Team aus den Teilergebnissen eine Gesamtpräsentation zusammenstellen. Ausgewählte Sprecherinnen und Sprecher können diese dann präsentieren und kommentieren.
Bevor man das „Projekt Bundesland" vor Publikum vorstellt, sollte die Präsentation in der Klasse geübt werden.

D Drei Adressen für die Recherche zum Projekt „Unser Bundesland"

Adresse 1: www.mbei.nrw.de –
Ministerium für Bundesangelegenheiten, Europa und Medien des Landes NRW

https://www.mbei.nrw/sites/default/files/asset/document/mbem_nrw_entdecken_deutsch_rz_0.pdf

Hier gelangt ihr sofort auf eine 32-seitige Informationsbroschüre als PDF-Datei des Landesministeriums für Bundesangelegenheiten mit dem Titel „Nordrhein-Westfalen entdecken".

Textbeginn:

Nordrhein-Westfalen ist das bevölkerungsreichste und auch am dichtesten besiedelte der 16 Bundesländer in der Bundesrepublik Deutschland. Auf einer Fläche von 34 088 Quadratkilometern leben 17,9 Millionen Menschen [...]

Weitere Themen in der Datei sind und anderem: Wirtschaft NRW, Föderalismus, politische Einrichtungen in NRW, Reiseland NRW.

Adresse 2: www.landtag.nrw.de – Landtag NRW

https://www.landtag.nrw.de/home/abgeordnete-fraktionen.html

Hier könnt ihr wichtige Informationen zum Thema Landespolitik zusammenstellen.

Textbeginn:

***Abgeordnete und Fraktionen**: Die Abgeordneten des Landtags Nordrhein-Westfalen werden von den wahlberechtigten Bürgerinnen und Bürgern des Landes in allgemeiner, unmittelbarer, freier, gleicher und geheimer Wahl gewählt. [...]*

Adresse 3: www.bpb.de – Bundeszentrale für politische Bildung

https://www.bpb.de/nachschlagen/lexika/handwoerterbuch-politisches-system/202059/land-nordrhein-westfalen?p=all

Die Bundeszentrale stellt alle Bundesländer in sogenannten Dossiers vor (Dossier = Aktenmaterial, Informationssammlung). Hier gelangt ihr direkt zum Dossier über NRW.

Textbeginn:

Das Land Nordrhein-Westfalen (NRW) entstand als eigenständiges Land 1946 im Zuge der allgemeinen Neubildung der Länder innerhalb der Besatzungszonen im Nachkriegsdeutschland. [...]

Weitere Themen sind: Gesellschaft, Wirtschaft, politisches System, Parteien und Wahlen.

WES-105271-015
Hier findest du die Links zu den Texten.

Legt für eure Arbeit nach dem folgenden Muster ein Protokollblatt an und füllt es aus.

Protokollblatt für das WebQuest
Unser Schwerpunktthema:
Verlaufsprotokoll zur Arbeit mit PC:
Notizen für unsere Präsentation:
Visualisierungsvorschlag/Foliengestaltung:

Was auch noch interessant sein kann:

- Speziell für Jugendliche bietet der Landtag eine 20-seitige Broschüre zur kostenlosen Bestellung und auch zum Download an.
- Auch das Online-Lexikon Wikipedia enthält ein umfangreiches Informationsangebot zum Thema. Ihr solltet dieses aber erst nutzen, nachdem ihr die Adressen zum WebQuest bearbeitet habt. Bei Wikipedia sind die Informationen nicht immer auf dem neuesten Stand. Auch werden sie möglicherweise weniger oft auf sachliche Richtigkeit überprüft.

Was interessiert dich besonders? Was kannst du richtig gut?

Wähle, wie du vorgehen möchtest:
Möglichkeit 1: Ich arbeite individuell und suche mir zwei, drei oder mehr Aufgaben aus.
Möglichkeit 2: Ich arbeite mit einer Partnerin, einem Partner zusammen. Gemeinsam schaffen wir mehr als allein.
Möglichkeit 3: Wir bilden Gruppen, teilen die Aufgaben auf und lösen alles gemeinsam.

Was ich weiß

S M U H

Ich kann ...

1. die 16 Bundesländer und deren Hauptstädte aufzählen.

2. erklären, was der Landtag ist, wie er zustande kommt und wer an der Spitze der Landesregierung steht.

Wozu ich meine Meinung formulieren und begründen kann

S M U H

Ich kann zu folgenden Diskussionspunkten meine Meinung formulieren und diese mit Argumenten begründen:

1. Findest du es gut oder schlecht, dass Deutschland in Bundesländer unterteilt ist?

2. Haben Jugendliche in deinem Bundesland genügend Möglichkeiten, sich über die Landespolitik zu informieren, mitzureden und mitzugestalten?

Was ich methodisch gelernt habe

S M U H

Ich kann ...

1. erklären, was die WebQuest-Methode ist und worin ihre Vorteile bestehen.

2. erläutern, wie man vorgehen sollte, wenn man zusammen mit anderen ein Projekt plant – zum Beispiel zur Vorstellung des eigenen Bundeslandes.

Worüber ich mitreden kann

S M U H

Mit ein wenig Nachdenken kann ich (auch zusammen mit anderen) vor der Klasse eine, zwei oder drei Minuten frei sprechen:

1. „Federal Republic of Germany“ – Wie kann man ausländischen Gästen erklären, was das ist und woran man das erkennt?

2. Bundesland Nordrhein-Westfalen: Was ich darüber weiß und was andere darüber wissen sollten.

Sechs Merksätze zum Einprägen

1	Die Wahlen zu den Landesparlamenten der Bundesländer nennt man …
A	Länderwahlen.
B	Landtagswahlen.
C	Kreistagswahlen.
D	Kommunalwahlen.

2	Zu den Aufgabenbereichen, für die hauptsächlich die Landespolitik zuständig ist, gehört die …
A	Schulpolitik.
B	Währungspolitik.
C	Verteidigungspolitik.
D	Außenpolitik.

3	Das Bundesland mit der größten Einwohnerzahl ist …
A	Niedersachsen.
B	Baden-Württemberg.
C	Nordrhein-Westfalen.
D	Bayern.

4	Die Ministerpräsidentin, den Ministerpräsidenten im Bundesland Nordrhein-Westfalen wählt …
A	die wahlberechtigte Bevölkerung im Land.
B	der Landtag.
C	der Bundesrat.
D	die Landesregierung.

5	Das lateinische Wort „Föderation“ bedeutet …
A	Bundesrepublik.
B	Bundesversammlung.
C	Bundeswappen.
D	Bundesstaat.

6	Die wichtigste Aufgabe des Bundesrates in Berlin ist die …
A	Interessenvertretung der Bundesländer bei der Gesetzgebung des Bundes.
B	Mitbestimmung bei der Wahl der Bundeskanzlerin bzw. des Bundeskanzlers.
C	Mitwirkung bei der Verschönerung des Regierungsviertels.
D	Unterstützung der Bundesregierung bei der Erfüllung ihrer Aufgaben.

- Bei richtiger Lösung kommen A und B je zweimal, C und D je einmal vor.
- Übernimm die Merksätze in dein Heft und präge sie dir ein.

6 Jugendliche in der Welt des Konsums

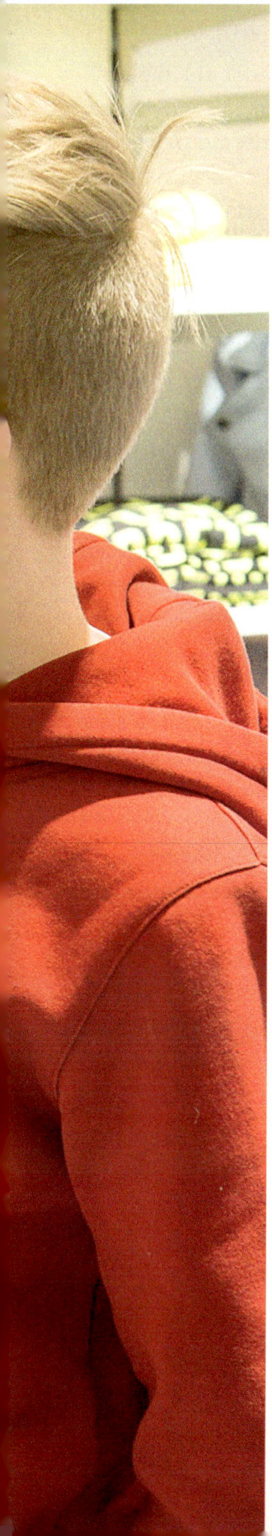

Wie nehmen wir unsere Rechte als Verbraucherinnen und Verbraucher wahr?

1. Allein nachdenken

Das Foto zeigt Jugendliche beim Shoppen. Worauf sollten sie bei ihren Einkäufen achten?

2. Zu zweit beraten

Große Kaufentscheidungen dürfen Jugendliche unter 18 Jahren nur mit Zustimmung ihrer Eltern treffen. Was könnten die Gründe dafür sein?

3. In der Klasse sammeln

Verbraucherrechte sind gesetzlich geregelt. Welche Rechte beim Einkaufen kennt ihr?

Im Verlauf dieses Kapitels könnt ihr ...

- eure Rechte und Pflichten als Käufer beschreiben und Fälle zum Verbraucherrecht lösen,
- über euer Einkaufsverhalten nachdenken und Kriterien festlegen,
- eine Familie beim nachhaltigen Konsumieren beraten,
- begründen, warum Verbraucherschutz eine wichtige Aufgabe der Politik ist.

Eigene Schwerpunkte könnt ihr setzen, indem ihr ...

- Informationsangebote für Verbraucherinnen und Verbraucher im Internet miteinander vergleicht,
- Online-Werbetricks analysiert und Tipps zur Vermeidung formuliert.

1 Gekauft ist gekauft: Ist das immer rechtens?

Geschäftsfähigkeit erklären und auf einen Fall anwenden

Fast alle Kinder und Jugendlichen verfügen über eigenes Geld: Taschengeld, Geldgeschenke oder Geld, das ihnen ihre Eltern für einen bestimmten Zweck geben. Dürfen sie damit machen, was sie wollen – also ohne Einschränkung einkaufen? Darum geht es in dem folgenden Fall.

A Der Fall: Selbst gekauft – und doch nicht meins?

Lea ist an ihrem 14. Geburtstag überglücklich. Sie hat nicht nur tolle Geschenke bekommen, sondern ihre Eltern haben auch noch eine besondere Überraschung für sie parat: „Lea, du bist jetzt schon fast erwachsen, und deshalb haben wir beschlossen, dass du künftig einen Teil deines Geldes selbst verwalten sollst. Neben deinem monatlichen Taschengeld bekommst du jeden Monat von uns 70 Euro. Davon sollst du das Mensaessen bezahlen, wenn du am Nachmittag Unterricht hast, und außerdem kleinere Kleidungsstücke finanzieren. Bei größeren Anschaffungen, wie zum Beispiel Winterstiefeln, unterstützen wir dich natürlich nach wie vor. Was hältst du davon?" „Das ist ja ein tolles Angebot", erwidert Lea. Schon seit Längerem wünscht sie sich sehnlichst ein Tablet, denn mit ihrem alten PC zu Hause kann sie weder die neuesten Spiele nutzen noch Filme anschauen. Aus zahlreichen Diskussionen weiß sie, dass ihre Eltern diese Anschaffung für unnötig halten und dagegen sind. „Dann hängst du noch mehr im Internet herum – und außerdem hast du doch einen PC in deinem Zimmer. Das reicht vollkommen aus", gaben sie ihr neulich zu verstehen.

Deshalb fängt sie an, heimlich zu sparen. Sie lässt das Mittagessen in der Mensa ausfallen und kauft nur selten etwas zum Anziehen. So schafft sie es innerhalb kurzer Zeit, von den monatlich 70 Euro das Geld für ein Tablet anzusparen.

Als ein Discounter ein Tablet zu einem sehr günstigen Preis anbietet, entscheidet sie sich spontan zum Kauf und bezahlt es mit ihren Ersparnissen. Wenige Tage später entdeckt ihre Mutter zufällig das neue Tablet in ihrem Zimmer und stellt sie nach der Schule zur Rede: „Du wusstest ganz genau, dass wir damit nicht einverstanden sind." „Das Tablet habe ich von meinem eigenen Geld gekauft, das geht euch gar nichts an", erwidert sie trotzig. Ihre Eltern verlangen von ihr, das Tablet beim Händler zurückzugeben.

Muss sie das wirklich?

1. Entscheide spontan: Muss Lea deiner Auffassung nach das Tablet zurückgeben?

B Hintergrund: Wann ist man geschäftsfähig?

Jedes Mal, wenn ihr zum Beispiel eine Brezel beim Bäcker oder eine Kinokarte kauft, schließt ihr ein Rechtsgeschäft ab. Dafür gelten Gesetze, die im Bürgerlichen Gesetzbuch niedergeschrieben sind. Die Fähigkeit, Rechtsgeschäfte eigenständig abzuschließen, bezeichnet man als Geschäftsfähigkeit*. Diese ist nach dem Alter gestaffelt.
Kinder unter sieben Jahren sind nicht geschäftsfähig, sie können nicht allein einkaufen. Eine Ausnahme erlaubt jedoch der Gesetzgeber: Wenn sie im Auftrag der Eltern etwas kaufen, zum Beispiel beim Bäcker Brötchen holen gehen, ist das erlaubt. In diesem Fall übermitteln sie lediglich als Bote den Willen der Eltern. Kauft das Kind jedoch auf eigene Faust noch Süßigkeiten, ist der Kauf ungültig.
Minderjährige zwischen sieben und 18 Jahren sind beschränkt geschäftsfähig. Das bedeutet, dass sie beim Abschluss von Verträgen die Zustimmung ihrer Eltern benötigen. Wenn ein Minderjähriger einen Kaufvertrag abschließt, ist dieser bis zur Einwilligung der Eltern (vor dem Kauf) oder Genehmigung (nach dem Kauf) ungültig. Grundsätzlich dürfen Jugendliche in diesem Alter keinen Alkohol, Zigaretten oder Kinokarten für Filme kaufen, die erst ab 18 Jahren freigegeben sind. Das verbietet das Jugendschutzgesetz. Auch Ratenkäufe sind nicht erlaubt. Dazu zählen zum Beispiel Abonnements und Mobilfunkverträge. Wenn Jugendliche etwas geschenkt bekommen, dürfen sie das Geschenk auch ohne Zustimmung ihrer Eltern annehmen. Hätten beispielsweise die Großeltern Lea ein Tablet geschenkt, so dürfte sie das annehmen, obwohl ihre Eltern gegen den Kauf waren. Eine weitere Ausnahme liegt vor, wenn Jugendliche den Kauf vom Taschengeld finanzieren, das sie von den Eltern zur freien Verfügung erhalten haben. Unbeschränkt geschäftsfähig sind Volljährige ab dem 18. Geburtstag. Sie dürfen uneingeschränkt Geschäfte machen und Verträge abschließen.

*Zum Begriff „Geschäftsfähigkeit" findest du auch Informationen im Glossar.

Auszug aus dem Bürgerlichen Gesetzbuch §

§ 2 Eintritt der Volljährigkeit
Die Volljährigkeit tritt mit Vollendung des achtzehnten Lebensjahres ein.

§ 106 Beschränkte Geschäftsfähigkeit
Ein Minderjähriger, der das siebente Lebensjahr vollendet hat, ist [...] in seiner Geschäftsfähigkeit beschränkt.

§ 108 Vertragsschluss ohne Einwilligung
(1) Schließt der Minderjährige einen Vertrag ohne die erforderliche Einwilligung des gesetzlichen Vertreters, so hängt die Wirksamkeit des Vertrags von der Genehmigung des Vertreters ab.

§ 110 „Taschengeldparagraf"
Ein von dem Minderjährigen ohne Zustimmung des gesetzlichen Vertreters geschlossener Vertrag gilt als von Anfang an wirksam, wenn der Minderjährige die vertragsmäßige Leistung mit Mitteln bewirkt, die zu diesem Zweck oder zu freier Verfügung von dem Vertreter oder mit dessen Zustimmung von einem Dritten überlassen worden sind.

Anwendung der allgemeinen Bestimmungen der Gesetze auf den speziellen Fall Leas:

Im Gesetz	Im Fallbeispiel
Minderjähriger	???
gesetzlicher Vertreter	???
als von Anfang an wirksam	Wirksam ab wann?
vertragsmäßige Leistung	Kauf des Tablets
zu diesem Zwecke	Was ist gemeint?
zu freier Verfügung	???
von Dritten	Wer könnte das sein?

2. Definiere den Begriff „Geschäftsfähigkeit".

3. Arbeite heraus, was für 7- bis 18-Jährige erlaubt und was nicht erlaubt ist.

4. Muss Lea das Tablet zurückgeben oder nicht? Begründe deine Antwort mithilfe der gesetzlichen Bestimmungen. S. 254

5. Welchen Zweck haben Gesetze zur Geschäftsfähigkeit von Jugendlichen? Haltet ihr sie für sinnvoll? Diskutiert darüber in der Klasse.

C Wir lösen Fälle zum Verbraucher- und Mietrecht

Wähle dein Thema!

- Lies die vier Fälle und wähle einen aus, der dich besonders interessiert.
- Bearbeite die Arbeitsaufträge dazu und vergleiche dein Ergebnis mit einem Partner, der denselben Fall bearbeitet hat.

1: Kann Tim den Kauf rückgängig machen?

Ganz aufgeregt kommt Tim nach Hause: „Stellt euch vor, endlich habe ich meine Traumschuhe gefunden. Die habe ich neulich in der Werbung gesehen und wollte sie unbedingt haben. Drei Geschäfte habe ich jetzt abgeklappert – Mann, bin ich froh ...“ Auch seine Mutter findet die neuen Schuhe sehr schön, obwohl sie mit 119 Euro nicht gerade billig waren. „Die sind ja der Hammer!“, bewundert sein bester Freund am nächsten Morgen die Sportschuhe. „Sicherlich hast du ein Vermögen dafür ausgegeben, aber Markenschuhe haben eben ihren Preis.“ Da mischt sich Canan in das Gespräch ein: „Tim, hast du mal im Internet geschaut? Ich bin mir sicher, dass die Schuhe dort billiger sind.“ Tim ärgert sich sehr, auf die Idee hätte er auch kommen können. Tatsächlich sind die Schuhe online um 20 Prozent günstiger. Am liebsten würde er die Schuhe sofort in das Geschäft zurückbringen und sich das Geld erstatten lassen. Doch geht das?

2: Defekter Akku: Muss Burhan den neuen Akku aus eigener Tasche bezahlen?

Burhan hat zum Geburtstag ein neues Handy bekommen – sein Wunschmodell. Glücklich präsentiert er seinen Freunden seine neueste Errungenschaft. „Schaut mal, ich habe mir schon supertolle Apps heruntergeladen – alles kein Problem.“ Wenige Wochen später verwandelt sich seine ursprüngliche Freude in Wut: „Dieses blöde Handy, heute erst habe ich es aufgeladen, nun ist der Akku schon wieder leer. Das kann doch nicht sein!“ „Bist du sicher, dass du alles richtig gemacht hast?“, wirft seine Freundin Sina ein. „Natürlich, ich bin doch nicht blöd, schließlich ist das nicht mein erstes Handy. Der Akku hat von Anfang an nicht richtig funktioniert – ich glaube, der ist nicht in Ordnung.“ „Oh, da hast du aber Pech, dein Geburtstag ist doch jetzt schon drei Monate her. Das hättest du gleich nach dem Kauf reklamieren müssen. Jetzt ist es zu spät. Der Austausch des Akkus wird für dich sicherlich teuer werden“, meint Sina.

3: Reduzierte Jeans: Darf Jana trotzdem reklamieren?

Erschöpft, doch mit einigen Tüten beladen kehrt Jana von ihrem Einkaufsbummel zurück. „Das war ein voller Erfolg“, erzählt sie ihrer Freundin Emma. Stolz zeigt sie ihre neue Jeans einer angesagten Marke. „Schau mal, die Jeans war auf 49 Euro reduziert. Da habe ich doch wirklich ein Schnäppchen gemacht.“ Die neue Jeans wird zum Lieblingsstück von Jana. Fast täglich trägt sie diese. Deshalb ist sie umso enttäuschter, als sie nach der dritten Wäsche feststellt, dass sich die Nähte an den Seiten bereits auflösen, obwohl sie die Waschhinweise im Etikett genau beachtet hat. „Das darf doch nicht passieren, ich habe doch ein Markenprodukt gekauft, die bringe ich zurück in den Laden“, beklagt sie sich bei Emma. „Das geht doch nicht so einfach. Du musst auf jeden Fall den Kassenzettel vorlegen.“ Den Beleg hat Jana schnell zur Hand. Stutzig wird sie, als sie folgenden Hinweis liest. „Reduzierte Ware ist vom Umtausch ausgeschlossen.“ Bedeutet das, dass sie keine einwandfreie neue Jeans bekommt? Eine ganze Weile diskutieren die beiden Freundinnen über diese Frage. Dann fassen sie sich ein Herz und suchen gemeinsam das Geschäft auf, in dem Jana die Jeans gekauft hat.

4: Kündigung: Muss Nele aus ihrer Wohnung ausziehen?

Nanu, wundert sich Nele, als sie den Brief ihres Vermieters öffnet: „Was will der denn von mir? Hoffentlich keine Mieterhöhung“, denkt sie. Das kann nicht sein, denn sie wohnt erst seit einem Jahr in der Wohnung. Doch es kommt schlimmer: Ihr Vermieter kündigt die Wohnung wegen Eigenbedarf. Der Sohn seines besten Freundes möchte während der Ausbildung in der kleinen Dachwohnung wohnen. Nele soll die Wohnung schon in vier Wochen räumen.

Nele ist verzweifelt. Die Studentin war so froh, nach langem Suchen endlich eine bezahlbare Ein-Zimmer-Wohnung gefunden zu haben. Die Wohnungsnot in ihrem Studienort Köln ist so groß, dass sie schon fast die Hoffnung aufgegeben hatte. Nun soll sie erneut auf Wohnungssuche gehen. Dabei sieht sie kaum eine Chance, eine Wohnung zu einem günstigen Preis zu finden. Und wo soll sie wohnen, wenn sie nicht so schnell eine neue Unterkunft findet?

Nach einem Gespräch mit ihren Eltern wendet sie sich an den örtlichen Mieterverein und vereinbart einen Termin. Die Beraterin wird die Kündigung überprüfen: Durfte der Vermieter wirklich so kurzfristig wegen Eigenbedarf kündigen?

1. Worin besteht das Problem in dem von dir gewählten Fall? Fasse zusammen.

2. Beschreibe, welche Frage du zu klären hast. Lies dann die Info „Kaufvertrag und Verbraucherrechte“ und notiere, was für die Lösung deines Falls wichtig ist.

3. Suche dir dann eine Partnerin/einen Partner und stellt euch die Fälle gegenseitig vor. Entwickelt gemeinsam eine Lösung und begründet diese.

Was auch noch Interessant sein kann:
- zu einem der vier Fälle eine Fortsetzung schreiben
- am PC einen Flyer entwerfen, in dem du Jugendlichen ihre Rechte als Verbraucher anschaulich erklärst

D Kaufvertrag und Verbraucherrechte

1. Wie wird ein Kaufvertrag abgeschlossen? Beschreibe die verschiedenen Möglichkeiten. Beachte dazu auch das Schaubild.

2. Welche Rechte haben Kunden, wenn eine Ware beim Kauf Mängel hat? Erläutere sie. Beachte dazu auch das Schaubild auf der folgenden Seite.

3. Stelle die Bedeutung der Allgemeinen Geschäftsbedingungen dar.

4. Beurteile die gesetzlichen Regelungen zum Mieterschutz aus Sicht der Vermieter und Mieter. S. 254

5. Was wäre, wenn es Verbraucherrechte und Mieterschutz nicht gäbe? Erläutere die Folgen.

Teil 1: Kauf- und Mietverträge

Abschluss eines Kaufvertrags

Stell dir vor, du siehst in einem Geschäft ein T-Shirt, das dir gefällt. Du fragst die Verkäuferin nach dem Preis. Sie antwortet: „Das T-Shirt kostet 15,80 Euro. Möchtest du es kaufen?“ Du nickst: „Ich nehme es.“ Damit ist ein Kaufvertrag* abgeschlossen worden. Die Verkäuferin hat dir zu verstehen gegeben, dass sie das T-Shirt zu dem Preis verkaufen möchte und dir damit ein Angebot gemacht. Du hast der Verkäuferin gegenüber deinen Willen geäußert, dass du das T-Shirt zu dem angebotenen Preis kaufen möchtest. Wenn die Willenserklärungen des Anbieters und das Käufers übereinstimmen, kommt ein Kaufvertrag zustande.

*Zum Begriff „Kaufvertrag“ findest du auch Informationen im Glossar.

Die meisten Kaufverträge kommen mündlich zustande, größere Käufe werden oft auch schriftlich abgeschlossen. Auch durch sogenanntes schlüssiges Handeln kann ein Kaufvertrag geschlossen werden, wenn ein Kunde zum Beispiel im Supermarkt die Ware auf das Band legt und damit eindeutig zeigt, dass er sie kaufen möchte.

Mit dem Abschluss eines Kaufvertrags gehen beide Partner eine Verpflichtung ein: Der Verkäufer muss die einwandfreie Ware zu dem festgesetzten Preis liefern, der Käufer muss sie abnehmen und sie bezahlen. Verletzen Verkäufer oder Käufer die Pflichten aus dem Kaufvertrag, kann man klagen und vor Gericht die Erfüllung des Vertrags erzwingen.

Mietverträge

Auch Mietverträge basieren auf einer Willenserklärung der Beteiligten. Der Mietgegenstand wird lediglich „verliehen“, d. h. zur Nutzung überlassen. Bei Investitions- und Konsumgütern nennt man das Leasing.

Ähnlich wie bei Kaufverträgen gehen beide Partner mit dem Abschluss eines Mietvertrags Verpflichtungen ein. Bei Wohnungen verpflichtet sich der Vermieter, dem Mieter die Wohnung wie vereinbart zur Nutzung zu überlassen. Der Mieter verpflichtet sich, die monatliche Miete pünktlich zu überweisen. Weil Wohnen zu den Grundbedürfnissen gehört, schützt der Staat Mieter durch besondere Gesetze.

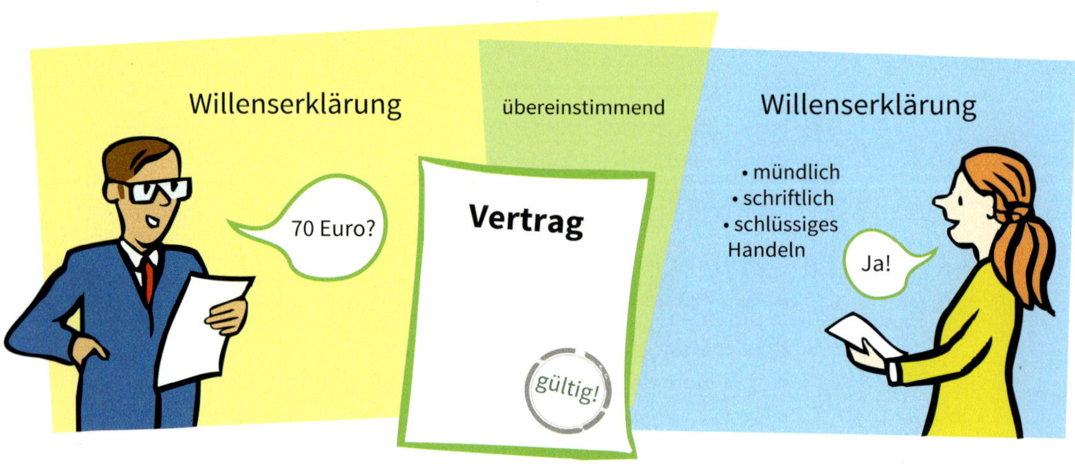

Teil 2: Verbraucherrechte

Regelungen bei Kaufverträgen

Verbraucherinnen und Verbraucher verfügen in der Regel über weniger Informationen zu einem Produkt als Hersteller und Händler. Um diesen Nachteil auszugleichen, hat der Gesetzgeber gesetzliche Regelungen zum Schutz der Verbraucher geschaffen:

- *Rücktrittsrecht:* Kauft man ein Produkt im Geschäft, kann man den Kauf nicht rückgängig machen, etwa weil man die Ware irgendwo zu einem günstigeren Preis gesehen hat. Im Internet hat man allerdings die Möglichkeit, die Ware bis 14 Tage nach dem Erhalt zurückzugeben, denn man hat diese bis zur Lieferung ja nur auf Fotos gesehen.
- *Reklamation:* Jeder Verkäufer muss die Ware in einwandfreier Qualität liefern. Doch vielleicht stellt ihr erst zu Hause fest, dass etwa bei einer Jeans ein Knopf fehlt oder sich nach der ersten Wäsche die Nähte auflösen. In diesem Fall hat die Ware bereits beim Kauf einen Mangel und ihr könnt beim Händler reklamieren, auch wenn es sich um ein Sonderangebot oder reduzierte Ware handelt. Der Händler ist verpflichtet, den Mangel zu beheben. Er wird dann die Jeans kostenlos reparieren. Falls das nicht möglich ist, kann er euch eine neue aushändigen. Kann der Händler die Jeans weder reparieren noch eine neue liefern, zum Beispiel, weil es das Modell nicht mehr gibt, könnt ihr einen Preisnachlass aushandeln oder verlangen, dass er euch das Geld zurückgibt. Alle Händler sind verpflichtet, berechtigte Reklamationen bis zu zwei Jahre nach dem Kauf anzuerkennen. Diese Verpflichtung nennt man Gewährleistungspflicht. Sie beträgt bei Neuwaren 24 Monate, bei Gebrauchtwaren 12 Monate.
- *Allgemeine Geschäftsbedingungen:* Einzelheiten eines Kaufvertrags, zum Beispiel Lieferfristen, kann der Händler in den Allgemeinen Geschäftsbedingungen regeln. Sie werden oft auch als das „Kleingedruckte" bezeichnet. Auf die Allgemeinen Geschäftsbedingungen und das Widerrufsrecht muss der Händler an gut sichtbarer Stelle im Kaufvertrag hinweisen. Gegen diese Vorschrift wird besonders im Internethandel häufiger verstoßen.

Ungültige Kaufverträge

Wenn der Händler den Kunden bewusst täuscht, ist der Vertrag von Anfang an ungültig. Das ist zum Beispiel der Fall, wenn eine Verkäuferin verspricht, dass ein T-Shirt farbecht ist, und dieses die gesamte Wäsche in der Waschmaschine verfärbt. Von vornherein ungültig ist ein Vertrag auch dann, wenn er gegen Gesetze verstößt, zum Beispiel, wenn ein Händler einem 13-Jährigen Alkohol verkauft.

Mieterschutz

Während Mieter jederzeit ihre Wohnung mit der vereinbarten Frist kündigen können, ist dies für Vermieter nur in Ausnahmefällen möglich. Ein solcher Fall liegt zum Beispiel bei Eigenbedarf vor, wenn Vermieter die Wohnung für einen nahen Angehörigen benötigen. Auch dann muss der Vermieter die vereinbarte Kündigungsfrist von mindestens drei Monaten einhalten.

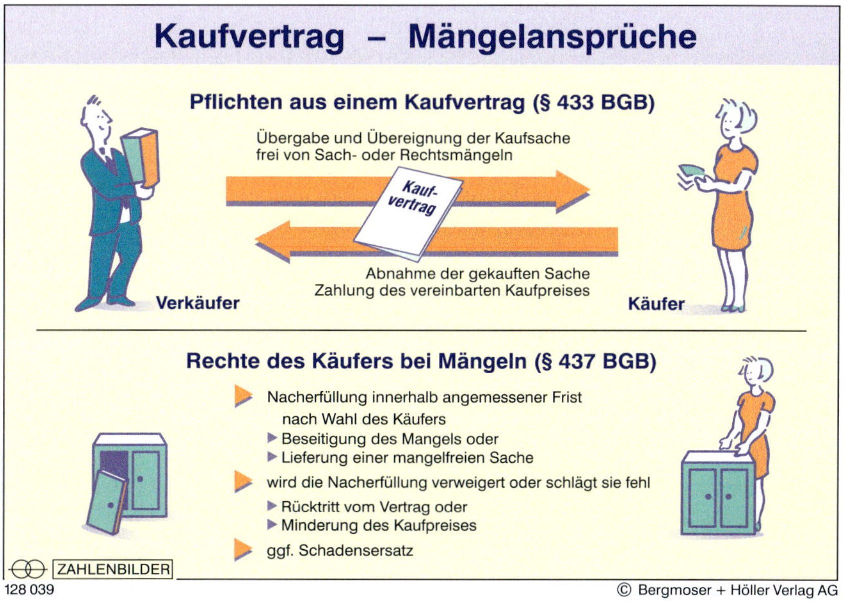

2 Klug shoppen: Wie kann man das lernen?

Wir vergleichen Informationsmöglichkeiten für Verbraucher

A Zum Einstieg

Welche Bedingungen muss ein Produkt erfüllen, damit du voll und ganz zufrieden mit deinem Kauf bist?

B Der Fall: Welche Pizza soll es sein? – Drei Ansichten

Valeria, Tim und Niklas hatten Nachmittagsunterricht und laufen gemeinsam nach Hause.

TIM: Mann, habe ich jetzt ein Loch im Bauch. Ich habe heute Mittag nur ein Brötchen gegessen.

NIKLAS: Mir geht's genauso. Lass uns doch im Supermarkt Tiefkühlpizza kaufen, die können wir dann bei mir zu Hause aufbacken und essen.

VALERIA: Gute Idee, auf zum Prima-Markt!

Im Supermarkt stehen sie vor dem riesigen Angebot und können sich nicht entscheiden, welche sie nehmen sollen.

TIM: Lass uns doch einfach die billigste nehmen. Hauptsache, es geht schnell.

NIKLAS: Mal langsam ... Weißt du nicht, dass die Hersteller solcher Pizzas die allerbilligsten Zutaten verwenden, künstlichen Käse, minderwertige Salami und so? Das will ich auf keinen Fall essen. Ich finde, wir sollten schon auf gute Qualität achten, zum Beispiel, welche Zutaten verwendet werden. Außerdem bin ich auf manche Zusatzstoffe allergisch.

TIM: Also, gefährlich ist das Zeug auf keinen Fall – und krank wirst du davon auch nicht. In Deutschland ist es gar nicht erlaubt, gesundheitsschädliche Zutaten zu verwenden. Was soll denn so schlecht daran sein, auf den Preis zu achten? Die meisten Menschen können es sich nicht leisten, die teuerste Pizza zu kaufen.

NIKLAS: Es kommt mindestens genauso auf die Qualität an, nur dann schmeckt eine Pizza richtig gut. Und wenn ich schon Pizza esse, dann möchte ich eine gute kaufen.

VALERIA: Tim, ist dir denn deine Gesundheit egal? Mir nicht, deshalb möchte ich eine Bio-Pizza kaufen, am liebsten eine ohne Fleisch und Wurst. Da weiß ich dann genau, dass da keine Chemie und Zusatzstoffe drin sind.

TIM: Das wird ja noch teurer ...

VALERIA: Stimmt schon. Bio-Produkte sind teurer. Dafür wird für meine Pizza die Umwelt geschont. Ich habe neulich erst im Fernsehen gesehen, was zum Beispiel Schweine in der Massentierhaltung erdulden müssen. Das war furchtbar. Dann esse ich lieber seltener Pizza und kaufe ein Bio-Produkt.

NIKLAS: Das ist mir jetzt egal. Darum sollen sich die Politiker kümmern, das geht mich nichts an. Also, ich finde, das Öko-Zeug schmeckt manchmal komisch.

TIM: Also, wenn wir so weiter diskutieren, stehen wir in zwei Stunden noch da. Wir müssen uns jetzt entscheiden ...

1. Arbeite aus dem Text heraus, welchen Standpunkt Valeria, Tim und Niklas jeweils einnehmen.

2. Wie würdest du dich entscheiden? Begründe deinen Standpunkt.

Selbstständig weiterlernen mit Medien:

- Menschen in deiner Umgebung nach ihren Einkaufskriterien befragen, die Ergebnisse am PC auswerten und in einem Diagramm darstellen

C Wie können wir eine vernünftige Kaufentscheidung treffen?

Im Alltag habt ihr vielleicht nach einem Kauf die Erfahrung gemacht, dass das Produkt nicht hält, was es versprach. Möglicherweise habt ihr euch spontan von einem interessanten Angebot verleiten lassen – und habt es hinterher bereut. Um Fehlkäufe zu vermeiden, ist es wichtig, bewusst einzukaufen und sich bei der Entscheidung an Kriterien zu orientieren, die einem wichtig sind.

Euer Auftrag:

1. Bewertet die Kriterien zunächst einzeln.
2. Vergleicht eure Ergebnisse mit einem Partner und einigt euch auf fünf wichtige Kriterien. Notiert sie.
3. Stellt eure Ergebnisse in der Klasse vor und wertet sie aus: Welche Kriterien wurden besonders positiv bewertet? Wie ist das Ergebnis zu erklären? Welche sind unsere Favoriten?

	Was ist für den Einkauf wichtig?	sehr wichtig	wichtig	weniger wichtig	unwichtig
1	Die Ware ist von guter Qualität.				
2	Das Produkt wird im Internet gut bewertet.				
3	Ich werde beim Kauf freundlich und gut beraten.				
4	Das Produkt ist besonders bedienungsfreundlich.				
5	Fast alle meine Freunde haben dieses Produkt gekauft.				
6	Die Ware ist nachhaltig* produziert.				
7	In dem Geschäft/Online-Shop kaufen überwiegend Jugendliche ein.				
8	Das Produkt ist billig.				
9	Meine Eltern finden das Produkt gut.				
10	Es handelt sich um eine bekannte Marke.				
11	Das Produkt gefällt mir besonders gut, zum Beispiel wegen seines Designs oder seines Materials.				
12	Das Produkt ist gerade besonders in Mode.				

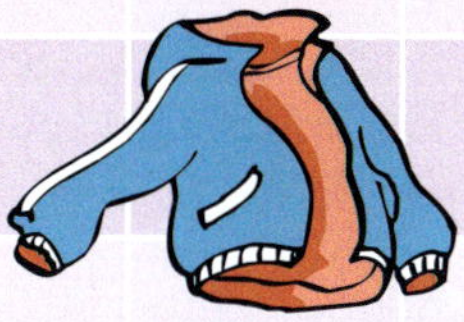

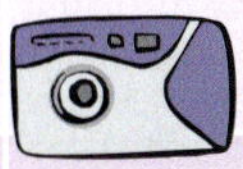

*Weitere Informationen zu „Nachhaltigkeit“ findet ihr im Glossar.

D Wo können sich Verbraucher über Qualität und Preise informieren?

Wenn ihr eine Anschaffung plant, habt ihr viele Möglichkeiten, euch vor dem Kauf zu informieren. Welche fallen euch ein? Drei Möglichkeiten sind im Folgenden ausführlicher beschrieben:

1. Die Stiftung Warentest

Sie wurde von der Bundesregierung gegründet, um Bürgerinnen und Bürger neutral und unabhängig von der Wirtschaft zu informieren. Sie testet zahlreiche Produkte und Dienstleistungen. Die Ergebnisse der Tests werden in den Zeitschriften „test“ und „Finanztest“ veröffentlicht. Alle Testberichte können auch im Internet abgerufen werden.

Internetadressen:
www.test.de

WebQuest

Thema: Vergleich von Informationsmöglichkeiten für Verbraucher
Adressen: Wähle aus jedem Block eine Internetadresse aus.

Untersuchungsfragen:
- Welche Dienstleistungen bietet die Website?
- Wer erbringt die Dienstleistung?
- Was sind die Grundlagen für Bewertungen oder Empfehlungen von Produkten?

Was auch noch interessant sein kann:
- selbst ein Produkt testen, zum Beispiel einen Geschmackstest bei Orangensaft durchführen und konventionell hergestellte, Bio-Produkte und fair gehandelte Produkte vergleichen

2. Verbraucherzentralen

Sie sind Vereine und werden überwiegend von den Bundesländern finanziert. Sie informieren und beraten zu Fragen des privaten Konsums, z. B. zu Handy-Verträgen, Internetanbietern, Finanzen und Versicherungen, und warnen vor Verbraucherfallen. Viele von ihnen beraten und helfen auch Menschen in finanziellen Schwierigkeiten. Die Erstberatung ist gratis, eine ausführlichere Beratung kostenpflichtig.

Internetadressen:
www.verbraucherzentrale.de
www.verbraucherzentrale.nrw/

3. Verbraucherportale im Internet

Verbraucherportale sind Online-Plattformen, auf denen sich Verbraucher über ihre persönlichen Erfahrungen mit Produkten und Dienstleistungen austauschen und Tipps zum Einkaufen geben. Bei den meisten Verbraucherportalen kann man die Bewertungen kostenlos abrufen, muss sich jedoch registrieren lassen, wenn man selbst einen Beitrag verfassen möchte. Vorsicht! Es kann sein, dass ein Teil der Bewertungen direkt von Unternehmen finanziert wird, die sich von positiven Bewertungen höhere Umsätze erhoffen. Sie stellen den Testern die Produkte kostenlos zur Verfügung oder bezahlen die Verfasser von Testberichten (gekaufte Bewertungen). Bei den genannten Adressen ist das allerdings nicht der Fall.

Internetadressen:
www.tripadvisor.de
www.yopi.de
www.holidaycheck.de

Markterkundung
Thema: Eine Kaufentscheidung treffen

Markterkundung: Was ist das?

Wer auf dem Wochenmarkt das Angebot an Obst und Gemüse erkunden will, hat keine großen Probleme, das Beste herauszufinden. Man braucht nur von Stand zu Stand zu gehen. So kann man vor Ort die Qualität der Produkte prüfen und die Preise vergleichen. Für die meisten anderen Produkte ist eine Erkundung des Marktes viel schwieriger. Das Marktgeschehen verteilt sich nämlich auf viele Orte. Mehrere Geschäfte bieten gleiche und ähnliche Produkte an. Kaufen per Katalog oder per Internet ist ebenfalls möglich. Eine Markterkundung bedeutet hier, dass man sich möglichst umfassend über die verschiedenen Angebote informiert, die Angebote vergleicht und dann mithilfe der Einkaufskriterien „Preis, Qualität, Nachhaltigkeit" eine wohlüberlegte Kaufentscheidung trifft.

Wie kann man bei einer Markterkundung vorgehen?

1. Ein Produkt auswählen

Einigt euch in der Klasse auf ein Produkt, für das ihr den Markt erkunden werdet, zum Beispiel ein Fahrrad, ein Handy oder einen Fernseher. Die Erkundung selbst solltet ihr in eurer Freizeit durchführen. (Das kann man auch zu zweit oder in einer Gruppe tun.)

2. Informationen beschaffen

Informiert euch
- im Internet und in Katalogen,
- auf Verbraucher-Websites,
- in den Geschäften in eurer Gemeinde,
- mithilfe der Zeitschrift „Stiftung Warentest",
- durch Gespräche mit Fachleuten.

Versucht dabei, Antworten auf folgende Fragen zu finden:
- Worauf sollte man achten, wenn man dieses Produkt kauft?
- Mit welchem Preis muss man mindestens rechnen, wo liegt die Preisobergrenze?
- Wo könnt ihr das Produkt am billigsten einkaufen?
- Welche Produkte sind aus umweltschonenden Materialien hergestellt?
- Welche Zusatzleistungen, wie zum Beispiel Reparaturen, sind im Preis inbegriffen?

3. Informationen auswerten und in der Klasse präsentieren

Tragt alle Informationen zusammen und formuliert eine Kaufempfehlung für das Produkt eurer Wahl. Die Klasse kann darüber abstimmen, ob die Entscheidung sehr gut (3 Punkte), gut (2 Punkte) oder weniger gut (1 bis 0 Punkte) begründet wurde.

3 Nachhaltig konsumieren: Muss es stets das neueste Handy-Modell sein?

Tipps zum nachhaltigen Konsum* formulieren

A Was wisst ihr über euer Handy?

Das könnt ihr mithilfe des Vier-Ecken-Spiels herausfinden.

- Markiert die vier Ecken in eurem Klassenzimmer mit den Buchstaben a, b, c, d.
- Eine Schülerin oder ein Schüler liest laut die Frage vor.
- Entscheidet dann spontan, welche Antwort ihr für richtig haltet, und platziert euch an der passenden Ecke im Klassenzimmer.
- Die Lösungen findet ihr auf Seite 141.

1. Wie viele Jugendliche zwischen 12 und 18 Jahren besitzen ein Smartphone oder ein Handy? (Stand 2019)

a) 52 Prozent b) 67 Prozent
c) 95 Prozent d) 98 Prozent

2. Wie oft kaufen sich Deutsche durchschnittlich ein neues Handy?

a) alle 10 Monate b) alle 2,5 Jahre
c) alle 18 Monate d) alle 15 Monate

3. Welcher Rohstoff wird bei der Handyproduktion verwendet?

a) Gold b) Calcium
c) Glyphosat d) Viskose

4. Als Schlafhandys bezeichnet man kaputte oder noch funktionsfähige Handys, die in Schubladen schlummern. Wie viele Schlafhandys gibt es in Deutschland?

a) über 100 Millionen b) über 200 Millionen
c) über 60 Millionen d) über 80 Millionen

*Zum Begriff „Konsum“ findest du auch Informationen im Glossar.

Jeder Deutsche besitzt rechnerisch 1,5 Handys und nutzt diese nur wenige Jahre – dann haben sie ausgedient.

B Die Folgen der Handyproduktion: Schäden für Umwelt und Menschen

1. Rohstoffgewinnung

In einem Mobiltelefon stecken mehr als 60 verschiedene Stoffe, darunter rund 30 Metalle. Kupfer macht den größten Teil aus, aber auch Edelmetalle sind darunter: Die 1,5 Milliarden Handys, die 2010 weltweit verkauft wurden, enthalten zusammen etwa 14 Tonnen Palladium, 36 Tonnen Gold und 375 Tonnen Silber – wertvolle Rohstoffe, die überwiegend in Schwellen- und Entwicklungsländern wie China, Kongo und Südafrika abgebaut werden.

Sowohl der Bau als auch der Betrieb der Minen sind umweltschädlich. [...] Um Edelmetalle aus Gestein zu lösen, werden giftige Chemikalien verwendet, die in Flüsse und Meere gelangen können. Die Industrieanlagen, in denen die Rohstoffe aufbereitet werden, benötigen natürlich eine Menge Energie. Schließlich verbraucht auch der Transport der gewonnenen Rohstoffe per Schiff und LKW Treibstoff und damit die knappe Ressource Öl.

(Aus: Rohstoffe und der Lebenszyklus eines Handys, hrsg. vom Bundesministerium für Bildung und Forschung, in: http://www.die-rohstoff-expedition.de/die-rohstoffexpedition/lebenszyklus-eines-handys.html; Abruf: 13.01.2021)

2. Produktion

Markenfirmen beauftragen sogenannte Kontraktfertiger mit der Produktion von elektronischen Geräten wie Smartphones. Ein Großteil der Fertigung erfolgt in China. Die Arbeitsbedingungen für die Arbeiterinnen und Arbeiter sind sehr hart. Gearbeitet wird sechs Tage die Woche bis zu 12 Stunden pro Tag. Obwohl in China nur 36 Überstunden im Monat erlaubt sind, müssen manchmal bis zu 80 Überstunden geleistet werden. Die Arbeiterinnen sind unter ständiger Kontrolle von Aufsehern und dürfen während der Arbeit nicht sprechen, auch feste Toiletten- und Pausenzeiten sind nicht ungewöhnlich. Der Lohn ist häufig niedrig und reicht oft nicht für den gesamten Lebensunterhalt.

(Aus: Juliane Kühnrich, Katharina Drees, Die Handy-Connection vom 29.01.2015, WEED-Weltwirtschaft, Ökologie & Entwicklung e.V. Berlin, in: https://www2.weed-online.org/uploads/weed_broschuere_detektivtour.pdf; Abruf: 13.01.2021)

3. Die Entsorgung von Handys

Viele Mobilfunkverträge verpflichten zum Kauf eines neuen Handys. Außerdem können in immer weniger Handys Akkus ausgetauscht oder die Handys können nicht repariert werden, sodass sie schon oft nach kurzer Nutzung entsorgt werden müssen. Das hat zur Folge, dass weltweit der Elektronikschrott stark wächst. Rund 50 Millionen Tonnen waren es nach Schätzungen 2018.

Die Produzenten in Deutschland sind verpflichtet, ausrangierte Handys zurückzunehmen. Die wertvollen Rohstoffe können in hochmodernen Anlagen recycelt und damit wiederverwendet werden. Doch 124 Millionen Handys landen nach Angaben der Verbraucherzentrale Nordrhein-Westfalen nicht auf dem Recyclinghof, sondern liegen unbeachtet in Schubladen als sog. Schlafhandys. Dabei gehen wertvolle Rohstoffe verloren: Jedes Smartphone enthält nach Angaben des Ökoinstituts ca. 306 Milligramm Silber, 30 Milligramm Gold und 6,3 Gramm Kobalt.

Ganz anders ist die Situation in Entwicklungsländern: Dort gibt es keine angemessenen Abfall- und Recyclingsysteme. Ungeschützt lösen oft minderjährige Arbeiter auf Müllplätzen die wertvollen Metalle aus den alten Handys. Giftige Dämpfe verätzen ihnen dabei die Lungen und verursachen schwere Gesundheitsschäden. Dabei werden sowohl die Luft als auch das Grundwasser verschmutzt.

Tipp: Bildet Dreiergruppen, bearbeitet arbeitsteilig die Texte und informiert euch gegenseitig.

1. Welche Bedeutung haben die folgenden Zahlen in den drei Textabschnitten: 80, 1,5 Milliarden, 50 Millionen? Erkläre sie.
2. Stelle die Folgen der Handyproduktion übersichtlich in einer Tabelle oder einer Mindmap dar.
3. Welchen Beitrag könnt ihr als Verbraucher für einen nachhaltigeren Umgang mit Handys leisten? Entwickelt Ideen und stellt diese in der Klasse vor.

C Nachhaltig konsumieren

1. Definiere den Begriff „Nachhaltigkeit*“.
2. Erläutere drei Trends des nachhaltigen Konsumierens.
3. „Ich als einzelner Verbraucher kann sowieso nichts ausrichten, wenn ich nachhaltig konsumiere. Das muss die Politik vorschreiben.“ Beurteile diese Aussage.

Teil 1: Nachhaltig konsumieren – Was bedeutet das?

Definition

Der Begriff stammt ursprünglich aus der Forstwirtschaft. Er bedeutet, dass man nicht mehr Bäume schlagen darf als wieder nachwachsen können. So sollen die natürlichen Lebensgrundlagen auch für kommende Generationen erhalten werden. Übertragen auf die Welt des Konsums heißt das, dass wir uns beim Einkauf und Konsum von Produkten so verhalten sollen, dass die Umwelt möglichst geschont wird.

Das Beispiel Lebensmittel

Wenn man Waren mit dem Bio-Siegel kauft, sind diese besonders umweltschonend hergestellt. Damit Lebensmittel das staatliche Bio-Siegel tragen können, müssen sie unter strengen Bedingungen hergestellt werden: So sind nur ganz bestimmte Dünger und Futtermittel erlaubt, die der Natur nicht schaden. Bei der Tierhaltung wird Wert auf eine artgerechte Haltung gelegt, die Tiere haben wesentlich mehr Auslauf.
Umweltbewusst verhält man sich auch, wenn man Produkte aus der näheren Umgebung kauft. Wenn Obst und Gemüse über viele Hundert Kilometer transportiert werden, wird viel Energie benötigt und die Luft verschmutzt. Häufig kommt das Obst und Gemüse in Supermärkten aus Südeuropa. Dort müssen die Anbauflächen trotz starker Wasserknappheit ständig bewässert werden – nur damit wir zu jeder Zeit Tomaten, Erdbeeren und anderes auf dem Tisch haben. Ein kluger Verbraucher kauft deshalb überwiegend Obst und Gemüse ein, das gerade Saison hat. Auch wer seinen Fleischkonsum reduziert, leistet einen Beitrag zur Nachhaltigkeit. Um ein Kilo Rindfleisch zu produzieren, braucht man ca. 15 000 Liter Wasser. Bis zur Schlachtung frisst ein Rind 1 300 kg Getreide und 7 200 kg Heu. Zudem produzieren Rinder große Mengen des klimaschädlichen Gases Methan, etwa das 80-Fache wie bei der Produktion von Gemüse.

Teil 2: Nachhaltige Trends

Weg von der Wegwerfkultur!

Wenn uns ein Kleidungsstück nicht mehr gefällt – weg damit! In den Müll oder zum Recycling. So verschwendet man Rohstoffe und Energie, die zur Herstellung der Kleidung notwendig sind. Nachhaltig verhält sich, wer seine Kleidung möglichst lange trägt und sich mit weniger Kleidung begnügt. Auch Lebensmittel landen im großen Stil in der Tonne: durchschnittlich 82 kg pro Person, am häufigsten Obst, Gemüse und Backwaren. Deshalb sollte man gut planen, was man einkauft. Lebensmittel, die das Mindesthaltbarkeitsdatum geringfügig überschritten haben, sind noch gut verwendbar. Es gibt lediglich an, bis zu welchem Datum der Hersteller für die Qualität des Lebensmittels garantiert.

Nachhaltige Trends: teilen, tauschen, reparieren

Warum immer gleich kaufen? Viele Geräte braucht man vielleicht nur einmal im Jahr. Nachhaltiger ist es, solche Geräte gemeinsam mit anderen zu nutzen. Mit dem Fachbegriff bezeichnet man das als „Sharing-Ökonomie“.
Wer zum Beispiel seine Kleidung nicht mehr mag, kann sie gegen andere tauschen, auf Kleidertauschbörsen im Internet oder vor Ort.
In vielen Gemeinden gibt es inzwischen Repair-Cafés. Dort reparieren Ehrenamtliche unter anderem Haushaltsgeräte, die nicht mehr funktionieren. So rettet man sie vor dem Müll.

*Zum Begriff „Nachhaltigkeit“ findest du auch Informationen im Glossar.

D Wie kann Familie Gedankenlos nachhaltiger konsumieren?

Familie Gedankenlos hat sich fest vorgenommen, in ihrem Alltag mehr auf Umweltfreundlichkeit zu achten – doch von nachhaltigem Konsum ist sie noch weit entfernt. Ihr könnt sie beraten. Im folgenden Text findet ihr acht Verhaltensweisen, die sich nicht mit dem Nachhaltigkeitsprinzip vertragen.

Euer Auftrag:

1. Arbeitet aus dem Text mindestens fünf umweltschädliche Verhaltensweisen heraus.
2. Beschreibt, warum dieses Verhalten nicht nachhaltig ist, und formuliert für jede Situation einen Tipp.
3. Vergleicht das Ergebnis mit einer Partnerin oder einem Partner und stellt dieses in der Klasse vor.

Ein Tag im Leben der Familie Gedankenlos

„Ist das wieder eine Hektik heute Morgen", stöhnt Gabi Gedankenlos entnervt. „Wenn Benni sich nicht beeilt, verpassen wir noch den Zug", mault die 14-jährige Kiki. „Schon zu spät – der Zug ist weg", erwidert Benni. Kurzentschlossen greift Frau Gedankenlos zu ihrem Autoschlüssel: „Dann fahr ich euch eben."

Zu Hause inspiziert Gabi Gedankenlos zunächst einmal gründlich den Kühlschrank, denn sie will noch einkaufen, bevor ihre Arbeit beginnt. Sie findet zwei Lieblingsjoghurts ihrer Kinder, bei denen das Mindesthaltbarkeitsdatum bereits abgelaufen ist. In den Müll damit! Sie kann ja gleich neue kaufen. Beim weiteren Stöbern entdeckt sie noch drei Kohlrabis. Besonders appetitlich sehen die auch nicht mehr aus, am besten entsorge ich die gleich mit, entscheidet sie nach kurzem Nachdenken.

Im Supermarkt angekommen steuert sie sofort die Obst- und Gemüseabteilung an. „Ah, wunderschöne Erdbeeren aus Spanien und dazu der ersten Spargel aus Ägypten – obwohl es erst Anfang März ist", freut sie sich und packt diese gleich in ihren Wagen. Da sie ihren Einkaufskorb vergessen hat, kauft sie eine Tüte für 10 Cent, kostet ja fast nichts. Anschließend fährt sie noch kurz bei einem Discounter vorbei, wo sie Hähnchenschenkel zu einem superbilligen Preis kauft. Sie muss beim Fleisch aufs Geld achten, schließlich wollen ihre beiden Männer jeden Tag ein Stück Fleisch auf dem Tisch haben. „Ein ordentlicher Mann braucht was Richtiges auf dem Teller", sagt ihr Mann immer. Bereits am Vorabend hat sie einen riesigen Kleidersack im Auto verstaut. Das muss in den Altkleidercontainer. Gleich nach der Arbeit will sie den Sack entsorgen. Die meisten Sachen sind kaum getragen, denn Kiki und

Benni wollen sich natürlich immer nach der neuesten Mode kleiden. Wenigstens waren die T-Shirts und Hosen richtig billig. Da ist es dann egal, wenn sie alle paar Monate neue Kleider kaufen.

Abends kommt ihr Mann nach Hause und strahlt über das ganze Gesicht. „Schau mal, was ich gekauft habe", verkündet er stolz. „Eine Schleifmaschine! Das war ein tolles Sonderangebot. „Du brauchst die doch höchstens einmal im Jahr", wirft Gabi Gedankenlos ein. „Ist doch total praktisch, wenn man so was im Haus hat, das musst du doch zugeben", entgegnet er.

Lösung zu S. 138: 1c, 2c, 3a, 4a.

E Coole Klamotten und Umweltschutz: Passt das zusammen?

Rund 60 Kleidungsstücke kauft jede Deutsche bzw. jeder Deutsche durchschnittlich im Jahr. Davon wird jedes fünfte Kleidungsstück nur wenige Male getragen. Das hat eine Umfrage der Umweltorganisation Greenpeace ergeben.

Welche Auswirkungen hat die Kleiderproduktion auf die Umwelt?

WES-105271-016

Text einfacher

Text ausführlicher

Bis ein T-Shirt bei uns auf dem Ladentisch liegt, hat es einiges über sich ergehen lassen: Glätten, Bleichen, Färben, Bedrucken – und für spezielle Outdoor-Kleidung auch Imprägnieren. Für diese Prozesse werden in der Textilindustrie pro Kilogramm Kleidung rund ein Kilogramm Chemikalien verwendet.

Insgesamt 6500 verschiedene Chemikalien sind bei der Textilveredelung im Einsatz, darunter auch Schwermetalle wie Kupfer, Arsen und Cadmium. Viele davon sind giftig, einige auch krebserregend.

Für das Färben von einem Kilo Garn werden zudem rund 60 Liter Wasser benötigt: Wasser, das am Ende mit den chemischen Zusätzen verunreinigt ist. Die Folge: […] Kleidung aus Baumwolle benötigt besonders viel Wasser.

Speziell bei Baumwoll-Fasern kommt hinzu, dass schon beim Anbau von Baumwolle riesige Mengen Wasser zur Bewässerung im Einsatz sind. […] Das Wasser wird zudem mit Pflanzenschutzmitteln und Dünger verunreinigt. Und das in einem beträchtlichen Ausmaß. […]

Rund 65 Prozent aller Textilfasern auf dem Weltmarkt sind aus synthetischen Chemiefasern, also aus Kunststoffen wie Polyester, Polyamid oder Polyacryl. Für ihre Produktion waren im Jahr 2015 98 Millionen Tonnen Öl nötig. Im Jahr 2050 sollen es 300 Millionen Tonnen sein […]

Mit diesem erheblichen Anteil an fossilen Rohstoffen ist die Textindustrie zu einem der größten Klimasünder weltweit herangewachsen. Sie produzierte im Jahr 2015 […] mehr Treibhausgase als die internationalen Flüge und die Schifffahrt zusammen verursachen. Tendenz steigend.

(Aus: Inka Reichert, So macht unsere Kleidung die Umwelt kaputt, 06.12.2019; in: www.quarks.de/umwelt/kleidung-so-macht-sie-unsere-umwelt-kaputt; Abruf: 13.01.2021)

Können Textilsiegel den Umweltschutz voranbringen?

„Mode an sich ist einfach nach der Ölindustrie das dreckigste Business auf der Welt“, fasst es Jan Thelen zusammen. Er und seine Partner wollten es besser machen. 2010 gründeten sie in Hamburg das Öko-Label Recolution. „Als wir gestartet sind, musste ich noch erklären, dass wir keine Jute-Säcke machen“, erinnert sich Thelen. Heute ist das Label einer von vielen kleinen Anbietern, die auf faire und nachhaltige Mode setzen. An die 200 Stores für Organic Fashion gibt es inzwischen in Deutschland. Sie alle versprechen, vom Feld bis zum Verkauf Umwelt- und Sozialstandards einzuhalten. Bei Recolution heißt das konkret, dass die Shirts, Pullis und Hosen aus Bio-Baumwolle hergestellt werden. Auf den Feldern werden keine chemischen Pestizide verspritzt. „Wir pflanzen Sonnenblumen, um Schädlinge von der Baumwolle abzulenken“, erklärt Thelen. Für das Färben kommen nur bestimmte Chemikalien zu Einsatz, Abwässer werden geklärt und produziert wird in Portugal und der Türkei.

Textil-Siegel verschaffen Überblick

Die Auflagen sind Teil des „Global Organic Textil Standards“ – kurz GOTS. Alle Beteiligten der Produktionskette müssen sie erfüllen. Hinter GOTS steht eine gemeinnützige Organisation, die die Einhaltung der Umwelt- und Sozialvorschriften einmal im Jahr überprüft. Und nur wenn die Bedingungen erfüllt wurden, darf ein fertiges T-Shirt das Pappschildchen mit dem GOTS-Siegel tragen. Siegel mit ähnlich strengem Regelwerk sind zum Beispiel das „IVN Best“ oder „Made in Green“. Sie sind für Verbraucher eine Orientierung im Mode-Dschungel.

(Aus: Michael Latz, Organic Fashion, 03.08.2018; in: www.ndr.de/ratgeber/verbraucher/Organic-Fashion,organicfashion100.html; Abruf: 13.01.2021)

GLOBAL ORGANIC TEXTILE STANDARD · GOTS ·

WES-105271-017

Hier findet ihr die Beschreibung von weiteren Textilsiegeln.

Wir füllen unseren Kleiderschrank mit nachhaltigen Ideen

1. Warum ist die traditionelle Textilproduktion schädlich für die Umwelt? Erkläre die Gründe.
2. Erläutere, welche Kriterien die Produzenten für das GOTS-Siegel erfüllen müssen.
3. Neben dem GOTS-Siegel gibt es noch zahlreiche weitere Textilsiegel. Erläutere die Vor- und Nachteile der großen Zahl aus Sicht von Verbraucherinnen und Verbrauchern.
4. Sammelt in einem Brainstorming weitere Ideen für einen nachhaltigen Kleiderschrank.
5. Wählt drei Ideen aus und bewertet diese nach den Kriterien Aufwand, Realisierbarkeit und Wirkung für die Umwelt.

4 Wie sollen Verbraucherinnen und Verbraucher mit Werbung umgehen?

Die Bedeutung von Algorithmen in der Werbung* erklären

A Werbetricks auf der Spur

In der Lebensmittelindustrie ist der Wettbewerb um die Gunst der Kunden besonders hart. Deshalb nutzen Konzerne jede Möglichkeit, Verbraucher zum Kauf ihrer Produkte anzuregen – oft auch mit irreführenden Tricks. Zwei Beispiele findet ihr auf dieser Doppelseite und dazu die notwendigen Hintergrundinformationen.

Beispiel 1: Bekannte Sportler als Zugpferde

Was haben diese Personen gemeinsam: Tomas Müller und [...] die Huberbuam? Richtig. [Sie] lassen sich von der Lebensmittelindustrie vor den Karren spannen. Mit sportlichen Werbefiguren lassen sich Kartoffelchips, Wurst, zuckrige Milchgetränke und andere Süßigkeiten offenbar besser verkaufen. Denn als Sympathieträger genießen sie besonders bei Kindern und Jugendlichen großes Vertrauen. Doch als Maskottchen für ganz und gar nicht ausgewogene Lebensmittel werden sie dieser Verantwortung nicht gerecht. Sie kurbeln im Auftrag der Konzerne die Verkaufszahlen für deren Produkte an. Gerade Kindern wird so von ihren größten Helden vermittelt, dass Schokolade, Chips und Wurst besonders begehrenswert sind und gut zu einem sportlichen Lebensstil passen. Dabei essen die meisten deutschen Kinder schon zu viele Süßigkeiten und zu viel Fleisch, aber zu wenig Obst und Gemüse.

(Aus: https://www.foodwatch. org/de/informieren/werbeluegen/mehr-zum-thema/sportler-werbung/, foodwatch Deutschland Berlin, letzte Änderung 09.04.2014; Abruf: 13.01.2021)

*Zum Begriff „Werbung" findest du auch Informationen im Glossar.

Schokoaufstrich: bei Kindern beliebt, von Sportlern empfohlen – aber gesund?

Beispiel 2: Rechentricks

Lebensmittelhersteller werben auf Verpackungen gern mit Zahlen. Die wirken besonders seriös und deshalb verkaufsfördernd. Dabei hat die Lebensmittelindustrie unterschiedlichste Rechentricks entwickelt, um ihre Produkte in ein besseres Licht zu rücken. Die Tricks lassen sich oft erst nach einem genauen Blick in die Zutatenliste und einigen Rechenschritten enträtseln. Das Entziffern von Zutaten und Nährwerten kann dabei schon mal zum Mathematik-Test werden.

Ein besonders beliebter Trick: Man picke die eine hochwertige Zutat eines Produkts heraus und lasse es auf dem Etikett so aussehen, also ob diese Zutat in extra großen Mengen in dem Produkt enthalten ist. Beim genauen Nachrechnen entpuppen sich derartige Versprechen oft als Mogelpackung. Haribo-Fruchtgummi zum Beispiel wirbt mit dem Versprechen „35 % Frucht in der Füllung". Die Füllung macht aber gerade einmal 12,3% des Fruchtgummis aus. Somit befindet sich also nur 4,3% Fruchtanteil im Gesamtprodukt.

(Aus: https://www.foodwatch.org/de/informieren/werbeluegen/mehr-zum-thema/rechentricks, foodwatch Deutschland Berlin, letzte Änderung 09.04.2014; Abruf: 13.01.2021)

B Hintergrund: Die Wahrheit steht auf der Rückseite

Wer genau wissen will, ob ein Lebensmittel tatsächlich gesund ist, sollte einen Blick auf die *Zutatenliste* werfen. Sie ist gesetzlich vorgeschrieben und befindet sich grundsätzlich auf allen verpackten Lebensmitteln.

In der Liste sind die einzelnen Zutaten mengenmäßig geordnet. Was ganz oben steht, davon ist am meisten enthalten. Auch Stoffe, die Allergien auslösen können, müssen aufgelistet werden, zum Beispiel Nüsse. Diese Stoffe müssen fett gedruckt oder auf andere Weise hervorgehoben werden.

Achte auf versteckten Zucker, Hersteller verwenden über 70 Bezeichnungen für Zucker, zum Beispiel Dextrin, Dicksaft, Traubensüße, Maltose usw. Es ist also nicht immer ganz einfach, versteckten Zucker zu erkennen.

Seit 2016 sind auch Informationen zum *Nährwert* von Lebensmitteln vorgeschrieben. Der Gesetzgeber folgte hier einer EU-Vorschrift. Festgelegt sind Informationen zum

- Energiegehalt (Brennwert) in Kilojoule,
- Fettanteil sowie Anteil an gesättigten Fettsäuren (diese sind eher ungesund),
- Anteil an Kohlehydraten (davon Zuckeranteil),
- Anteil an Eiweiß,
- Salzgehalt.

Für viele Verbraucherinnen und Verbraucher sind die zahlreichen Angaben auf den Packungen eher verwirrend, zumal sie sehr klein gedruckt sind. Seit einiger Zeit wird deshalb in Deutschland über einfachere Kennzeichnungen diskutiert, die auf einen Blick signalisieren, wie gesund ein Lebensmittel ist.

Seit 2020 können Unternehmen freiwillig auf ihre Produkte eine Nährwert-Ampel aufdrucken, den sogenannten Nutri-Score. Dabei szeht A in Grün für eine gesunde und E in Rot für eine ungesunde Zusammensetzung des Lebensmittels.

Wir untersuchen Werbeversprechen

Entscheide dich für eine der beiden Möglichkeiten:

Erkundung im Supermarkt

- Suche in einem Supermarkt dein Lieblingsprodukt aus.
- Betrachte zunächst die Verpackung: Welchen Eindruck erwecken die Fotos bei dir? Welche Bedürfnisse werden angesprochen? Welche Slogans und Werbeaussagen sind dort platziert?
- Untersuche dann die Zutatenliste: Welche Zutaten werden zuerst genannt? Stimmen der Eindruck auf der Verpackung und die Reihenfolge in der Zutatenliste überein?
- Fasse deine Ergebnisse in einem Kurzvortrag zusammen und präsentiere sie in der Klasse.

Werbeanzeigen analysieren

Wähle eine Werbeanzeige im Internet oder einer Zeitschrift aus, die besonders Jugendliche ansprechen soll. Schau sie dir genau an – auch Einzelheiten sind wichtig – und bearbeite folgende Fragen:

1. Wie wirkt diese Anzeige auf dich? Beschreibe deinen ersten Eindruck.
2. Was versprechen diese Anzeigen Jugendlichen direkt oder indirekt? Welche Hoffnungen wecken sie?
3. Welche Mittel (Sprache, angesprochene Gefühle, Produktinformationen, Fotomotive, Werbetricks) wurden eingesetzt, um speziell Jugendliche anzusprechen?

1. Welche Tricks wenden Hersteller in den beiden Beispielen an? Beschreibe sie.

2. „Die Wahrheit steht auf der Rückseite der Verpackung." Erläutere, wie diese Aussage gemeint ist.

3. Über Werbung gehen die Meinungen weit auseinander. Die einen halten sie für informativ und unverzichtbar, für die anderen ist sie irreführend und lästig. Welchen Standpunkt vertrittst du? Formuliere ein begründetes Urteil. S. 254

C Wenn schon Online-Werbung, dann besser ganz persönlich für mich, oder?

Der Fall: Warum erhält Charlys Vater Sportwerbung auf dem Tablet?

■ „Komisch, warum habe ich denn plötzlich all diese Werbeanzeigen auf meinem Tablet?", wundert sich Herr Kosarek. Er will sich nach seiner Ankunft zu Hause auf einem Nachrichtenportal schnell über die wichtigsten Ereignisse des Tages informieren. Rechts neben dem Text wirbt ein Streaming-Dienst für ein einjähriges Sport-Abo. Gleich darunter ist die Werbung eines Sportartikel-Herstellers platziert, der für qualitativ hochwertige Fußballschuhe inseriert. Wo er sich für Sport doch überhaupt nicht interessiert! Gerade eben kommt Charly, seine 14-jährige Tochter, ganz verschwitzt vom Training nach Hause. „Charly, warst du an meinem Tablet?", fragt sie ihr Vater. Nach kurzem Zögern gesteht sie, dass sie in letzter Zeit immer mal wieder im Internet nach den neuesten Bundesliga-Ergebnissen recherchiert hat. „Wie hängt das eine mit dem anderen zusammen?", überlegt ihr Vater. ■

*Zum Begriff „Algorithmus" findest du auch Informationen im Glossar.

D Hintergrund: Algorithmen steuern personalisierte Online-Werbung

Im vorliegenden Fall erhält Herr Kosarek zielgenau die Werbebotschaften, von denen man annehmen kann, dass sie ihn interessieren und dass er darauf reagiert. Der Grund: Ein Algorithmus* bestimmt, welche Werbung zu ihm passt.

Algorithmen sind Handlungsanweisungen, die ein Computer durchzuführen hat, um eine bestimmte Aufgabe zu lösen. Der Begriff lässt sich mit Rechenabfolge übersetzen. Die Aufgabe besteht hier darin, Online-Werbung so zu gestalten, dass sie genau zu den Kaufinteressen einer bestimmten Person passt. Dazu haben Fachleute einen Algorithmus entwickelt, in die digitale Sprache übersetzt, und den Computer so programmiert, dass er diese Aufgabe Schritt für Schritt löst. Die besondere Leistung dieser Algorithmen besteht darin, dass sie die gestellte Aufgabe millionenfach für die unterschiedlichsten Internetnutzer bewältigen können – und zwar schneller und zielgenauer, als jemals Menschen dazu in der Lage wären.

Clevere Cookies

Individuelle Werbeangebote basieren auf dem bisherigen Surf- und Kaufverhalten der Kunden. Um diese Angaben zu speichern, setzen Online-Händler Cookies ein (englisch für Kekse). Sie verraten den Händlern, welche Seiten und welche Angebote für den Kunden interessant sind. Cookies sind kleine, auf den Seiten hinterlegte Dateien. Diese identifizieren Nutzerinnen und Nutzer aufgrund der IP-Adresse und reagieren, wenn die Seite erneut angeklickt wird.

Wie funktioniert ein Verkaufs-Algorithmus?

Ein guter Verkaufs-Algorithmus funktioniert eigentlich wie ein Tante-Emma-Laden um die Ecke. Der Verkäufer dort kennt seine Kunden, er weiß um ihre Bedürfnisse – ob eine Vorliebe für norddeutsches Bier oder die Abneigung gegen Dosenessen – und er versteht sich darin, Produkte zu empfehlen, die zu diesen Gewohnheiten passen.

Was dem Verkäufer im Eckladen seine Erfahrung und sein Gefühl, sind dem Algorithmus Zahlen: Welches Geschlecht haben die Nutzer, welche Vorlieben, wie viel Einkom-

men – all das wird erfasst und in Nullen und Einsen umgesetzt. Aus diesen errechnet ein Algorithmus mit einer bestimmten Wahrscheinlichkeit, was wir wollen. [...]
Zu berechnen, was wir wollen – das ist auch das Kerngeschäft der Google-Suche. Für die meisten Internet-Nutzerinnen und Nutzer führt an ihr kein Weg vorbei. Das kleine Suchfenster auf der Seite ist das Tor ins weltweite Netz. Ein Algorithmus allerdings sorgt dafür, dass sich die möglichen Ergebnisse in individuell festgelegten Grenzen halten [...]

(Aus: Patrick Stegemann, Die Macht der Algorithmen, 20.11.2015, https://www.wissen.de/unsichtbare-strippenzieher-die-macht-der-algorithmen; Abruf: 13.01.2021)

Unser ganz persönliches Internet

Wenn nun verschiedene Personen auf einer Nachrichtenseite einen Artikel über, sagen wir, die Flüchtlingskrise anklicken, kommt es zu einem interessanten Effekt: Der Artikel ist immer derselbe, egal, wer ihn anklickt. Bei dem einen Leser allerdings füllt sich die Werbefläche neben dem Text mit der Karosserie eines Autos, bei dem anderen vielleicht mit dem Hinweis auf eine Partnervermittlungsagentur oder dem Logo einer Biermarke. Je nachdem, welcher Mensch da vor dem Rechner sitzt. Die Artikel der Nachrichtenseiten kommen von den jeweiligen Redaktionen, die Werbung aber liefert in vielen Fällen Google, [...]
Sobald ich einen Artikel anklicke, identifiziert mich der Algorithmus und sucht die passende Werbung für mich aus.

(Aus: Wolfgang Uchatius, Warum glaubt Google, mein Kaninchen frisst Hundefutter?, Zeit online vom 10.11.2016, in: https://www.zeit.de/2016/47/algorithmen-google-daten-personalisierte-werbung; Abruf: 13.01.2021)

E TEAM kontrovers: Ist personalisierte Werbung ein Vorteil für Verbraucherinnen und Verbraucher?

S M U H

Ja, sie erleichtert Entscheidungen!

Das Internet bietet eine solche Fülle von Informationen, dass es schwer ist, sich darin zurechtzufinden. Da ist es ein großer Vorteil, wenn man als Dienstleistung nur die Werbung bekommt, die für die jeweilige Person interessant ist. Was soll etwa ein junger Mensch mit Werbung für Gehhilfen anfangen? Man kann sich schneller entscheiden, was man kaufen möchte, und spart Zeit. Dass dazu eine Menge persönlicher Daten gesammelt werden, muss man eben in Kauf nehmen. Wenn schon überall Werbung zu sehen ist, dann soll sie wenigstens auf die Verbraucher persönlich zugeschnitten sein.

Nein, sie ist lästig!

Weil diese Art Werbung auf vergangenen Entscheidungen basiert, hilft sie für künftige Kaufentscheidungen wenig. Wer einmal Sneakers gekauft hat, möchte nicht dauernd Werbung für Schuhe erhalten. Der Algorithmus kann ja nicht erkennen, dass man nun keine weiteren Schuhe braucht. Jeder bekommt nur Artikel empfohlen, die den bereits gekauften ähneln. Von Werbung will man doch auch ganz neue Anregungen bekommen. Bedenklich ist auch, dass jede Menge persönlicher Daten gesammelt und genutzt werden – ohne dass man dies ausdrücklich erlaubt hat. Meist erfährt man es nicht einmal.

1. Warum wundert sich Herr Kosarek? Erläutere sein Problem.
2. Erläutere Herrn Kosarek die Lösung seines Problems. Verwende dabei die Begriffe Algorithmus und Cookie.
3. Erörtere Pro und Kontra personalisierter Werbung.

F Vorsicht Internet-Werbefalle! – Wie kann man sie umgehen?

Im Internet und besonders in den sozialen Medien hat sich eine ganze Reihe neuer Werbeformen herausgebildet. Weil echter Inhalt und Werbebotschaft oft gar nicht so leicht zu trennen sind, kann es schnell einmal passieren, dass man auf einen Werbetrick hereinfällt, ohne es zunächst zu ahnen. Das ging den Jugendlichen in den drei Fallbeispielen ebenso. Ihr könnt die Fälle arbeitsteilig erarbeiten und in Dreiergruppen auswerten.

1. Maria „liked" einen Diät-Anbieter

Maria hat in einem Social-Media-Angebot auf dem Profil eines Diät-Anbieters tolle Kochrezepte für eine gesunde Ernährung gefunden und klickt begeistert auf den „Gefällt mir"-Button. Nur ein paar Tage später melden sich mehrere ihrer Freunde und wollen wissen, seit wann sie sich für Abnehm-Pillen interessiere. Sie hätten bei ihren Neuigkeiten gesehen, dass Maria diese liked. „Wie kommen die nur auf diese Idee?", fragt sich Maria, denn mit Arzneimitteln, die beim Gewichtsverlust helfen, hat sie eigentlich gar nichts am Hut.

2. Jonas nimmt an einem Gewinnspiel teil

Jonas surft im Internet und sucht nach Informationen für seine Hausaufgaben in Biologie. Es geht um das Thema „gesunde Ernährung". Auf den Seiten einer Krankenkasse wird er fündig, als sich plötzlich der Aufruf zu einem Gewinnspiel im Browserfenster öffnet, bei dem man einen Tablet-PC gewinnen kann. Jonas soll zehn Fragen zur gesunden Ernährung beantworten – ziemlich einfach, wie Jonas findet. Auf Anhieb hat er alle Fragen richtig beantwortet. Um den Tablet-PC gewinnen zu können, muss er noch ein paar Angaben zu seiner Person machen. Name, E-Mail-Adresse, Postanschrift, Geburtsdatum, Hobbys und Mobilfunknummer. Jonas zögert einen Moment, aber das Angebot ist doch zu verlockend. Gewonnen hat er nichts! Aber seitdem wundert er sich über die vielen Werbe-Mails und Wurfsendungen der Post von zahlreichen Unternehmen und ihm gänzlich unbekannten Anbietern.

3. Markus braucht teure Zusatzausrüstung

Markus sucht im Internet nach Spielen. Er findet ein Strategiespiel, das auch schon viele seiner Freunde begeistert spielen. „Kostenlos spielen" prangt fett über dem Button „Zum Spielen hier klicken". Markus freut sich, nun kann er kostenlos mit seinen Freunden um die Wette zocken – mal sehen, wer die bessere Streitmacht aufbaut. Markus spielt eine Zeit lang, doch er wird von seinen Gegnern immer besiegt. Diese sind ihm einfach überlegen, besitzen sie doch eine spezielle Schutzkleidung und bessere Ausrüstungsgegenstände. Diese kann man für einige Euro im Shop des Spiels käuflich erwerben. Nun bemerkt Markus, dass er nur mit seinen Freunden mithalten kann, wenn er für die bessere Ausrüstung bezahlt.

G Hintergrund: Neue Formen der Werbung im Internet

Eine Vielzahl von Online-Angeboten, wie Suchmaschinen, Blogs, Podcasts, Web-Videos, E-Books, Newsletter und Social Media, bieten den Werbetreibenden unzählige Möglichkeiten, neue und zum Teil sehr subtile* Werbemethoden effektiv einzusetzen. [...] Generell muss Werbung in Medien als solche gekennzeichnet werden [...]

Werbebanner und -clips: Verschiedene Werbeformen im Internet sind unterschiedlich gut als Werbung zu erkennen. Bei Werbebannern fällt dies meistens noch relativ leicht. Hier hilft vor allem die Platzierung und das Aussehen des Banners innerhalb einer Webseite. Werbebanner können nicht altersgerechte Werbung enthalten. Werbe-

*subtil = hier: schwer durchschaubar

Online-Spiele: erst kostenlos – dann Kostenfallen?

clips finden sich häufig vorgeschaltet auf Videoplattformen, wenn man ein Video ansehen möchte. Nicht immer ist dem Nutzer sofort ersichtlich, dass es sich um Werbung handelt. […]

Gesponserte Meldungen: Im Falle sogenannter gesponserter Meldungen erscheinen Werbebotschaften in der Liste der Freundes-Neuigkeiten. Jugendliche sehen hier Meldungen der eigenen Netzwerk-Freunde darüber, dass sie eine Profilseite, eine Anwendung oder Veranstaltung besucht, benutzt oder „geliked" haben, z. B.: „Maria gefällt der Diät-Anbieter". […] Dafür, dass zugehörige Beiträge platziert werden und diese Meldungen in den Neuigkeiten gut sichtbar erscheinen, haben Unternehmen im Vorfeld Geld bezahlt. Sie hoffen darauf, dass weitere Nutzer das Angebot liken und so weiterverbreiten. Denn Jugendliche nehmen „Posts" von einem Klassenkameraden oder Freund meist viel unkritischer wahr als herkömmliche Werbung.

Gewinnspiele: Beliebt sind nach wie vor – online wie offline – Gewinnspiele, die meist einzig dem Zweck dienen, personenbezogene Daten zu sammeln und diese zu verkaufen. Jugendliche überblicken meist nicht das Problem des Verkaufs personenbezogener Daten. Sie wundern sich dann über Werbe-Mails von Unternehmen, die sie direkt mit Namen ansprechen, obwohl sie diese weder kennen noch ihnen jemals ihre Daten haben zukommen lassen. […]

In-Game-Werbung: Auch bei (Online-) Spielen findet man sogenannte In-Game-Werbung. Es werden nicht nur Werbeplakate oder Produkte in das Spielgeschehen integriert, es gibt sogar Spiele, bei denen bekannte Werbefiguren die Spielfiguren sind und man sich durch die Markenwelt des Produkts spielen kann. Hierdurch fällt es ebenfalls schwer, zu unterscheiden, was Spielinhalt und was Werbung ist. Bei Onlinespielen gibt es zudem versteckte Kosten, die Jugendlichen häufig nicht bewusst sind. Viele Onlinespiele werben damit, dass sie kostenlos gespielt werden können, sog. Free-to-Play-Spiele […].

(Aus: Christine Schulz, Undine Griebel, Anja Monz: Produkt sucht Käufer, hrsg. von der Stiftung Medienpädagogik Bayern, München 2018, in: https://www.medienfuehrerschein.bayern/Angebot/Weiterfuehrende_Schulen/8_und_9_Jahrgangsstufe/mediabase/pdf/Unterrichtseinheit_205.pdf; Abruf: 13.01.2021)

1. Auf welchen Werbetrick ist die/der Jugendliche jeweils hereingefallen? Beschreibe ihn.

2. Bildet Dreigruppen. Informiert euch gegenseitig über eure Fälle und entwickelt Tipps, wie man diese Werbefallen umgehen kann.

3. Stellt eure Tipps in der Klasse vor und erstellt mithilfe einer Punktabfrage ein Ranking der besten Tipps.

4. Sind Verbraucherinnen und Verbraucher vor Werbefallen im Internet ausreichend geschützt? Bilde dir ein Urteil und beziehe dich dabei auch auf eigene Erfahrungen. Diskutiert anschließend in der Klasse darüber.

5 Einkaufswelt Internet: attraktiv oder eher riskant?

Tipps zum Online-Shopping formulieren

A Eine Einstiegsübung für alle

Ob Bücher, CDs, Kleidung, Kosmetika oder Möbel – fast alles gibt es im Internet zu kaufen. Rund zwei Drittel aller Deutschen nutzen inzwischen diese Möglichkeit.

- Wie oft kaufen du und deine Familie im Internet ein?
- Welche Erfahrungen habt ihr damit gemacht?

Tauscht euch dazu aus.

B Fälle: Zugreifen oder Hände weg?

1. Kostenlose Spiele

Der 16-jährige Haider hat seit einiger Zeit einen Laptop, auf dem er bereits zahlreiche PC-Spiele installiert hat. Beim Surfen im Internet stößt er auf ein verlockendes Angebot: „100 PC-Spiele gratis für zehn Tage testen." Aus der Beschreibung geht hervor, dass nach Ablauf der zehn Tage automatisch ein Abovertrag beginnt, wenn der Tester nicht ausdrücklich widerspricht. Das monatliche Abo kostet 7,95 Euro. ■

*Zum Begriff „Onlinehandel" findest du auch Informationen im Glossar.

2. Schnäppchenjagd

Emma ist begeistert. Gerade eben hat sie in einem Internetshop einen Schal entdeckt, der prima zu ihrem zu neuen Sweatshirt passt. Das Gute daran: Er ist mit 13,95 Euro deutlich günstiger als im Laden. Und wenn die Farbe doch nicht genau passt, kann sie ihn ja immer noch zurückschicken. ■

WES-105271-018

Weitere aktuelle Informationen zu deinen Rechten beim Online-Shopping findest du im Jugendmagazin der Verbraucherzentrale Nordrhein-Westfalen.

C Hintergrundinfo: Online-Shopping

Jugendliche können im Internet einkaufen – unter der Voraussetzung, dass ihre Eltern damit einverstanden sind. Aboverträge und Ratenkäufe sind jedoch grundsätzlich nicht erlaubt. In den letzten Jahren sind die Verbraucherschutzgesetze deutlich verschärft worden.

Jeder Anbieter muss auf seiner Website an deutlich sichtbarer Stelle auf das Widerrufsrecht von 14 Tagen hinweisen. Innerhalb dieser Frist kann jeder Kunde die Ware zurückschicken. Seit 2014 haben Kunden grundsätzlich das Porto zu tragen. Viele Händler kommen ihren Kunden jedoch entgegen und übernehmen nach wie vor die Kosten für Rücksendungen.

Im Internet gibt es viele Gratisangebote. Wenn ein Angebot kostenpflichtig ist, muss der Anbieter deutlich darauf hinweisen. Man muss dann einen Button „Kostenpflichtig bestellen" drücken. Dennoch gibt es viele schwarze Schafe unter den Verkäufern, die es mit dieser gesetzlichen Verpflichtung nicht so genau nehmen.

Auf jeden Fall ist es empfehlenswert, sich die Website des Anbieters genau anzuschauen und die Allgemeinen Geschäftsbedingungen sorgfältig zu lesen. Misstrauen ist angebracht, wenn sich aus der Website nicht ermitteln lässt, in welchem Land die Firma ihren Sitz hat.

All diese Vorschriften zum Schutz von Verbrauchern wurden von der EU entwickelt und gelten in allen Mitgliedstaaten.

1. Beschreibe, vor welchen Entscheidungen Haider und Emma stehen.
2. Wie sollen sie sich verhalten? Lies dazu die Hintergrundinfo, triff eine Entscheidung und begründe sie.
3. Welche Vor- und Nachteile seht ihr beim Online-Shopping? Erörtere Pro und Kontra und formuliere eine Antwort auf die Überschrift zu diesem Unterkapitel. S. 254

D Worauf sollte man beim Online-Shopping achten?

		Unser Tipp
1	Ungläubig starrt Tim auf die Rechnung. 7,95 Euro Versandkosten! Damit hatte er nicht gerechnet, denn er glaubte, mit dem Kauf eines Kopfhörers ein besonders günstiges Schnäppchen gemacht zu haben. In seiner Freude, endlich sein Traummodell gefunden zu haben, hatte er ganz vergessen, die Allgemeinen Geschäftsbedingungen des Anbieters zu lesen.	?
2	Seit Tagen schon bietet Isa bei einer Online-Auktion mit. Die angebotene, hochmodische Handtasche will sie unbedingt haben – und viele andere Interessenten auch. Der anfangs sensationell niedrige Preis hat sich inzwischen verdreifacht. Doch Isa denkt nicht daran, auszusteigen, obwohl der Preis inzwischen ihre finanziellen Mittel weit übersteigt. Sie wird sich wohl bei ihren Freunden Geld leihen müssen.	?
3	Nachdem ihm seine Freunde vom Einkaufen im Internet vorgeschwärmt haben, beschließt Lari, es doch auch einmal zu versuchen. Er will sich eine neue Uhr kaufen und sucht über eine Suchmaschine nach Anbietern. Bereits beim ersten Treffer hat er Glück und findet eine preisgünstige, modische Uhr. Ohne zu zögern, bestellt er sie, Tage später entdeckt er per Zufall die gleiche Uhr zu einem wesentlich günstigeren Preis in einem Kaufhaus in der Stadt.	?
4	Seit Tagen schon wartet Felix auf eine Sendung von Zierfischen für sein Aquarium. Er hat diese bei einem ausländischen Anbieter bestellt und auch den Betrag gleich überwiesen. Auf eine Beschwerdemail hat die Firma bislang nicht reagiert. Als er nun bei der Firma anrufen will, entdeckt er auf der Website, dass die Firma lediglich eine ausländische Adresse mit einer Postfachnummer angegeben hat. Da hat er wohl bei seiner Bestellung nicht genau hingeschaut und nicht erkannt, dass es sich hier um eine unseriöse Firma handelt.	?
5	Ganz erstaunt reagiert Svea, als ihr der Postbote ein großes Paket aushändigt. Dabei hatte sie doch nur eine Modekette im Internet bestellt. Was konnte da passiert sein? Leider hat sie die Auftragsbestätigung des Online-Shops nicht gelesen und sofort gelöscht. Ob sie sich wohl bei der Bestellung geirrt hat? Oder der Anbieter? Das kann sie nun nicht mehr nachweisen. Sie hat Glück, denn wegen des Widerrufsrechts kann sie die Ware zurückschicken. Trotzdem ist es lästig und zeitaufwendig, die Sendung zurückzuschicken.	?

Euer Auftrag:
Manch einer erlebt beim Einkauf über das Internet eine böse Überraschung. Die Erfahrungen anderer könnt ihr euch zunutze machen.

1. Formuliert – allein oder zu zweit – zu den fünf Beispielen auf dieser Seite jeweils einen Tipp.

2. Stellt eure Arbeitsergebnisse in der Klasse vor.

6 Warum ist Verbraucherschutz wichtig?

Wir diskutieren über Tierwohl-Labels

A Beispiel Tierschutz: Wie können Verbraucher ihre Interessen durchsetzen?

Merke ✓

Label (engl. = Zettel, Etikett) hat sehr viele Bedeutungen, zum Beispiel als Bezeichnung für eine Modemarke, ein Etikett usw. Tierwohl-Labels sind Abzeichen, mit denen die Qualität der Tierhaltung gekennzeichnet wird. Auch das Bio-Siegel ist ein Label.

Tausende von Tieren auf engstem Raum zusammengepfercht – vielen Verbrauchern sind die Zustände längst ein Dorn im Auge. Bessere Standards in der Tierhaltung sind nach einer Umfrage des Bundesministeriums für Ernährung und Landwirtschaft für fast 40 Prozent der Verbraucher das wichtigste Ziel der Landwirtschaft.

Die Antwort des Handels: ein Halteform-Label

Einem Steak kann man nicht ansehen, wie es dem Tier zu Lebzeiten erging. Deshalb haben Supermärkte und Discounter auf die Verbraucherwünsche reagiert, indem sie ein Label entwickelten, das die Halteform in vier Stufen bewertet. Stufe 1 entspricht den gesetzlichen Vorschriften und dem niedrigsten Standard. Stufe 4 entspricht in etwa den Vorschriften der Bio-Haltung.

Die Antwort der Politik

Das geplante staatliche Tierwohl-Label stellt höhere Anforderungen und erfasst die Haltebedingungen von der Geburt bis zur Schlachtung. Es gilt ab 2020 zunächst nur für Schweine. Auch hier wird die Haltung in drei Stufen klassifiziert. Bereits in der ersten Stufe soll den Tieren 20 Prozent mehr Platz gegeben werden als gesetzlich vorgeschrieben.

Wie bewerten Verbraucher- und Umweltschutzverbände die Label?

Sabine Klein von der Verbraucherzentrale NRW: Schon bei Fleisch der dritten Klassifizierung gebe es ein viel zu geringes Angebot: *„Es gibt mehr Verbraucher, die bereit wären, Stufe drei und vier zu kaufen, als es tatsächlich ein Angebot gibt."* Das Gros des Fleisches stamme aus der Produktion der Stufe eins, also aus Stallhaltung auf gesetzlichem Mindestniveau. Wo bleibe da die Wahlmöglichkeit?

(Aus: Frank Menke, Neue Fleisch-Kennzeichnung, Kritik aus NRW, 06.02.2019, in: https://www1.wdr.de/verbraucher/ernaehrung/kritik-nrw-tierhaltungtierwohl-label-100.html, WDR 2020; Abruf: 13.01.2021)

„Das sogenannte Tierwohl-Label fördert Tierleid", sagt Stephanie Töwe, Landwirtschaftsexpertin bei Greenpeace. [...] So dürfte etwa Schweinefleisch mit dem staatlichen Tierwohl-Label beworben werden, obwohl den Tieren kurz nach der Geburt routinemäßig die Ringelschwänze abgeschnitten wurden. Das jedoch ist seit 1994 in der EU untersagt und nur in Ausnahmefällen erlaubt. [...] Das geplante Tierwohl-Label steht auch in der Kritik, weil es nicht verpflichtend gelten soll und damit nur einen Teil der Schweinefleischprodukte abdecken würde.

(Aus: Alfons Deter, Greenpeace hält Kriterien für staatliches Tierwohl-Label für verfassungswidrig, Topagrar 01.07.2019, in: https://www.topagrar.com/schwein/news/greenpeace-haelt-kriterien-fuer-staatliches-tierwohl-label-fuer-verfassungswidrig-11583919.html; Abruf: 13.01.2021)

Noch abzuwarten bleibt, inwieweit Verbraucherinnen und Verbraucher bereit sind, für das Tierwohl deutlich mehr Geld auszugeben.

1. Beschreibe Gemeinsamkeiten und Unterschiede der beiden Labels.

2. „Verbraucherinnen und Verbraucher haben ihre Interessen beim Thema Tierwohl erfolgreich durchgesetzt." Bewertet die Aussage und diskutiert anschließend darüber in der Klasse.

B Verbraucherpolitik

Teil 1: Ziele und Gesetze

Informationsasymmetrie

Nicht immer haben Verbraucherinnen und Verbraucher die notwendigen Kenntnisse und Erfahrungen, um zu erkennen, wann Produkte oder Dienstleistungen Gefahren für sie bergen oder sie getäuscht werden. Sie sind gegenüber Herstellern und Dienstleistern deshalb grundsätzlich benachteiligt, weil sie über weniger Informationen als diese verfügen. Das bezeichnet man als Informationsasymmetrie. Diesen Nachteil will der Gesetzgeber ausgleichen. Als Verbraucherpolitik bezeichnet man zusammenfassend alle Maßnahmen, die Verbraucher vor Gefährdungen ihrer Sicherheit und Gesundheit sowie auch vor Täuschungen schützen.

Europäischer Verbraucherschutz

Viele Gesetze in Deutschland gehen auf europäische Regelungen zurück. Dabei hat die europäische Gesetzgebung Vorrang vor der nationalen Gesetzgebung. Das bedeutet, dass die europäischen Regelungen für die über 450 Millionen Verbraucherinnen und Verbraucher in Europa ohne Abstriche gelten und sich die Gesetzgeber stets nach den europäischen Verordnungen und Gesetzen richten müssen.

Teil 2: Maßnahmen

Dazu hat der Gesetzgeber eine Fülle von gesetzlichen Regelungen erlassen, die dazu dienen,

- *Verbraucherinnen und Verbraucher zu informieren.* So müssen zum Beispiel auf Lebensmittelverpackungen Inhaltsstoffe, Kalorienzahl und Mindesthaltbarkeit angegeben werden. Auch Textilien müssen gekennzeichnet werden. Bei Kreditverträgen und Finanzanlagen schreibt der Gesetzgeber vor, dass vor dem Abschluss Kunden ausführlich beraten werden müssen und diese Beratung schriftlich dokumentiert werden muss. Das soll Verbraucher vor Tricks und Täuschungen schützen.
- die *Gesundheit zu schützen*, indem zum Beispiel Arzneimittel zugelassen werden müssen. Lebensmittelkontrolleure überwachen gastronomische Betriebe und sorgen dafür, dass Hygienevorschriften eingehalten und den Kunden nur einwandfreie Gerichte serviert werden.
- die *Sicherheit zu gewährleisten.* Elektrische Geräte müssen bestimmte Sicherheitsvorschriften erfüllen, damit sie in Deutschland verkauft werden dürfen. Aber auch bei Kinderspielzeug gibt es Vorschriften für die Hersteller.

Trotz zahlreicher gesetzlicher Regelungen gelingt es jedoch nicht immer, Verbraucher ausreichend zu schützen. Gerade bei Lebensmitteln gab es in den vergangenen Jahren immer wieder Skandale, bei denen Produzenten Verbraucher bewusst getäuscht haben.

1. Beschreibe, was man unter Verbraucherpolitik versteht und welche Ziele sie verfolgt.

2. Beschreibe das Foto und ordne es einem Bereich von Maßnahmen zu.

3. Manche Europa-Skeptiker kritisieren, dass sich die EU in zu viele Themen des Alltagslebens einmischt. Wie beurteilst du unter diesem Gesichtspunkt den europäischen Verbraucherschutz: überflüssig, ganz nützlich oder unbedingt notwendig?

Lebensmittelkontrolleure untersuchen regelmäßig Stichproben verderblicher Lebensmittel auf ihre Frische.

*Zum Begriff „Verbraucherschutz" findest du auch Informationen im Glossar.

Was interessiert dich besonders? Was kannst du richtig gut?

Wähle, wie du vorgehen möchtest:
Möglichkeit 1: Ich arbeite individuell und suche mir zwei, drei oder mehr Aufgaben aus.
Möglichkeit 2: Ich arbeite mit einer Partnerin, einem Partner zusammen. Gemeinsam schaffen wir mehr als allein.
Möglichkeit 3: Wir bilden Gruppen, teilen die Aufgaben auf und lösen alles gemeinsam.

Was ich weiß

S M U H

Ich kann ...

1. beschreiben, wie ein Kaufvertrag zustande kommt.

2. erklären, was Algorithmen sind und welchen Einfluss sie auf die Werbung haben.

Wozu ich meine Meinung formulieren und begründen kann

S M U H

Ich kann zu folgenden Diskussionspunkten meine Meinung formulieren und diese mit Argumenten begründen:

1. Ist der Taschengeldparagraf ein sinnvolles Gesetz oder überflüssig?

2. Bringt personalisierte Werbung Verbraucherinnen und Verbrauchern eher Vorteile oder ist sie eher lästig?

Was ich methodisch gelernt habe

S M U H

Ich kann ...

1. anderen erklären, was eine Markterkundung ist und wozu sie dient.

2. erläutern, wie man Schritt für Schritt Werbeanzeigen analysiert.

Worüber ich mitreden kann

S M U H

Mit ein wenig Nachdenken kann ich mit meinem Banknachbarn oder innerhalb einer Gruppe oder vor der Klasse über die folgenden Fragen eine, zwei oder drei Minuten frei sprechen:

1. Welche Rechte und Pflichten haben Verbraucherinnen und Verbraucher beim Abschluss eines Kaufvertrags?

2. Welche Ziele verfolgt Verbraucherpolitik und welche Bereiche umfasst sie?

Neun Merksätze zum Einprägen

1 Der Taschengeldparagraf besagt, dass …
- A alle Jugendliche ein Recht auf Taschengeld haben.
- B Jugendliche ohne Zustimmung der Eltern Kaufverträge abschließen dürfen, die sie vom Taschengeld finanzieren.
- C Jugendliche ihren Lebensunterhalt vom Taschengeld finanzieren müssen.
- D das Taschengeld jährlich erhöht werden muss.

2 Beschränkt geschäftsfähig ist man …
- A von Geburt an.
- B im Alter zwischen 12 und 18 Jahren.
- C wenn man das 75. Lebensjahr erreicht hat.
- D zwischen sieben und 18 Jahren.

3 Einzelheiten eines Kaufvertrags entnimmt man …
- A den Produktbeschreibungen, die der Ware beiliegen.
- B dem Kassenbeleg.
- C den Allgemeinen Geschäftsbedingungen.
- D den Gebrauchsanweisungen.

4 Ein Widerrufsrecht hat man …
- A beim Online-Shopping.
- B bei jedem Kaufvertrag.
- C grundsätzlich nicht.
- D innerhalb von zwei Jahren nach dem Kauf.

5 Ein Kaufvertrag ist ungültig, …
- A wenn der Käufer seine Meinung ändert.
- B wenn Käufer eine Ware anderswo billiger erwerben können.
- C wenn der Händler den Kunden bewusst täuscht.
- D wenn der Händler beim Verkauf nichts mehr verdienen würde.

6 Eine wirtschaftlich vernünftige Kaufentscheidung trifft man, …
- A wenn man spontan kauft, was einem gefällt.
- B wenn man sich bei seinen Einkäufen stets an anderen orientiert.
- C wenn man immer das billigste Produkt kauft.
- D wenn man sich für Produkte entscheidet, die gute Qualität zu verhältnismäßig günstigen Preisen bieten.

7 Nachhaltig konsumiert man, wenn man …
- A sein Handy möglichst lange nutzt.
- B sich möglichst oft neu einkleidet.
- C möglichst viele Fertigprodukte verzehrt.
- D möglichst oft Sonderangebote nutzt.

8 Algorithmen…
- A spielen beim Klimawandel eine wichtige Rolle.
- B müssen von jedem Internetbenutzer gekauft werden.
- C ermöglichen die Personalisierung von Online-Angeboten.
- D werden bei jedem Unternehmen im Internet veröffentlicht.

9 Verbraucherpolitik hat unter anderem die Aufgabe, …
- A die Wirtschaft zu fördern.
- B die Bürgerinngen und Bürger dazu zu bringen, möglichst viel Geld auszugeben.
- C Verbrauchern zu helfen, möglichst viel zu sparen.
- D Verbraucherinnen und Verbraucher umfassend zu informieren und Gefährdungen zu verhindern.

!
- Bei richtiger Lösung kommen A zweimal, B einmal und C und D je dreimal vor.
- Übernimm die Merksätze in dein Heft und präge sie dir ein.

7 Umgang mit Geld im digitalen Zeitalter

Wie funktioniert das Wirtschaften mit Geld in der Zukunft?

1. Allein nachdenken
Angenommen, dein Jahresbeitrag für den Sportverein ist fällig. Welche Bezahlmöglichkeiten fallen dir ein?

2. Zu zweit beraten
Wozu braucht man ein Konto bei der Bank?

3. In der Klasse sammeln
Wie stellt ihr euch das Bezahlen im Jahr 2030 vor?

Im Verlauf dieses Kapitels könnt ihr ...

- verschiedene Zahlungsmöglichkeiten vergleichen und bewerten,
- die Abschaffung von Bargeld diskutieren,
- Chancen und Risiken des digitalen Zahlungsverkehrs beurteilen,
- die Ursachen von Verschuldung untersuchen und erläutern,
- die Rolle von Unternehmen, Staat und Haushalten im Wirtschaftskreislauf erläutern.

Eigene Schwerpunkte könnt ihr setzen, indem ihr ...

- eine Umfrage zur Abschaffung von Bargeld durchführt und auswertet,
- in einem Test ermittelt, ob ihr anfällig für Schulden seid.

1 In Zukunft nur noch digital: eine super Chance oder eher gefährlich?

Zahlungsmöglichkeiten bewerten

A Der Fall: Soll Serineh ein Girokonto eröffnen?

Noch eine Woche – dann geht's los. Die 15-jährige Serineh lernt seit zwei Jahren Italienisch und kann es kaum erwarten, in Italien ihre Sprachkenntnisse zu erproben. Gemeinsam mit ihrer Klasse nimmt sie an einem Schüleraustausch mit der italienischen Partnerschule in Florenz teil. Auf ihrem Sparbuch hat sie 250 Euro gespart von Geldgeschenken und dem Geld, das sie sich mit dem Austragen der Rathausrundschau verdient hat. Von einem Teil des Geldes will sie sich Souvenirs kaufen, ein paar Extras gönnen und vielleicht etwas zum Anziehen. Nun überlegt sie: Soll sie das Geld von ihrem Sparbuch abheben und bar nach Italien mitnehmen? Da Italien zur Eurozone gehört, braucht sie kein Geld umtauschen. Oder soll sie eher bei einer Bank ein Girokonto eröffnen und dann in Italien mit Karte zahlen? Bevor sie sich entscheidet, hat sie noch einige wichtige Fragen zum Girokonto zu klären.

B Hintergrundinfo: Girokonto

Um bargeldlos bezahlen zu können, benötigt man ein Girokonto. „Giro" kommt aus dem Italienischen und heißt übersetzt „Kreis". Das bedeutet, dass das Geld auf diesem Konto nicht wie auf einem Sparkonto liegen bleibt, sondern laufend für Geldgeschäfte benutzt wird, zum Beispiel, um Rechnungen zu bezahlen. In den letzten Jahren hat der bargeldlose Zahlungsverkehr stark zugenommen. Rund 85 % der Jugendlichen zwischen 14 und 24 Jahren haben ein eigenes Girokonto (Stand 2020).

Eröffnung eines Kontos

Bis zum Alter von 18 Jahren benötigen Jugendliche die schriftliche Zustimmung ihrer Eltern. Erst wenn sie volljährig sind, können sie ohne Mitwirkung der Eltern ein Girokonto eröffnen und führen.

Mit der Eröffnung eines Girokontos bekommt jeder Jugendliche eine geheime PIN-Nummer zugeteilt sowie die Bankkarte, die *Girocard*, ausgehändigt. Beide zusammen sind sozusagen der Schlüssel zum Girokonto: Wenn man Geld abheben möchte, kann man dies nun an einem Bankautomaten tun, indem man die Girocard einschiebt sowie die PIN-Nummer eingibt. Bei der eigenen Bank ist das meist kostenlos, an Automaten fremder Banken können auch in allen Euro-Ländern erhebliche Gebühren anfallen (bis zu 10 Euro pro Abhebung). Mit der Girocard kann man weltweit in vielen Geschäften, an

Tankstellen, in Supermärkten und Restaurants bezahlen. In Euroländern fallen keine Gebühren dafür an, außerhalb dieser Länder werden Gebühren von bis zu 2 % der Summe fällig. Seit einiger Zeit kann man in bestimmten Läden auch mit dem Handy bezahlen – der Betrag wird dann automatisch vom Girokonto abgebucht.
Wenn man die Girocard verliert oder sie gestohlen wird, hat man die Möglichkeit, das Konto telefonisch sperren zu lassen. Dann hat niemand mehr Abruf auf das Konto.

Bargeldlos = kostenlos?

Bei den meisten Banken ist ein Konto für Schülerinnen und Schüler, Auszubildende und Studierende kostenlos. In späteren Jahren können für die Führung eines Kontos erhebliche Kosten anfallen, die von Bank zu Bank verschieden sind.

Weitere Zahlungsmöglichkeiten mit dem Girokonto

Bereits einige Wochen vor der Reise haben Serinehs Eltern die Fahrtkosten und die Kosten für Ausflüge auf das Konto des Reiseunternehmens überwiesen. Eine *Überweisung* bewirkt, dass das Geld von dem Konto des Zahlenden abgebucht und dem Konto des Empfängers gutgeschrieben wird. Künftig könnten ihre Eltern auch das monatliche Taschengeld auf Serinehs Girokonto überweisen. Sie selbst kann ebenfalls Überweisungen durchführen – das geht online oder in der Bank.
Wenn regelmäßige Zahlungen anfallen, kann man der Bank einen *Dauerauftrag* erteilen. Die Bank überweist dann jeweils zu einem bestimmten Termin den erforderlichen Betrag. Wenn die Beträge von Monat zu Monat schwanken, zum Beispiel Handyrechnungen, kann man die Rechnung auch per *Lastschriftverfahren* bezahlen. Dazu muss man zum Beispiel dem Mobilfunkanbieter eine Erlaubnis mit einer sogenannten Einzugsermächtigung erteilen. Das ist allerdings nur möglich, wenn man volljährig ist.

Beispiel für eine Überweisung

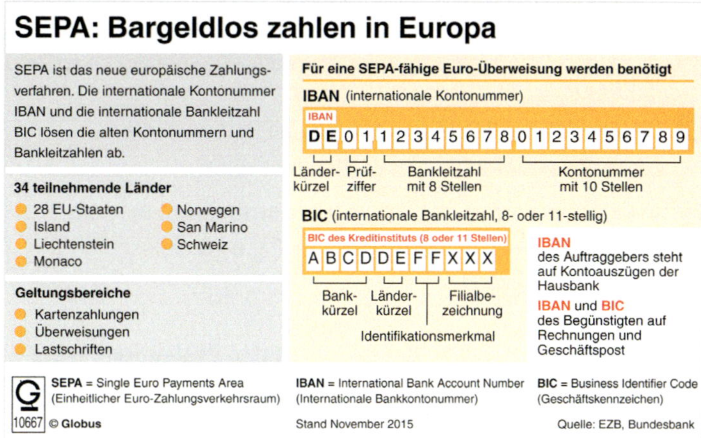

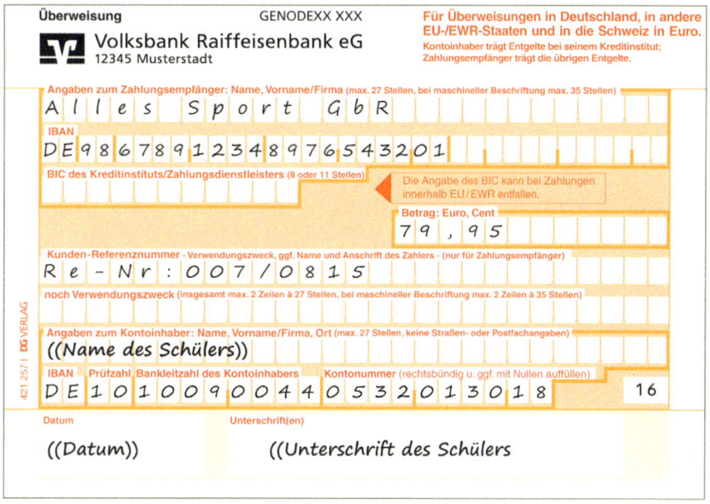

1. Beschreibe, welche Alternativen Serineh beim Bezahlen in Italien hat.
2. Definiere die in Material B kursiv gesetzten Begriffe: Girocard, Überweisung, Dauerauftrag, Lastschriftverfahren.
3. Erkläre mithilfe des Schaubildes, wie bargeldloses Bezahlen in Europa funktioniert.
4. Suche dir einen Partner, beantwortet arbeitsteilig Serineh Fragen in den Sprechblasen und informiert euch gegenseitig über eure Ergebnisse.
5. Bar oder mit Karte: Wie soll Serineh in Italien bezahlen? Erörtere Vor- und Nachteile der jeweiligen Lösung und formuliere eine begründete Empfehlung.

C Digitaler Zahlungsverkehr

1. Erkläre, was man unter dem digitalen Zahlungsverkehr versteht.

2. Welche Art des Bezahlens benutzt die Person in der Karikatur? Erläutere die Vorteile und Risiken.

3. In Schweden ist das Bargeld praktisch abgeschafft. Soll Deutschland diesem Beispiel folgen? Erörtere diesen Vorschlag. S. 254

Karikatur: Trumix

Teil 1: Wege des digitalen Zahlungsverkehrs

Als digitaler Zahlungsverkehr werden alle Formen des bargeldlosen Geldverkehrs bezeichnet, die über das Internet abgewickelt werden. Wichtige Voraussetzung für die Teilnahme am bargeldlosen Zahlungsverkehr ist ein Girokonto. Für die Abwicklung bargeldloser Zahlungen müssen sowohl der Zahler als auch der Zahlungsempfänger ein solches Konto haben.
Die jüngste Form von Geld ist das *Digitale Geld*. Es ist auf Karten oder dem Smartphone gespeichert und kann für bargeldlose Zahlungen benutzt werden, zum Beispiel, um eine Fahrkarte zu bezahlen.
Bargeldlose Zahlungen kann man auf verschiedenen Wegen veranlassen, zum Beispiel mit

- *Überweisungsformularen*, die man entweder am PC oder bei der Bank persönlich ausfüllt.
- einer *Girocard*. Mit einer Girocard können auch Jugendliche bargeldlos bezahlen, allerdings nur, solange sie auf dem Konto ein Guthaben haben. Sie dürfen ihr Konto nicht überziehen.
- einer *Kreditkarte*: Für den Erwerb einer Kreditkarte muss man volljährig sein. Bei einer Kreditkarte wird der Betrag nicht sofort vom Konto des Kunden abgebucht, sondern erst zu einem späteren Zeitpunkt, meist am Ende eines Monats.
- *mobilen elektronischen Geräten*: Für diesen Zahlungsweg kann man Geräte wie Smartphones, Tablets oder Smartwatches nutzen: Auf bestimmten Apps sind Kreditkarten gespeichert. Wenn die Händler mit einem passenden Lesegerät ausgestattet sind, kann man zum Beispiel mit dem Handy an der Kasse bezahlen.

Teil 2: Chancen und Risiken

In den letzten Jahren hat die Bedeutung des digitalen Zahlungsverkehrs stark zugenommen. In manchen Ländern wird inzwischen fast ausschließlich digital gezahlt, zum Beispiel in Schweden. Die Zahlung mit der Karte ist für viele eine sehr bequeme Alternative zur Barzahlung: Man braucht kein Bargeld mit sich führen und kann auch in Deutschland inzwischen fast überall mit Karte bezahlen. Mithilfe des Kontoauszugs hat man jederzeit einen guten Überblick über seine Ausgaben. Für die Händler und Restaurantbesitzer entstehen allerdings bei der Zahlung mit Karte zusätzliche Kosten.
Forschungen legen nahe, dass gerade jüngere Menschen, die fast ausschließlich digital zahlen, dazu neigen, mehr Geld auszugeben als Barzahler. Sie verlieren leichter den Überblick über ihre Finanzen. Fraglich ist auch, ob gerade beim Bezahlen mit dem Smartphone die Sicherheit gewährleistet ist.
Banken haben in den letzten Jahren erhebliche Anstrengungen unternommen, um Online-Banking und das Zahlen mit Karten sicherer zu gestalten. Doch vor Hackerangriffen kann sich niemand in Sicherheit wähnen – weil gerade Betrüger jede Sicherheitslücke sofort für ihre Zwecke nutzen. Bekannt geworden sind zum Beispiel viele Fälle von Datendiebstahl, bei denen Betrüger Kontodaten ausspähen und dann die Konten leer räumen oder unter der Identität der Betrogenen Geldgeschäfte tätigen. Das nennt man Identitätsdiebstahl.

*Zum Begriff „Digitalisierung" findest du auch Informationen im Glossar.

D Wie begegnet uns Geld im Alltag? – Wir bewerten Zahlungsmöglichkeiten

Zahlungsart	Alternative	Bewertung
???	???	??? Besser, weil … Schlechter, weil …

Euer Auftrag:

1. Sechs Zahlungsarten kommen in der folgenden Geschichte vor. Nenne sie.

2. Stelle diese in einer Tabelle dar, nenne jeweils eine Alternative und bewerte diese.

3. Suche dir eine Partnerin/einen Partner, vergleicht eure Ergebnisse und stellt sie in der Klasse vor.

Ein ganz normaler Wochentag

Oh je, nur noch fünf Minuten! Nach einem eiligen Frühstück sprintet Mia zur Haltestelle, um ihren Schulbus nicht zu verpassen. Den Betrag für die Monatskarte haben ihre Eltern mit einem Dauerauftrag überwiesen.❶ Ihre Englischlehrerin verkündet, dass der England-Austausch mit der Partnerschule nun organisiert ist. Mia freut sich sehr darauf, mit ihrer Austauschschülerin hat sie bereits mehrmals gechattet. Die Reise wird 195 Euro kosten. Den Betrag sollen die Eltern auf das Konto der Schule überweisen.❷ Nach dem Vormittagsunterricht freut sie sich auf das Mittagessen in der Mensa. Heute gibt es Spaghetti Bolognese, ihr Lieblingsgericht. Sie bezahlt mit ihrer Geldkarte für die Mensa, die sie jede Woche mit einem Geldbetrag auflädt.❸ Ihre Freundin Jule schuldet ihr noch 15 Euro, die sie in der Pause einfordert. Jule kramt in ihrem Geldbeutel und händigt ihr einen Zehn- sowie einen Fünf-Euro-Schein in bar aus.❹ Davon will sie nach der Schule im Drogeriemarkt einige Kosmetika kaufen. Der Einkauf kostet mehr als gedacht. Deshalb bezahlt sie an der Kasse kurzerhand mit ihrer Girocard.❺ Ihre Mutter hat versprochen, sie mit dem Auto zum Handballtraining ins benachbarte Dorf zu fahren. Unterwegs tanken sie noch kurz, ihre Mutter bezahlt an der Tankstelle mit dem Smartphone.❻ Zu Hause angekommen checkt ihre Mutter die E-Mails: „Dein Sportverein kündigt an, dass er am 20. des Monats den Jahresbeitrag mit einer Lastschrift abbuchen will“, ruft sie ihrer Tochter zu. „Wo nur das ganze Geld bleibt?“

S M U H

E Wie sicher ist das Bezahlen mit dem Handy?

Der Fall: Mit dem Handy bezahlen – oder lieber doch nicht?

„Ich muss sofort etwas trinken – und Hunger habe ich auch", meint Samet, als er mit seiner Freundin Nele nach dem Training aus der Sporthalle kommt. Sie kaufen im Supermarkt einige Cracker und etwas zu trinken. „Oh je, ich habe keinen Cent bei mir", stellt Samet fest. „Mein digitaler Geldbeutel tut's viel besser", lacht Nele und hält ihr Smartphone hoch. „Ich bezahle inzwischen fast alles mit meinem Handy. Ist doch superpraktisch, oder?" „Wie kannst du so sorglos sein! Kannst du mir denn garantieren, dass das sicher ist?" „Du oller Pessimist! Die Banken haben das ausgiebig getestet. Wenn die Apps nicht sicher wären, hätten sie diese nicht auf den Markt gebracht." „Also, ich gehe lieber auf Nummer sicher, wenn es um mein Geld geht", entgegnet Samet.

F Hintergrund: Digitales Bezahlen voller Chancen, aber auch riskant?

2019 haben die Deutschen erstmals mehr mit Karte als bar bezahlt. Von den Jugendlichen betreibt inzwischen mehr als jeder Zweite Online-Banking.

Die Vorteile des digitalen Bezahlens sind offenkundig: Es ist sehr bequem. Man braucht nicht mehr an den Bankschalter, um sich mit Bargeld zu versorgen. Das kann vor allem im Ausland lästig werden. Außerdem werden dort oft hohe Gebühren für das Geldabheben fällig. Gerade mit dem Smartphone kann man sehr schnell an der Kasse bezahlen, für kleine Beträge braucht man nicht einmal mehr eine PIN-Nummer. Das verhindert lästiges Schlangestehen an den Kassen. Die neuen Apps sind zudem sehr einfach zu bedienen.

Andere Länder wie USA, China und Japan haben uns im digitalen Zahlungsverkehr längst überholt. Ein Hochtechnologie-Land wie Deutschland darf nicht noch weiter zurückfallen und die Zukunft verschlafen. Bargeld wird von vielen Experten als Auslaufmodell betrachtet.

Doch digitale Technologien bergen natürlich auch Risiken. So werden nach Angaben der Polizei von Betrügern rund 5 000 Konten pro Jahr online leer geräumt. Trotz vieler Sicherheitsvorkehrungen verschaffen sich immer wieder Kriminelle Abruf auf Passwörter und auf Konten. Niemand kann garantieren, dass ein Smartphone vor dem Abruf durch Kriminelle absolut sicher ist. Auch wenn ein Handy verloren geht, kann es für den Besitzer so lange Sicherheitsrisiken bergen, bis das Konto gesperrt wird. Betrüger sind technisch stets auf dem neuesten Stand und sehr erfinderisch bei neuen Betrugsmaschen. Obwohl Banken ihre Anstrengungen zum Schutz der Kunden verstärkt haben, hinken sie oft den Kriminellen hinterher.

Nicht alle ältere Menschen kommen mit digitaler Technologie zurecht. Wenn nun alle Zahlungen digital werden, sind sie überfordert. Sie müssen sich ohnehin an viele technologische Neuerungen gewöhnen. Viele bevorzugen für ihre Bankgeschäfte die vertraute Filiale. Doch wegen des Trends zum Online-Banking schließen immer mehr Filialen. Für Überweisungen und sonstige Dienstleistungen vor Ort fordern Banken inzwischen oft erhebliche Gebühren.

Wie kann digitales Bezahlen sicherer werden?

Der Beitrag der Banken

Banken und Anbieter müssen prüfen, ob eine Zahlung von der berechtigten Person veranlasst wurde. Hierbei werden verschiedene Kriterien oder Merkmale unterschieden. Es sollen immer mindestens zwei Kriterien geprüft werden. So soll verhindert werden, dass die Sicherheitsvorkehrungen zu einfach umgangen werden […]

- **Besitz:** Für viele Zahlungsvorgänge ist es notwendig, im Besitz der Karte zu sein. Diese wird dann beim Bezahlen in ein Lesegerät gesteckt. Der Zahlende muss diese Karte also bei sich haben.
- **Wissen:** Ein Passwort oder eine PIN kennt nur der Berechtigte. Die richtige Eingabe ist notwendig, um einen Zahlungsvorgang auszulösen. […]
- **Körperliche Merkmale:** Moderne Bezahlverfahren nutzen die Möglichkeit, biometrische Daten des Berechtigten zu prüfen. Das sind körperliche Merkmale, mithilfe derer sich eine Person eindeutig bestimmen lässt. So kann über Fingerabdrucksensoren oder Scannen des Gesichtsbildes eine Person eindeutig identifiziert werden.

Der Beitrag des Einzelnen

- *Behandle deine Karte wie Bargeld.* Passe auf sie auf und schütze sie vor Diebstahl. Du solltest sie nie unbeaufsichtigt beim Sport in der Kabine oder im Freibad auf der Wiese liegen lassen. Gib deine Karte nicht aus der Hand und behalte sie beim Bezahlen im Auge. Falls deine Karte abhandenkommt, lasse sie sofort sperren. Rufe dazu 116 116 an.
- *Behalte PIN- und Zugangsdaten stets für dich.* Schreibe sie keinesfalls auf die Karte und verwahre sie nicht im Geldbeutel. Gib sie auch nicht an Bankmitarbeiter oder Polizisten weiter. Die Eingabe der PIN sollte stets mit einer Hand verdeckt werden.
- *Prüfe die Situation am Geldautomaten:* Kommt dir etwas seltsam vor? Sind z. B. Komponenten zusätzlich montiert worden (z. B. Aufsätze vor dem Kartenschlitz, Tastaturen, Kameras)? Sei auch vorsichtig, wenn dir jemand am Geldautomaten „helfen“ möchte. Informiere die Bank. Lasse deine Karte sperren, wenn sich dein Verdacht als Betrugsversuch erweist.

(Aus: Deutsche Bundesbank, Geld verstehen, Schülerbuch für die Sekundarstufe I, Frankfurt 2017, S. 39 f.)

Merke ✓

PIN ist eine Abkürzung für „Persönliche Identifikationsnummer“. Jeder Kartenbesitzer erhält von seiner Bank eine persönliche PIN. Passwörter kann man in der Regel selbst wählen. Sie sollten möglichst kompliziert sein und sowohl aus Buchstaben wie aus zahlen bestehen.

1. Wem stimmst du spontan eher zu: Nele oder Samet? Begründe deinen Standpunkt.

2. Arbeite aus der Hintergrundinfo die Vor- und Nachteile des digitalen Bezahlens heraus.

3. Erläutere die Sicherheitsmaßnahmen der Banken und die Möglichkeiten der Kontoinhaber.

4. Überwiegen für dich beim digitalen Bezahlen eher die Chancen oder die Risiken? Überprüfe dein erstes Urteil anhand deiner Arbeitsergebnisse.

Was auch noch interessant sein kann:

- euren persönlichen Standpunkt zur Frage in der Überschrift dieser Doppelseite mithilfe einer Positionslinie verdeutlichen: Stellt euch dazu entlang einer gedachten Linie außerhalb des Klassenzimmers auf. Das eine Ende der Linie steht für Chancen, das andere für Risiken. Begründet euren Standpunkt.

2 Kaufen auf Pump – Was kann daran gefährlich werden?

Ursachen für Verschuldung erläutern

A Der Fall: Vom Traumjob in die Schuldenkrise

Der folgende Text schildert die Geschichte einer jungen Frau, die mit Geld nicht wirtschaften konnte. Wie konnte es passieren, dass sie so viele Schulden anhäufte?

Der Traumjob

Franziska ist 19 Jahre alt. Sie ist sportlich, handwerklich begabt und reiten kann sie, seit sie acht ist. Nach ihrer Ausbildung zur Pferdewirtin bekam sie eine Stelle auf dem Reiterhof eines kleinen Familienhotels. Das erste Gehalt ist ein großartiges Gefühl für Franziska. Doch wie viel von ihren 1.150 € bleiben ihr eigentlich zum Leben? Allein 380 € gehen ja schon für Miete und Nebenkosten weg. Dazu kommen Strom, Internet, Handy ... Außerdem hat sie sich für die neue Wohnung auf Ratenzahlung eine neue Schlafcouch gegönnt. Die monatliche Rate ist 50 €. Franziska schätzt, dass ihr nach Abzug der regelmäßigen Festkosten noch 450 € pro Monat für den Rest des Lebens bleiben.

Die Schulden häufen sich

Eine Zeit lang sieht es so aus, als würde Franziska mit dem Geld auskommen. Doch irgendwann ist sie pleite. Und das, obwohl der Monat noch gar nicht rum ist. Sie nimmt sich vor, nächsten Monat besser auf ihre Ausgaben zu achten. Warum findet sie die schicksten Klamotten ausgerechnet alle in diesem Monat? Eigentlich kostet das mehr als die 60 €, die sie für Bekleidung eingeplant hat. Und die Karte für das Musikfestival am Wochenende kostet 55 €, aber schließlich fahren alle ihre Freunde hin. Und für das angesagte Smartphone braucht sie nur 30 € Zuzahlung. Am Ende des Monats ist Franziskas Konto plötzlich 150 € im Minus.

Das Minus wird von Monat zu Monat größer, bis sie schließlich mit ihrem Gehalt am Monatsanfang kaum noch über null kommt. Doch was als Nächstes passiert, macht alles noch schlimmer. Sie hat schon gemerkt, dass in den letzten Monaten immer weniger Gäste im Hotel waren. Die Kündigung ist wie ein Schlag in den Bauch. Franziska hat fast 1 200 € Schulden auf der Bank und bekommt nur noch einmal 1 150 €.

(Aus: Vom Traumjob in die Schuldenkrise, Verbraucherzentrale NRW, 05.02.2014; in: https://www.checked4you.de/geld-job/geld/vom-traumjob-in-die-schuldenkrise-234213; Abruf: 13.01.2021, Zahlen teilweise aktualisiert)

1. Beschreibe Franziskas Weg in die Schuldenkrise.

2. Begründe, warum das Minus auf ihrem Konto von Monat zu Monat größer wurde.

B Warum verschulden sich Jugendliche?

Shoppen gehen ist heutzutage eine gängige Freizeitbeschäftigung und fester Bestandteil des Alltags, auch bei Jugendlichen. Sehr oft hat der Konsum dabei auch einen Symbolwert und Erlebnischarakter. Es geht nicht nur um pragmatische Gedanken, dass eine Hose z. B. vor Wind und Wetter schützen soll. Nein, sie muss der heutigen Mode entsprechen. Sie muss stylisch, cool und angesagt sein. Nicht selten haben Freunde großen Einfluss darauf, welche Produkte und Marken Jugendliche konsumieren. Statussymbole haben eine große Bedeutung. Diese Entwicklung ist unter anderem darauf zurückzuführen, dass sich die kommerziellen Möglichkeiten der Jugendlichen immer weiter verbessert haben. Die Höhe von Taschengeld und Geldgeschenken steigt. Und auch aufgrund von Aushilfsjobs können Jugendliche immer mehr konsumieren. […]

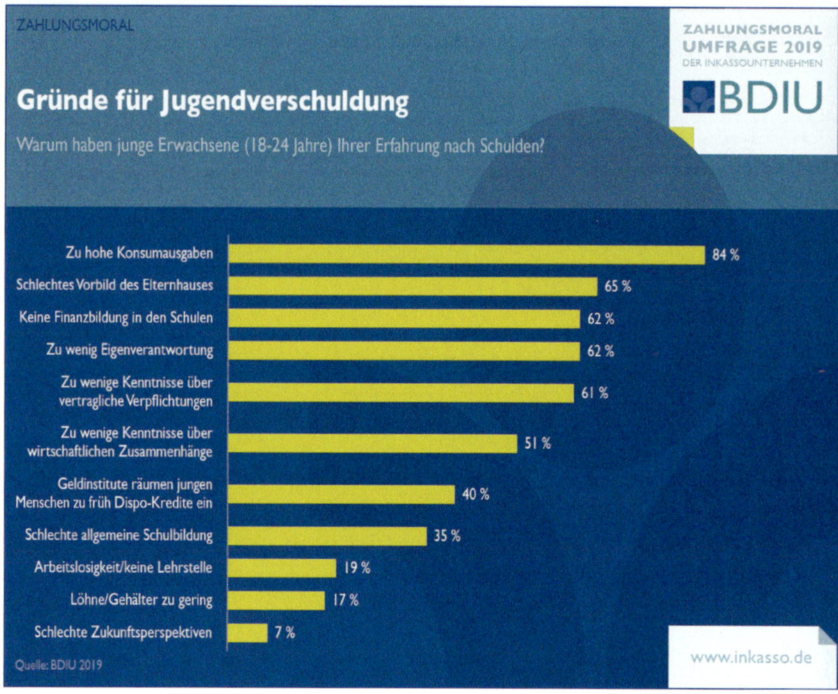

Folgende Produkte stehen […] an erster Stelle auf der Wunschliste und damit als Ursache für eine Jugendverschuldung:

1. Technische Geräte
2. Autokauf
3. Lebensunterhalt
4. Kleidung & Schmuck
5. Essen & Trinken
6. Kauf von Luxusgütern

Jugendliche geben oft mehr Geld aus, als ihnen ursprünglich zur Verfügung steht. Der Kauf auf Pump und Ratenzahlungen macht es jungen Menschen sehr einfach, sich teure Dinge zu leisten. „Kann ich mit meinem Telefonvertrag wirklich rund um die Uhr telefonieren? Reicht mein Geld, um mir ein neues Smartphone oder neue Kleidung zu kaufen? Kann ich mir die Mitgliedschaft im Fitnessstudio leisten?“ So simpel diese Fragen auch klingen – ihre Nichtbeachtung ist eine wesentliche Ursache für die Verschuldung Jugendlicher. […] Die Schulden bei Jugendlichen sind sehr oft darauf zurückzuführen, dass sie mehr konsumieren, als sie sich eigentlich leisten können.

Nichts ist verlockender, als das neue, heiß ersehnte Smartphone kostenlos zu erhalten, wenn ein entsprechender Mobilfunkvertrag abgeschlossen wird. Doch Vorsicht: Wer versäumt, diesen Vertrag rechtzeitig zu kündigen, muss weiterzahlen. […] Dasselbe gilt übrigens auch für Verträge mit dem Fitness-Studio.

(Aus: Verschuldung Jugendlicher oder „Jung, dynamisch & verschuldet“ in: https://www.schuldnerberatung.de/verschuldung-jugendlicher/, hrsg. vom VFR Verlag für Rechtsjournalismus GmbH, Berlin, © 2019 Schuldnerberatung.de; Abruf: 13.01.2021)

WES-105271-019

Auf der Jugend-Website der Verbraucherzentrale Nordrhein-Westfalen kannst du in einem Test ermitteln, ob du anfällig für Schulden bist.

WES-105271-020

Text einfacher
Text ausführlicher

3. Erläutere die Gründe für die Verschuldung von Jugendlichen.

4. Überprüfe anhand des Textes und des Schaubildes, welche Gründe für Franziskas Weg in die Schuldenfalle zutreffen.

5. Was kann Franziska aus ihren Fehlern lernen? Entwickelt in der Klasse Vorschläge für ihren künftigen Umgang mit Geld.

Was auch noch interessant sein kann:

- eine Fortsetzung zu Franziskas Geschichte schreiben. Beachtet dazu auch die Info „Kredite und Überschuldung“ auf der folgenden Seite.

C Kredite und Überschuldung

1. Beschreibe, welche Arten von Krediten es gibt.

2. Wann kann ein Kredit problematisch werden? Erkläre es.

3. Ein Fahrradhändler bietet in der Zeitung für ein Mountainbike im Wert von 599 Euro Ratenkauf an. Die Laufzeit des Ratenkredits beträgt 24 Monate, die wöchentliche Rate 8 Euro. Ein Schnäppchen oder eher nicht? Begründe deine Antwort. S. 255

Teil 1: Kreditarten

*Zum Begriff „Kredit" findest du auch Informationen im Glossar.

Geliehenes Geld bezeichnet man als Kredit*. Wer einen Kredit bei der Bank aufnehmen will, muss mindestens 18 Jahre alt sein. Für den Kredit verlangt die Bank Zinsen, eine Art Gebühr. Das bedeutet, dass man für einen Kredit immer mehr Geld zurückzahlen muss, als man geliehen hat.

Eine häufige Form ist der *Ratenkredit*, ein Darlehen, das in festen monatlichen Beträgen zurückgezahlt wird. Er eignet sich auch für größere Anschaffungen. Zusätzlich zu den Zinsen kommt noch eine Bearbeitungsgebühr. Je schneller man einen Kredit tilgen, das heißt zurückzahlen kann, desto niedriger sind die Kosten des Kredits. Weil die Zinsen von Bank zu Bank unterschiedlich sind, lohnt es sich, die Preise zu vergleichen.

Viele Handelsketten bieten ihren Kunden Ratenkäufe an. Sie können Waren, die sie nicht sofort bezahlen können, in monatlichen Raten abbezahlen. Doch hier gilt: Ratenkäufe können wegen der Zinsen den Preis einer Ware verteuern.

Daneben gibt es noch andere Kreditarten, zum Beispiel den *Dispositionskredit*. Dabei bekommt man von seiner Bank das Recht, sein Konto zu überziehen, also mehr Geld abzuheben, als auf dem Konto ist. Diesen Kredit kann man nutzen, wann immer man möchte. Allerdings sind die Zinsen dafür sehr hoch.

Mit *Kreditkarten* kann man bargeldlos bezahlen. Das Besondere daran ist, dass man den Betrag erst am Monatsende bezahlen muss. Die Bank verlangt dafür auch keine Zinsen. Minderjährige bekommen nur in Sonderfällen eine Kreditkarte.

Merke ✓

Insolvenz = Zahlungsunfähigkeit

Teil 2: Überschuldung und ihre Folgen

Sinnvoll ist ein Kredit, wenn man damit eine große Anschaffung wie ein Haus finanzieren will. Voraussetzung ist, dass man das Geld für die Rückzahlung aufbringen kann. Wenn jemand dazu nicht mehr in der Lage ist, spricht man von Überschuldung. Gerade Menschen, die sich im Umgang mit Geld schwertun, verlieren schnell den Überblick über ihre Finanzen, besonders wenn sie mehrere Kredite gleichzeitig zurückzahlen müssen. Wenn dann noch Schicksalsschläge in der Familie wie Krankheit, Scheidung oder Arbeitslosigkeit hinzukommen, wachsen ihnen die Schulden über den Kopf.

In solchen Fällen kann eine Schuldnerberatung helfen. Gemeinsam mit dem Berater wird ein Zahlungsplan aufgestellt, die Schuldner bekommen auch viele Tipps, wie sie mit ihrem Geld wirtschaften können. Für Jugendliche gibt es in vielen Städten gesonderte Beratungsstellen.

In manchen Fällen sind die Schulden allerdings so hoch, dass sie der Schuldner kaum jemals zurückzahlen kann. Dann kann man unter bestimmten Bedingungen eine Privatinsolvenz beantragen. Das bedeutet, dass man über einige Jahre hinweg nur das Lebensnotwendige von seinem Einkommen behalten darf und alles weitere Geld zur Rückzahlung der Schulden verwendet. Danach ist man dann schuldenfrei.

D Was sagen Statistiken über die Verschuldung junger Menschen?

❶

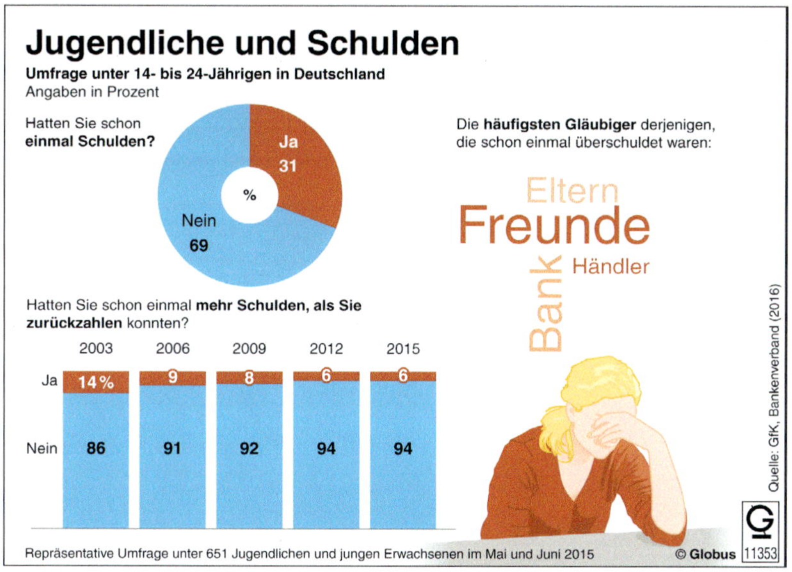

❷

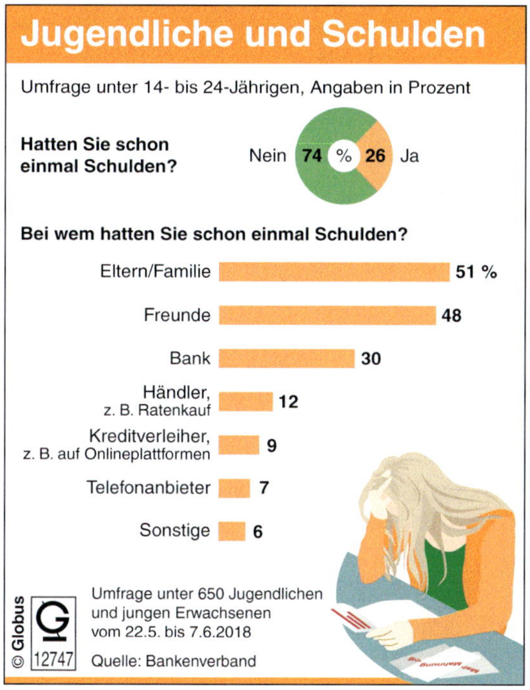

❸

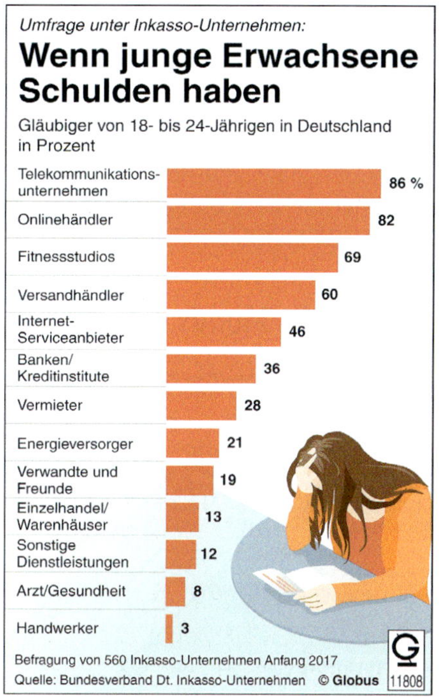

Merke ✓

Gläubiger sind Personen oder Unternehmen, bei denen in diesem Fall junge Erwachsene Schulden haben. Sie sind verpflichtet, die Schulden zurückzuzahlen.

So könnt ihr vorgehen:

Möglichkeit A Jeder in der Klasse wählt ein Schaubild aus, bearbeitet es schriftlich und stellt sein Ergebnis vor. Hinweise dazu findet ihr auf der Methodenkarte 5, „Schaubilder mit der Vier-Fragen-Deutung analysieren“ auf S. 117.

Möglichkeit B Ihr bildet Dreiergruppen und teilt zunächst die Schaubilder auf. Jeder beantwortet zunächst allein die Fragen. Dann stellen alle in der Gruppe der Reihe nach ihr Ergebnis vor. Gemeinsam erarbeitet ihr, was man sich aus den Schaubildern merken sollte. Ihr präsentiert und besprecht die Ergebnisse in der Klasse.

3 Weg ist es nie, immer nur woanders!

Den Fluss des Geldes anhand des Wirtschaftskreislaufs erläutern

A Zum Einstieg: Eine rätselhafte Schlagzeile

„Kellnerin auf der Karibikinsel Martinique freut sich über zehn Euro Trinkgeld aus Deutschland."

- Auf welchem Weg können die zehn Euro dorthin gelangt sein?

„Kein Geld mehr da! Alles ausgegeben! Einfach weg!" Vielleicht hast du auch solche oder ähnliche Sprüche schon einmal gehört. Aber wo ist das Geld, wenn wir es ausgegeben haben? Ist es wirklich weg? „Nein", lautet die Antwort. Das Geld ist eigentlich nie weg. Die Menge an vorhandenem Geld wird sogar stets eher größer als kleiner. Man wird wohl kaum herausfinden können, wohin ein Zehn-Euro-Schein wandert, wenn man ihn ausgegeben hat. Komplizierte Vorgänge in der Wirklichkeit kann man besser verstehen, wenn man dazu ein Modell benutzt. Es liefert uns ein vereinfachtes Abbild der Wirklichkeit. Um den Weg des Geldes zu verstehen, benutzen wir das Modell des Wirtschaftskreislaufs*. In diesem Unterkapitel soll es euch als Erklärhilfe dienen.

*Zu den Begriffen „Wirtschaft" und „Wirtschaftskreislauf" findest du auch Informationen im Glossar.

B Familie Modus im Wirtschaftskreislauf

Hier sehen wir die Familie Modus. Die beiden Eltern arbeiten bei einer großen Versicherung. Dafür erhalten sie Monat für Monat ein Gehalt. Mit diesem Geld finanzieren sie alle Ausgaben in ihrem Haushalt, auch das Taschengeld der Kinder. Jedes Familienmitglied kauft bei Unternehmen die Dinge des täglichen Lebens ein.

Das Modell des Wirtschaftskreislaufs

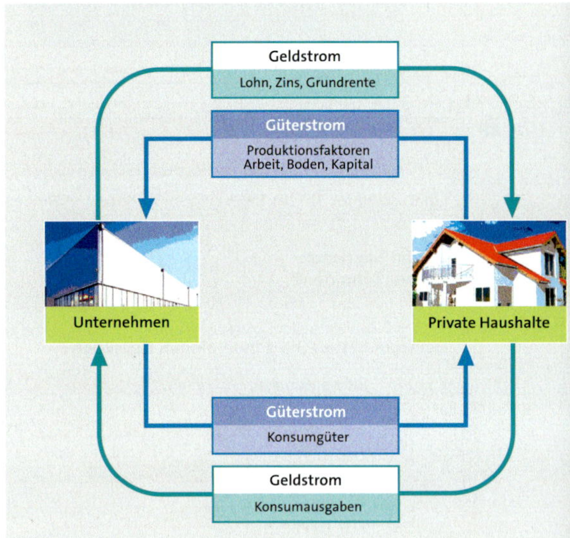

Im Wort Modell steckt der lateinische Begriff Modulus. Er bedeutet so viel wie Muster oder Abbild. Im Leben der Familie Modus kann man erkennen, dass sich die Familie in einem Kreislaufmodell befindet. Weil dieses System auch auf viele Millionen anderer Familien zutrifft, ist es sinnvoll, die Zusammenhänge und Abhängigkeiten in Form eines Modells darzustellen.

Zusammenfassend werden alle Haushalte im Modell als **private Haushalte** bezeichnet und bilden im Kreislaufmodell eine wirtschaftliche Einheit, **Sektor** genannt.

Die Beziehungen zwischen den Unternehmen und privaten Haushalten bezeichnet man als einfachen Wirtschaftskreislauf.

C Geld- und Güterströme im Alltag: Wie passen sie in den Wirtschaftskreislauf?

Wie bei Familie Modus gibt es jeden Tag vielfältige wirtschaftliche Beziehungen zwischen privaten Haushalten und Unternehmen, auch innerhalb der Sektoren. Lest die folgenden Beispiele und ordnet sie ein.

1. Raphael trägt in seiner Freizeit für ein Unternehmen Prospekte aus und bekommt dafür 22 Euro im Monat.

2. Annalena kauft von ihrem Taschengeld für 3,50 Euro eine Zeitschrift.

3. Die Wermann AG kauft für 25 000 Euro eine neue Verpackungsmaschine.

4. Hakan hat einen neuen Job bei einer Versicherung. Er verdient 2 100 Euro.

5. Samira möchte über das Internet ihren Lederrucksack an einen privaten Käufer verkaufen. Dafür bezahlt sie der Auktionsplattform eine Vermittlungsgebühr.

6. Paul erledigt jede Woche für seine Großeltern die Einkäufe. Dafür bekommt er fünf Euro.

7. Familie Müller hat in einem Reisebüro einen Urlaub für 2 700 Euro gebucht.

8. Gregor hat eine Wohnung in seinem Haus an ein Architekturbüro vermietet. Dafür bekommt er 900 Euro Miete.

Geld- und Güterstrom in Beispiel 1

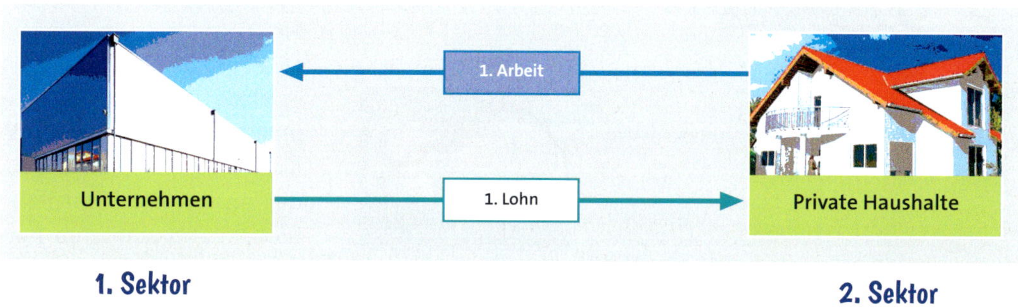

1. Beschreibe, wozu man das Modell des Wirtschaftskreislaufs verwendet.
2. Erläutere das Schaubild auf Seite 168 und beziehe dich dabei auf das Beispiel von Familie Modus.
3. Ergänze für jedes Beispiel in Material C die folgenden Sätze:
   - Geld fließt von … zu …
   - Güter und Dienstleistungen fließen von … zu …
4. Wähle aus Material C drei Beispiele aus und stelle die jeweiligen Geld- und Güterströme mit Pfeilen dar. Dazu kannst du auch den PC einsetzen.
5. Das Schaubild auf Seite 168 geht davon aus, dass Haushalte ihr gesamtes Geld für Konsumgüter und Dienstleistungen ausgeben. Das ist aber in Wirklichkeit nicht so. Erkläre, warum. S. 255

D Banken und Staat als zusätzliche Akteure: der erweiterte Wirtschaftskreislauf

3. Sektor: Banken

Banken sind Unternehmen, die mit Geld handeln. Zu ihnen fließt Geld von privaten Haushalten, die ihre Ersparnisse anlegen, und von Unternehmen, die Rücklagen für spätere Geschäfte bilden wollen. Als Gegenleistung zahlen Banken den Geldanlegern Zinsen.

Die Einlagen von privaten Haushalten und Unternehmen verwenden sie, um Kredite zu geben und durch andere Geldgeschäfte das Geld zu vermehren. Damit fließt Geld in Form von Krediten zurück an private Haushalte und Unternehmen. Für Kredite verlangen sie von Kunden höhere Zinsen als für die Anlage von Geld. Die Differenz zwischen den Zinsen von Einlagen und den Zinsen für Kredite sowie die Erlöse aus weiteren Geldgeschäften machen den Gewinn der Banken aus.

4. Sektor: Staat

Von Unternehmen und privaten Haushalten nimmt der Staat Steuern und Sozialabgaben ein. Diese fließen als Ausgaben wieder in den Wirtschaftskreislauf zurück: Der Staat erteilt Unternehmen Aufträge, etwa für den Bau von Straßen, und kauft Waren und Dienstleistungen bei ihnen ein. Der Staat unterstützt Unternehmen finanziell durch Subventionen. Das sind staatliche Leistungen, für die der Staat keine Gegenleistung verlangt. Gründe für solche Leistungen sind zum Beispiel der Erhalt von Arbeitsplätzen oder die Förderung technischer Neuerungen, zum Beispiel erneuerbare Energien. Den größten Anteil an den Staatsausgaben haben die Kosten für Sozialausgaben, die an private Haushalte fließen. Das sind zum Beispiel Sozialhilfe, Kindergeld oder Wohngeld. Weil der Staat keine Gegenleistung für die Zahlungen erhält, bezeichnet man diese Zahlungen als Transferleistungen. Der Begriff leitet sich von transferieren (lateinisch) ab und bedeutet „übertragen".

Modell des erweiterten Wirtschaftskreislaufs

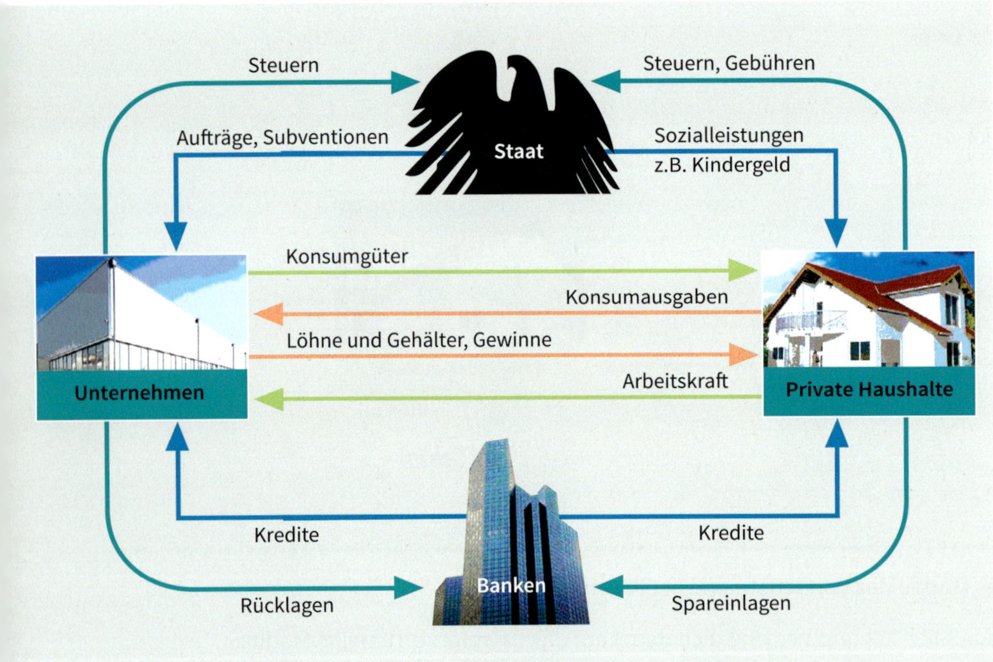

1. Beschreibe anhand des Textes und des Schaubilds die Rolle der Banken und des Staates im erweiterten Wirtschaftskreislauf.

2. Wie können private Haushalte den Fluss des Geldes beeinflussen? Analysiere die Auswirkungen in folgenden Situationen: S. 255

a) Der Staat senkt die Steuern.

b) Ein Energieunternehmen erhöht die Preise.

Mit Modellen arbeiten
Thema: Wirtschaftskreislauf

Wozu dienen Modelle?

Modelle kennt ihr bereits aus anderen Unterrichtsfächern, zum Beispiel aus der Biologie oder aus Geografie. Die Geografie bedient sich der Karten, um Räume darzustellen. So sind zum Beispiel in topografischen Karten die Höhenlinien eingezeichnet, um das Relief einer Landschaft sichtbar zu machen. Auf Straßenkarten sind alle Straßen verzeichnet, dafür fehlen die Höhenlinien.
Karten zeigen bereits ein typisches Merkmal aller Modelle: Sie bilden die Wirklichkeit niemals komplett ab, sondern stellen stets einen Ausschnitt der Wirklichkeit in vereinfachter Form dar. Jedem Modell liegt also eine Entscheidung zugrunde, welche Merkmale der Realität man abbilden will – alle anderen Einzelheiten blendet man aus.
Das Arbeiten mit Modellen ist eine sehr wichtige Methode in den Politik- und Wirtschaftswissenschaften. Man verwendet Modelle, um Zusammenhänge und Abläufe besser zu verstehen.

Möglichkeiten und Grenzen eines Modells

Im Wirtschaftskreislauf werden Tauschprozesse vereinfacht dargestellt. Mithilfe des Modells kann man erklären, welche Sektoren am Wirtschaftsgeschehen beteiligt sind, in welcher Beziehung sie beim Tausch von Gütern und Geld zueinander stehen und wie sich die Tauschprozesse bei wirtschaftlich bedeutsamen Ereignissen verändern.
Der Wirtschaftskreislauf zeigt ausschließlich die Geld- und Güterströme. Man kann damit nicht beschreiben, welche Größenordnung die Ströme haben und wie sie sich in den letzten Jahren entwickelt haben.
Der Wirtschaftskreislauf kann jedoch helfen, die Auswirkungen wirtschaftlicher Ereignisse

zu verstehen und zu erklären. Wenn man zum Beispiel in der Zeitung liest, dass ein großes Unternehmen in der Region ein neues Werk eröffnet und damit viele neue Arbeitsplätze schafft, kann man die Auswirkungen auf die anderen Sektoren besser erkennen, als wenn man den Wirtschaftskreislauf nicht kennt.

Mit einem Modell erklären – Wie geht man vor?

- Wähle einen Ausgangspunkt, von dem aus du starten willst. Wenn du zum Beispiel erklären willst, welche Folgen die Erhöhung des Kindergeldes haben kann, beginnst du am besten beim Staat. Wenn du erklären willst, welche Folgen eine Zinserhöhung haben kann, dann startest du bei den Banken.
- Veranschauliche den Zuhörenden stets, an welcher Stelle des Modells du dich gerade befindest, zum Beispiel mit einem Stab oder Laserpointer.
- Weil das Modell nie die komplette Wirklichkeit abbildet, können auch Ökonomen nicht sicher voraussagen, wie die tatsächlichen Auswirkungen eines wirtschaftlichen Ereignisses sein werden. Betone deshalb stets, dass es sich um eine mögliche Folge handeln kann.

Was interessiert dich besonders? Was kannst du richtig gut?

Wähle, wie du vorgehen möchtest:
Möglichkeit 1: Ich arbeite individuell und suche mir zwei, drei oder mehr Aufgaben aus.
Möglichkeit 2: Ich arbeite mit einer Partnerin, einem Partner zusammen. Gemeinsam schaffen wir mehr als allein.
Möglichkeit 3: Wir bilden Gruppen, teilen die Aufgaben auf und lösen alles gemeinsam.

Was ich weiß

S M U H

Ich kann **...**

1. beschreiben, wie man ein Girokonto eröffnet.

2. erklären, wann ein Kredit problematisch wird.

Wozu ich meine Meinung formulieren und begründen kann

S M U H

Ich kann zu folgenden Diskussionspunkten meine Meinung formulieren und diese mit Argumenten begründen:

1. Soll das Bargeld abgeschafft werden?

2. Bietet der bargeldlose Zahlungsverkehr mehr Chancen oder mehr Risiken?

Was ich methodisch gelernt habe

S M U H

Ich kann **...**

1. anderen erläutern, was ein Modell ist und welche Möglichkeiten die Arbeit mit Modellen bietet.

2. darstellen, wie man vorgeht, wenn man etwas in der Wirklichkeit mithilfe eines Modells erklären will.

Worüber ich mitreden kann

S M U H

Mit ein wenig Nachdenken kann ich mit meinem Banknachbarn oder innerhalb einer Gruppe oder vor der Klasse über die folgenden Fragen eine, zwei oder drei Minuten frei sprechen:

1. Warum verschulden sich junge Menschen?

2. Welche Zahlungsarten gibt es und wie sind diese zu bewerten?

Acht Merksätze zum Einprägen

1	Ein Girokonto kann man als Minderjährige/r eröffnen, wenn man …
A	mindestens 200 Euro gespart hat.
B	die schriftliche Zustimmung der Eltern vorlegen kann.
C	keine Schulden hat.
D	bereits ein Sparbuch bei der Bank hat.

2	Mit einem Girokonto kann man als Minderjähriger nicht …
A	Geld überweisen.
B	Geld von seinem Konto abheben.
C	sein Konto überziehen oder Geld von der Bank leihen.
D	seinen Kontostand jederzeit einsehen.

3	Einen Dauerauftrag erteilt man, wenn …
A	man dauernd pleite ist.
B	dauernd einen Überblick über Einnahmen und Ausgaben haben will.
C	man beim Bäcker jeden Tag Brötchen geliefert bekommen will.
D	eine bestimmte Summe jeden Monat überwiesen werden soll.

4	Digitales Geld ist …
A	Geld, das man in Wirklichkeit gar nicht hat.
B	Geld, das man nur mithilfe des PCs abheben kann.
C	Geld, das man zuvor auf eine Karte „geladen“ hat.
D	dasselbe wie Buchgeld.

5	Mit einer Girocard …
A	kann man weltweit in vielen Geschäften, Restaurants und Tankstellen bezahlen.
B	kann man auch als Jugendlicher Schulden machen.
C	darf man als Minderjähriger nicht bezahlen.
D	können auch Überweisungen getätigt werden.

6	Der wichtigste Grund für die Verschuldung Jugendlicher ist, dass sie …
A	arbeitslos sind.
B	nicht genügend Wirtschaftskenntnisse haben.
C	zu wenig verdienen.
D	zu viel Geld für Konsum ausgeben.

7	Von Überschuldung spricht man, wenn …
A	man eine besonders große Summe von der Bank leiht.
B	man das Geld für Zinsen und Rückzahlung eines Kredits nicht mehr aufbringen kann.
C	man von Familienangehörigen Geld leiht.
D	mehr Ausgaben als Einnahmen hat.

8	Der Wirtschaftskreislauf …
A	stellt im Modell alle wichtigen Unternehmen in Deutschland dar.
B	ist eine modellhafte Darstellung der Geld- und Güterströme .
C	stellt die Produktion von Gütern von der Herstellung bis zur Entsorgung dar.
D	ist ein Sportwettbewerb für Auszubildende.

!

- Bei richtiger Lösung kommen A einmal, B dreimal, C und D je zweimal vor.
- Übernimm die Merksätze in dein Heft und präge sie dir ein.

8 Einblick in die Arbeitswelt

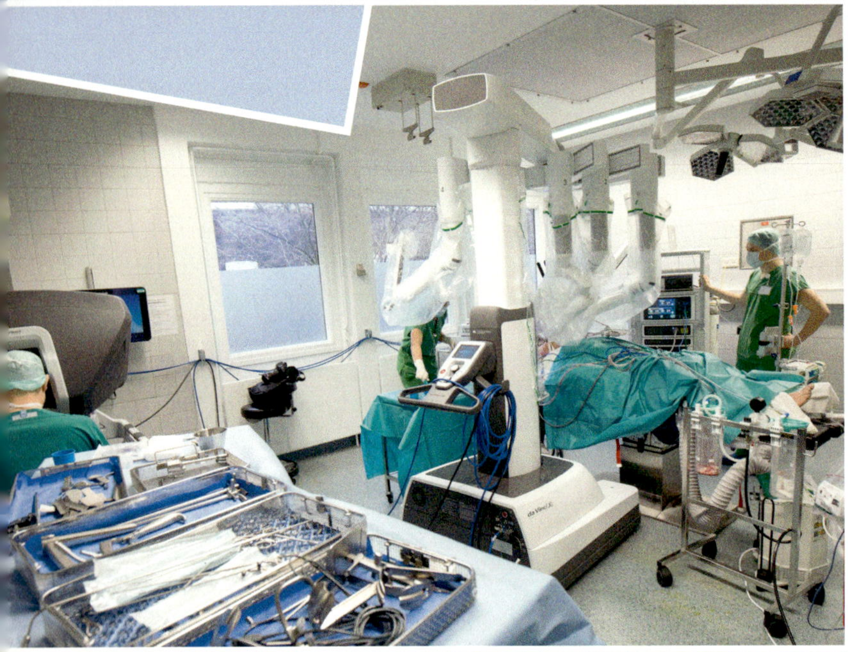

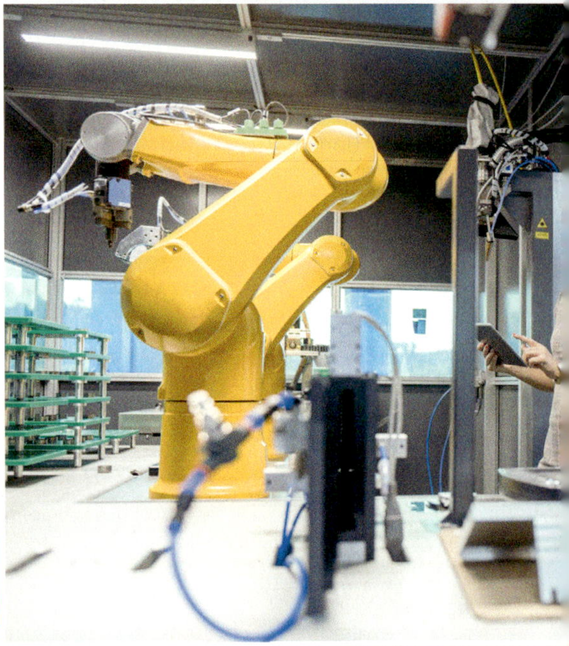

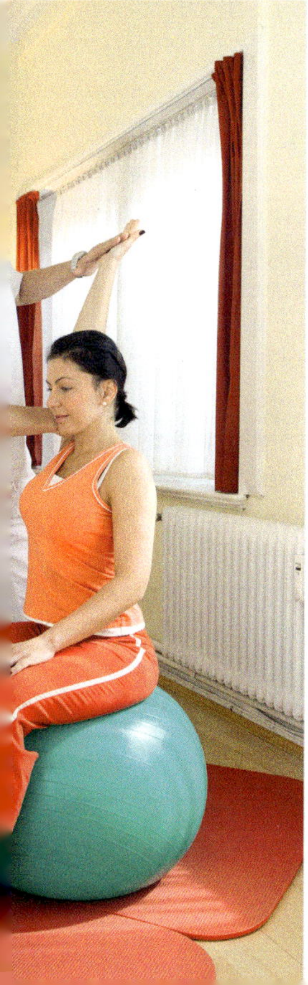

Welche Bedeutung hat der digitale Wandel für uns und andere?

1. Allein nachdenken

Was glaubst du: Welche Fähigkeiten werden in der modernen Arbeitswelt erwartet?

2. Zu zweit beraten

Einmal angenommen, ihr könnt den Menschen auf den Fotos Fragen stellen. Was würdet ihr sie fragen?

3. In der Klasse sammeln

Was interessiert euch besonders, wenn ihr an die Welt der Arbeit denkt?

Im Verlauf dieses Kapitels könnt ihr ...

- Gemeinsamkeiten und Unterschiede von Arbeit beschreiben,
- an zwei Beispielen den digitalen Wandel der Arbeitswelt erläutern,
- Schaubilder über Veränderungen der Arbeitswelt interpretieren.

Eigene Schwerpunkte könnt ihr setzen, indem ihr ...

- Erwachsene über ihre Arbeit befragt,
- einen der in diesem Kapitel dargestellten Berufe auswählt und dazu weitere Informationen im Internet recherchiert.

1 Welche Bedeutung hat Arbeit?
Fallorientiert Gemeinsamkeiten und Unterschiede ermitteln

A Eine Einstiegsübung

Arbeit gehört für die meisten Menschen zum Leben. Warum ist Arbeit so wichtig?

B Fallbeispiele

Arbeit kann sehr vielfältige Formen annehmen. Die folgenden Texte stellen euch drei Menschen und ihre Tätigkeit vor. Wo haben sie Gemeinsamkeiten, worin unterscheidet sich ihre Arbeit?

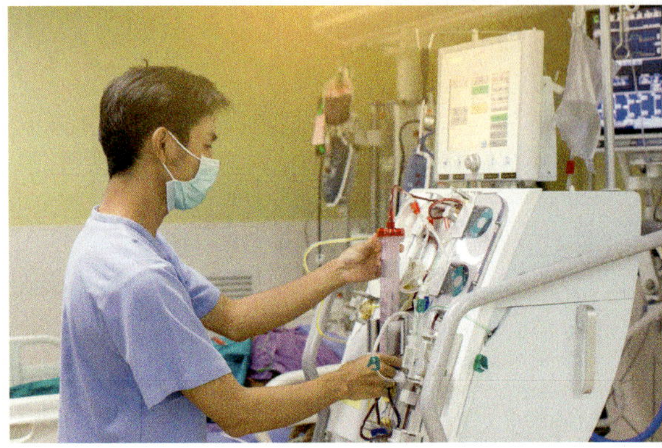

Intensivpfleger: Von ihrer Arbeit hängen oft Menschenleben ab.

Beispiel 1: Oleg Brüning* arbeitet auf einer Intensivstation

*Name geändert

Arbeitsalltag

Alarm in Zimmer 3! Wenn das blaue Licht im Flur aufleuchtet, eilt der Gesundheits- und Krankenpfleger Oleg Brüning sofort an das Bett des Patienten. Es kann sein, dass ein wichtiges Gerät nicht richtig arbeitet – hier geht es um Leben und Tod.
Oleg Brüning arbeitet seit drei Jahren auf der Intensivstation in der Herzchirurgie. Hierher kommen Patienten sofort nach der Operation und werden noch einige Tage besonders betreut. Zu seinen Aufgaben gehört die Überwachung der zahlreichen Geräte, an die Patienten angeschlossen sind, er muss die Verbände wechseln, Medikamente verabreichen, die Blut- und Urinwerte kontrollieren, die Krankenakten auf dem Laufenden halten, entscheiden, wann in schwierigen Situationen ein Arzt hinzugezogen werden muss.

Bereits um 6 Uhr hat sein Dienst begonnen. Dafür hat er heute schon um 14 Uhr Feierabend. Sein Beruf ist auch körperlich sehr anstrengend, zum Beispiel wenn er die bettlägerigen Patienten neu betten muss. Oleg Brüning arbeitet in Wechselschicht. Nächste Woche arbeitet er von 14 Uhr bis 22 Uhr. Alle zwei Wochen hat er auch am Wochenende Dienst, dafür bekommt er während der Woche zwei Tage frei.

Ausbildung

Nach seinem Realschulabschluss absolvierte er die 3-jährige Ausbildung zum Gesundheits- und Krankenpfleger. Anschließend arbeitete er zunächst einige Jahre in der Chirurgie, bevor er dann neben seinem Beruf die zweijährige Ausbildung zum Fachkrankenpfleger absolvierte.

Einschätzung

An seiner Arbeit gefällt ihm vor allem das Gefühl, etwas Wichtiges zu tun und Verantwortung für das Wohlergehen seiner Patienten zu tragen. Er empfindet seinen Beruf als besonders abwechslungsreich, denn immer wieder passieren unvorhersehbare Dinge – kein Mensch ist eben gleich. Nicht so sehr gefällt ihm, dass er für diese anspruchsvolle, anstrengende und verantwortungsvolle Tätigkeit seiner Meinung nach zu wenig verdient: Er bekommt als Fachkrankenpfleger

So könnt ihr vorgehen:

1. Bildet Dreiergruppen und teilt die Fälle untereinander auf.
2. Stellt euch die Beispiele gegenseitig vor.
3. Vergleicht in der Gruppe die Beispiele unter folgenden Gesichtspunkten: Tätigkeit, Ausbildung, Arbeitszeit, Verdienst, Urlaub/soziale Sicherung, positive/negative Seiten der Arbeit.

für Intensivpflege circa 3 200 Euro im Monat, nach Abzug aller Steuern und Abgaben bleiben ihm knapp 2 300 Euro. Aber wenigstens ist er sozial abgesichert, wenn er zum Beispiel arbeitslos werden würde.

Beispiel 2: Berit Meixner* leitet einen Büroservice

*Name geändert

Arbeitsalltag

Gleich wenn sie morgens ihr Büro betritt, fährt die 36-jährige Berit Meixner ihren PC hoch und liest E-Mails. Ein bisschen müde ist sie heute, denn gestern Abend wurde es wieder einmal spät. Sie musste noch einen Eilauftrag eines Kunden fertigstellen, der die Unterlagen unbedingt benötigt.
Als Inhaberin eines Büroservices erledigt sie für kleine Unternehmen die gesamte Büroarbeit: Sie schreibt E-Mails, Mahnbriefe, Rechnungen, übernimmt den kompletten Telefondienst und führt Buch über Einnahmen und Ausgaben. Zu ihren Kunden zählen Handwerker, Ingenieurbüros, Einzelhändler und Kleinunternehmen jeder Art, die sich keine eigene Verwaltung leisten können.

Ausbildung

Zuvor hat die gelernte Kauffrau für Bürokommunikation vier Jahre in einem Bauunternehmen gearbeitet. Dort hat sie Praxiserfahrung gesammelt, bis sie ihr eigenes Unternehmen gegründet hat.
Kein Tag ist wie der andere – doch genau das liebt sie an ihrem Beruf. Die Anfangsjahre waren hart, sie musste um jeden Auftrag kämpfen. Oft wusste sie nicht, wovon sie ihre Miete bezahlen sollte, denn als Selbstständige war und ist sie auf Kunden angewiesen. Hat sie keine Aufträge, bleibt auch das Geld aus. Mittlerweile hat sie einen festen Kundenstamm und die Geschäfte laufen recht gut.
Ihr Einkommen schwankt – je nachdem wie viele Aufträge sie erhalten hat. In guten Monaten nimmt sie rund 5 500 Euro ein, in schlechten nur 3 500 Euro. Davon gehen Miete, Materialkosten, Steuern und Versicherungen ab. Anders als eine Angestellte ist sie zum Beispiel nicht automatisch rentenversichert, sondern muss selbst für ihre Alterssicherung sorgen. Für Selbstständige ist auch die Krankenversicherung doppelt so teuer wie bei Angestellten, weil sie keinen Arbeitgeber haben, der die Hälfte der Versicherung bezahlt.

Einschätzung

An diese Besonderheiten ihres Berufs hat sie sich inzwischen gewöhnt. Seit zwei Jahren kann sie es sich erlauben, ihr Büro im Sommer für zwei Wochen zu schließen. Darüber ist sie sehr froh, denn in manchen Wochen arbeitet sie weit über 40 Stunden und fühlt sich am Wochenende ziemlich kaputt. Doch kann sie sich auf der anderen Seite auch Freiheiten herausnehmen, zum Beispiel bei schönem Wetter mal tagsüber eine Runde mit ihrem Hund spazieren gehen. Dann arbeitet sie eben abends ein bisschen länger. „Auf keinen Fall würde ich heute mit meinen festangestellten Kolleginnen tauschen. Ich bin mein eigener Boss – und entscheide selbst, was ich mache“, erzählt sie. Und die Anerkennung ihrer Kunden gibt ihr Tag für Tag das Gefühl, gute Arbeit zu leisten. Das bedeutet ihr viel.

(Beispiel 1 und 2 nach Informationen aus einem persönlichen Gespräch erzählt)

Beispiel 3: Jana unterrichtete ehrenamtlich in einer Schule in Thailand

Jana leistete in einer Schule für behinderte Kinder einen einjährigen Freiwilligendienst.

Arbeitsalltag

Montags bis freitags war regulärer Unterricht, welcher immer mit dem Morgenkreis und dem Hissen der Flagge begann. Anschließend trennten sich die Gruppen. Die Autisten* durften in ihren Klassenraum sowie die Downsyndrom*-Kinder und die körperlich eingeschränkten Kinder in ihren. In der Eingewöhnungsphase konnte ich überall hineinschnuppern. Irgendwie bin ich dann die meiste Zeit bei den körperlich beeinträchtigten Kindern hängen geblieben, da mir meine Rolle dort am besten gefiel.
Zu meinen Aufgaben gehörte es, den Kindern das ABC, den Umgang mit Zahlen, einfache englische Wörter, Tanzen und Fingerfertigkeiten beizubringen. Außerdem, alltägliche Situationen mit ihnen zu üben, wie das Aufknöpfen der eigenen Jacke, oder auch einfach sie zu betreuen und mit ihnen zu spielen. Oft musste gebastelt werden, da es über das Jahr verteilt sehr viele Feste gab. Kreativität war bei all diesen Aufgaben sehr hilfreich. Ich habe auch bei der Essensausgabe mitgewirkt und einigen Kindern beim Essen geholfen.
Meine Arbeit startete Montagmorgens um 7.30 Uhr. Die Kinder wurden dann zwischen 12 Uhr und 14 Uhr abgeholt. Mittags fand für einzelne Kinder noch Schwimmunterricht, Reiten und Gartenarbeit statt. Ich konnte dabei nicht wirklich helfen, sodass ich mit den Kindern tanzte, spielte oder ins schuleigene Café ging und mich dort mit den älteren Kindern, welche im Café eingelernt wurden, unterhielt. [...] Offiziell nach Hause durfte ich dann um 17 Uhr.

Jana bekam für ihre Arbeit in der Schule kein Geld. Sie bezahlte sogar für ihren Flug sowie Unterbringung und Verpflegung.

Einschätzung

Ich war und bin immer noch sehr zufrieden mit meiner Einsatzstelle. Ich konnte mich selbst einbringen und wurde von allen akzeptiert. [...]
In Thailand hat mir der Austausch sehr gut gefallen. Ich habe gesehen, wie ich Kleinigkeiten in Menschen bewegen konnte, ob es nun darum ging, Zeit mit den Kindern zu verbringen und mich wirklich intensiv mit ihnen zu beschäftigen, oder ob es um Kommunikation ging. Ich freue mich schon darauf, wenn hier in Deutschland jemand mir eine Freude bereitet nur durch das Erzählen, wie das Leben in anderen Kulturen sein kann.

(Aus: Jana hat körperlich beeinträchtigte Kinder unterstützt; in: www.afs.de/tha-jana-hat-koerperlich-beeintraechtigte-kinder-unterstuetzt; Abruf: 13.01.2021)

Merke ✓

Autismus ist eine Entwicklungsstörung, die vor allem die sozialen Beziehungen und den sprachlichen Austausch mit anderen Menschen beeinträchtigt.

Das **Downsyndrom** ist eine geistige Behinderung. Kinder mit dem Downsyndrom sind weniger intelligent und oft auch in ihrer motorischen Entwicklung verzögert.

Selbstständig weiterlernen mit Medien:

- Befrage Menschen in deiner Umgebung, was Arbeit für sie bedeutet. Du kannst dazu mithilfe von GrafStat, einem Programm der Bundeszentrale für politische Bildung, am PC einen Fragebogen entwickeln und mithilfe des Programms die Umfrage auswerten: www.grafstat.de

C Arbeit

Teil 1: Definition – Bedeutung

Oh je, schon wieder eine Klassenarbeit! Wenn ihr eine gute Note schreiben wollt, müsst ihr euch darauf zu Hause vorbereiten, indem ihr lernt oder, anders ausgedrückt, arbeitet. Lernen ist Arbeit, denn es weist alle Merkmale von Arbeit auf:

- Ihr habt ein *Ziel*, nämlich eine gute Note zu schreiben.
- Lernen ist *geplant*, denn ihr müsst dafür Zeit einplanen.
- Ihr setzt *dafür körperliche oder geistige Fähigkeiten* ein.
- Es dient zum Zweck der *Existenzsicherung* (als Schülerin/Schüler) oder befriedigt ein Bedürfnis; in diesem Fall das *Bedürfnis* nach Anerkennung.

Ganz anders ist es, wenn ihr euch nach dem Lernen mit Freunden trefft. Das könnt ihr spontan tun und ihr müsst für diese Zeit auch keine besonderen geistigen und körperlichen Fähigkeiten einsetzen. Das ist eure Freizeit.

Bedeutung von Arbeit

Ganz klar dient Arbeit dazu, den Lebensunterhalt zu verdienen. Doch für sehr viele Menschen geht um weit mehr als um die monatliche Gehaltsüberweisung. Bei ihrer Arbeit kommen sie mit Menschen zusammen und knüpfen neue Kontakte. Experten haben herausgefunden: Arbeiten gibt dem Leben einen Rhythmus. Wer arbeitet, kann erst so richtig seine Freizeit genießen. Viele Menschen bekommen durch ihre Arbeit das Gefühl vermittelt, etwas wert zu sein und etwas zu leisten. Wie wichtig Arbeit für ihre Lebenszufriedenheit ist, merken viele erst, wenn sie arbeitslos werden oder in den Ruhestand gehen. Dann fehlt ihnen die Arbeit oft sehr.

Teil 2: Arten von Arbeit

Weil Arbeit ganz unterschiedliche Tätigkeiten umfasst, hat man sie in verschiedene Gruppen unterteilt. Zunächst einmal unterscheidet man zwischen unbezahlter Arbeit und bezahlter Arbeit, die man als Erwerbsarbeit bezeichnet. Sie heißt deswegen so, weil man mit seiner Arbeit seinen Lebensunterhalt verdient. Viele Menschen sind in einem Unternehmen angestellt und arbeiten zum Beispiel in einem Büro als Sachbearbeiter oder in einer Fabrik in der Montage von Autos. Sie werden auch als abhängig Beschäftigte bezeichnet und bekommen jeden Monat ein festes Gehalt von ihrem Arbeitgeber. Selbstständige arbeiten auf eigene Rechnung, beziehen also kein Gehalt. Sie führen ein eigenes Unternehmen oder sind zum Beispiel als Ärzte, Handwerker oder Journalisten tätig.

Wenn eure Eltern Hausarbeiten erledigen oder Angehörige pflegen, leisten sie unbezahlte Arbeit. Man bezeichnete diese Art der Arbeit auch als „Care-Arbeit", hergeleitet von dem englischen Wort „to care" für jemanden sorgen.

Unbezahlte Arbeit wird sehr häufig auch in Vereinen, in Kirchen oder politischen Parteien geleistet. Man bezeichnet diese Form der Arbeit als ehrenamtliche Arbeit.

Unbezahlt Arbeitende leisten einen sehr wichtigen Beitrag für das Wohlergehen der gesamten Gesellschaft, indem sie in ihrer Freizeit unbezahlt arbeiten. Ohne ihre Mitwirkung könnten soziale Einrichtungen, Vereine und Parteien nicht existieren. Auch in Familien würde nichts funktionieren, denn Familienarbeit könnte niemals angemessen bezahlt werden.

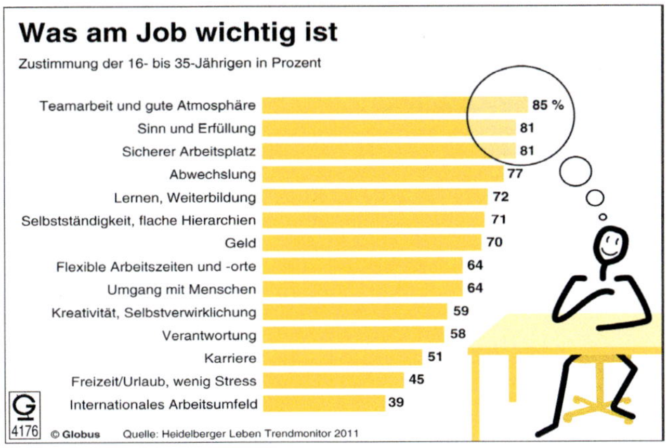

*Zu den Begriffen „Arbeit" und „soziales Engagement" findest du auch Informationen im Glossar.

1. Beschreibe, welche Merkmale Arbeit hat.
2. Viele Menschen in Deutschland arbeiten unbezahlt. Erläutere mögliche Gründe anhand des Schaubilds.
3. Gestalte ein Schaubild, in dem du die Merkmale, Gründe und Arten von Arbeit übersichtlich darstellst. Das kannst du auch am PC erledigen. S. 255

D Welche Bedeutung soll Arbeit für uns haben?

Euer Auftrag:

1. Lies zunächst die Meinungen in den Sprechblasen. Formuliere dann einen Text für deine eigene Sprechblase.

2. Suche dir einen Partner/eine Partnerin und vergleicht eure Stellungnahmen mit den Meinungen in den Sprechblasen.

3. Diskutiert in der Klasse über die Frage: Welches Verhältnis von Arbeit und Freizeit ist wünschenswert?

1. Viel Geld zu verdienen – das ist für mich das Wichtigste bei der Arbeit. Ich will mir alles kaufen können, worauf ich Lust habe und einen hohen Lebensstandard haben.

2. Ich habe so viele Hobbys und Interessen, dass ich später so wenig wie möglich arbeiten möchte. Die Arbeit darf nicht den Hauptteil meiner Zeit beanspruchen.

3. Natürlich ist Arbeit wichtig, doch Familie und Freunde gehen vor. Geregelte Arbeitszeiten sind mir sehr wichtig, damit ich genügend Freizeit habe.

4. Die Arbeit muss mir vor allem Spaß machen und sinnvoll sein. Dann bin ich auch bereit, sehr viel zu arbeiten und auf Freizeit zu verzichten.

6. Ich möchte am liebsten arbeiten, wo und wann ich Lust dazu habe. Solche Freiheiten sind mir sehr wichtig, niemand soll über mich und meine Zeit bestimmen.

5. Ich möchte später einmal Karriere machen. Dafür bin ich bereit, hart zu arbeiten. Arbeit wird für mich das Wichtigste in meinem Leben sein.

7. Ehrenamtliche Arbeit ist genau so wichtig wie bezahlte Arbeit. Deshalb möchte ich mich neben meiner Arbeit später auf jeden Fall weiterhin ehrenamtlich in meinem Sportverein engagieren.

E Arbeitslos: Was bedeutet das für Betroffene?

In Deutschland ist die Arbeitslosigkeit in den letzten Jahren gesunken. Trotzdem gibt es Gruppen, die sich schwertun, eine Stelle zu finden. Dazu gehören sogenannte Langzeitarbeitslose, aber auch manche Berufseinsteiger, zum Beispiel nach einem Studium. Wie empfinden die Betroffenen ihre Situation?
TEAM hat mit einem arbeitslosen Berufseinsteiger ein Interview geführt. Er hat an einer Hochschule Medienmanagement studiert. Auf seinen Wunsch hin haben wir den Namen geändert.

TEAM: Erzähle uns, wie erging es dir in den letzten Monaten?

FELIX: Na ja, nicht gerade toll. Ich suche jetzt schon fast ein Jahr nach einer Stelle und fühle mich langsam wie ein Versager.

TEAM: Wie empfindest du denn deine Situation?

FELIX: Zunächst war ich ganz froh, endlich mal nichts tun zu müssen. Ich habe mich mit Freunden getroffen, erst mal Urlaub gemacht und einfach so in den Tag hineingelebt. Doch als ich sah, wie meine Freunde einer nach dem anderen tolle Stellen bekommen haben, war mein Selbstwertgefühl am Boden. Ich konnte mich zu nichts mehr aufraffen und habe ganze Tage am Computer gespielt. Zunehmend habe ich auch den Kontakt zu meinen Freunden eingeschränkt, auch weil ich kein Geld mehr hatte, etwas zu unternehmen. Auf Druck meiner Eltern habe ich dann begonnen, mich intensiv zu bewerben.

TEAM: Auf welche Stellen hast du dich denn beworben?

FELIX: Bei Fernseh- und Radiosendern, bei Zeitungen, Werbeagenturen und auf alle Ausschreibungen, die ich sonst noch interessant fand.

TEAM: Mit welchem Ergebnis?

FELIX: Meist wurde ich nicht einmal zu einem Vorstellungsgespräch eingeladen. Berufe in den Medien sind sehr beliebt, da haben nur die Besten eine Chance – und ich mit meinen miesen Noten wohl kaum. Zudem habe ich außer dem Pflichtpraktikum keine weiteren Praktika vorzuweisen. Heute bereue ich das sehr. Um meine Berufschancen habe ich mir einfach während des Studiums keine Gedanken gemacht.

Der Gang zum Jobcenter fällt vielen Arbeitslosen schwer.

TEAM: Gab es denn sonst noch Hindernisse?

FELIX: Mein Lebenslauf ist wegen seiner Lücken auch problematisch: Zum Beispiel habe ich nach meinem Realschulabschluss eine Ausbildung zum Elektroniker nach zehn Monaten abgebrochen, ich hatte einfach keinen Bock auf den ständigen Drill durch meinen Meister, und ging dann wieder auf die Schule. Nach meinem Abitur habe ein ganzes Jahr nur mit Gelegenheitsjobs verbummelt. Ich wusste einfach nicht, was ich studieren sollte. Das alles macht sich natürlich bei einer Bewerbung nicht gut. Nach zahlreichen missglückten Bewerbungen war ich sehr frustriert.

TEAM: Wie geht es jetzt weiter?

FELIX: Ich habe mich völlig neu orientiert und zunächst mal ein Praktikum in einer Eventagentur absolviert. Das hat mir wieder neuen Mut gemacht, mich bei einer Outdoor-Eventagentur zu bewerben. Nach dem Vorstellungsgespräch habe ich gute Aussichten, die Stelle zu bekommen. Das wäre zumindest mal ein Anfang …

1. Beschreibe, warum Felix trotz zahlreicher Bewerbungen keine Arbeit findet.

2. Wie erlebt er seine persönliche Situation? Erläutere die Folgen der Arbeitslosigkeit.

3. Siehst du im Fall von Felix die Gründe für die Arbeitslosigkeit eher in persönlichen Fehlern oder in der allgemeinen Situation bei Medienberufen? Beurteile die Ursachen.
S. 255

2 Wie sieht die Arbeitswelt der Zukunft aus?

Schaubilder analysieren – Zukunftstrends beurteilen

A Zum Einstieg

Wie stellst du dir das Arbeiten im Jahr 2035 vor? Notiere deine Gedanken in Stichworten und tausche dich mit einer Partnerin/einem Partner aus.

B Auswirkung der Digitalisierung* auf die Arbeit: Zwei Beispiele

1. Beispiel: Der Beruf des Bauingenieurs im Wandel

Bauingenieure gelten als „Manager von Bauvorhaben“. Sie begleiten den Bau von Gebäuden, Straßen, Schienennetzen, Brücken, Häfen, Industrieanlagen und anderem mehr von der Planung bis zur Fertigstellung.

Ralf R. hat im Jahr 1987 seinen Abschluss als Bauingenieur gemacht und arbeitet seither in diesem Beruf. In einem Interview äußert er sich über den Wandel seiner Tätigkeit.

Was hat sich in Ihrem Beruf verändert?

Als ich angefangen habe, gab es noch technische Zeichner, die aus meinen handschriftlichen Skizzen technische Zeichnungen erstellt haben. Heute mache ich das am Computer selbst. Die Zeichnungen wurden dann per Post zum Prüfer geschickt. Das dauerte manchmal mehrere Tage, heute geht es per Internet in Sekunden. Heute arbeite ich mit Kolleginnen und Kollegen in anderen Städten gemeinsam an einem Projekt. Der Austausch läuft über E-Mail, Telefon und den Server der Firma, auf den alle Mitarbeiter Abruf haben. Meine Arbeit ist inzwischen sehr spezialisiert. […].

Bauingenieurinnen und -ingenieure planen und leiten den Bau von Gebäuden, Straßen und Schienen …

… und kontrollieren die Baufortschritte mithilfe ihrer Planungsvorgaben.

Empfinden Sie die Digitalisierung als Erleichterung Ihrer Arbeit?*

Ja und nein. Einerseits hilft es viel, wenn man sich das Bauwerk in einem 3D-Modell ansehen kann. Auch nimmt mir der Computer viele Routinearbeiten ab, wie das Erstellen von Stücklisten und die Ermittlung von Flächen. Dadurch werden nur zwei bis drei Kollegen für ein Projekt gebraucht, mit dem vor dem Computereinsatz sieben bis acht Kollegen beschäftigt waren. Andererseits ist der Termindruck gewaltig angestiegen. […]

Empfinden Sie die Digitalisierung als Erleichterung Ihrer Arbeit?*

Ja und nein. Einerseits hilft es viel, wenn man sich das Bauwerk in einem 3D-Modell ansehen kann. Auch nimmt mir der Computer viele Routinearbeiten ab, wie das Erstellen von Stücklisten und die Ermittlung von Flächen. Dadurch werden nur zwei bis drei Kollegen für ein Projekt gebraucht, mit dem vor dem Computereinsatz sieben bis acht Kollegen beschäftigt waren. Andererseits ist der Termindruck gewaltig gestiegen. […]

Wie steht es mit Fort- und Weiterbildung?

In meiner Firma finden ständig Weiterbildungen statt. Die Teilnahme ist Pflicht.

* Zum Begriff „Digitalisierung“ findest du weitere Informationen im Glossar.

Wenn man nicht bereit ist, sich auf neue Techniken und Programme einzustellen, verliert man bald den Anschluss und dann den Arbeitsplatz.

(Aus: Stiftung Jugend und Bildung/Bundesministerium für Arbeit und Soziales (Hg.), Schülermagazin Sozialpolitik, Ausgabe 2016/2017, S. 17)

2. Beispiel: Büroarbeit im digitalen Zeitalter – was bedeutet das

Die Digitalisierung wird nicht nur verändern, an was wir wie arbeiten, sondern auch das direkte Arbeitsumfeld – sprich, das Büro. [...]
Wo alles vernetzt ist und jeder über die Cloud* auf alle Daten und Informationen zugreifen kann, ist es gar nicht mehr so wichtig, von wo aus genau gearbeitet wird. Nicht nur werden Einzelbüros verschwinden, auch der persönliche Arbeitsplatz wird daher an Bedeutung verlieren und wird vielleicht von mehreren Mitarbeitern genutzt. Denn die Menschen erledigen Dinge von unterwegs, vom heimischen Sofa aus oder besprechen die Dinge lieber in der Cafeteria. Die ist daher nicht mehr nur ein kleiner Raum mit Kaffeeautomat und Spüle, sondern ein architektonisch offen gestalteter Raum, wo produktiver und sozialer Austausch stattfinden kann. Ort für Arbeit, Ort für Soziales, Ort für Privates: Diese Grenzen sind nicht mehr so starr. [...] Nur ein gesunder Mitarbeiter ist ein produktiver Mitarbeiter. Mittlerweile lassen es sich Unternehmen einiges kosten, um ihre Angestellten mit Sportgeräten in Bewegung zu halten. [...] Neben Bewegung wird auch mehr auf natürlichen Lichteinfall, Ruhezonen und Farbtongebung geachtet. [...].

Das Smart-Office kommt

[...] Für die Arbeitnehmer bedeutet das, dass sie irgendwann per App die Temperatur steuern können und jede Oberfläche, egal ob Tisch oder Fenster, spontan als Präsentationsfläche nutzen können. [...]
Wenn es nicht mehr wichtig ist, wo und wann ich arbeite, gleichzeitig aber notwendig, auch nach fünf Uhr noch zu arbeiten, dann wird es schwierig mit dem Arzttermin. Heißt: Unternehmen werden mehr Angebote schaffen müssen, betriebseigene Kindergärten, Betriebsärzte, Freizeitangebote [auf dem Bürogelände [...].

Büroarbeit im digitalen Zeitalter: Auch Ausstattung und Gestaltung ändern sich.

Verschwinden Unternehmen ganz?

Was wäre, wenn es das Unternehmen rein physisch gar nicht mehr gibt. Etwas mit Gedanken rumzuspielen muss schließlich erlaubt sein. Autor Edgar K. Geffroy beschreibt in „Herzenssache Mitarbeiter" einen Arbeitstag 2026: Eine Architektin arbeitet für eine Firma mit etwa 24.000 Angestellten. Dieses Unternehmen hat aber keinen Unternehmenssitz, die Mitarbeiter arbeiten in Coworking Spaces [= externen Büros] und Zuhause, da alle über Ultra-High-Speed-Netzwerke verbunden sind. Das Unternehmen selbst ist zur Cloud geworden. Schauen wir mal, was passiert.

(Aus: Wie wir arbeiten werden: das Büro der Zukunft, 20.11.2017, in: www.business-punk.com/2017/11/buero-der-zukunft; Abruf: 13.01.2021)

Merke ✓

In der **Cloud** (engl. = Wolke) kann man Daten außerhalb des eigenen PCs auf einem entfernten Server speichern. Weil mehrere Server zusammenarbeiten, hat es keine Folgen, wenn einer ausfällt. Für die Nutzer hat es den Vorteil, dass man von ganz unterschiedlichen Geräten auf die Dateien zugreifen kann.

1. Nenne die Veränderungen, von denen Ralf B. in Beispiel 1 berichtet.
2. Erläutere, wie Ralf B. die Vor- und Nachteile der Digitalisierung bewertet.
3. Betrachte das Foto in Beispiel 2: Was ist ungewöhnlich an diesem Büro? Beschreibe deine Eindrücke.
4. Wie verändert sich die Büroarbeit? Erläutere die Auswirkungen der Digitalisierung.
5. Bewerte die Auswirkungen der Digitalisierung aus der Sicht von Beschäftigten. S. 255

C Veränderungen in der Arbeitswelt

1. Beschreibe, wie sich die Arbeitswelt durch den Einsatz neuer Technologien verändert hat.

2. Erläutere die Herausforderungen, die sich durch den Wandel der Arbeitswelt ergeben.

3. Erkläre, was man unter Wirtschaft 4.0 versteht.

4. Manchen Menschen machen Veränderungen Angst. Andere sehen sie eher positiv. Wie siehst du das? Verfasse eine Stellungnahme.

5. Beurteile die Chancen und Risiken der Künstlichen Intelligenz aus der Sicht eines Jugendlichen.

Teil 1: Neue Technologien verändern die Arbeitswelt

Veränderungen durch technische Erfindungen hat es immer gegeben. So brachte zum Beispiel die Entdeckung und Verwendung von elektrischem Strom völlig neue Maschinen hervor: Schwere körperliche Arbeit wurde den Menschen nun von Elektromotoren abgenommen. Elektrisches Licht ermöglichte es, rund um die Uhr zu arbeiten, die Schichtarbeit entstand. Die jüngsten Veränderungen gehen auf die Entwicklung von Computern zurück.
In der Industrie werden heute wegen der Automatisierung der Produktion und dem Einsatz von Robotern nur noch wenige, sehr gut ausgebildete Fachkräfte benötigt, die die komplizierten Maschinen bedienen können und die Produktion beaufsichtigen.
Der Einsatz neuer Technologien revolutionierte auch die Arbeit in Büros: Büroarbeit ist heute vor allem Bildschirmarbeit am PC oder an mobilen Geräten.
Das Internet und die Vernetzung (= Verbindung) von vielen Computern ermöglichen es Menschen, an ganz verschiedenen Orten der Welt eng zusammenzuarbeiten. Sie können zum Beispiel von zu Hause aus für ihr Unternehmen arbeiten. Die Corona-Krise hat den Trend zum Home-Office noch beschleunigt.

Neue Herausforderungen

Weil sich die Arbeitswelt so rasch wandelt, müssen alle Berufstätigen damit rechnen, vielleicht mehrmals im Laufe ihres Berufslebens den Beruf oder den Arbeitsort zu wechseln. Einmal erlerntes Wissen wird noch rascher veralten, gefordert ist lebenslanges Lernen.
Manche Menschen empfinden ihre Arbeit heute daher als stressiger und sorgen sich um ihren Arbeitsplatz. Andere wiederum halten Veränderungen für positiv, weil ihre Arbeit dadurch abwechslungsreicher wird.

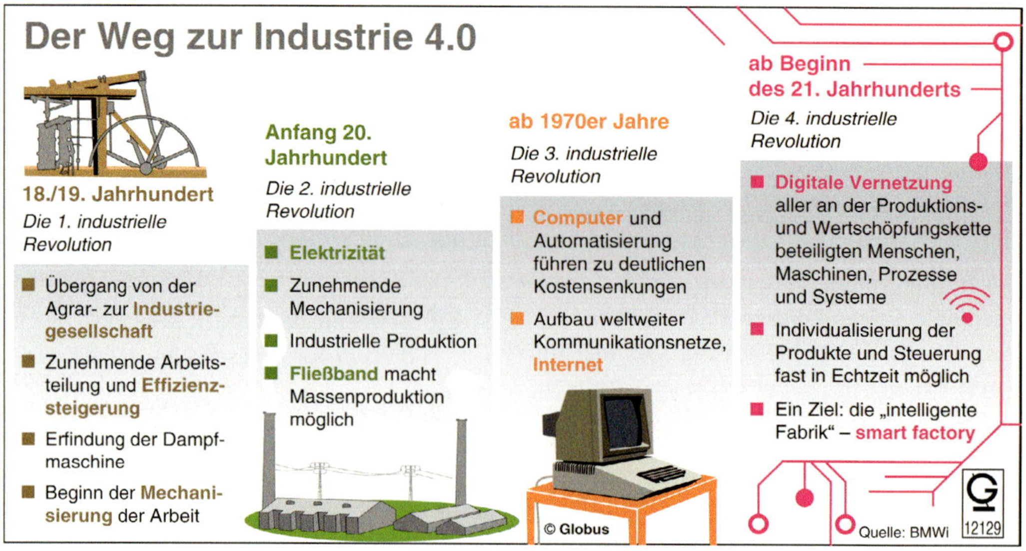

Teil 2: Arbeit im digitalen Zeitalter

Digitalisierung* bedeutet vereinfacht die Umwandlung aller Informationen in eine Sprache, die alle Computer gleichermaßen verstehen. Die Erfindung der Digitalisierung war die Voraussetzung für die Entwicklung von Computern. Das Internet entstand durch die Möglichkeit, die Informationen in den Programmen miteinander zu verknüpfen.

Wirtschaft 4.0

Die Digitalisierung ist auch eine Voraussetzung, dass sich nicht nur Menschen, sondern auch Maschinen vernetzen. Neue technologische Entwicklungen ermöglichen, dass sich auch Maschinen automatisiert und ohne Zutun des Menschen sozusagen „unterhalten" können. So kann zum Beispiel das Fenster der Heizung mitteilen, dass die Außentemperatur gesunken ist, und die Heizung kann darauf reagieren, indem sie stärker heizt.
In der Produktion kann eine Maschine ohne menschliches Zutun Kontakt zu einer Zulieferfirma aufnehmen und Nachschub an bestimmten Teilen anfordern, die für die Produktion benötigt werden.
Die Vernetzung von Maschinen bezeichnet man auch als die vierte industrielle Revolution (siehe Schaubild „Der Weg zur Industrie 4.0). Für die Unternehmen bedeutet sie auf der einen Seite riesige Investitionen in neue Maschinen sowie die stetige Schulung der Beschäftigten, die mit der rasanten Entwicklung Schritt halten müssen. Auf der anderen Seite können Unternehmen durch die Digitalisierung Kosten sparen, völlig neuartige Produkte und Dienstleistungen entwickeln und neue Kunden gewinnen.
Die Wirtschaft 4.0 steht erst am Anfang und verändert die Arbeitswelt tiefgreifend. Viele heute beliebte Berufe werden aussterben, neue werden entstehen. Schon heute sind in praktisch jedem Beruf sehr gute IT-Kenntnisse erforderlich.

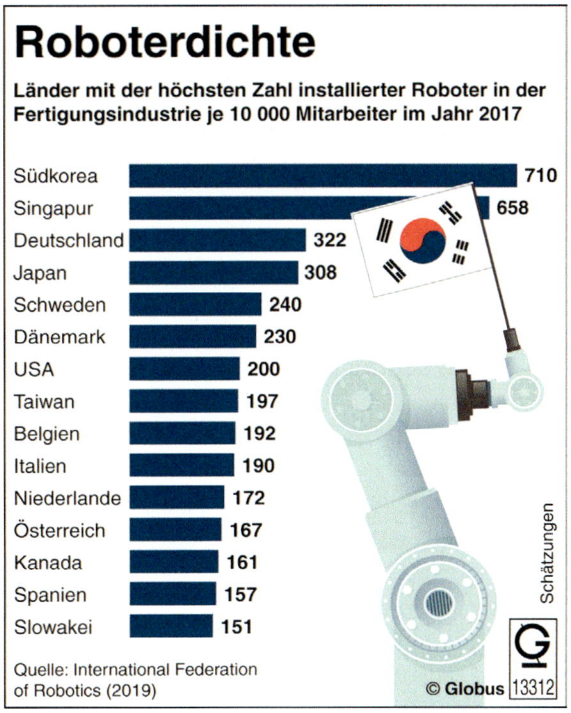

Künstliche Intelligenz

Im Zuge der Digitalisierung werden Maschinen und Roboter zunehmend intelligenter, können aus Erfahrungen „lernen" und immer besser eigenständig handeln. Diese Fähigkeit bezeichnet man als Künstliche Intelligenz. Mithilfe komplizierter Algorithmen* brauchen Computer deshalb nicht für jeden Zweck neu programmiert zu werden, sondern können eigenständig Antworten auf komplizierte Fragen finden.
Auch diese Entwicklung hat gerade erst begonnen. Schon jetzt ist absehbar, dass sie die Arbeitswelt tiefgreifend verändern wird. Noch uneinig sind sich Experten, ob dadurch Arbeitsplätze wegfallen werden.
Im Alltag begegnet uns Künstliche Intelligenz aktuell nur in versteckter Form: etwa wenn uns in Online-Shops bestimmte Produkte empfohlen werden, wenn Personen auf einem Foto automatisch erkannt werden oder wir mit einem Sprachassistenten, wie zum Beispiel „Alexa" oder „Siri", reden können.

*Zu den Begriffen „Digitalisierung" und „Algorithmus" findest du auch Informationen im Glossar.

Schaubilder mit der Vier-Fragen-Deutung analysieren

Thema: Veränderungen in der Arbeitswelt

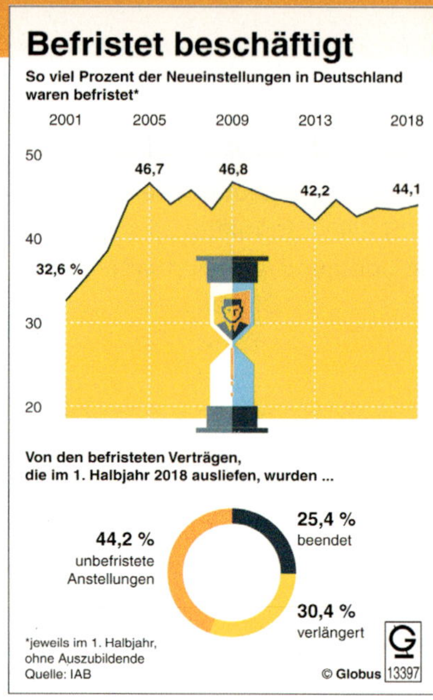

Welche Bedeutung haben Schaubilder?

Schaubilder liefern uns wichtige Zahlen, die man kennen sollte, wenn man über ein Thema informiert sein will. Sie sind in einer eigenen Sprache verfasst. Nur so gelingt es, sehr komplizierte Sachverhalte auf kleinstem Raum darzustellen. Wer ein Schaubild verstehen will, muss genau hinschauen und auch auf Einzelheiten sorgfältig achten.

Schaubilder begegnen uns überall in Schulbüchern, Zeitungen, Zeitschriften, auch im Fernsehen und im Internet. Wer sie richtig lesen kann, kann sich schnell über wichtige aktuelle Erscheinungen informieren und sich eine Meinung bilden.

Wie macht man das?

Zur Interpretation von Schaubildern schlagen wir die „Vier-Fragen-Deutung“ vor, die ihr auf jedes Schaubild anwenden könnt.

1. Wovon handelt das Schaubild?

Wandere mit deinen Augen über das Schaubild und finde heraus, welches Thema es behandelt. Eventuell musst du unbekannte Begriffe mithilfe des Internets klären.

2. Welche Bedeutung haben die Zahlen?

Achte genau darauf, ob es sich bei den Zahlen um Prozentangaben, absolute Zahlen oder um Mengen- oder Größenangaben handelt.

3. Welche Informationen will ich mir langfristig merken?

Schaubilder enthalten sehr viele Informationen. Entnehme dem Schaubild eine oder zwei Informationen, die du für besonders wichtig hältst.

4. Von wem und warum ist das Schaubild gemacht worden?

Finde heraus, von welcher Organisation das Schaubild gemacht wurde. Versuche zu erkennen, warum das Schaubild gemacht wurde. Will es informieren, zu Verhaltensänderungen aufrufen oder unsere Meinung in eine bestimmte Richtung lenken?

Mit den Antworten der „Vier-Fragen-Deutung“ kannst du ein Schaubild in einen Text umwandeln – und zwar mündlich oder schriftlich.

Beispiel

1. Das Schaubild stellt dar, dass der Anteil befristeter Neueinstellungen von 32,6 Prozent auf 44,1 Prozent gestiegen ist.
2. Es enthält absolute Zahlen und Prozentzahlen. Die X-Achse (waagerecht) erfasst den Zeitraum von 2001 bis 2018. Auf der Y-Achse (senkrecht) ist der prozentuale Anteil der befristeten Einstellungen bezogen auf die Gesamtzahl dargestellt. Unterhalb des Liniendiagramms sind in einem Tortendiagramm die Beschäftigungsverhältnisse nach Ablauf eines befristeten Vertrags dargestellt, ebenfalls in Prozent.
3. Merken will ich mir, dass die Zahl der befristeten Neueinstellungen stark gestiegen ist und 2018 fast jeder Zweite befristet eingestellt wurde. Immerhin wurde auch fast jeder Zweite anschließend fest eingestellt.
4. Die Zahlen stammen vom IAB, dem Institut für Arbeitsmarkt- und Berufsforschung, einer wissenschaftlichen Einrichtung. Es will in erster Linie informieren. Befristete Arbeit ist unsichere Arbeit, nur jeder Zweite wird übernommen. Es kann auch als Kritik an diesem Zustand gedeutet werden.

D Was sagen Schaubilder über Veränderungen in der Arbeitswelt aus?

Die Vier-Fragen-Deutung könnt ihr nun anwenden und die Schaubilder auf dieser Seite analysieren.

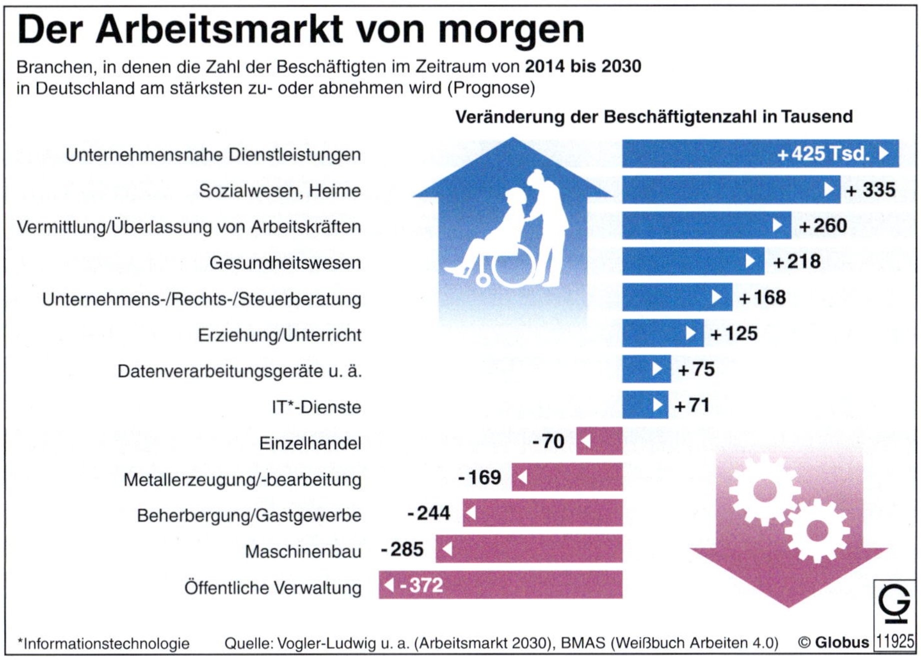

Unternehmensnahe Dienstleistungen sind Dienstleistungen, die ein Unternehmen für andere Unternehmen erbringt, z. B. als Berater, Zulieferer, im Transport oder bei IT-Technologien.

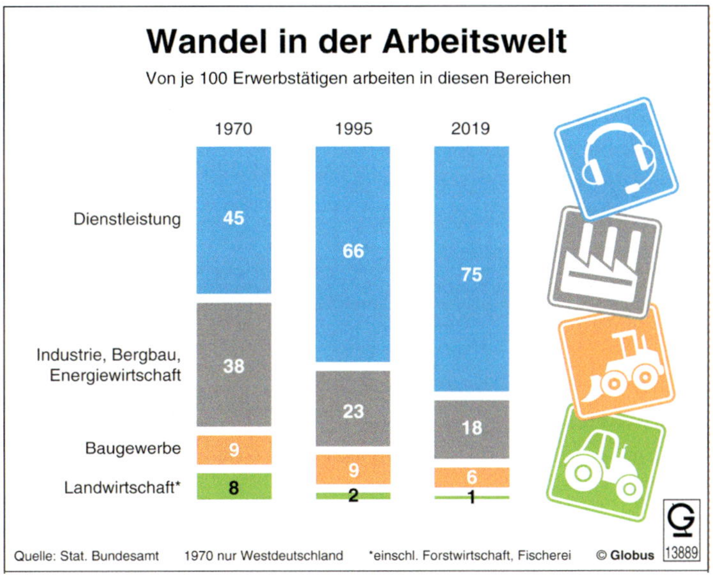

1. Jede/jeder in der Klasse wählt ein Schaubild und analysiert es.
2. Sucht euch in der Klasse eine Partnerin/einen Partner, die/der dasselbe Schaubild bearbeitet hat, und vergleicht eure Ergebnisse.
3. Stellt das Schaubild in der Klasse vor.

3 Kollege Roboter, übernehmen Sie!

Die Auswirkungen Künstlicher Intelligenz auf die Arbeitswelt beurteilen

A Zum Einstieg

- Betrachte das Foto: Welche Gedanken löst es bei dir aus? Notiere sie.
- Tauscht euch dazu in Kleingruppen aus und stellt eure Überlegungen in der Klasse vor.

B Der Fall: Wenn Computer Texte schreiben

WES-105271-021

Text einfacher

Text ausführlicher

6:25 Uhr Ortszeit weckt ein Erdbeben die Einwohner von Los Angeles. Es richtet zwar glücklicherweise keinen nennenswerten Schaden an, aber nach einer ungewöhnlich langen Phase der Ruhe ist so ein deutlich spürbarer Rüttler natürlich eine Meldung. [...]

Schlagartig hellwach ist an jenem frühen Morgen auch Ken Schwencke [...]. Er setzt sich an seinen Computer und loggt sich in das Redaktionssystem der [Tageszeitung] Times ein. Befriedigt stellt er fest: Es wartet ein Artikelentwurf auf Freigabe. Thema: das Erdbeben, das sich gerade vor ein paar Minuten ereignet hat. Nicht nur Überschrift und Text sind vorhanden, auch eine Karte ist bereits eingefügt. Ken prüft die Fakten und klickt den „Publish"-Knopf.

Es ist 6.33 Uhr: Knapp acht Minuten nach dem Beben ist der Text online und Ken setzt setzt einen Tweet dazu ab.

Zwar wird Ken Schwencke als Autor der Meldung genannt, aber der letzte Satz verrät sein Geheimnis: Ein von ihm erstellter Algorithmus hat den Text geschrieben. Diesen Automaten hatte er sich nach den schweren Erdbeben 2011 in Japan geschaffen. Der greift auf öffentlich zugängliche Informationen der United States Geological Survey (USGS) zurück. Wird dort ein Beben mit mindestens einer Stärke von 3.0 gemeldet, greift sich das Programm die Daten und ergänzt damit eine entsprechende Vorlage. Fertig ist der Artikelentwurf.

„Ich finde es eine großartige Sache. Es nimmt mir viel von der Routinearbeit bei diesen Themen ab", erklärte Ken Schwencke [...] in einem Interview am selben Tag. Und natürlich ist der Geschwindigkeitsvorteil bei einem solchen Thema durchaus Geld wert: „Wenn man in einer solchen Situation innerhalb von fünf Minuten etwas online hat, das die Leute auf Google finden können ... Also, ich habe noch nicht nachgesehen, aber ich glaube, das war ein sehr, sehr, sehr gefragter Post heute auf unserer Website."

(Aus: Jan Tißler, Robotergeschichten – Wenn Automaten Texte schreiben, 19.05.2014; in: https://upload-magazin.de/blog/8787-wenn-automaten-texte-schreiben; Abruf: 13.01.2021)

C Hintergrund: Arbeiten mit Künstlicher Intelligenz – was bedeutet das?

Von Künstlicher Intelligenz (KI) spricht man, wenn ein Computer Aufgaben löst, die Intelligenz erfordern. Etwa wie Service-Roboter Paul in einem Elektronik-Fachmarkt in Ingolstadt: Er fragt Kunden nach ihren Wünschen, begleitet sie ans Regal, redet unterwegs übers Wetter und fragt zum Schluss: „Waren Sie mit meiner Arbeit zufrieden?" Erst seit dem Jahr 2016 können Computer so

große Datenmengen verarbeiten, dass „maschinelles Lernen" möglich ist. Heute kann eine Maschine Gesichter erkennen, Sprache übersetzen und autonom Auto fahren.
KI findet zunehmend den Weg aus der Forschung in die Anwendung in den Unternehmen.

(Aus: Arbeitsgemeinschaft Jugend und Bildung, Arbeiten mit Künstlicher Intelligenz, November 2018; in: https://jugend-und-bildung.de/arbeitsmaterial/arbeiten-mit-kuenstlicher-intelligenz; Abruf: 13.01.2021)

D Ersetzt Künstliche Intelligenz bald die menschliche Arbeitskraft?

Die Arbeitswelt verändert sich infolge der Digitalisierung, Automatisierung und Entwicklung Künstlicher Intelligenz rasant. Die möglichen Auswirkungen sind unter Experten umstritten.
Als Folge der technologischen Neuerungen können gefährliche, ungesunde oder eintönige Arbeiten künftig Maschinen erledigen, während sich die Beschäftigten ganz auf kreative Lösungen konzentrieren können. Computer und Roboter ermöglichen es Unternehmen, Waren günstiger herzustellen und Kosten zu sparen. Die Firmen erzielen höhere Gewinne, die Verbraucherinnen und Verbraucher können wegen der günstigeren Preise mehr Waren kaufen. Wegen der guten Gewinne konnten die Unternehmen in der Vergangenheit zahlreiche neue Arbeitsplätze schaffen. In den letzten Jahren sind in der Wirtschaft auf der einen Seite Millionen Arbeitsplätze infolge technologischer Neuerungen wegfallen, auf der anderen Seite jedoch auch etwa genauso viele neue Stellen geschaffen worden. Nicht alle Entlassenen haben jedoch anschließend ihren Wunscharbeitsplatz gefunden.

Der Kita-Roboter wird nicht kommen

Drei von vier Deutschen arbeiten heute in Dienstleistungsberufen: Sie beraten Kunden, liefern Pakete aus, pflegen Kranke. Soziale, kulturelle und künstlerische Dienstleistungsberufe sind durch Roboter höchstens teilweise zu ersetzen. Es ist weder vorstellbar noch wünschenswert, dass Roboter in Kitas Babys wickeln oder mit Kleinkindern spielen. Das Gleiche gilt für Lehrerinnen und Lehrer, Kranken- und Altenpfleger, Ärzte sowie für viele Berufe in Hotels und Gastronomie. Der Bedarf an Bankfachleuten, Versicherungsfachkräften, möglicherweise auch von Steuerberatungen wird wahrscheinlich sinken. Schließlich kann ein Computer viel schneller ausrechnen, welche Versicherung zum Beispiel für einen Kunden günstiger ist oder wie eine Angestellte Steuern sparen kann. Die Schwierigkeit aller Prognosen liegt allerdings darin, dass man die Zukunft niemals exakt voraussagen kann.

WES-105271-022

Sind Berufe, für die du dich interessierst, von der Automatisierung bedroht? Das kannst du mithilfe dieser Website herausfinden.

1. Wie kommt ein Erdbeben in Los Angeles acht Minuten später in Online-Medien? Erkläre.
2. Erläutere, welche Berufe durch die Entwicklung Künstlicher Intelligenz gefährdet sind und welche weniger.
3. Beurteile die technologischen Neuerungen anhand der Kriterien Auswirkungen und Zukunftschancen von Berufen aus der Sicht von
   a) Unternehmen
   b) Beschäftigten
   c) Jugendlichen, die heute ihren Berufsweg planen.
   S. 255

4 Wie steht es um die Gleichberechtigung in der Arbeitswelt?

Den aktuellen Stand bewerten

A Zum Einstieg

Angenommen, du beobachtest in der Fußgängerzone die beiden Personen auf dem Foto bei ihrer Aktion. Welche Gedanken löst das bei dir aus?

B Licht und Schatten in Sachen Gleichberechtigung

Nach Artikel 3 des Grundgesetzes sind Männer und Frauen gleichberechtigt. Das gilt auch für den Beruf. In den letzten Jahren hat die Politik einiges unternommen, um die Situation der Frauen in der Arbeitswelt zu verbessern. Trotzdem haben sie noch immer mit Nachteilen zu kämpfen. Wo gibt es Fortschritte? Wo stagniert die Gleichstellung? Der folgende Text gibt euch einen Überblick. Grundlage ist der Arbeitsmarktbericht der Bundesagentur für Arbeit (Juli 2019).

Erwerbstätigkeit und Arbeitsbedingungen

In den letzten Jahren ist die Zahl der arbeitenden Frauen stetig gestiegen. Inzwischen sind drei von vier Frauen im Alter zwischen 15 und 65 erwerbstätig. Die Zunahme der Erwerbstätigkeit geht fast ausschließlich auf mehr Teilzeitbeschäftigung zurück. Die Zahl der vollzeitbeschäftigten Frauen hat sich kaum erhöht. Vor allem Mütter arbeiten nach der Elternzeit besonders häufig Teilzeit oder nehmen einen Minijob auf. Dies hat zur Folge, dass Frauen später deutlich geringere Renten haben als Männer.

Bezahlung

Chancengleichheit im Beruf misst sich vor allem an der Bezahlung. Hier sind in den letzten Jahren kaum Fortschritte zu verzeichnen. Nach wie vor verdienen Frauen rund 20 Prozent weniger als Männer. Expertinnen und Experten sehen die Ursachen vor allem darin, dass Frauen häufig schlechter bezahlte Berufe wählen, zum Beispiel im Einzelhandel oder in der Pflege. So sind zum Beispiel 85 Prozent aller Reinigungskräfte Frauen. Auch haben sie infolge der häufiger ausgeübten Teilzeitstellen geringere Aufstiegschancen in Unternehmen. Allerdings bleibt trotz dieser Faktoren ein Lohnunterschied von rund 6 Prozent, der nur auf das Geschlecht zurückzuführen ist.

Am Equal Pay Day demonstrieren Frauen in ganz Deutschland für gleichen Lohn.

Ausbildung und berufliche Qualifikation

Frauen sind so gut qualifiziert wie noch nie. Zwischen 2007 und 2018 stieg der Anteil von Frauen mit Hochschul- oder vergleichbarem Abschluss von 22 auf 27% (Männer: von 27 auf 31%). Betrachtet man ausschließlich jüngere Frauen, so haben diese ihre männlichen Kollegen sogar überholt. Bei den 20- bis 34-jährigen Frauen hatten 29% der Frauen einen hohen Bildungsabschluss, bei den gleichaltrigen Männern lediglich 25%. Gleichzeitig sank der Anteil der Geringqualifizierten.

Karriere

Obwohl knapp die Hälfte der Beschäftigten weiblich ist, sind Frauen in leitenden Positionen immer noch selten vertreten: Nur rund jede vierte Führungskraft ist weiblich. Auf der höchsten Führungsebene in Vorständen sind es sogar nur knapp 10 Prozent. In Branchen mit einem hohen Frauenanteil, zum Beispiel in pädagogischen und Gesundheitsberufen, liegt er höher als zum Beispiel in der Industrie. Auch in kleineren Betrieben haben Frauen bessere Aufstiegschancen als in großen Konzernen.

Der Beitrag der Politik zur Gleichstellung

Hauptsächlich zwei Gesetze sollten die berufliche Stellung der Frauen verbessern:

- Seit 2015 müssen Aufsichtsräte in großen Konzernen zu einem Drittel mit Frauen besetzt werden. Diese Zahl wurde erstmals 2018 leicht überschritten. Geplant ist eine ähnliche Regelung für die Besetzung von Vorständen.
- Seit 2018 müssen große Unternehmen Frauen auf Anfrage offenlegen, was ihre männlichen Kollegen in vergleichbaren Positionen verdienen. Bisher nehmen Frauen diesen Anspruch nur selten wahr.

Karikatur: Thomas Plaßmann

C TEAM kontrovers: Fast alles erreicht oder noch viel zu tun?

Frauen haben in den letzten Jahren fast alles in Sachen Gleichberechtigung erreicht. Dass es noch Unterschiede gibt, liegt vor allem an den Frauen selbst und ihren Entscheidungen für schlecht bezahlte Berufe.

Frauen sind Männern gegenüber immer noch erheblich benachteiligt. Da gibt es noch viel zu tun. Frauenberufe müssen wesentlich besser bezahlt werden und auch die Möglichkeiten der Kinderbetreuung müssen ausgebaut werden.

1. Welche Zahlen in den Materialien vermitteln dir besonders wichtige Informationen über den Stand der Gleichberechtigung? Nenne sie.

2. Suche dir einen Partner und einigt euch auf drei Zahlen. Stellt eure Auswahl in der Klasse vor und begründet sie.

3. Legt zu zweit eine Tabelle an, in der ihr die Fortschritte und das noch nicht Erreichte sammelt.

Licht	Schatten

4. Bilde dir ein Urteil über den aktuellen Stand der Gleichberechtigung und diskutiert in der Klasse über die Aussagen in den beiden Sprechblasen.

Was interessiert dich besonders? Was kannst du richtig gut?

Wähle, wie du vorgehen möchtest:
Möglichkeit 1: Ich arbeite individuell und suche mir zwei, drei oder mehr Aufgaben aus.
Möglichkeit 2: Ich arbeite mit einer Partnerin, einem Partner zusammen. Gemeinsam schaffen wir mehr als allein.
Möglichkeit 3: Wir bilden Gruppen, teilen die Aufgaben auf und lösen alles gemeinsam.

Was ich weiß

Ich kann ...

1. mindestens drei Arten von Arbeit nennen.

2. an einem oder mehreren Beispielen erklären, wie sich die Digitalisierung auf die Arbeitswelt auswirkt.

Wozu ich meine Meinung formulieren und begründen kann

Ich kann zu folgenden Diskussionspunkten meine Meinung formulieren und diese mit Argumenten begründen:

1. Haben wir das Ziel der Gleichberechtigung am Arbeitsplatz bereits erreicht?

2. Werden Roboter in den nächsten Jahren die menschliche Arbeit vollständig ersetzen?

Was ich methodisch gelernt habe

Ich kann ...

1. die vier Schritte bei der Interpretation eines Schaubildes erläutern.

2. jemandem anhand eines Schaubildes den Wandel in der Arbeitswelt erklären.

Worüber ich mitreden kann

Mit ein wenig Nachdenken kann ich mit meinem Banknachbarn oder innerhalb einer Gruppe oder vor der Klasse über die folgenden Fragen eine, zwei oder drei Minuten frei sprechen:

1. Welche Bedeutung hat Arbeit für die Menschen und die Gesellschaft?

2. Wie wirkt sich die Entwicklung Künstlicher Intelligenz auf die Arbeitswelt aus?

Acht Merksätze zum Einprägen

1	„Care-Arbeit“ leisten Menschen, die …
A	besonders viel Geld verdienen.
B	in Krankenhäusern arbeiten.
C	ihre Familie versorgen oder Angehörige pflegen.
D	besonders viel Spaß bei der Arbeit haben.

2	Als Arbeit bezeichnet man eine Tätigkeit …
A	die sehr lange dauert.
B	die besonders viel Spaß macht.
C	die geplant ist, ein Ziel hat und körperliche und/oder geistige Fähigkeiten erfordert.
D	bei der man Geld verdient.

3	Viele heute beliebte Berufe …
A	werden sich auch in Zukunft nicht verändern.
B	werden in Zukunft von Niedrigqualifizierten ausgeübt werden können.
C	gelten bei Experten grundsätzlich als zukunftssicher.
D	werden möglicherweise im Zuge der Digitalisierung aussterben.

4	Digitalisierung …
A	hat fast keine Auswirkungen auf die Arbeitswelt.
B	erfordert von Beschäftigten Flexibilität und lebenslanges Lernen.
C	bewirkt, dass Beschäftigte keine Überstunden mehr machen müssen.
D	führt zu höheren Löhnen für alle Beschäftigten.

5	Wirtschaft 4.0 …
A	wird durch die Entwicklung Erneuerbarer Energien ermöglicht.
B	wird durch die Digitalisierung sowie die Vernetzung von mehreren Maschinen und Geräten ermöglicht.
C	bezeichnet die Entwicklung der Wirtschaft im vierten Quartal eines Jahres.
D	ist eine Bezeichnung für die zweite industrielle Revolution.

6	Von Künstlicher Intelligenz spricht man, …
A	wenn Menschen nicht von Geburt an intelligent sind.
B	wenn Schülerinnen und Schüler in der Schule zum Lernen Computer verwenden.
C	wenn Menschen nach einer Gehirnoperation intelligenter als vorher sind.
D	wenn Computer und Maschinen eigenständig und intelligent handeln können.

7	Frauen …
A	sind in leitenden Positionen immer noch selten vertreten.
B	verdienen nur die Hälfte des Lohns der Männer.
C	verdienen in ähnlichen Positionen stets dasselbe wie Männer.
D	sind fast immer schlechter als Männer ausgebildet.

8	Gleichberechtigung zwischen Frauen und Männern …
A	ist eine innere Angelegenheit eines jeden Unternehmens.
B	ist in der Arbeitswelt längst verwirklicht.
C	ist nach Artikel 3 des Grundgesetzes auch in der Arbeitswelt durchzusetzen.
D	ist in den meisten Berufen nicht möglich.

- Bei richtiger Lösung kommen A einmal, B und D je zweimal, C dreimal vor.
- Übernimm die Merksätze in dein Heft und präge sie dir ein.

9 Unternehmen – Motor der Wirtschaft

Das Werksgelände der Dr. Oetker Nahrungsmittelwerke in Bielefeld

Was sind ihre Aufgaben und Herausforderungen?

1. Allein nachdenken
Welche Unternehmen fallen dir spontan ein? Notiere die Namen.

2. Zu zweit beraten
Betrachtet eure Listen: Wodurch unterscheiden sich diese Unternehmen?

3. In der Klasse sammeln
Was sind die wichtigsten Aufgaben von Unternehmen?

Im Verlauf dieses Kapitels könnt ihr ...

- erklären, wie man ein Unternehmen gründet,
- Gemeinsamkeiten und Unterschiede von Unternehmen untersuchen,
- am Fall der Sonnenwerke erläutern, wie ein Unternehmen aufgebaut ist,
- eine unternehmerische Entscheidung in einer Konkurrenzsituation treffen,
- begründen, warum nachhaltig wirtschaftende Unternehmen im Wettbewerb erfolgreich abschneiden.

Eigene Schwerpunkte könnt ihr setzen, indem ihr ...

- das Berufsbild des Unternehmers, der Unternehmerin mit euren eigenen Berufsvorstellungen vergleicht,
- ein Unternehmen in eurer Region in einem Kurzvortrag vorstellt,
- einen Vorschlag für das neue Vertriebsteam der Sonnenwerke entwickelt,
- Meldungen in der Presse über bekannte Unternehmen der Region sammelt und daraus eine Wandzeitung erstellt

1 Können auch Schülerinnen und Schüler ein erfolgreiches Unternehmen gründen?

Ideen zur Gründung einer Schülerfirma entwickeln

A Zum Einstieg

Allein in Nordrhein-Westfalen gibt es Hunderte von Schülerfirmen. Stellt euch vor, eure Klasse will ein Unternehmen gründen. Was braucht ihr dazu?

- Denkt zuerst alleine nach und tauscht euch dann in der Klasse aus.

B Die Schülerfirma „Auszeit" betreibt ein Café

Das neue Café – beliebter Treffpunkt in den Pausen – auch in Zeiten von Corona

WES-105271-023

Hier findet ihr weitere Beispiele von Schülerfirmen.

Von der Idee bis zur Eröffnung des neuen Schüler-Cafés dauerte es rund vier Jahre. Die Schülerfirma „Auszeit" der Nelson-Mandela-Gesamtschule in Greven bietet gesunde und nachhaltige Pausensnacks an:
Die einen nutzten die [...] Unterrichts-Pause zum Chillen, andere spuckten in die Hände und packten an. Über 100 offiziell gezählte und wohl etliche weitere Stunden, die in keiner Statistik auftauchen, investierten Aktive der Schülerfirma „Auszeit" der Nelson-Mandela-Gesamtschule in den vergangenen Monaten, um das neue Schüler-Café einzurichten und (teilweise) in Betrieb zu nehmen. Erst gab es nur Coffee to go, inzwischen sind 17 Sitzplätze nutzbar, sobald Corona es zulässt, können 60 bis 80 Besucher Platz nehmen. [...]

Herausgekommen ist ein multifunktional nutzbares Café (auch für Vorträge und Schulveranstaltungen), das Anlaufstelle für Schüler sein soll, die dort in einladendem Ambiente Pausen oder Freistunden verbringen möchten. Das Café versteht sich als Zusatzangebot zur Mensa, wo sich die Schüler mittags versorgen können. Im Café gibt es Frühstück und von 8 bis 15 Uhr Getränke und Kaffee.

(Aus: Oliver Hengst, „Auszeit" der Gesamtschule hat neues Café in Betrieb genommen, 11.06.2020; in: www.wn.de/Muensterland/Kreis-Steinfurt/Greven/4214694-Auszeit-der-Gesamtschule-hat-ein-neues-Cafe-in-Betrieb-genommen-Von-Schuelern-fuer-Schueler; Abruf: 13.01.2021)

Warum lohnt es sich, für „Auszeit" seine Freizeit zu opfern?

„Von Anfang an, seit ich auf der Schule bin, fand ich das toll." Für Gesamtschülerin Carlotta war daher schnell klar, dass sie selbst auch mal bei der Schülerfirma Auszeit mitmachen wollte. Jetzt, wo sie in der achten Klasse ist, ist der Zeitpunkt gekommen. „Jeder kann hier mitmachen, wenn er bereit ist, sich einzubringen", sagt sie. [...] „Man wächst zusammen. Das macht total viel Spaß."
Ähnlich ergeht es auch Lara aus der achten Klasse, die ebenfalls seit einigen Wochen neu dabei ist. „Alle Achter haben eine E-Mail bekommen. Man konnte sich dann bewerben", berichtet sie. Nach einem Bewerbungsgespräch folgten rasch erste Termine für die Einarbeitung. Beides übernehmen ältere Schüler, die schon länger dabei sind, so wie Mia aus der neunten Klasse, die schon ein

Jahr Auszeit-Erfahrung hat. „Man zeigt den Neuen, wie die Abläufe sind und wie das mit der Kasse und mit den Maschinen funktioniert“, sagt sie.
Bei der Einarbeitung wird dann meistens auch rasch klar, in welchem Bereich die Neuen eingesetzt werden wollen: Marketing, Einkauf, IT, Vorstand und mehr – viele Aufgaben warten darauf, erledigt zu werden. Carlotta interessiert sich für den Bereich Vorstand. „Mir macht das Spaß, in alle Bereiche hineinzuschauen.“ Das Management der Abläufe habe seinen ganz eigenen Reiz. Das heißt aber nicht, dass sie keinen Kaffee an der Theke verkauft. „Das müssen alle machen“, stellt sie klar.
Finn Rüschenschulte ist Elftklässler und somit schon ein „alter Hase“. Für ihn sind die praktischen Erfahrungen, die er in der Schülerfirma sammelt, auch eine „gute Basis für Bewerbungsgespräche. Man hat dann schon gewisse Kenntnisse.“ Er kümmert sich in der Auszeit um die Buchhaltung und möchte auch beruflich in den Finanz-Sektor. Er hat erlebt, dass die Tätigkeit in der Schülerfirma für viele schon ein echter Türöffner war. […]
Bei Tillian Borchmann hat sein Auszeit-Engagement gar eine selbständige Tätigkeit (mit Gewerbeschein) ausgelöst. Er programmierte für die Schülerfirma eine App zur Vorbestellung und Bezahlung von Brötchen und Co. – daraus ergaben sich Folgeaufträge. Ihm ist auch das Thema Persönlichkeitsbildung wichtig. Neulich stellte er auf einem großen Kongress das Projekt Auszeit vor. „Das sind Erfahrungen, die macht man im Schulalltag sonst nicht.“

(Aus: Oliver Hengst, „Man wächst zusammen, das macht total viel Spaß“, 12.06.2020; in: www.wn.de/Muensterland/Kreis-Steinfurt/Greven/4214692-Warum-sich-Schueler-in-der-Auszeit-engagieren-Man-waechst-zusammen-das-macht-total-viel-Spass; Abruf: 13.01.2021)

Hintergrund: Schülerfirmen – ganz normale Unternehmen?

Schülerfirmen sind Unternehmen, die von Schülerinnen und Schülern gegründet und betrieben werden. Sie sind eine spezielle Form der Projektarbeit, die Mitarbeit ist freiwillig, auch werden keine Gehälter gezahlt.

„Auszeit“ hat inzwischen zahlreiche Preise gewonnen, wie hier zum Beispiel die Plakette „Schule der Zukunft – Bildung für nachhaltige Entwicklung“. 2020 wurde die Firma unter 130 Bewerbern als bundeweit beste Schülerfirma ausgezeichnet.

Schülerfirmen sind wie richtige Unternehmen aufgebaut und funktionieren auch so: Sie verkaufen ein Produkt oder eine Dienstleistung und verdienen damit Geld. Doch ist das nicht ihr Hauptzweck. Sie bietet allen Mitarbeitenden die Chance, unternehmerisches Denken zu trainieren und praktisch in verschiedene Tätigkeitsfelder reinzuschnuppern. Viele im Beruf wichtige Kompetenzen wie Zuverlässigkeit, Verantwortungsbewusstsein und Pünktlichkeit sind auch in Schülerfirmen gefragt. Insofern ist die Mitarbeit in einer Schülerfirma eine gute Vorbereitung für den Beruf.

1. Welche Dienstleistung bietet die „Auszeit“ an? Beschreibe die Geschäftsidee.

2. Erläutere, warum sich Schülerinnen und Schüler in der „Auszeit“ engagieren.

3. Könntest du dir vorstellen, in einer Schülerfirma zu arbeiten? Wenn ja, in welchen Bereichen? Begründe deine Antwort.

4. Vergleiche Schülerfirmen mit „normalen“ Unternehmen. Was haben sie gemeinsam, wodurch unterscheiden sie sich? S. 255

C Unternehmensgründung

1. Welche Voraussetzungen müssen Existenzgründer mitbringen? Beschreibe sie.
2. Erläutere, was man unter einem Businessplan versteht.
3. Existenzgründungen werden staatlich gefördert. Begründe, warum der Staat ein Interesse an möglichst vielen Neugründungen hat.

Teil 1: Voraussetzungen

Grundsätzlich kann jeder, der das 18. Lebensjahr vollendet hat und damit „geschäftsfähig" ist, ein Unternehmen gründen. Zwischen dem 7. und 18. Lebensjahr benötigen Jugendliche die Zustimmung ihrer Eltern. Schülerfirmen müssen von der Schulleitung genehmigt werden.

Künftige Unternehmerinnen und Unternehmer müssen zum Beispiel bereit sein, Risiken einzugehen, lange Arbeitszeiten in Kauf zu nehmen und in der Anfangszeit wenig zu verdienen. Daneben benötigen sie auch kaufmännische Kenntnisse. Sie müssen zum Beispiel wissen, wie Preise festgelegt werden oder wie Gewinne und Verluste berechnet werden.

Teil 2: Schritte zur Unternehmensgründung

Bei einer Gründung muss vieles organisiert werden. Deswegen lassen sich die meisten künftigen Unternehmerinnen zunächst ausführlich beraten. Hilfe und Beratung findet man bei den Industrie- und Handelskammern, bei speziellen Unternehmensberatern oder Rechtsanwälten.

Anschließend geht es darum, einen ausführlichen Geschäftsplan (Businessplan) zu entwickeln. Darin legt man die Strategie* der Gründung fest. Aufgrund des Geschäftsplans entscheiden die Banken, ob sie Existenzgründern einen Kredit geben.

Merke ✓

Als **Strategie** bezeichnet man einen langfristigen Plan, mit dem man beschreibt, wie man Ziele erreichen will.

Im Geschäfts- oder Businessplan sollten Existenzgründer/-innen zahlreiche Fragen beantworten, zum Beispiel:

- Wollen sie anfangs nebenberuflich ihr Unternehmen führen? Oder gleich Vollzeit für die neue Firma tätig sein?
- Welche Dienstleistungen oder Produkte wollen sie anbieten?
- Was ist das Besondere daran?
- Wie ist die Konkurrenzsituation?
- Auf welchem Wege will man die Leistungen oder Produkte verkaufen: direkt, im Internet oder im Handel?
- Will man zunächst alleine arbeiten oder gleich mit mehreren Beschäftigten starten?
- Wie soll die Gründung finanziert werden? Wie viel Geld kann man zur Gründung beisteuern?

Die Bedeutung von Existenzgründungen

Junge Unternehmen fördern mit neuen Produkten und Dienstleistungen den Wettbewerb und bewirken so, dass sich alle Unternehmen anstrengen müssen, um weiterhin erfolgreich zu sein. Sie schaffen neue Arbeitsplätze. Wenn sie erfolgreich sind, schaffen sie damit auch mehr Wohlstand für alle.

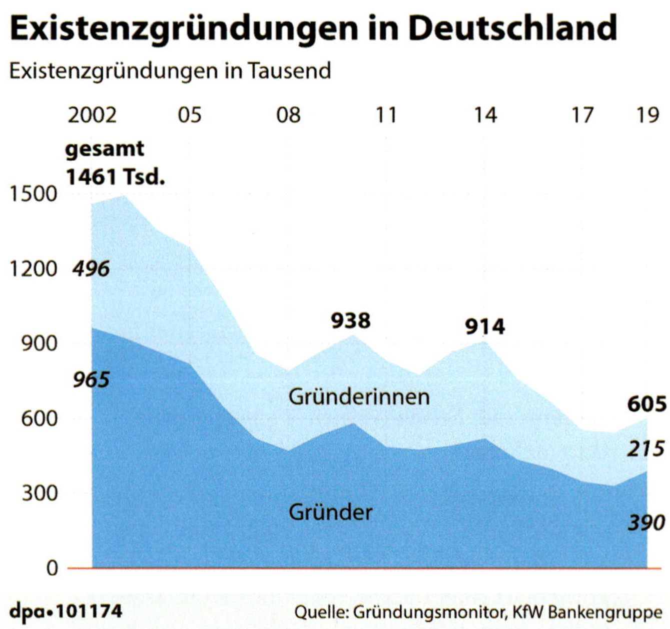

D Welche Ideen zur Gründung einer Schülerfirma haben wir?

Angenommen, dass ...

Wie die Schülerinnen und Schüler des Johanna-Geissmar-Gymnasiums wollt ihr eine Schülerfirma gründen. Ihr wollt attraktive Produkte anbieten, einen großen Kundenkreis gewinnen und damit möglichst viel Geld verdienen. Was braucht ihr alles?

Euer Auftrag:

1. Entwickelt in einem Brainstorming Ideen zur Gründung einer Schülerfirma. Einige Themenvorschläge findet ihr in den Kästen unten.
2. Ordnet in einem zweiten Schritt eure Ideen und stellt sie in der Klasse vor.

Welche Werbemaßnahmen?

Welche Geschäftsidee?

Woher das Kapital?

Welcher Firmenname?

Welche Abteilungen?

Welche Produktionsmittel? (Rohstoffe, Maschinen, Transportmittel)

Fünf wichtige Regeln für das Brainstorming

1. Lasst euch das Thema vor Beginn des Brainstormings einige Zeit durch den Kopf gehen.
2. Nehmt euch vor, mindestens einen Beitrag zum Brainstorming zu leisten.
3. Bringt euren Beitrag auch ein, wenn ihr nicht sicher seid, ob er wirklich wichtig ist.
4. Hört genau zu, was die anderen zum Thema einbringen. Jeder darf Ideen von anderen aufgreifen und weiterentwickeln.
5. Kommentiert die Beiträge eurer Mitschülerinnen und Mitschüler nicht, weder durch besondere Zustimmung noch durch abfällige Bemerkungen.

E Der Fall: Unternehmer werden: chancenreich oder eher riskant? Das Beispiel Thomas Hoppe

Merke ✓

Lean Startup: Als Startup bezeichnet man ein neu gegründetes Unternehmen. Lean bedeutet übersetzt „schlank". Damit meint man, dass das Unternehmen am Anfang sehr wenig Geld und auch nur wenige Mitarbeiter hat.

Thomas Hoppe hatte es irgendwie verpennt. Als er nach dem Schulabschluss einen Job suchte, waren die besten Gelegenheiten schon weg. Zumindest habe es sich so angefühlt, und auch wenn er gut unterkam – ein maues Gefühl blieb. Und dieses Gefühl scheint in ihm etwas bewegt zu haben. Denn als er im Rahmen seines dualen Studiums im Jahr 2010 ein fiktives Unternehmen gründen soll, schießt ihm die Idee einer Jobplattform in den Kopf, die sich speziell an Berufsanfänger richtet.

Also legt Hoppe los. Er baut eine Datenbank mit Jobanzeigen auf und schreibt einen Businessplan, den er heute als „eher simpel gehalten" bezeichnet. Lange läuft das Projekt nicht, bevor er es wieder einstellt. Stattdessen sammelt Hoppe Erfahrung bei der Berufseinsteiger-Jobbörse Absolventa und beim Personaldienstleister Hays. [...] 2012 probiert Hoppe es noch einmal. [...]

Ein Jahr vergeht, bis Hoppe seine ersten Mitarbeiter einstellt. Allerdings stellt sich das schnell als falscher Schritt heraus. „Drei Monate später musste ich sie wieder entlassen, weil kein Geld mehr da war. Ich war Mitte 20 und hatte keinerlei Erfahrung als Geschäftsführer, das wurde mir leider sehr deutlich", sagt er heute. Doch Hoppe gibt nicht auf. Ein zweiter Investor bringt frisches Kapital ins Unternehmen, Schülerkarriere gewinnt Tui, Siemens und Debeka als erste Kunden. Und Hoppe macht das, was ihm später zum Erfolg verhilft: Er beteiligt sich zu einem Drittel an Abiunity, einer Plattform für Abiturienten. [...]. „Als wir in etwa tausend Schulen waren, fing alles an zu fliegen", sagt der Gründer. Neue Investoren kommen hinzu. [...] Heute hat Schülerkarriere zwölf Mitarbeiter [...] Seit ungefähr einem Jahr arbeite das Startup profitabel, sagt Hoppe. [...]

Was er seit der Gründung gelernt hat? Zum Beispiel, dass ein Lean-Startup* auch Nachteile mit sich bringt. So habe er selbst in den ersten zwei Jahren mit 1 000 Euro brutto pro Monat auskommen und sich mit Nebenverdiensten über Wasser halten müssen. Und weil er sparsam zu sein hatte, habe seine Firma zunächst nur sehr langsam wachsen können. Bis heute sind eine Viertelmillion Euro in das Unternehmen geflossen – keine besonders große Summe. Zwischendrin habe er selbst Kapital zuschießen müssen.

(Aus: Alex Hoffmann, „Ich bin da reingestolpert und war sehr naiv", 08.01.2020; in: www.gruenderszene.de/awards/schuelerkarriere-thomas-hoppe-awards/2; Abruf: 13.01.2021)

1. Thomas Hoppe benötigte mehrere Anläufe, bis sein Unternehmen Erfolg hatte. Beschreibe die einzelnen Stationen.
2. Begründe, warum Thomas Hoppe doch noch Erfolg mit seinem Unternehmen hatte.
3. Beurteile ausgehend von dem Fall Chancen und Risiken des Unternehmers.

F Selbstbefragung: Habe ich das Zeug zur Unternehmerin/zum Unternehmer?

Wer als Unternehmer erfolgreich sein will, braucht neben fachlichen und kaufmännischen Kenntnissen auch eine ganze Reihe persönlicher Kompetenzen. Mithilfe dieses Tests kannst du herausfinden, welche persönlichen Voraussetzungen du für diese berufliche Tätigkeit mitbringst. Je höher deine Punktzahl ist, desto besser bist du dafür geeignet.

Euer Auftrag:

1. Übertrage die Nummern der Sätze in dein Heft, ordne jeder Aussage eine Punktzahl zu und ermittle die Gesamtpunktzahl.
2. Suche dir eine Partnerin/einen Partner, die/der dich gut kennt, und überprüft gegenseitig eure Selbsteinschätzung. Wo gibt es Abweichungen zwischen Selbst- und Fremdeinschätzung?
3. Könnt ihr euch vorstellen, später einmal Unternehmerin oder Unternehmer zu werden? Tauscht euch zu zweit über diese Frage aus.

Tipp: Die Ergebnisse dieses Tests kannst du in deiner Berufswahlmappe dokumentieren.

Ich finde es richtig und wichtig, wenn …		trifft voll zu (3 Punkte)	trifft teilweise zu (2 Punkte)	trifft nicht zu (1 Punkt)
1.	Ich bin offen und knüpfe gerne neue Kontakte.			
2.	Ich habe den Mut, auch finanziell etwas zu riskieren.	?		
3.	Ich übernehme gerne Verantwortung und bin bei Gruppenarbeiten oft die treibende Kraft.			
4.	Ich bin bereit, hart zu arbeiten und auch auf Freizeit zu verzichten, um meine Ziele zu erreichen.			
5.	Ich lasse mich durch Niederlagen nicht entmutigen, sondern verfolge weiter meine Ziele.			
6.	Ich glaube an mich und bin von meinen Fähigkeiten überzeugt.		?	
7.	Ich kann geschickt verhandeln und bei Streit vermitteln.			
8.	Ich mag Veränderungen und neue Herausforderungen.			
9.	Ich liebe den Wettkampf. Es spornt mich an, mich mit anderen zu messen.			
10.	Ich bin ehrgeizig und verfolge meine Ziele konsequent.	?		
11.	Ich möchte meine eigenen Ideen verwirklichen, ohne dass mir jemand reinredet.			
12.	Ich mache mir gerne Gedanken, wie ich etwas besser und schneller machen kann.			

2 Was haben Uwes Schlemmereck und Apple gemeinsam?

Unternehmen der Region im Kurzvortrag präsentieren

A Zum Einstieg

Die Fotos zeigen ganz unterschiedliche Unternehmen.

a) Womit verdienen diese jeweils ihr Geld?

b) Suche nach Möglichkeiten, nach welchen Kriterien man Unternehmen unterscheiden kann.

B Viele Unternehmen – ein gemeinsames Ziel

Die meisten Menschen kennen McDonalds, Nokia, Motorola, Apple, Sony, Douglas und Hennes & Mauritz. Vielleicht kennen sie auch noch Aldi, Kaufhof und BMW. Aber kennen sie General Electric (eines der größten Unternehmen der Welt) oder Prym (ein Spezialist für Druckknöpfe, der 1642 gegründet wurde) oder Uwes Schlemmereck?

In Deutschland allein gibt es 3,4 Millionen Unternehmen. Zu dieser Liste gehört der Kiosk in meiner Straße, der von einem fleißigen serbischen Ehepaar betrieben wird.

Dazu zählt auch das deutsche Traditionsunternehmen Siemens, das weltweit fast eine halbe Million Mitarbeiter hat. Dazu gehören die Bahn, die Post, der Bauernhof meines Bruders, C&A, Burger King, Porsche, das Friseurgeschäft um die Ecke, der Eisverkäufer, das Fitnessstudio und die Diskothek. Sogar einige Schulen und Universitäten sind Unternehmen. Eine Definition für Unternehmen lautet: Sie verkaufen etwas und versuchen dabei, etwas zu verdienen. Alle Unternehmen eint eine Hauptaufgabe: Sie sind für die Versorgung zuständig, für die Erfüllung der Wünsche ihrer Kunden. Das ist ihre Rolle in der Marktwirtschaft.

Damit die Kunden zufrieden sind, müssen die Unternehmen Unbrauchbares in Brauchbares verwandeln: Stahl in Autos, einen Schuppen in eine Diskothek, Hackfleisch in einen Hamburger und Arbeitskraft in eine Dienstleistung: Post austragen ist so eine Dienstleistung, kellnern oder Unterricht geben.

Eines haben alle Unternehmen gemeinsam, die großen, die kleinen, die alten, die jungen: Sie müssen genügend Kunden gewinnen oder anders gesagt: möglichst viel verkaufen. Nur dann bewähren sie sich auf ihren Märkten, nur dann können sie überleben.

Was ein Unternehmen herstellt und anbietet, legt in der Marktwirtschaft die Unternehmensleitung fest, auch Management genannt. Das Management orientiert sich in seinen Entscheidungen natürlich auch daran, was seiner Meinung nach viele Akteure auf dem Markt haben wollen. Es orientiert sich daran, was sich verkaufen lässt. Denn das Management verfolgt ein Ziel: Gewinn zu machen, also mehr Geld einzunehmen als auszugeben. Damit das funktioniert, muss das Unternehmen den Menschen das liefern, was sie brauchen oder sich wünschen.

Indirekt entscheidet also der Wunsch des Kunden darüber, was hergestellt wird. Oft läuft natürlich etwas schief. Das Management schätzt den Kunden oder auch die Konkurrenz falsch ein. Jahr für Jahr bringen Unternehmen neue Schokoriegel, Waschmittel, Pflegecremes auf den Markt, doch die meisten setzen sich nicht durch und bleiben in den Regalen liegen. Vier von fünf neuen Produkten scheitern, weil die Kunden sie nicht kaufen. Das ist das Risiko des Unternehmens: Es trifft Entscheidungen, die in die Zukunft gerichtet sind.

(Aus: Winand von Petersdorff: Das Geld reicht nie – Warum T-Shirts so billig, Handys umsonst und Popstars so reich sind, Frankfurt 2013, 3. Auflage, S. 51 f.)

In dem Text fehlen noch folgende Zwischenüberschriften: Unternehmensarten – Anzahl – Definition – Kundenorientierung – Gemeinsamkeiten – Management – Risiken. Wo gehören sie hin?

1. Gliedere den Text bei einem zweiten Lesedurchgang und füge die Zwischenüberschriften ein.

2. Was haben alle Unternehmen gemeinsam, was unterscheidet sie?

3. Das Management trägt in jedem Unternehmen große Verantwortung. Erkläre, warum das so ist.

Was auch noch interessant sein kann:

- ein Unternehmen auswählen, eine Besichtigung planen und durchführen,
- Meldungen in der Presse über bekannte Unternehmen sammeln und daraus eine Wandzeitung erstellen.

C Recherche: Wie präsentieren sich Unternehmen unserer Region im Internet?

Fast alle Unternehmen sind inzwischen im Internet vertreten. Eine Internetrecherche bietet daher eine gute Möglichkeit, einen ersten Einblick in ein Unternehmen aus eurer Region zu gewinnen.

Schülerteams recherchieren zu nordrhein-westfälischen Unternehmen im Internet.

1. Schritt: Sucht ein Unternehmen aus, das ihr vorstellen wollt.

Hinweise auf Unternehmen in eurer Region findet ihr zum Beispiel im Wirtschaftsteil eurer Tageszeitung oder auch auf den „Gelben Seiten“ (www.gelbeseiten.de). An Adressen kommt ihr am einfachsten über eine Suchmaschine. Einige Vorschläge für Unternehmen findet ihr auch auf dieser Seite.

2. Schritt: Führt die Internetrecherche durch

An folgenden Fragen könnt ihr euch bei der Recherche orientieren:

- Welche Produkte stellt das Unternehmen her bzw. welche Dienstleistungen bietet es an?
- Seit wann existiert das Unternehmen? Welche Geschichte hat es?
- Wie viele Mitarbeiterinnen und Mitarbeiter hat das Unternehmen?
- Wo befindet sich der Stammsitz des Unternehmens?
- Gibt es weitere Niederlassungen in Deutschland oder im Ausland?
- Sind offene Stellen zu besetzen? Hinweise findet ihr auch unter dem Stichwort „News“ oder „Presse“.
- Welche Bedeutung hat Nachhaltigkeit und Umweltschutz in dem Unternehmen?

Was solltet ihr noch beachten?

Auf ihrer Website wollen sich die Unternehmen natürlich möglichst positiv darstellen, die Präsentation im Internet ist ein Teil der Öffentlichkeitsarbeit der Unternehmen. Ihr werdet also im Allgemeinen keine kritischen oder negativen Informationen finden. Es ist daher sinnvoll, zusätzlich mithilfe von Suchmaschinen über das Unternehmen zu recherchieren.

Nordrhein-westfälische Unternehmen im Internet – einige Vorschläge:

www.rheinmetall.com
www.oetker-gruppe.de
www.rag.de
www.bayer.de
www.telekom.de
www.tengelmann.de
www.vodafone.de
www.hochtief.de
www.thyssenkrupp.com
www.eon.de
www.aldi.com
www.henkel.de

3. Schritt: Wie könnt ihr eure Ergebnisse präsentieren?

Die Ergebnisse eurer Recherche könnt ihr eurer Klasse in einer Präsentation vorstellen. Wie ihr dabei vorgehen könnt, findet ihr auf der Methodenkarte auf der folgenden Seite.
Sprecht auch über die Frage: Könntet ihr euch vorstellen, in diesem Unternehmen zu arbeiten? Begründet eure Ansicht.

Arbeitsergebnisse präsentieren
Thema: Ein Unternehmen der Region vorstellen

Worum geht es?

Wenn man sich allein, zu zweit oder in einer Gruppe mit einem Thema beschäftigt hat und die Arbeitsergebnisse vortragen soll, möchte man, dass das gut gelingt.
Die wichtigste Voraussetzung ist, dass man sich gut vorbereitet hat. Die Zuhörenden merken sehr schnell, ob man sich intensiv mit einem Thema beschäftigt hat.
Eine Visualisierung, etwa durch Plakate, Fotos oder auch durch eine Powerpoint-Präsentation veranschaulicht den Vortrag. Aussagen, die man gleichzeitig hört und sieht, kann man sich wesentlich besser merken.

Wie könnt ihr vorgehen?

Wenn man als Gruppe präsentiert, sollten mehrere oder sogar alle Gruppenmitglieder Präsentationsaufgaben übernehmen.
Beim Thema „Unternehmen in unserer Region“ könnt ihr verschiedene Gliederungspunkte untereinander aufteilen, zum Beispiel:

- das Unternehmen und seine Produkte oder Dienstleistungen
- die Geschichte
- Berufe im Unternehmen, Zahl der Beschäftigten
- Bedeutung von Nachhaltigkeit und Umweltschutz für das Unternehmen
- aktuelle wirtschaftliche Lage

Tipp: Bevor ihr vor der Klasse präsentiert, solltet ihr den kompletten Vortrag einmal in der Gruppe üben

10 Regeln für eine gelungene Präsentation

Vor dem Beginn

1. Sorgt zu Beginn für Ruhe und Aufmerksamkeit.
2. Wartet ab, bis alle anderen ihre Arbeiten beendet und Blickkontakt zu dir haben.
3. Stellt das Thema eurer Präsentation vor.
4. Gebt einen kurzen Überblick über die Gliederung.

Während des Vortrags

5. Sprecht laut, deutlich und nicht zu schnell.
6. Sorgt dafür, dass eure Visualisierung gut zu sehen und zu lesen ist.
7. Haltet Blickkontakt zu den Zuhörenden, dreht ihnen nicht den Rücken zu, wenn ihr zum Beispiel eine Visualisierung erklärt.

Am Ende des Vortrags

8. Bedankt euch bei den Zuhörenden für ihre Aufmerksamkeit.
9. Lasst Publikumsfragen zu und beantwortet diese noch im Stehen.
10. Bitte um eine Rückmeldung zur Qualität eurer Präsentation.

3 Von der Beschaffung bis zur Lieferung: Wie funktionieren Unternehmen?

Wir erläutern betriebliche Organisationsformen

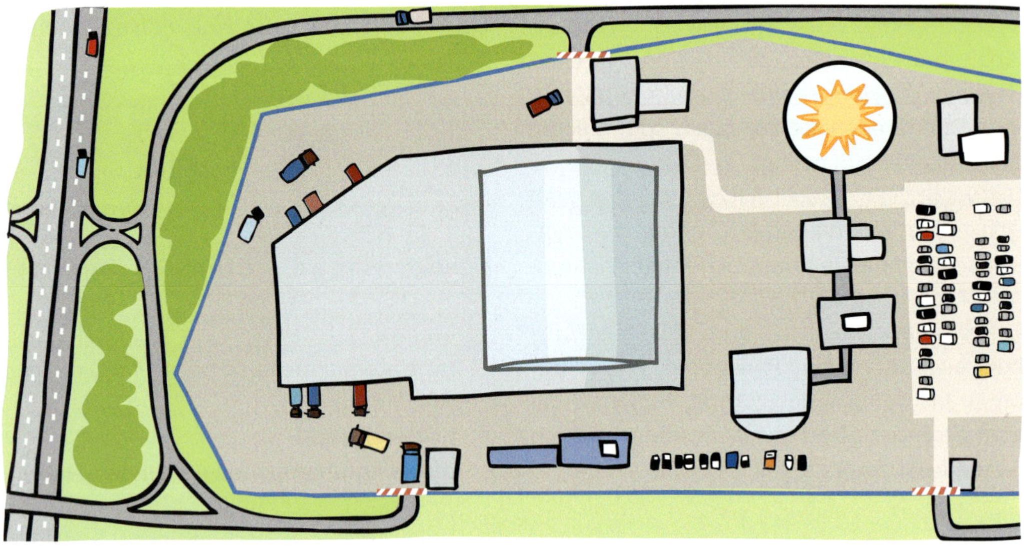

Die Sonnen-Werke aus der Vogelperspektive

A Wer ist wofür zuständig? Das Beispiel Sonnen-Werke

In jedem Unternehmen fallen immer wiederkehrende grundsätzliche Aufgaben an. Sie werden als betriebliche Grundfunktionen bezeichnet. Im folgenden Beispiel eines fiktiven Industriebetriebs könnt ihr erarbeiten, welche das sind.

Die Sonnen-Werke produzieren natürliche Grundstoffe für die Getränke- und Lebensmittelindustrie und Fruchtsaftgetränke. Gegründet wurden sie in den Siebzigerjahren des letzten Jahrhunderts. Sie sind heute noch ein Familienunternehmen. Am Stammsitz des Unternehmens werden Produkte hergestellt, aber auch viele wichtige Entscheidungen für das Unternehmen getroffen: welche Produkte auf dem Markt angeboten werden sollen, wie und wohin die Produkte verkauft werden, in welchen Ländern man neue Betriebe errichten will. Damit das Unternehmen konkurrenzfähig bleibt, entwickelt die Forschungs- und Entwicklungsabteilung ständig neue Produkte.

Beschaffung

Da in Deutschland keine Südfrüchte wachsen, werden viele Rohstoffe für die Fruchtsäfte aus Nord- und Südamerika und aus dem Mittelmeerraum eingeführt. Einkäufer sorgen dafür, dass die Rohstoffe zu möglichst günstigen Preisen beschafft werden. In der Folge muss der Transport organisiert werden. Täglich passieren Hunderte von Lkws die Pforte der Sonnen-Werke. Wer in dem Bereich Beschaffung arbeitet, muss dafür sorgen, dass einerseits immer genügend Nachschub für die Produktion vorhanden ist, andererseits dürfen auch nicht zu viele Lkws bestellt werden, denn nicht benötigte Rohstoffe zu lagern kostet zusätzlich Geld. Auch genügend Personal muss beschafft werden. In Spitzenzeiten haben die Sonnen-Werke oft nicht genügend eigenes Personal, sie leihen es von Zeitarbeitsfirmen.

Zusammengefasst hat die Beschaffung die Aufgabe, die Produktionsfaktoren Arbeit, Kapital und Werkstoffe in der richtigen Menge, zur passenden Zeit und zu möglichst günstigen Preisen zu organisieren.

Produktion

In der Produktion werden die Konzentrate gemischt, erhitzt und in große Tanks abgefüllt. Anschließend werden sie entweder an Kunden in der Getränkeindustrie geliefert oder für die eigene Produktion weiterverarbeitet, indem man Wasser, Zucker und Geschmacksstoffe hinzufügt. Das genaue Rezept bleibt allerdings geheim, denn schließlich will man ja nicht, dass die Produkte von anderen Unternehmen nachgeahmt werden. Anschließend werden die Fruchtsaftgetränke abgefüllt. Weil die Maschinen, mit denen die Getränke hergestellt werden, sehr teuer sind und daher gut ausgelastet sein müssen, arbeiten die Mitarbeiter in der Produktion in zwei Schichten, in Spitzenzeiten wird sogar rund um die Uhr gearbeitet.
Zusammengefasst hat dieser Bereich die Aufgabe, den Ablauf der Produktion zu planen, die Qualität der Produkte zu kontrollieren und zu entscheiden, was in welcher Menge wie produziert wird.

Absatz

Mitarbeiterinnen und Mitarbeiter des Vertriebs sorgen dafür, dass die bestellten Produkte an die Kunden geliefert werden. Inzwischen hat das Unternehmen Kunden in über 90 Ländern. Für die Vermarktung sind Kaufleute und Marketingspezialisten zuständig: Sie berechnen unter anderem die Preise, beraten und informieren die Kunden und überlegen auch, wie durch Werbemaßnahmen der Verkauf der Produkte gesteigert werden kann. Zusammengefasst umfasst dieser Aufgabenbereich alle Tätigkeiten, die darauf zielen, die Produkte eines Unternehmens bekannt zu machen, den Vertrieb und Verkauf zu organisieren.

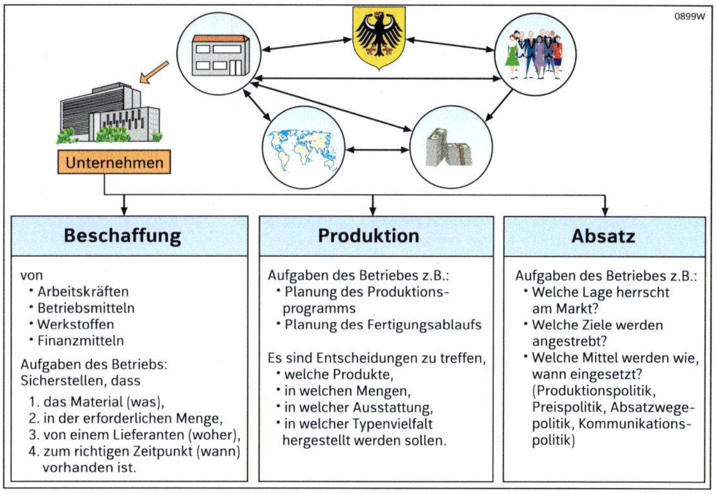

Ein Blick ins Unternehmen: Wer nimmt welche Aufgaben wahr?

1. Johannes Bartel plant zusammen mit Vertretern von zwei Supermarkt-Ketten eine Sonderverkaufsfläche, um ein neues Fruchtsaftgetränk bei den Konsumenten bekannter zu machen.
2. Serap Karioglu telefoniert mit einem Zulieferer in Südamerika, weil sich eine Rohstofflieferung verzögert.
3. Im großen Konferenzraum tagen zwei Abteilungsleiter mit der Geschäftsführung. Bei der Waren-Endkontrolle wiesen mehrere Getränkekartons Qualitätsmängel auf, die man sofort beheben möchte.
4. Katja Niemeyer berät sich in einer Video-Konferenz mit Kollegen der Niederlassung in Polen. Sie überlegen, dem dortigen Großhändler einen Rabatt anzubieten, um den Absatz in Polen anzukurbeln.
5. Vor dem Werktor schaut Tim Wiseler immer wieder nervös auf seine Uhr. Er erwartet dringend drei Lkws aus den Niederlanden. Wegen eines Hafenstreiks konnten sie in Rotterdam erst verspätet beladen werden.

1. Erläutere anhand des Textes und des Schaubilds die Aufgaben in den Bereichen Beschaffung, Produktion und Absatz.

2. Ordne die Punkte 1 bis 5 den passenden Grundfunktionen zu.

3. Gleich neben den Sonnen-Werken hat eine Software-Firma ihren Sitz. Erläutere mithilfe des Schaubilds, welche Aufgaben in der Beschaffung anfallen. S. 256

B Unternehmensformen

1. Beschreibe, nach welchen Kriterien man Unternehmen unterscheiden kann.
2. Erkläre den Unterschied zwischen Personen- und Kapitalgesellschaften.
3. Gestalte ein Schaubild, in dem du die Rechtsformen von Unternehmen mit ihren Besonderheiten übersichtlich darstellst.
4. Stell dir vor, du möchtest ein Geschäft eröffnen. Du hast die Wahl zwischen einem Einzelunternehmen und einer GmbH. Für welche Rechtsform entscheidest du dich? Begründe deine Wahl. S. 256

Teil 1: Unterscheidung von Unternehmen …

… nach dem Angebot

Betriebe, die etwas herstellen, nennt man Produktionsbetriebe. Andere Betriebe beraten Kunden oder erbringen eine Leistung für sie: Eine Bank gewährt zum Beispiel Kredite oder verwaltet das Geld von Kunden. Sie zählt zu den Dienstleistungsbetrieben. Über 70 % aller Beschäftigten in Deutschland arbeiten in Dienstleistungsbetrieben.

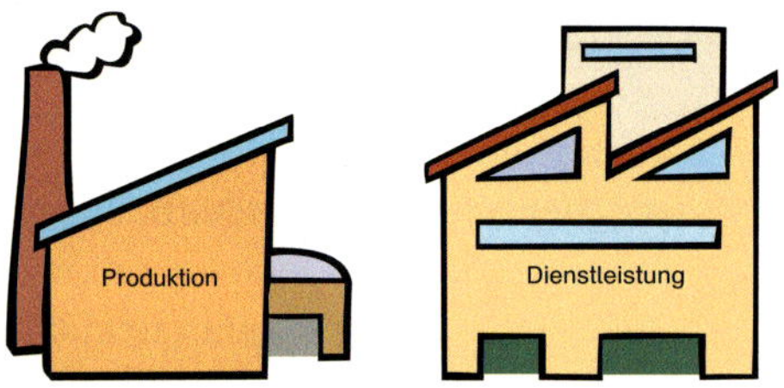

… nach der Größe

Nach einer Definition der Europäischen Kommission unterscheidet man zwischen Kleinstunternehmen (bis 9 Beschäftigte), Kleinunternehmen (bis 49 Beschäftigte) und mittleren Unternehmen (bis 499). Zusammenfassend werden diese Unternehmen als KMU (Klein- und Mittelunternehmen) bezeichnet. Über 99 Prozent der Unternehmen fallen in diese Kategorie. Unternehmen mit mehr als 500 Beschäftigten werden als Großunternehmen bezeichnet.

… nach der Organisation

Wenn man von einem Betrieb spricht, meint man den Ort bzw. die Räumlichkeiten, in denen etwas produziert oder eine Dienstleistung erbracht wird. Mit der Bezeichnung Betrieb ist also immer ein bestimmter Standort verbunden.

Im Unterschied zu Betrieben jedoch können Unternehmen mehrere Standorte haben, also zum Beispiel in Düsseldorf, Bonn und Köln. Im alltäglichen Sprachgebrauch werden die Begriffe Betrieb und Unternehmen allerdings häufig gleichbedeutend verwendet.

Eine noch größere Einheit bilden Konzerne. Sie untergliedern sich häufig in viele einzelne Unternehmen oder Betriebe, die weitgehend selbstständig und unabhängig voneinander arbeiten. Die meisten Konzerne sind weltweit tätig.

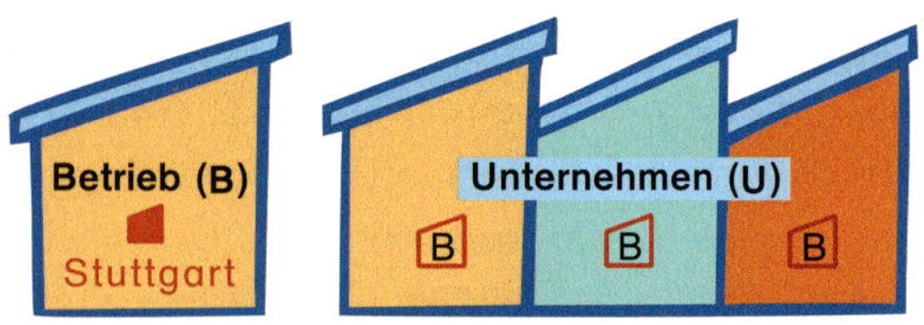

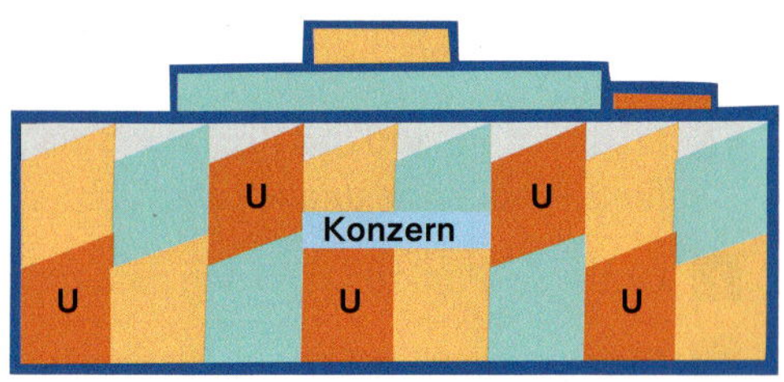

Teil 2: Unterscheidung nach den Besitzverhältnissen

Einzelunternehmen (e. K.)
Weitaus die meisten Unternehmen gehören nur einer Person, sie heißen deshalb Einzelunternehmen. Diese leitet gleichzeitig häufig das Unternehmen und trägt die ganze Verantwortung. Das hat manchmal auch Nachteile: Wenn das Unternehmen Schulden macht, muss der Einzelunternehmer diese mit seinem privaten Geld bezahlen und vielleicht sogar sein Haus dafür verkaufen.

Personengesellschaften

Wenn mehrere Personen gemeinsam ein Unternehmen führen, spricht man von einer Personengesellschaft. Sie heißen Gesellschafter, weil sie für die Gründung des Unternehmens Geld, Gebäude oder Maschinen gegeben haben, ihnen also ein Teil der Gesellschaft gehört. Auch sie müssen mit ihrem privaten Geld einspringen, wenn das Unternehmen Schulden macht. Andererseits profitieren sie auch in vollem Maß, wenn das Unternehmen Gewinne erwirtschaftet. Ein Beispiel sind Partnergesellschaften, in der sich Freiberufler wie Ärzte oder Rechtsanwälte zusammenschließen (PartG).
In einer Kommanditgesellschaft (KG) haftet mindestens eine Person (Vollhafter oder Komplementär) mit dem vollen Privatvermögen und hat daher das alleinige Recht, das Unternehmen zu leiten. Die sogenannten Kommanditisten stellen dem Unternehmen Kapital zur Verfügung und können im Fall einer Unternehmenspleite auch nur diese Summe verlieren.

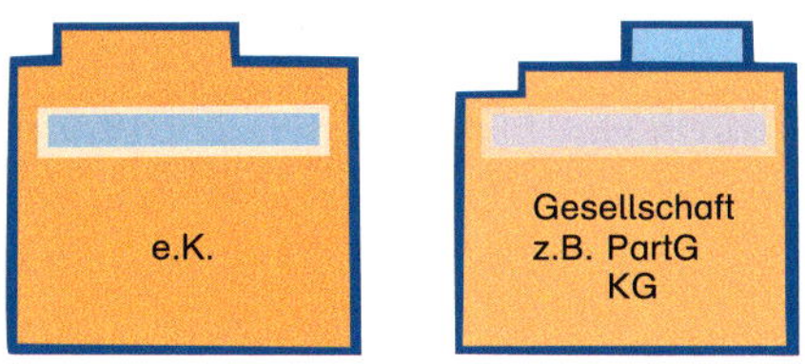

Personengesellschaften

Kapitalgesellschaften

Bei Kapitalgesellschaften haften die Eigentümer nur mit dem Geld, also dem Kapital, das sie dem Unternehmen zur Verfügung gestellt haben. Wenn das Unternehmen zahlungsunfähig wird und/oder schließen muss, ist ihr privater Besitz gerettet. Ihr persönliches Risiko ist also viel geringer. Deshalb heißt eine solche Gesellschaft auch „Gesellschaft mit beschränkter Haftung" (GmbH). Für die Gründung eines solchen Unternehmens müssen die Eigentümer zusammen mindestens 25 000 Euro aufbringen.
Auch Aktiengesellschaften sind Kapitalgesellschaften. Hier wird das Kapital von sehr vielen Menschen gestellt, die Aktien kaufen und damit einen kleinen Teil des Unternehmens erwerben. Sie heißen Aktionäre. Um eine Aktiengesellschaft zu gründen, braucht man mindestens 50 000 Euro.
Aktionäre können auf die Entwicklung des Unternehmens Einfluss nehmen: Auf der jährlichen Hauptversammlung wählen sie den Vorstand (die Geschäftsleitung) und den Aufsichtsrat, der den Vorstand kontrolliert. Je nachdem, ob ein Unternehmen Gewinne oder Verluste macht, schwankt der Wert einer Aktie. Im schlimmsten Fall können Aktionäre das für den Kauf eingesetzte Geld verlieren.
Den Zusatz „AG" muss das Unternehmen im Namen führen. Die Rechtsform einer AG wählt ein Unternehmen dann, wenn es viel Kapital braucht, etwa um neue Maschinen zu kaufen oder neue Standorte aufzubauen. Das erforderliche Geld beschafft es sich über den Verkauf von Aktien.

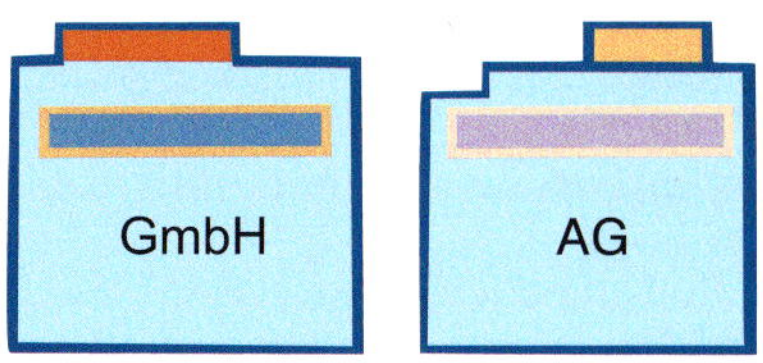

Kapitalgesellschaften

C Warum sind Unternehmen wichtig …

… für uns als Kundinnen und Kunden?

Du brauchst neue Schulhefte, einen neuen Füller oder endlich auch ein internetfähiges Tablet? Unternehmen liefern dir, was du benötigst. Eine ihrer wichtigen Funktionen besteht darin, unsere wirtschaftlichen Bedürfnisse zu befriedigen.
Die Existenz von Unternehmen ist eine Folge der Arbeitsteilung und der damit verbundenen Spezialisierung. Die Zeiten, in denen die Menschen selbst die Dinge herstellten, die sie zum Leben brauchen, sind für die meisten lange vorbei. Viele höchst unterschiedliche Produkte werden von den Kunden nachgefragt und es wird erwartet, dass es viele ganz unterschiedliche Unternehmen gibt, die liefern.

… für uns als Arbeitnehmerinnen und Arbeitnehmer?

Sie schaffen Arbeits- und Ausbildungsplätze. Gerät ein Unternehmen in eine Krise, sind Arbeitsplätze bedroht und es verschlechtert sich die Lebenssituation der darin Beschäftigten. Wer in einem Unternehmen arbeitet, verdient damit das Geld, das ihm in Form eines Gehaltes überwiesen wird. Wer das Unternehmen leitet, lebt vom erwirtschafteten Gewinn. Das ist dann der Geldbetrag, der nach dem Abzug aller gezahlten Gehälter, Ausbildungsvergütungen und aller anderen Betriebskosten übrigbleibt.

… für die ganze Gesellschaft?

Unternehmen haben noch eine weitere Bedeutung, die man als gesellschaftliche Wert-

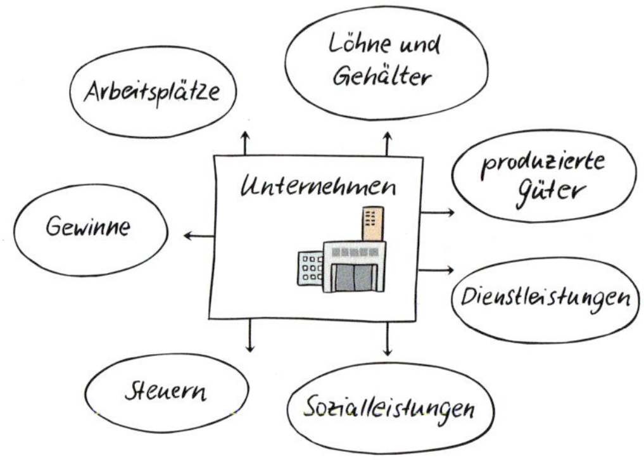

schöpfung bezeichnet. Dazu zählt, dass Unternehmen Steuern zahlen. Weil die Höhe der Unternehmenssteuern von der Höhe des errechneten Gewinns abhängt, spielt es für die Staatseinnahmen eine wichtige Rolle, ob es den Unternehmen im Land gutgeht. Der Staat finanziert mit den Steuern zum Beispiel den Bau von Straßen, Schulen und Universitäten.
Unternehmen beteiligen sich auch an den Beiträgen zur Sozialversicherung ihrer Mitarbeiterinnen und Mitarbeiter. Sie entrichten zur Hälfte die Beiträge für die Kranken-, Renten-, Arbeitslosen- und Pflegeversicherung an den Staat. Die andere Hälfte zahlen die Arbeitnehmerinnen und Arbeitnehmer selbst. Unternehmen leisten damit einen Beitrag zur Finanzierung der sozialen Sicherung. Wertschöpfung bedeutet demnach den Gesamteinfluss der Unternehmensleistungen auf den Reichtum einer Gesellschaft.

… für uns als Geldanlage?

Schließlich sind Unternehmen noch für viele Menschen als Geldanlage von Bedeutung. Man kann Aktien eines Unternehmens kaufen oder eigenes Geld in die Gründung eines Unternehmens investieren. So sind dann auch Menschen von außerhalb an Unternehmen beteiligt – in der Regel in der Erwartung, mit den wirtschaftlichen Erfolgen Geld zu verdienen.

1. Nenne Gründe, warum Unternehmen wichtig sind.
2. Erläutere, auf welche unterschiedlichen Arten Menschen mit Unternehmen zu tun haben.
3. Erkläre, was Wertschöpfung bedeutet und was dazugehört.
4. Wie wichtig ist es, ob es Unternehmen gutgeht? Beurteile ihre Bedeutung für die Menschen und den Staat.

4 Geht es Unternehmen nur ums Geldverdienen?

Wir entwickeln Lösungsvorschläge für Zielkonflikte

A Im Zielkonflikt: zwei Fallbeispiele

Unternehmerinnen und Unternehmer müssen manchmal in schwierigen Situationen entscheiden, bei denen unterschiedliche Interessen und Unternehmensziele aufeinandertreffen. Dabei haben sie die Auswirkungen ihrer Entscheidung sorgfältig abzuwägen und – im Zusammenspiel mit der Belegschaft – eine Lösung zu entwickeln, die für das Unternehmen und die Beschäftigten möglichst vorteilhaft ist. Zwei Beispiele schildern einen solchen Zielkonflikt.

Tipp: Ihr könnt sie arbeitsteilig bearbeiten und euch gegenseitig informieren.

1. Soll die Schreinerei Kobler nur noch einheimisches Holz verarbeiten?

■ Seit der Juniorchef Florian Kobler das elterliche Familienunternehmen mit 20 Beschäftigten übernommen hat, wird Umweltschutz großgeschrieben. Er ist sich sicher, dass nachhaltig arbeitende Unternehmen langfristig einen Wettbewerbsvorteil haben und auf dem Markt erfolgreich sein werden.

Verzicht auf Tropenholz

Erst im letzten Jahr hat er auf dem Dach des Firmengebäudes eine Solaranlage installieren lassen. Diese Investition hat ein großes Loch in die Firmenkasse gerissen und den Jahresgewinn schrumpfen lassen. Nun grübelt er seit Tagen über den nächsten Schritt. Er plant, künftig kein Tropenholz mehr zu verarbeiten. Beliebt bei seinen Kunden sind unter anderem Gartenmöbel aus dem witterungsbeständigen und schädlingsresistenten Teakholz, das in Südostasien in riesigen Plantagen angebaut wird. Dafür werden Regenwälder – oft illegal – abgeholzt. Durch den Abbau von tropischen Hölzern werden weltweit jährlich rund 13 Millionen Hektar Regenwald und damit wertvolle, artenreiche Ökosysteme unwiederbringlich vernichtet. Häufig werden Landrechte missachtet und Arbeiter durch niedrige Löhnen ausgebeutet. Das kann und will Florian Kobler in Zukunft nicht mehr mitverantworten. Stattdessen will er ausschließlich einheimische Hölzer aus nachhaltigem Anbau verwenden.

Wirtschaftlicher Erfolg

Auf der anderen Seite verfolgt er das Ziel, das Unternehmen erfolgreich zu führen und einen möglichst hohen Gewinn zu erwirtschaften. Wie würden seine Kunden reagieren, wenn er ihnen von einem Tag auf den anderen den Wunsch nach Tropenholz verweigert? Auch müsste er möglicherweise seine Preise erhöhen. Würden seine langjährigen Stammkunden zur Konkurrenz wech-

Traditionelles, qualitätsbewusstes Handwerk in Verbindung mit nachhaltiger Wirtschaftsweise – das Erfolgsrezept für die Zukunft?

seln? Gefährdet er mit seiner Entscheidung Arbeitsplätze oder möglicherweise sogar die Existenz des Unternehmens, das seit Generationen im Besitz seiner Familie ist? ■

2. Soll sich die Werbeagentur Solvix um einen Großauftrag bewerben?

■ Innerhalb weniger Jahre hat sich die Werbeagentur Solvix zu einer der erfolgreichsten Agenturen in der Region entwickelt. Sie hat sich auf Werbung in digitalen Medien spezialisiert und von der Digitalisierung in der Unternehmenswelt kräftig profitiert.
Zu Recht ist die Firmengründerin Mara Zimmermann stolz auf die Leistungen ihres jungen Teams, das aus fünf Mitarbeiterinnen und Mitarbeitern besteht.

Aussicht auf einen Großauftrag

Gerade hat sie auf einem Internetportal die Ausschreibung eines Großauftrags entdeckt: Ein bekanntes Unternehmen will seinen Webauftritt neu gestalten. Sie überlegt, ob sie sich für den Auftrag bewerben soll. Die Neugestaltung und die Pflege der Website würde ihrer jungen Agentur viel Geld einbringen, ihr einen Vorteil vor der Konkurrenz verschaffen und Arbeitsplätze sichern. Möglicherweise bekäme ihr Unternehmen bei einer erfolgreichen Umsetzung des Auftrags aufgrund der Mund-zu-Mund-Propaganda weitere Aufträge von anderen Unternehmen.
Mara Zimmermann ist sich bewusst, dass die Zukunft ihres jungen Unternehmens keinesfalls gesichert ist: Noch hat sie keine Stammkunden, die ihr regelmäßige Aufträge sichern. In dieser schnelllebigen Branche kann zum Beispiel eine Wirtschaftskrise sehr rasch den Fortbestand ihres jungen Unternehmens gefährden.

Hohe Arbeitsbelastung des Teams

Für die Erfolge der letzten Zeit hat ihr Team einen hohen Preis gezahlt: zahllose Überstunden verbunden mit dauerhaftem Termin- und Leistungsstress. Selbst die engagiertesten Mitarbeiter wirken inzwischen sehr erschöpft. Die Stimmung droht zu kippen. Wären sie bereit, für den Großauftrag wieder 60-Stunden-Wochen in Kauf zu nehmen? Mara Zimmermann weiß natürlich, wie wichtig die Motivation und Kreativität ihrer Beschäftigten gerade für den Erfolg einer Werbeagentur sind. Nachdenklich studiert sie die Regelungen des Arbeitszeitgesetzes. Darin schreibt der Gesetzgeber vor, dass die werktägliche Arbeitszeit acht Stunden nicht übersteigen darf. Nur in Ausnahmefällen darf sie zehn Stunden betragen, wenn dann an anderen Tagen dafür weniger gearbeitet wird. Im Durchschnitt von sechs Monaten darf sie nicht mehr als acht Stunden betragen. Diese Bestimmungen wurden in den letzten Monaten fast durchgehend missachtet.
Die Regelungen des Arbeitszeitgesetzes sollen vor allem die Gesundheit von Arbeitnehmern schützen. Darf sie als verantwortungsbewusste Unternehmerin die Gesundheit ihres Teams aufs Spiel setzen? Was würde passieren, wenn jemand aufgrund der dauerhaften Überlastung krank würde? ■

Traditionelles, qualitätsbewusstes Handwerk in Verbindung mit nachhaltiger Wirtschaftsweise – das Erfolgsrezept für die Zukunft?

1. Arbeite aus deinem Beispiel die Ziele der Unternehmer heraus.

2. In welchem Zielkonflikt befinden sich jeweils die Unternehmer? Erläutere ihn.

3. Suche dir einen Partner und informiert euch gegenseitig über eure Arbeitsergebnisse.

4. In der Praxis werden Zielkonflikte häufig durch Kompromisse gelöst. Entwickle einen Lösungsvorschlag für eines der beiden Beispiele.

B Unternehmensziele

Teil 1: Arten von Zielen

Ökonomische Ziele

Unternehmen werden gegründet, um mit ihnen Geld zu verdienen. Gewinn entsteht immer dann, wenn die Einnahmen aus dem Verkauf von Produkten oder Dienstleistungen höher sind als die Kosten für Personal, Arbeitskräfte, Rohstoffe und vieles mehr. Dabei sind Unternehmen stets bestrebt, ihren Gewinn zu steigern. Die Konkurrenz vieler Unternehmen, die Gewinn erwirtschaften wollen, führt in der Marktwirtschaft dazu, dass Verbraucher versorgt werden. Das nennt man das erwerbswirtschaftliche Prinzip. Es ist das Leitprinzip für jedes unternehmerische Handeln.

Ökologische Ziele

Fast alle Unternehmen streben heute eine nachhaltige Wirtschaftsweise an, die die Umwelt so wenig wie möglich schädigt. Deshalb achten sie darauf, Energie zu sparen und möglichst wenige Schadstoffe auszustoßen. Die EU und die deutsche Regierung haben eine ganze Reihe von Gesetzen beschlossen, die Grenzwerte für die Umweltbelastung definieren und an die sich Unternehmen halten müssen. Zum Umweltschutz gehören auch die Verringerung und Vermeidung von Müll und Abfällen, aber auch die Reduzierung von Lärmbelästigung.

Soziale Ziele

Schon aus Eigeninteresse sollte jedes Unternehmen daran interessiert sein, dass sich die Beschäftigten am Arbeitsplatz wohlfühlen. Denn ihre ökonomischen Ziele können sie nur mit motivierten Mitarbeitern erreichen. Dazu gehören beispielsweise eine gerechte Bezahlung, soziale Leistungen wie Betriebsrenten, ein gutes Betriebsklima sowie Maßnahmen zum Gesundheitsschutz.

Unternehmensziele

Ökonomische Ziele	Ökologische Ziele	Soziale Ziele
Beispiel:	**Beispiel:**	**Beispiel:**
• Entwicklung neuer Produkte	• Einsparung von Energie	• Betriebsrente
• Steigerung des Gewinns	• Reduzierung der Luftverschmutzung	• Maßnahmen zum Gesundheitsschutz

Teil 2: Zielplanung – Zielkonflikte

Aus den grundsätzlichen Zielen leiten Unternehmen eine Vielzahl von Einzelzielen ab, die von Unternehmen zu Unternehmen verschieden sein können. Die langfristigen Ziele werden in vielen Unternehmen in einem sogenannten Unternehmensleitbild zusammengefasst. Dieses dient wiederum als Grundlage einer Strategie. Das ist ein Plan, wie man in den nächsten Jahren die einzelnen Ziele erreichen möchte.

Natürlich kann es bei den Zielen auch immer zu Konflikten kommen. Fordern zum Beispiel die Beschäftigten erheblich höhere Löhne, kann dies dazu führen, dass der Gewinn einbricht. Verweigert die Geschäftsleitung den Mitarbeitenden eine Lohnerhöhung, ist wiederum der soziale Frieden im Unternehmen gefährdet. In solchen Fällen steht die Unternehmensleitung vor der Aufgabe, die Folgen ihres Handelns sorgfältig abzuwägen und eine Kompromisslösung zu finden.

1. Beschreibe die drei Ziele von Unternehmen.

2. Erkläre, wie es zu einem Zielkonflikt kommen kann.

3. Begründe, warum Unternehmen auch soziale und ökologische Ziele verfolgen. Gewinne könnten sie doch auch ausschließlich mit ökonomischen Zielen erreichen?

5 Unternehmen im Wettbewerb: Wie können sie erfolgreich sein?

Eine unternehmerische Entscheidung treffen

A Der Fall: TopShirt bekommt Konkurrenz

Die Schülerfirma TopShirt wurde vor wenigen Monaten gegründet. Sie bedruckt T-Shirts und Kapuzenpullis mit selbst entworfenen Motiven und verkauft diese an Schülerinnen und Schüler, Eltern und Lehrer der Schule. Wegen des tollen Designs kommen die Shirts bei den Käufern sehr gut an, besonders erfolgreich war die junge Firma mit ihren Produkten auf dem Weihnachtsbasar. Seit in der Zeitung ein Bericht erschien, hat sie auch neue Kunden außerhalb der Schule dazugewonnen.
Einmal im Monat trifft sich der Vorstand der Firma zur Besprechung der aktuellen Situation: Ella ist Vorstandsvorsitzende, Georgio leitet die Designabteilung, Hattice ist Finanzchefin und Julian ist Leiter der Werbung und des Verkaufs.

Julian: Schaut mal her, da habe ich die Verkaufszahlen der letzten beiden Monate. Toll, nicht?

Georgio: Das liegt sicher an unseren neuen Modellen – die sind ja auch wirklich was ganz Besonderes. So etwas kann man nirgendwo sonst kaufen.

Ella: Da wäre ich mir mal nicht so sicher. Wisst ihr schon, dass der Copyshop neben unserer Schule seit Neuestem auch T-Shirts bedruckt? Ich bin gestern da mal reingegangen und habe mir das angeschaut. Die sind wirklich eine harte Konkurrenz für uns, zumal sie für das T-Shirt zwei Euro weniger verlangen.

Hattice: Das kannst du doch nicht vergleichen! Unsere T-Shirts sind alle umweltfreundlich produziert, da ist doch logisch, dass sie ein wenig mehr kosten.

Ella: Trotzdem glaube ich, dass wir uns auf unserem Erfolg nicht ausruhen dürfen. Wir müssen uns heute etwas einfallen lassen ...

Julian: Jetzt sieh doch nicht gleich alles schwarz. Noch ist überhaupt nichts passiert. Lass uns doch erst mal abwarten ...

Ella: Das können wir uns auf keinen Fall leisten. Wenn Kunden weg sind, haben wir kaum eine Chance, die zurückzuholen.

Hattice: Wir müssen einfach besser sein als die anderen, unserer Konkurrenz immer eine Nasenspitze voraus.

Julian: Was meinst du denn mit besser?

Hattice: Ganz einfach, wir müssen bessere, einfallsreichere Produkte zu einem besonders günstigen Preis anbieten.

Georgio: Wir können ja auch was ganz Neues anbieten, zum Beispiel auch andere Sachen mit unseren Motiven bedrucken. Ey, ich krieg jetzt schon Lust, ganz neue Sachen zu entwerfen.

Hattice: Ganz richtig, das wäre doch ein Anfang. Außerdem müssen unsere Produkte billiger werden.

Julian: Mal langsam ... Vielleicht reicht es ja auch, wenn wir mehr Werbung für uns machen. Viele in unserer Stadt wissen ja noch nicht mal, dass es uns gibt.

Ella: Ich finde auch, dass wir sehr gut überlegen sollten, wie wir auf die neue Konkurrenz reagieren.

Wie soll TopShirt auf die Konkurrenz reagieren?

Stellt euch vor, dass eure Klasse die Geschäftsleitung von TopShirt bei der schwierigen unternehmerischen Entscheidung beraten soll. Verschiedene Maßnahmen kommen infrage.

Mögliche Maßnahmen	Beispiele	Pro-/Kontra-Argumente
Preise für T-Shirt senken	billigere Hersteller von T-Shirts suchen, an der Qualität von T-Shirts sparen, Gewinn pro T-Shirt reduzieren	?
Mehr Werbung	eigene Website, Handzettel drucken, eigener Stand auf Festen außerhalb der Schule	?
Service verbessern	Bestellungen übers Internet ermöglichen, Lieferung von bestellten T-Shirts nach Hause, Kundenkarte mit Rabattmöglichkeiten einführen	?
Neue Produkte/erweitertes Angebot	neue Motive entwerfen, Stofftaschen, Küchentücher, Tischdecken bedrucken	?

B Hintergrund: Wie wichtig ist der Wettbewerb?

Überall gibt es Nachfrage: Menschen wollen etwas kaufen; und überall gibt es Angebot: Menschen wollen etwas verkaufen – ob das Sandwich am Bahnhofskiosk, das Benzin an der Zapfsäule oder die Eintrittskarte für ein Konzert. Und damit die einen und die anderen Menschen zusammenkommen, werden Angebot und Nachfrage durch den Preis in Einklang gebracht. Der eine will so viel wie möglich verdienen, der andere so wenig wie möglich ausgeben und wenn sie sich über den Preis einig geworden sind, hat der Markt funktioniert. [...]

Damit dieses Erfolgsrezept funktioniert, muss zu Angebot und Nachfrage noch eine weitere Zutat hinzukommen: der Wettbewerb. Das Gewinnstreben eines Bäckers wird uns nämlich nur dann gutes und günstiges Brot bescheren, wenn wir die Möglichkeit haben, zur Konkurrenz zu gehen. Gibt es nur einen Bäcker, kann er den Preis so sehr erhöhen, wie er will, und dem Mehl schon mal ein bisschen Sägemehl beimischen. Doch wenn wir zur Konkurrenz wechseln können, falls uns dort Preis oder Qualität attraktiver erscheinen, würde unser Bäcker für ein solches Verhalten sofort durch geringere Umsätze bestraft werden und recht bald pleitegehen. [...]

Nicht nur für den Bäcker, auch für alle anderen Unternehmer ist das unbequem: Sie müssen ständig damit rechnen, dass ein Konkurrent auftaucht, der bessere oder billigere Waren auf den Markt bringt. Deshalb sind sie geradezu gezwungen, ihre Produkte und Herstellungsverfahren weiterzuentwickeln, um die Qualität zu steigern und Preise senken zu können. Doch was für den Unternehmer anstrengend ist, ist gut für den Verbraucher und ein Segen für die Wirtschaft eines Landes.

(Aus: Detlef Gürtler, Die Tagesschau erklärt die Wirtschaft, Rowohlt, Berlin 2008, S. 14 ff.)

1. Beschreibe, in welcher Situation sich TopShirt befindet.
2. Abwarten oder sofort reagieren? Wie sollte sich die Geschäftsleitung von TopShirt verhalten? Begründe deine Ansicht.
3. Bildet Gruppen und stellt eure Ansicht in der Gruppe vor. Einigt euch dann auf eine oder mehrere Maßnahmen und präsentiert eure Ergebnisse in der Klasse.
4. Begründet, warum der Wettbewerb zwischen Unternehmen gut für Verbraucher und Wirtschaft ist.

C Vielfalt im Unternehmen: Wie soll sich das neue Großkunden-Team der Sonnen-Werke zusammensetzen?

Ein Gedankenexperiment

Die Sonnen-Werke strukturieren ihre Vertriebsabteilung um. Ein neu zu schaffendes Vertriebsteam aus fünf Personen soll die Großkunden in Europa betreuen. Seine Aufgabe besteht darin, die Kunden langfristig zufriedenzustellen und an das Unternehmen zu binden. Das Team wird sich aus bereits im Unternehmen beschäftigten und neu eingestellten Mitarbeiterinnen und Mitarbeitern zusammensetzen. Die Personalabteilung hat bereits die Personalakten und zahlreiche Bewerbungen nach fachlicher Qualifikation gesichtet und schlägt der Teamleiterin Angela Girardelli zehn geeignete Kandidatinnen und Kandidaten vor. Im Unternehmensleitbild hat das Unternehmen folgendes Ziel formuliert: „Die Sonnen-Werke fördern die Vielfalt der Beschäftigten im Unternehmen." Bei der Zusammensetzung des neuen Teams soll die Teamleiterin mitentscheiden.

Ihr sollt sie bei der Auswahl unterstützen und einen Vorschlag entwickeln.

Hinweis: In der Praxis haben Unternehmen – anders als in diesem Gedankenexperiment – angesichts des Fachkräftemangels häufig nicht die Möglichkeit, unter so verschiedenartigen Bewerbern mit gleicher fachlicher Qualifikation zu wählen. Zudem liegen Unternehmen aus Datenschutzgründen Informationen über die sexuelle Orientierung und Religionszugehörigkeit ihrer Beschäftigten nicht vor.

Hintergrund: Diversity* in der Belegschaft bringt Unternehmen Vorteile

*Diversity = Vielfalt

Vielfältige Beschäftigte zu haben, wird für Unternehmen immer wichtiger. Wenn die dort beschäftigten Menschen im Alter, in der Religion, in Hautfarbe und Kultur ihren körperlichen Fähigkeiten unterschiedlich sind, sind Unternehmen erfolgreicher. Das haben zahlreiche Studien bestätigt. In einem Interview erklärt die Vielfaltsexpertin Anett Herrmann die Vorteile von „Diversity Management" in der Personalauswahl:

„Ich würde es zunächst von der anderen Seite betrachten. Unternehmen, die nicht mit Vielfalt umgehen, schaden sich selbst. Unterschiedliche Haltungen, Lebensentwürfe, Glaubensrichtungen oder kulturelle Hintergründe sind gegeben. Wenn ich mich als Organisation dagegen verweigere, habe ich Nachteile. Zum Beispiel finde ich keine Arbeitskräfte mehr.

Andererseits bringt Vielfalt im Unternehmen viele Vorteile. Verschiedene Menschen haben unterschiedliches Wissen, gehen jeweils anders an Probleme heran und kommen gemeinsam zu mehr Ideen. Konkret geht es etwa um die Ansprache neuer Kundengruppen mit einer weiteren Sprache oder um Kenntnisse darüber, wie der Markt in einem anderen Land funktioniert. Ein anderes Beispiel ist die Produktentwicklung. Wenn ich ältere Beschäftigte an der Entwicklung einer Software beteilige, wird das Produkt am Ende für Seniorinnen und Senioren nutzerfreundlicher sein. Vielfalt hat einen unternehmerischen Wert."

(Aus: Dr. Anett Herrmann im Interview mit Alexander Laboda, Chancengleichheit in der Arbeitswelt: „Vielfalt hat einen unternehmerischen Wert"; in: www.mdr.de/nachrichten/wirtschaft/inland/diversity-day-diskriminierung-arbeitsplatz-interview-100.html, 26.05.2020; Abruf: 13.01.2021)

1. Beschreibe, welche Ziele „Diversity Management" verfolgt.
2. Entwickle einen Vorschlag für die Zusammensetzung des neuen Teams, der die Prinzipien des „Diversity Managements" bestmöglich umsetzt.
3. Erörtert in Kleingruppen eure Vorschläge, entscheidet euch für eine Lösung und stellt diese in der Klasse vor.

Folgende Kandidatinnen und Kandidaten erfüllen die fachlichen Voraussetzungen:

1.
Name: Oleg Gasparov
Alter: 32 Jahre
Nationalität: Russe
Familienstand: ledig
Religion: –
Hobbys: Motoradclub, Tennis

2.
Name: Peter Fuhrmann
Alter: 59 Jahre
Nationalität: Deutscher
Familienstand: verheiratet, ein Kind
Religion: katholisch
Hobbys: Angeln, Westernreiten

3.
Name: Serap Özgun
Alter: 29 Jahre
Nationalität: Türkin
Familienstand: verheiratet
Religion: Muslimin
Hobby: Bodybuilding

4.
Name: Carina Fehring
Alter: 46 Jahre
Nationalität: Deutsche
Familienstand: verh. mit einer Frau, ein Kind
Religion: evangelisch
Hobbys: Lesen, Kochen

5.
Name: Sören Ureland
Alter: 41 Jahre
Nationalität: Schwede
Familienstand: ledig, homosexuell
Religion: –
Hobby: Segeln

6.
Name: Stefanie Hagmann
Alter: 29 Jahre
Nationalität: Deutsche
Familienstand: ledig
Religion: katholisch
Hobby: Fallschirmspringen

7.
Name: Jana Malik
Alter: 23 Jahre
Nationalität: Deutsche
Familienstand: ledig
Religion: –
Körperliches Handicap: Rollstuhlfahrerin
Hobbys: Sprachen lernen, Reisen

8.
Name: Samuel Oppermann
Alter: 42
Nationalität: Deutscher
Familienstand: verheiratet, kein Kind
Religion: jüdisch
Hobby: Theaterspielen

9.
Name: Henrik Obolungo
Alter: 26 Jahre
Nationalität: Kameruner
Familienstand: ledig
Religion: christliche Freikirche
Hobbys: Schachspielen, Judo

10.
Name: Valerie Lafayette
Alter: 32 Jahre
Nationalität: Französin
Familienstand: geschieden, alleinerziehend, zwei Kinder
Religion: katholisch
Hobby: Handball

6 Müssen die Unternehmen nachhaltiger und klimaschonender als bisher arbeiten?

Maßnahmen zum Umwelt- und Klimaschutz bewerten

A Zum Einstieg

Einmal angenommen, die Sonnen-Werke haben eine neue Geschäftsführerin bekommen, die besonderen Wert auf Umweltschutz und Nachhaltigkeit legt. Bisher spielten diese Themen in dem Unternehmen fast keine Rolle.

- Welche Maßnahmen fallen euch ein? Sammelt in einem Brainstorming die Stichwörter an der Tafel.

Tipp: Die folgenden vier Beispiele könnt ihr arbeitsteilig erarbeiten und euch dann gegenseitig informieren.

B Was leisten Unternehmen für den Umweltschutz? – drei Beispiele

WES-105271-024

Text einfacher

Text ausführlicher

1. Rundum nachhaltig: das Creativhotel Louise in Erlangen

Während die Tourismusbranche mit Miniatur-Shampoos oder einzeln verpackten Butterstücken oftmals viel Plastikmüll produziert, hat sich das Hotel Luise dem Umweltschutz verschrieben, und zwar bis ins kleinste Detail. So bezieht es laut Website nicht nur Ökostrom, verwendet ausschließlich regionale Lebensmittel oder hat ein eigenes Elektroauto inklusive Ladestation auf dem Hof; der Anspruch reicht weiter: um das nicht vermeidbare, eigene CO_2 kompensieren zu können, unterstützt das Hotel mit anderen Klimahotels beispielsweise ein eigenes Aufforstungsprojekt in Panama.

Besonderes Highlight aber ist das „nachwachsende" Hotelzimmer: Bei der Materialauswahl achtete das Hotel konsequent auf verantwortungsbewusste Herstellungsverfahren und Umweltverträglichkeit. So wurde die Dusche ursprünglich für die Mars-Mission der NASA entwickelt und spart laut eigenen Angaben 90 % Wasser und 80 % Energie ein. Holzschonende Decken aus Stroh verzichten auf formaldehydhaltigen Kleber. Der zu 100 % wiederverwertbare Teppich besteht aus schalldämmenden Fischernetzen. Zudem wurde Metall durch Holz ersetzt; und statt Schrauben kommen lieber Steckverbindungen und umweltschonender Kleber zum Einsatz.

Ein Engagement, das sich laut Borschüre der „Klimaschutz Unternehmen" auch in Zahlen niederschlägt: Wer im klimapositiven Hotel übernachtet, produziert demnach 58 % weniger CO_2 pro Nacht. Außerdem werden pro Gast etwa 35 % Wasser eingespart und es fallen circa 90 % weniger Abfall an.

Ideen für mehr Nachhaltigkeit gibt es auch in ausländischen Unternehmen, so der Bau von Gewächshochhäusern. Damit möchte man lokal Lebensmittel produzieren und lange, klimaschädliche Transportwege vermeiden.

2. Fit dank Dienstfahrrad – das Beispiel EBM-Papst

Damit bei EBM-Papst nicht nur die hauseigenen Ventilatoren und Motoren auf Hochtouren laufen, sondern auch die Mitarbeiter*innen, setzt Kai Gebhardt, Personalleiter bei EBM-Papst in Landshut, seit geraumer Zeit auf die Kraft des Fahrrads. Und sein Engagement reichte schnell über Appelle zu einer umweltverträglichen Fortbewegung hinaus. Damit die Mitarbeiter*innen auch beim Zweirad bleiben, bietet das Unternehmen seit 2013 Diensträder an [...]

In der Praxis bedeutet das: Die Mitarbeiter*innen können sich ein Rad aussuchen, der Arbeitgeber bezahlt die monatlichen Leasingraten. [...] Endet der Leasingvertrag, können die Mitarbeiter*innen das Rad für einen geringen Restbetrag kaufen.

Inzwischen hat das Engagement dem Spezialisten für Ventilatoren und Motoren auch außerhalb der Firma Anerkennung eingebracht. So wurde das Unternehmen vom Allgemeinen Deutsche Fahrradclub (ADFC) als „fahrradfreundlicher Arbeitgeber“ ausgezeichnet; regelmäßig nimmt EBM-Papst am „Landshuter Stadtradeln“ teil.

Mit den Dienstfahrrädern leistet EBM-Papst einen unternehmerischen Beitrag zum Klimaschutz. So spart das Unternehmen laut Broschüre pro Jahr rund 350 Kilogramm CO_2 ein. Darüber hinaus liefern die Räder aber auch einen ökonomischen Mehrwert: Nach eigenen Angaben sind die Mitarbeiter*innen mit Rad seltener krank als ihre fahrradlosen Kolleg*innen.

3. Energie-Scouts und ihre Erfolgsgeschichte – das Beispiel VP Group

Wie schafft man es, das Bewusstsein für Nachhaltigkeit nicht nur in der Unternehmensphilosophie zu verankern, sondern auch in den Köpfen der eigenen Mitarbeiter*innen? Zum Beispiel, indem man die Belegschaft frühzeitig für Umweltaspekte sensibilisiert. Beim Verpackungsspezialisten VP Group etwa lernen Auszubildende, energetische Schwachstellen im Unternehmen aufzuspüren.

Im Rahmen einer IHK-Zusatzausbildung üben die „Energiescouts“ mit Messgeräten umzugehen und erarbeiten konkrete Maßnahmen zur Energieeinsparung sowie einen schonenden Umgang mit Ressourcen.

Nach firmeneigenen Angaben kann die VP Group durch das Projekt etwa 340 000 Kilowattstunden Energie pro Jahr einsparen. [...] Die Initiative [...] sorgt gleich für drei positive Effekte: die Umwelt profitiert; und auch das Unternehmen konnte durch die Energieeinsparung die Kosten im Unternehmen senken. Nicht zuletzt hilft sie aber auch den Azubis: Selbstständig ein Projekt durchzuführen schult nicht nur Eigeninitiative und Verantwortungsbewusstsein, sondern auch wichtige, berufliche Kompetenzen in der Kommunikation und im Projektmanagement.

(Alle Texte aus: Bundesministerium für Arbeit und Soziales, Was können Unternehmen für den Klimaschutz tun? Fünf Best Practice-Beispiele mit Potential für die Zukunft, 02.12.2019; in: www.csr-in-deutschland.de/DE/Aktuelles/Meldungen/2019/klimaschutz-in-unternehmen.html; Abruf: 13.01.2021)

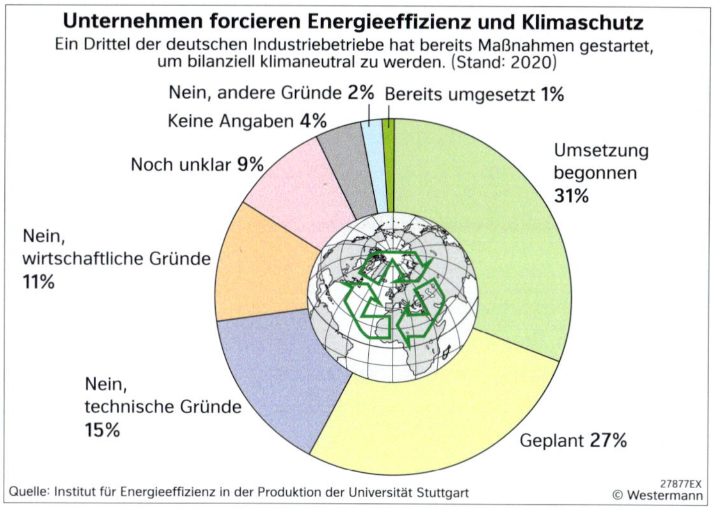

Merke ✓

forcieren = energisch beschleunigen.

Energieeffizienz = möglichst sparsame Verwendung von Energie.

1. Beschreibe die Klimaschutzmaßnahmen in dem von dir gewählten Beispiel.

2. Stellt in Gruppen gegenseitig eure Beispiele vor.

3. Handelt es sich bei den dargestellten Firmen um besonders lobenswerte Einzelfälle? Vergleicht die Beispiele mit den Aussagen der Grafik.

4. Stellt euch vor, die drei Unternehmen haben an einem Wettbewerb um einen Umweltschutzpreis teilgenommen und sind in der Endauswahl. Wer soll den Preis bekommen? Trefft eine Entscheidung, indem ihr die Leistungen unter den Kriterien Umfang der getroffenen Maßnahmen, Beitrag zur Einsparung von Ressourcen und Kreativität der Maßnahmen bewertet.

C Nachhaltigkeit in Unternehmen

1. Umweltschutz und Wachstum passen auf den ersten Blick nicht zusammen. Erkläre, wie man sie trotzdem zusammenführen kann.

2. Beschreibe die vier Wege zur Nachhaltigkeit in Unternehmen.

3. „Ich habe mein Unternehmen gegründet, um Geld zu verdienen. Was kümmert mich die Umwelt!“, meint eine Unternehmerin. Beurteile diese Aussage. S. 256

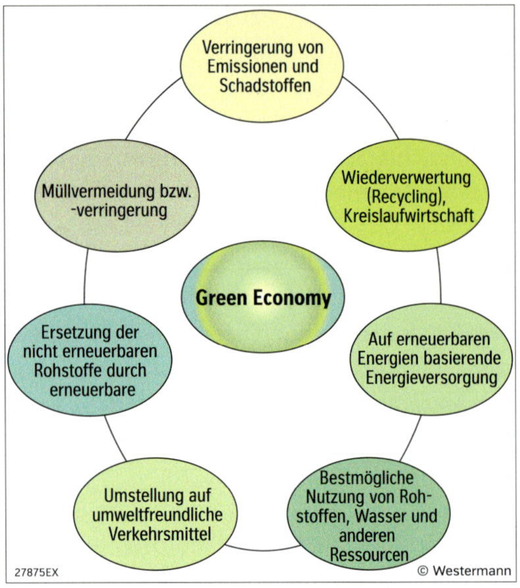

Teil 1: Green Economy

Weder die Politik noch die Bürgerinnen und Bürger sind allein in der Lage, die weltweiten Probleme durch Klimawandel und Umweltbelastungen zu bewältigen. Deshalb sind auch die Unternehmen verpflichtet, gesellschaftliche Verantwortung zu übernehmen und ihren Beitrag zum Umwelt- und Klimaschutz zu leisten. Denn schließlich sind sie die Urheber zahlreicher Umweltschäden, unter denen alle Menschen zu leiden haben.

Auf den ersten Blick scheinen Umweltschutz und unternehmerisches Handeln unvereinbar miteinander. Unternehmen wollen wachsen und Gewinn erwirtschaften. Dafür verbrauchen sie natürliche Ressourcen wie Wasser, Boden und Rohstoffe und belasten die Umwelt mit Abfällen und Schadstoffen in der Luft und im Wasser.

Maßnahmen zum Umweltschutz kosten zunächst einmal Geld und solche Ausgaben verringern den Gewinn. Doch heute haben die meisten Unternehmen erkannt, dass man gute Gewinne erzielen und dabei trotzdem die natürlichen Lebensgrundlagen besser schonen kann. Inzwischen gibt es viele Unternehmen, die sogar mit Nachhaltigkeit ihr Geld verdienen und neue Arbeitsplätze geschaffen haben, zum Beispiel in der Mode oder Lebensmittelproduktion.

Als Green Economy bezeichnet man eine Art des Wirtschaftens in Unternehmen, die möglichst wenig schädliche Treibhausgase und sonstige Schadstoffe ausstößt und die Belastung für die Umwelt so gering wie möglich hält. Sie hat das Ziel, Wirtschaftswachstum und Umweltschutz miteinander zu vereinbaren.

Teil 2: Maßnahmen

Grundsätzlich können Unternehmen auf vier Wegen nachhaltiger werden.

1. *Weniger verbrauchen:* Unternehmen können zum Beispiel bei der Produktion Material einsparen, weniger verschwenden oder wegwerfen (zum Beispiel Lebensmittel in Supermärkten oder zurückgegebene Waren).
2. *Vorhandene Ressourcen besser nutzen:* Bestehende Materialien und Produkte werden so lange wie möglich wiederverwendet, repariert oder recycelt und damit einem neuen Zweck zugeführt. Im Idealfall entsteht auf diese Weise deutlich weniger Abfall.
3. *Neue umweltschonende Technologien entwickeln:* Unternehmen können innovative Technologien entwickeln. Sie können zum Beispiel helfen, Energie oder Wasser zu sparen. Oft können solche Firmen neue Arbeitsplätze schaffen, Geld verdienen und gleichzeitig einen Beitrag zur Green Economy leisten.
4. *Umweltverträgliche Produkte und Dienstleistungen* entwickeln und verkaufen, zum Beispiel Reinigungsmittel ohne Schadstoffe mit recycelter Verpackung.

D TEAM kontrovers: Soll es eine gesetzliche Pflicht zum erweiterten Umweltschutz geben?

Die Europäische Union und auch die Bundesregierung haben in den vergangenen Jahren eine Menge für den Umweltschutz getan. Viele Umweltgesetze sind inzwischen in Kraft getreten. So sind zum Beispiel Grenzwerte für die Belastung von Luft und Wasser durch Industriebetriebe gesetzlich geregelt. Doch ob die Unternehmen zum Beispiel Energie oder Ressourcen wie Papier sparen, ob sie mit umweltfreundlichen Materialien bauen oder heizen, bleibt ihnen momentan selbst überlassen. Freiwillig können sie einiges tun, zum Beispiel das EMAS-Siegel erwerben. Dafür müssen sie in einem ausführlichen Bericht ihre Umweltschutzmaßnahmen und ihre Ziele im Umweltschutz veröffentlichen. Allerdings ist die Zahl der teilnehmenden Unternehmen seit Jahren rückläufig. Wenn Unternehmen Umweltschutz vernachlässigen, leiden alle unter den Folgen, besonders die künftigen Generationen. Soll die Regierung Unternehmen deshalb gesetzlich zu Umweltschutzmaßnahmen verpflichten?

EMAS
GEPRÜFTES UMWELTMANAGEMENT

Mit diesem Logo dürfen Unternehmen werben, die sich einer Prüfung unterzogen haben.

Argumentepool

(1) Nur wenn alle Unternehmen nachhaltig wirtschaften, können die Lebensgrundlagen für spätere Generationen bewahrt werden.
(2) Neue Gesetze bedeuten für die Unternehmen höhere Kosten und zusätzlichen Verwaltungsaufwand.
(3) Deutsche Unternehmen wären gegenüber ausländischer Konkurrenz im Nachteil.
(4) Gesetzliche Regelungen bedeuten, dass alle deutschen Unternehmen die gleichen Kosten für Umweltschutz hätten.
(5) Mit einer gesetzlichen Grundlage kann der Staat Umweltsünder besser verfolgen.
(6) Die zusätzlichen Kosten für Umweltschutz bedeuten für Verbraucher höherer Preise.
(7) Kleine Unternehmen können aufwendige Umweltschutzmaßnahmen nicht bezahlen.
(8) Wenn Unternehmen gezwungen werden, sparsam mit Energie, Wasser und Materialien umzugehen, sparen sie auf lange Sicht Kosten.
(9) Beim Umweltschutz ist es besser, auf Freiwilligkeit zu setzen als auf staatlichen Zwang.
(10) Eine gesetzliche Verpflichtung zur Nutzung umweltfreundlicher Materialien würde auch die Qualität der hergestellten Produkte verbessern.

1. Ordne die Argumente nach pro und kontra.

2. Welche Argumente hältst du für besonders überzeugend, welche für weniger überzeugend? Bilde dir ein Urteil.

3. Diskutiert über die Frage in der Überschrift.

Was interessiert dich besonders? Was kannst du richtig gut?

Wähle, wie du vorgehen möchtest:
Möglichkeit 1: Ich arbeite individuell und suche mir zwei, drei oder mehr Aufgaben aus.
Möglichkeit 2: Ich arbeite mit einer Partnerin, einem Partner zusammen. Gemeinsam schaffen wir mehr als allein.
Möglichkeit 3: Wir bilden Gruppen, teilen die Aufgaben auf und lösen alles gemeinsam.

Was ich weiß

S M U H

Ich kann …

1. drei grundsätzlichen Aufgaben in jedem Unternehmen nennen.

2. Voraussetzungen und Vorgehensweise bei einer Unternehmensgründung erläutern.

Wozu ich meine Meinung formulieren und begründen kann

S M U H

Ich kann zu folgenden Diskussionspunkten meine Meinung formulieren und diese mit Argumenten begründen:

1. Sollen Unternehmen gesetzlich zu mehr Umweltschutz verpflichtet werden?

2. Ist die Gründung eines Unternehmens eher chancenreich oder eher riskant?

Was ich methodisch gelernt habe

S M U H

Ich kann …

1. zwei oder drei Regeln bei einem Brainstorming nennen.

2. begründen, warum es bei einer Präsentation wichtig ist, Kernaussagen zu visualisieren.

Worüber ich mitreden kann

S M U H

Mit ein wenig Nachdenken kann ich mit meinem Banknachbarn oder innerhalb einer Gruppe oder vor der Klasse über die folgenden Fragen eine, zwei oder drei Minuten frei sprechen:

1. Worin unterscheiden sich Unternehmen und welche Unternehmensformen gibt es?

2. Wie wichtig sind Unternehmen?

Neun Merksätze zum Einprägen

1	Schülerfirmen …
A	verkaufen Artikel für Schülerinnen und Schüler.
B	dürfen für ihre Leistungen kein Geld einnehmen.
C	werden von den Gemeinden finanziert.
D	sind Unternehmen, die von Schülerinnen und Schülern betrieben werden.

2	Wenn man ein Unternehmen gründen will, …
A	muss man eine ärztliche Bescheinigung vorlegen, dass man gesund ist.
B	muss man mindestens 100 000 Euro gespart haben.
C	benötigt man die Zustimmung der Eltern, wenn man minderjährig ist.
D	braucht man die Hilfe eines Rechtsanwalts.

3	Die Abteilung „Beschaffung“ in Unternehmen hat die Aufgabe, …
A	die Preise für Produkte zu berechnen.
B	Rohstoffe für die Produktion einzukaufen.
C	Werbemaßnahmen für neue Produkte auszudenken.
D	die Abläufe in der Produktion zu organisieren.

4	Ein Betrieb …
A	hat nur einen Standort.
B	kann viele Standorte auf der ganzen Welt haben.
C	ist dasselbe wie ein Konzern.
D	produziert immer eine Ware.

5	Personengesellschaften sind …
A	alle Unternehmen, in denen Personen arbeiten.
B	alle Unternehmen, die sich von der Bank kein Geld geliehen haben.
C	Unternehmen, bei denen eine oder mehrere Personen Eigentümer sind.
D	Unternehmen, die keine Maschinen in der Produktion einsetzen.

6	Wenn man eine Aktie kauft, …
A	leiht man einem Unternehmen Geld.
B	erwirbt man einen Teil des Unternehmens.
C	muss man mindestens 1 000 Euro in das Unternehmen investieren.
D	darf man entscheiden, was das Unternehmen produziert.

7	Soziale Ziele verfolgt ein Unternehmen, …
A	wenn es eine Betriebsverlagerung ins Ausland plant.
B	wenn es den Gewinn um 20 % steigert.
C	wenn es für die Beschäftigten einen Fitnesskurs in der Mittagspause anbietet.
D	wenn es dem Staat mehr Steuern bezahlt.

8	Wettbewerb zwischen den Unternehmen …
A	sorgt für steigende Preise.
B	ist in Deutschland gesetzlich verboten.
C	bringt für Verbraucherinnen und Verbraucher fast nur Nachteile.
D	sorgt für günstige Preise und eine hohe Qualität der Produkte.

9	Das EMAS-Siegel …
A	verpflichtet Unternehmen, ihre Umweltschutzmaßnahmen zu veröffentlichen.
B	ist ein Siegel für nachhaltige Mode.
C	verpflichtet Schulen, Recycling-Papier zu verwenden.
D	ist eine Prüfung für Schiedsrichter im Sport.

!
- Bei richtiger Lösung kommen A, B und D je zweimal, C dreimal vor.
- Übernimm die Merksätze in dein Heft und präge sie dir ein.

10 Nachdenken über die berufliche Zukunft

Wie können wir herausfinden, welcher Ausbildungsweg zu uns passt?

1. Allein nachdenken

Auf dem Weg in Ausbildung und Beruf – Welche Gedanken löst das Bild der Skater dazu in dir aus?

2. Zu zweit beraten

Von wem erwartet ihr Hilfen, Ratschläge und Unterstützung im Lauf der weiteren Planung eurer Berufswahl?

3. In der Klasse sammeln

Was sollten Schülerinnen und Schüler überlegen, bevor sie sich für ihr persönliches Berufsziel und die Ausbildung dazu entscheiden?

Im Verlauf dieses Kapitels könnt ihr ...

- euch gegenseitig über Berufswünsche interviewen,
- eure Interessen und Fähigkeiten mithilfe von Checklisten und Internetrecherchen ermitteln,
- begründen, was man unter einer Potenzialanalyse versteht,
- die unterschiedlichen Wege in eine Berufsausbildung beschreiben,
- beurteilen, ob sich das geschlechtertypische Berufswahlverhalten ändern soll.

Eigene Schwerpunkte könnt ihr setzen, indem ihr ...

- einen Familienstreit zur Berufswahl in einem Rollenspiel gestaltet,
- Erwartungen an Auszubildende beschreibt und bewertet,
- selbstständig überprüft, wie fit ihr bereits für die Arbeitswelt seid.

1 Warum soll ich mich jetzt schon um meine Berufswahl kümmern?

Den frühen Einstieg in die Berufswegplanung begründen

A So früh wie möglich beginnen

WES-105271-025

Hier gelangst du zum Berufswahlfahrplan der Bundesagentur für Arbeit. Er zeigt auch, welche Informationsmaterialien du in den einzelnen Phasen nutzen kannst.

Gehörst du auch zu den Jugendlichen, die noch überhaupt keine Lust verspüren, sich jetzt schon mit der späteren Berufswahl zu beschäftigen. „Es ist doch noch so viel Zeit bis dahin“, sagen Schülerinnen und Schüler im achten Schuljahr manchmal.

Beim genaueren Nachdenken fällt dir vielleicht ein, dass du sich schon als Kind mit deiner Berufswahl beschäftigt hast. Damals wolltest du vielleicht Astronautin oder Astronaut werden, Pferdepflegerin oder -pfleger werden. Traumberufe haben fast alle Kinder. Warum sollte die Berufswahl im achten Schuljahr plötzlich so unwichtig geworden sein, dass man nicht mehr darüber nachdenken möchte?

Die Beschäftigung lohnt sich, gerade weil noch so viel Zeit ist. Expertinnen und Experten raten dazu, spätestens zwei Jahre vor einem Schulabschluss mit der Zukunftsplanung zu beginnen und sich die entscheidenden Fragen zu stellen: Was interessiert mich? Was kann ich? Welche Berufe passen zu mir?

Die Berufswahl sollte man Schritt für Schritt angehen. Zunächst geht es um eine Orientierungs- und Informationsphase, Entscheiden musst du dich jetzt noch nicht. Je planvoller du dich darauf vorbereitest, desto besser wird sie einmal ausfallen können. Wer den Beruf findet, der genau zu den eigenen Talenten und Interessen passt, hat zugleich einen der Schlüssel für ein erfülltes Leben gefunden.

B Planungsschritte von Klasse 8 bis Klasse 10

- Bewerbung innerhalb des ersten Halbjahres
- Bewerbungstraining
- Zu Beginn des Schuljahres entscheiden: Ausbildung oder weiter zur Schule nach Klasse 10 **Klasse 10**
- Berufsfelder erkunden
- Besuche im Berufsinformationszentrum BIZ
- **Klasse 9** Berufswahlpraktikum
- Teilnahme an Berufserkundungstagen
- Möglichst viele Berufe kennenlernen
- Überblick über Ausbildungswege gewinnen
- Persönliche Stärken und Interessen ermitteln
- Beginn der Beschäftigung mit der Berufswahl **Klasse 8**

1. Was sind die grundlegenden Fragen, die du dir frühzeitig stellen solltest? Nenne und notiere sie, damit du sie im Auge behalten kannst.
2. Fasse zusammen, worauf es ab nun im laufenden Schuljahr ankommen wird.
3. Urteile selbst: Gehört die Berufsentscheidung zu den wichtigsten Entscheidungen im Leben?

C Berufe und Berufswahl

Teil 1: Berufswahl

Die freie Berufswahl ist ein Grundrecht in Deutschland. Im Artikel 12 des Grundgesetzes heißt es dazu:

„Alle Deutschen haben das Recht, Beruf, Arbeitsplatz und Ausbildungsstätte frei zu wählen."

Das Berufsinformationszentrum (BiZ) ist eine wichtige Station auf dem Weg zum Beruf.

Freie Berufswahl bedeutet freie Auswahl unter vielfältigen Möglichkeiten und auch, dass man selbst für die Wahl des Berufes verantwortlich ist. So gehört die Berufswahl zu den wichtigsten Entscheidungen, die man in seinem Leben trifft. Ob man zufrieden oder unzufrieden sein wird im Leben, hängt nicht unerheblich vom gewählten Beruf ab. In der Schulzeit hat man die Chance, sich mit viel Muße und ganz in Ruhe darauf vorzubereiten.

Dieses Grundrecht auf freie Berufswahl beinhaltet nicht, dass man keine Voraussetzungen erfüllen muss, um einen Beruf zu ergreifen. Niemand kann zum Beispiel eine Arztpraxis eröffnen, ohne dazu die entsprechende Ausbildung durchlaufen zu haben. Für die meisten Berufe sind die Ausbildungsverläufe durch gesetzliche Vorgaben geregelt.

Beginnen sollte man seinen individuellen Berufswahlprozess mit dem Nachdenken über die persönlichen Interessen und Talente. Man erforscht sich dabei sozusagen selbst. Und dieses Forschen sollte eher Spaß machen, als dass es Angst erzeugt, zumal allen Schülerinnen und Schülern auf dem Weg bis zur Entscheidung zahlreiche Unterstützungsmaßnahmen zur Verfügung stehen.

Teil 2: Berufe

Im Unterschied zu einem Job ist der Beruf eine Tätigkeit, die man dauerhaft ausübt. Man verdient damit das Geld für seinen Lebensunterhalt.

Bei der Mehrzahl der Berufe handelt es sich um anerkannte Ausbildungsberufe. Ein Ausbildungsberuf ist anerkannt, wenn es für die Ausbildung eine in Gesetzesform festgelegte Ausbildungsordnung gibt, die im gesamten Bundesgebiet in gleicher Weise gilt. Die Abschlüsse werden zunehmend auch in der Europäischen Union* anerkannt. Zurzeit haben Schülerinnen und Schüler die Wahl unter etwa 330 anerkannten Ausbildungsberufen. Alle Berufe können gleichberechtigt von Frauen und Männern ausgeübt werden. Grundsätzlich stehen auch Menschen mit Behinderung alle Ausbildungen in einem anerkannten Ausbildungsberuf offen. Oft sind dazu in den Ausbildungsstätten besondere Vorkehrungen zu treffen, oder die Ausbildung erfolgt in speziell dafür eingerichteten Lernorten.

*Zur „Europäischen Union" findest du weitere Informationen im Glossar.

Im Zuge der fortschreitenden technologischen Entwicklung entstehen völlig neue Berufe, für die es zunächst keine allgemeingültige Ausbildungsordnung gibt. Sie haben Namen wie Transport-Analytiker/-in, virtuelle Assistentin oder Assistent und andere mehr.

Es gibt auch Berufe, für die man keine Ausbildung braucht. Das gilt zum Beispiel für viele künstlerische Tätigkeiten. Nicht wenige Jugendliche träumen vom Beruf Model oder Influencer. Man kann Erfolg haben in solchen Berufen, geht aber ein vergleichsweise höheres Risiko ein.

1. Erkläre, was das Grundrecht auf freie Berufswahl beinhaltet und was nicht.
2. Erläutere an Beispielen den Unterschied zwischen einem anerkannten Ausbildungsberuf und einem Beruf ohne Ausbildung. S. 256
3. Manche Jugendliche träumen von einer beruflichen Karriere, ohne sich die Mühen einer geregelten Berufsausbildung zu machen. Bewerte Chancen und Risiken einer solchen Einstellung.

2 Wie finde ich heraus, was meine Interessen sind?

Interessen, Fähigkeiten und Erwartungen erkunden

A Beispiele: Was interessiert diese Auszubildenden und was können sie?

Interesse ist, was man gerne macht. Gerne mit Technik oder Computern umgehen, empfinden viele als interessant, oder auch zu kochen, zu basteln, Dinge zu reparieren.
Fähigkeiten sind Dinge, die man gut kann und für die man eine Begabung hat. Handwerkliches Geschick ist zum Beispiel eine Fähigkeit, genauso, wie etwas gut erklären zu können.
Hier könnt ihr an Beispielen überlegen, was diese Auszubildenden interessiert und welche Fähigkeiten sie brauchen.

Diana wird Zahntechnikerin: „Jeder Zahnersatz ist ein Unikat. Ich schleife, fräse und forme etwa eine Prothese und passe sie millimetergenau an. Am PC kann ich zudem detaillierte Modelle planen."

(Aus: Bundesagentur für Arbeit, Zahntechniker/in; in: https://berufsfeld-info.de/planet-beruf/beruf/zahntechniker; Abruf: 13.01.2021)

Alexander wird Zweiradmechatroniker: „Ich berate Kunden und mache ihre Fahrräder verkehrssicher. Ich stelle etwa Schaltungen ein oder repariere platte Reifen. Auch in die Bedienung von E-Bikes weise ich ein."

(Aus: Bundesagentur für Arbeit, Zweirad-Mechatroniker/in; in: https://berufsfeld-info.de/planet-beruf/beruf/zweiradmechatroniker; Abruf: 13.01.2021)

Angela wird Haus- und Familienpflegerin: „Mit Einfühlungsvermögen versorge ich kranke Personen und helfe bei alltäglichen Dingen. Nach der Geburt eines Kindes unterstütze ich Familien auch bei der Säuglingspflege."

(Aus: Bundesagentur für Arbeit, Haus- und Familienpfleger/in; in https://berufsfeld-info.de/planet-beruf/beruf/haus-und-familienpfleger-2; Abruf: 13.01.2021)

1. Bei welchen Tätigkeiten werden die drei Auszubildenden gezeigt? Beschreibe die Fotos.

2. Bezeichne für jeden der dargestellten Berufe mindestens eine Fähigkeit, die dazu gebraucht wird und ein besonderes Interesse, das man dazu mitbringen sollte. S. 256

B „Was interessiert dich, was mich?" Wir führen Partnerinterviews

Überlegungen zur Berufswahl sollten damit beginnen, dass man über sich selbst nachdenkt – über die eigenen Interessen, Fähigkeiten und Vorstellungen von der Zukunft. Auch Hobbys und Freizeitaktivitäten können dabei eine Rolle spielen.

Wir schlagen dazu die Durchführung von Partnerinterviews vor. Je zwei Personen befragen sich gegenseitig über ihre Hobbys, Interessen und Wünsche. Damit beginnt dann das Nachdenken über sich selbst und die Vorstellungen von der beruflichen Zukunft.

Partnerinterview über Hobbys, Interessen, Wünsche, Ziele

Bei dieser Übung übernimmt jede und jeder von euch einmal die Rolle des Interviewers und einmal die Rolle des Befragten. Im Anschluss daran werden Gruppen gebildet, in denen der Reihe nach die Interviewer die interviewten Personen vorstellen.

- Fragt als Interviewer nichts, was andere Leute nichts angeht.
- Gebt als interviewte Person nur Antworten, die zur Mitteilung für andere geeignet sind.

Mögliche Interviewfragen – 5 aus 10

Damit nicht alle Interviews gleich ablaufen, solltet ihr aus dem Fragenkatalog die fünf aussuchen, die euch besonders interessieren, und eurer Partnerin/eurem Partner stellen. Natürlich könnt ihr auch eigene Fragen hinzufügen.

1. Was sind deine Lieblingsfächer?
2. Was sind deine Hobbys?
3. Was unternimmst du gerne in deiner Freizeit?
4. Gibt es Dinge, die du ziemlich gut kannst?
5. Gibt es auch Sachen, die du gar nicht gerne machst?
6. Weißt du schon, was du nach der Schulzeit machen wirst?
7. Für welche Ziele bis du bereit, dich anzustrengen und hart zu arbeiten?
8. Wie möchtest du später einmal leben?
9. Wie wichtig ist es für dich, den passenden Beruf zu finden?
10. Gibt es Traumberufe für dich?

1. Für dich in der Rolle des Interviewers: Gib deiner Interviewpartnerin bzw. deinem Interviewpartner nach der Übung ein Feedback (= Rückmeldung). Betone dabei besonders die Stärken, die dir aufgefallen sind: „Ich denke, du interessierst dich für …" „Du kannst ziemlich gut …"

2. Für dich in der Rolle des Interviewten: Schreibe für dich ganz persönlich auf, was du in diesem Interview über dich erfahren hast, über das, was dich interessierst, was du gerne machst etc.

C Checkliste zur Berufswahl
Ermittlungen unserer Erwartungen, Interessen, Fähigkeiten

Den Fragebogen sollte jede und jeder von euch selbst bearbeiten. Danach könnt ihr mit einer guten Freundin oder einem guten Freund und mit den Eltern darüber sprechen, denn es ist auch wichtig herauszufinden, wie andere euch einschätzen. Im Unterricht geht das auch in Partnerarbeit nach dem Ausfüllen des Fragebogens. Bewahrt die Zusammenfassungen eures Ergebnisses auf. Sie können hilfreich sein bei eurer weiteren Berufswegplanung.

Meine allgemeinen Erwartungen	Ich möchte in meinem zukünftigen Beruf … 1. mit anderen in Teams zusammenarbeiten, 2. in einem Handwerksbetrieb arbeiten, 3. in einem großen Unternehmen tätig sein, 4. interessante Arbeiten mit Hilfe eines PCs erledigen, 5. eine fest geregelte Arbeitszeit haben, 6. später einmal in Teilzeit übergehen können, 7. einen zukunftssicheren Arbeitsplatz haben, 8. gute Karrieremöglichkeiten haben 9. die Chance haben, ins Ausland zu gehen.	Das ist für mich wichtig Zusammenfassung: 1. Meine wichtigsten allgemeinen Erwartungen sind:	 nicht wichtig
Meine besonderen Interessen	Ich mache gerne Tätigkeiten, … 10. die handwerkliches Geschick erfordern, 11. die man an einem Schreibtisch erledigen kann, 12. bei denen man sich im Freien aufhält, 13. bei denen man mit anderen Leuten spricht, sie berät oder ihnen hilft, 14. die besondere Computerkenntnisse erfordern, 15. bei denen man Maschinen benutzen, kontrollieren und reparieren kann, 16. bei denen man sich auch körperlich anstrengen muss, 17. die etwas mit Kreativität und Kunst zu tun haben, 18. für die ein theoretisches Spezialwissen gebraucht wird.	Das trifft auf mich eher zu Zusammenfassung: 2. Meine wichtigsten Interessen sind:	 eher nicht zu
Meine Fähigkeiten	Ich kann … 19. ein Möbelstück oder ein Modell nach einer Gebrauchsanweisung gut zusammenbauen, 20. selbstständig und mit Ausdauer an einer Aufgabe arbeiten, 21. sprachlich gut ausdrücken, was ich sagen möchte, 22. leicht Kontakt zu anderem Menschen herstellen, 23. mich in eine Gruppe gut einordnen, 24. einfache Rechenaufgaben leicht im Kopf ausrechnen, 25. mich längere Zeit mit Sachtexten und Theorie beschäftigen.	Zurzeit denke ich, ja, das stimmt Zusammenfassung: 3. Meine aktuellen Fähigkeiten sind:	 Nein, das stimmt nicht
Was mir besonders wichtig sein wird	In meinem Berufsleben wird es mir wichtig sein, … 26. viel Geld zu verdienen, 27. neben meinem Beruf genügend Freizeit zu haben, 28. Spaß zu haben an dem, was ich tun werde, 29. mit netten Leuten zusammenzuarbeiten, 30. selbstständig und eigenverantwortlich zu arbeiten.	Zurzeit denke ich, ja, das stimmt Zusammenfassung: 4. Was mir im Berufsleben wichtig sein wird:	 Nein, das stimmt nicht

Tipp: Solltest du in diesem Fragebogen Dinge erkennen, die dir wichtig erscheinen, über die du aber noch nicht verfügst, ist das kein Grund, sich damit abzufinden. Was du jetzt noch nicht kannst, lässt sich ja noch lernen.

D Wie kann ich die Hilfsangebote im Internet sinnvoll nutzen?

Für deine berufliche Orientierung steht dir im Internet eine Fülle von Hilfen zur Verfügung. Die Informationsangebote sind so vielfältig, dass man sich leicht darin verirren kann. Wir empfehlen daher, dich zunächst auf wenige Angebote zu konzentrieren. Vorbereitend für gemeinsame Beratungen kannst du online ganz individuell und selbstständig recherchieren. Deine wichtigste Adresse kann zunächst die der Bundesagentur für Arbeit sein.

Selbstständig online recherchieren

1. planet-beruf.de

Im Angebot der Bundesbehörde findest du alles, was man im Prozess der Berufsfindung braucht. Die Materialien werden ständig aktualisiert. Alles ist geprüft und frei von Werbung. Beginne daher mit

planet-beruf.de
MEIN START IN DIE AUSBILDUNG

Das Internetangebot planet-beruf.de richtet sich besonders an Schülerinnen und Schüler im Alter zwischen 13 und 17 Jahren. Es bietet dir eine Welt voller Informationen und Trainingsmöglichkeiten, die du völlig selbstständig online nutzen kannst.
Nach einer ersten Sichtung der vielfältigen Angebote und Themen solltest du dich auf eine systematische Vorgehensweise konzentrieren und vor allem die Angebote prüfen, die für eine erste Orientierung wichtig sind. Nutze alles, was du über deine Fähigkeiten und Interessen herausfinden kannst. Erarbeite dir anhand der angebotenen Hilfen deinen persönlichen Fahrplan zur Berufswahl. Du gestaltest dir so einen Wegweiser, an dem du dich auf deinem weiteren Weg orientieren kannst.

Besonders interessant sollte der weiterführende Link zu „Check-U“ sein.

CHECK-U
DAS ERKUNDUNGSTOOL DER BUNDESAGENTUR FÜR ARBEIT

Darin werden dir vier unterschiedliche Tests angeboten, mit denen du deine Interessen und Stärken vertiefend ermitteln kannst. Als Ergebnis bekommst du Berufe angezeigt, die zu deinen Fähigkeiten passen. Für das Erkundungstool „Check-U“ musst du dich unter www.check-u.de anmelden und einen Account erstellen.

2. Berufswahlpass NRW

https://www.bwp-nrw.de/los-gehts/

Für Schülerinnen und Schüler in Nordrhein-Westfalen ist der Berufswahlpass NRW ein besonderes Angebot. Herausgegeben wird es vom Landesministerium für Bildung und Schulen. Zu allen Phasen der Berufswegplanung enthält es Hilfen und Angebote.

Potenzialanalyse

Konzentriere dich auf der Schülerseite auf die Links „Los geht's“ und „Potenzial“.
Mit diesen Links kannst du deine persönliche Potenzialanalyse vorbereiten. So bezeichnet man ein Trainingsprogramm zur Ergründung der eigenen Stärken und Fähigkeiten (von lateinisch Potentia = Stärke). Das Programm dazu läuft in vier Phasen ab. In jede davon wirst du mithilfe eines Filmbeitrages eingeführt.
Ein Link mit dem Titel „Navigator“ holt dich da ab, wo du dich gerade in deiner schulischen Ausbildung befindest.
Die Arbeit mit dem Berufswahlpass könnt ihr gemeinsam in der Klasse planen. Dazu wirst du auch eine Dokumentationsmappe erhalten. Mit der Ermittlung deiner persönlichen Interessen und Stärken endet die erste Orientierungsphase in der Berufswegplanung. Nun kannst du überlegen, welche Ausbildungswege dir offen stehen und welche Berufe zu dir passen.

WES-105271-026
Hier findest du ein Arbeitsblatt in Form eines Fragebogens, mit dem du deine Potenzialanalyse vorbereiten kannst.

3 Zwischen welchen Ausbildungswegen werde ich wählen können?

Möglichkeiten beschreiben und vergleichen

Vielleicht hast du dich schon einmal gefragt, welche Möglichkeiten sich dir nach der Schulzeit bieten. Hier kannst du dich über die vier grundsätzlich unterschiedlichen Ausbildungswege informieren. Mithilfe einer Mindmap lassen sich diese übersichtlich darstellen. So hast du sie immer schnell im Blick und kannst sie anderen erklären.

A Praktische Berufsausbildung im „Dualen System"

Das Duale System der beruflichen Bildung ist eine wesentliche Säule für die Deckung des Fachkräftebedarfs in Deutschland. Mehr als die Hälfte eines Altersjahrgangs wählt diesen Weg als Einstieg in eine qualifizierte Berufs- bzw. Erwerbstätigkeit. [...]

Für den Zugang zur Ausbildung im dualen System bestehen formal keine Zugangsvoraussetzungen; die Ausbildung im dualen System steht grundsätzlich allen offen. Die Mehrzahl der Auszubildenden verfügt bei Ausbildungseintritt jedoch über den Mittleren Schulabschluss [...].

Das System wird als dual bezeichnet, weil die Ausbildung an zwei Lernorten stattfindet: im Betrieb und in der Berufsschule. [...] Der erfolgreiche Abschluss befähigt zur unmittelbaren Berufsausübung als qualifizierte Fachkraft in einem von derzeit etwa 330 anerkannten Ausbildungsberufen.

Die Jugendlichen werden wöchentlich an drei bis vier Tagen im Betrieb und an bis zu zwei Tagen in der Berufsschule ausgebildet. Die Betriebe übernehmen die Kosten der betrieblichen Ausbildung und zahlen dem Auszubildenden eine Ausbildungsvergütung. Die Höhe der Vergütung steigt mit jedem Ausbildungsjahr. [...] Während der Ausbildung sind die Auszubildenden in der Regel zum Besuch der Berufsschule verpflichtet und werden dazu vom Betrieb freigestellt.

(Aus: Berufliche Ausbildung im Dualen System, hrsg. v. Sekretariat d. Ständigen Konferenz der Kultusminister der Länder; in: www.kmk.org/themen/berufliche-schulen/duale-berufsausbildung.html; Abruf: 13.01.2021)

WES-105271-027

Text einfacher

Text ausführlicher

B Ausbildung in einer Berufsfachschule

In Deutschland gibt es mehr als 2 500 Berufsfachschulen, die zu einem qualifizierten Berufsabschluss führen. Benötigt wird in der Regel ein mittlerer Schulabschluss. Weitere Informationen liefert der folgende Text:

Für einige Berufe im sozialen, pflegerischen, kaufmännischen oder technischen Bereich gibt es keine dualen Ausbildungsgänge. An Berufsfachschulen wird in einer zwei bis dreijährigen Ausbildung aber nicht nur theoretisches Wissen vermittelt – Praktika sind verpflichtend. [...]

Berufe, die du an einer Berufsfachschule oder an einer Schule des Gesundheitswesens erlernen kannst, sind zum Beispiel: Wirtschaftsassistent/in, Erzieher/in, Ergotherapeut/in, Diätassistent/in, Fremdsprachensekretär/in und Gesundheits- und Krankenpfleger/in, Hebamme/Entbindungspfleger/in oder Physiotherapeut/in. [...]

Zwischen einer dualen und einer schulischen Ausbildung gibt es einen nicht unwichtigen Unterschied: In der schulischen Ausbildung bekommst du in der Regel kein Geld. Vielmehr verlangen private Träger Schulgeld. Staatliche Berufsfachschulen sind oft kostenfrei oder günstiger. [...] Inhalte und Umfang der Lehrpläne sowie der Abschluss im selben Ausbildungsberuf können von Bundesland zu Bundesland verschieden sein, die Abschlüsse sind jedoch gleichwertig.

(Aus: Bundesministerium für Bildung und Forschung: Schule – und dann?, Juni 2018, S. 8)

C Akademische Ausbildung mit Abitur

Akademische Ausbildung bedeutet, dass man dazu ein Studium durchläuft – entweder an einer Universität oder einer Fachhochschule. Man benötigt dazu das Abitur (= allgemeine Hochschulreife) oder die Fachhochschulreife.

Der kürzeste Studiengang ist das sogenannte Bachelor-Studium. Es dauert sechs bis acht Semester (Halbjahre) und endet mit einem berufsqualifizierenden Abschluss. Ein Bachelor-Abschluss ist die Voraussetzung für ein anschließendes Masterstudium. Es dauert noch einmal zwei bis vier Semester. Ein Studium ist noch keine Berufsausbildung. Wer zum Beispiel Medizin studiert oder Jura oder auch für ein Lehramt, durchläuft nach seinem Studienabschluss noch eine praktische Ausbildung. Diese endet mit einer zweiten Prüfung und einem weiteren Examen.

Vor Beginn eines Studiums muss man sich um einen Studienplatz bewerben und an einer Universität einschreiben. Für mehrere Fächer gibt es Zulassungsbeschränkungen. Man braucht also gute oder sehr gute Noten im Abiturzeugnis. Studieren kann man in vielen Fächern mittlerweile auch ohne Abitur, wenn man zuvor eine qualifizierte Berufsausbildung durchlaufen hat.

D Duales Studium

Das Duale Studium ist eine Kombination aus einem akademischen Studium und einer praktischen Berufsausbildung. Man lernt die praktische Ausbildung in einem Betrieb oder einer Behörde und studiert zugleich an einer Fachhochschule oder Universität. Die Studierenden benötigen zusätzlich zum Studienplatz auch einen betrieblichen Ausbildungsplatz und müssen sich um beides frühzeitig bemühen. Am Ende verfügt man über eine doppelte Qualifikation, nämlich einen Berufs- und Studienabschluss.

Vorteilhaft ist, dass man bereits während der Ausbildung etwas verdient und in der Regel gute Chancen hat, später von der ausbildenden Firma oder Behörde übernommen zu werden. So wird dieser Weg in den Beruf bei Abiturienten immer beliebter.

Andererseits werden bei dieser Ausbildungsform vergleichsweise hohe Anforderungen an Fleiß und Ausdauer gestellt.

Neben den hier vorgestellten Wegen gibt es weitere, die von Bundesland zu Bundesland unterschiedliche Bezeichnungen haben. Mit einem mittleren Schulabschluss kann man sich zum Beispiel auch für eine mittlere Beamtenlaufbahn entscheiden – unter anderem für den Polizeidienst.

Egal, für welchen Ausbildungsweg du dich entscheiden wirst, er muss nicht endgültig sein. Es gibt immer Möglichkeiten, von einem Ausbildungsgang in einen anderen zu wechseln. Wenn du ungefähr deine Richtung kennst, wird die Berufsberatung dir viele Wege präzise aufzeigen können.

1. Was sind die besonderen Merkmale der unterschiedlichen Ausbildungswege? Beschreibe sie.

2. Lege eine Tabelle oder eine Mindmap an, mit der du die Ausbildungswege in Stichworten zusammenfasst und übersichtlich visualisierst.

Selbstständig weiterlernen mit Medien:
Ausbildungswege kannst du weiter recherchieren unter: www.planet-beruf.de, in www.ausbildung.de und im Berufswahlpass deines Bundeslandes, in NRW unter www.bwp-nrw.de

E Handwerksberufe – gefragt wie nie

Handwerkerin und Handwerker im Betrieb – mit Werkzeug plus Tablet

WES-105271-028

Text einfacher

Text ausführlicher

Schon in der Bibel ist von Bauern, Fischern und Zimmerleuten die Rede, also von Bauhandwerkern. Ihre Fertigkeiten sind heute teilweise mehr denn je gefragt. Zum Beispiel aufgrund des Baubooms gibt es vielerorts deutlich mehr Aufträge, als die Handwerksbetriebe sofort abarbeiten können. Das Ergebnis: oft wochen- oder monatelange Wartezeiten.

Karrieremöglichkeiten

Das heißt, die Karrieremöglichkeiten in diesem Handwerksberuf sind heute so gut wie lange nicht. Gleiches gilt für technische Professionen wie Mechatroniker, Industriemechaniker oder Elektroniker. Die Arbeitslosigkeit ist sehr niedrig. In vielen Regionen Deutschlands gibt es weit mehr offene Stellen als Stellensuchende. Wer langfristig denkt, kann zudem Mut daraus schöpfen, dass viele Handwerksberufe davor gefeit sind, von Robotern oder digitalen Assistenten erledigt zu werden. [...]

Jobsicherheit

„Das stärkste Argument für diese Berufe ist die Jobsicherheit", sagt André Schaefer von der Online-Jobplattform Stepstone. [...] Heute wolle fast jeder studieren, folglich tummelten sich auf dem Arbeitsmarkt extrem viele Akademiker, aber nicht so viele Handwerker. [...]

Gehälter

Handwerkliche Fachleute können in gefragten Bereichen durchaus hohe Gehälter erzielen – vor allem dann, wenn sie einen eigenen Betrieb haben. „Handwerker verdienen nicht unbedingt weniger als Menschen mit einem Studium", sagt Schaefer. Dank Lehre steigen junge Männer und Frauen schon früh ins Berufsleben ein. Wer sich dann fortbildet und einen Meisterabschluss macht, kann locker mit Akademikern vieler Fachrichtungen mithalten. [...]

Praxisbezug

Für die Zufriedenheit der Arbeitnehmer ist ein hohes Gehalt in den handwerklichen und technischen Berufen nicht immer entscheidend. Was viele Handwerker an ihrem Beruf lieben, ist der starke Bezug zur Praxis. „In vielen Studiengängen und auch Jobs geht es sehr theoretisch zu. Wer in einem Handwerksbetrieb beschäftigt ist, hat täglich das Produkt seiner Arbeit vor Augen", sagt Schaefer.

Digitalisierung

Die Informationstechnologie macht vor handwerklichen Berufen natürlich nicht halt. Software oder 3D-Druckverfahren gehören zum Alltag. „Die zunehmende Digitalisierung wird die Arbeit auch für Handwerker verändern", sagt Schaefer. Wie Akademiker müssen auch Handwerker immer wieder Neues für ihren Beruf lernen.

Vor 20 Jahren hat ein Elektriker noch vorwiegend Leitungen verlegt und Schlitze geklopft. Heute müssen sich Elektriker vermehrt in Richtung Steuertechnik fortbilden – Stichwort Smart Home –, um mit den Erwartungen des Marktes mitzuhalten, merkt Schaefer an.

(Aus: Daniel Eckert: Werd doch Meister; in: WELT am Sonntag Nr.6 vom 09.02.2020, S. 32; Zwischenüberschriften eingefügt)

1. Arbeite die Vorzüge handwerklicher Berufe heraus, die der Autor in diesem Text nennt.

2. Beschreibe eine Jugendliche oder einen Jugendlichen, für die oder für den eine Ausbildung im Handwerk genau das Richtige sein wird. S. 256

3. Werden im Text Vorzüge deutlich, die auch du für wichtig hältst: Ja oder Nein? Begründe dein Urteil.

Tipp: Frage deine Eltern und andere Personen, wie diese über eine Ausbildung im Handwerk denken.

F Was spricht für eine praktische Berufsausbildung nach dem mittleren Schulabschluss, was für Schule bis zum Abitur?

Den mittleren Schulabschluss (= Realschulabschluss) erwirbt man nach dem Abschluss der zehnten Klasse. Zum Abitur führt die gymnasiale Oberstufe. Ob du den einen oder den anderen Weg wählst, musst du jetzt noch nicht entscheiden. Es lohnt sich aber, so früh wie möglich über die Vorzüge beider Wege nachzudenken. Das können alle in der Klasse mit dieser Übung tun.

Euer Auftrag:

1. Erstellt mithilfe der Texte in den Kästen eine Tabelle:

Was spricht für eine Berufsausbildung nach dem mittleren Schulabschluss?	Was spricht für das Abitur?

2. Sucht nach weiteren Gründen, die entweder für eine Ausbildung oder für das Abitur sprechen.

3. Formuliere deine eigene individuelle Stellungnahme: Was wird für mich der bessere Weg sein?

❶ Sofortiger Verdienst: Wenn du eine betriebliche Ausbildung machst, verdienst du vom ersten Tag an Geld. Das erhöht auch deine Selbstständigkeit.

❷ Chance für forschende Lerner: Für den Weg zum Abitur ist man besonders geeignet, wenn man gerne auf theoretischer Basis lernt und Freude daran hat, sich selbstständig in ein Thema zu vertiefen.

❸ Eintrittskarte für besondere Berufe: Für viele Berufe ist das Abitur eine unverzichtbare Herausforderung, weil dazu ein Studium gehört, zum Beispiel für den Arzt-, Juristen-, Lehrer- oder Sozialpädagogen-Beruf.

❹ Aufstiegschancen: Auch mit einer praktischen Berufsausbildung nach mittlerem Schulabschluss stehen dir zahlreiche Weiterbildungsmöglichkeiten offen. Sie reichen vom Nachholen des Abiturs bis zu einem Hochschulstudium.

❺ Klare Anweisungen: Viele lernen lieber, wenn sie klare Anweisungen bekommen. als sich ständig selbst zu organisieren. Das ist in einer praktischen Ausbildung eher der Fall.

❻ Mehr Zeit: Mit dem Besuch der gymnasialen Oberstufe kannst du deine persönliche Bildung verbessern und herauszufinden, wo deine besonderen Talente liegen. Das ist auch ein Wert unabhängig von der Berufswahl.

❼ Absehbarer Zeitaufwand: Bei den meisten praktischen Ausbildungen hast du nach drei Jahren einen Abschluss in der Tasche und damit eine vollwertige Berufsausbildung.

❽ Alle Wege offen: Nichts spricht dagegen, dass du nach dem Abitur mit einer praktischen Berufsausbildung beginnst. Für viele Ausbildungsplätze werden Abiturienten bevorzugt eingestellt.

❾ Praxisbezug: In einer praktischen Ausbildung weißt du immer, wozu du etwas lernst und warum es für deinen Beruf wichtig ist. Darüber hinaus trägst du unmittelbar zum Erfolg eines Unternehmens bei.

❿ Selbstverwirklichung: Wer länger zur Schule geht, hat mehr Möglichkeiten für außerschulische Aktivitäten. Man kann sich leichter sozial oder auch politisch engagieren. Auch das hilft bei der Zukunftsplanung.

4 Was erwarten Betriebe von Auszubildenden?

Erwartungen beschreiben und bewerten

A Was Auszubildende mitbringen sollten

Für die Vielzahl der Berufe sind natürlich unterschiedliche Talente und Fähigkeiten erforderlich. Daneben gibt es auch grundlegende Erwartungen, die jeder Mensch erfüllen sollte, ganz egal um welche Art von Beruf es dabei geht. Hier berichten Ausbilder und Auszubildende, um welche allgemeinen Erwartungen es in unterschiedlichen Berufen geht.

Pasquale Buccio, Inhaber eines Stuckateurbetriebs mit 20 Mitarbeiterinnen und Mitarbeitern

Von neu eingestellten Azubis erwarte ich, dass sie Interesse und Engagement zeigen. Sie sollten sich gut in das Arbeitsteam einfügen. Großen Wert lege ich auf einen respektvollen Umgangston. Wir arbeiten oft an verschiedenen Orten mit sehr teuren Maschinen. Da ist ein sorgfältiger und verantwortungsbewusster Umgang erforderlich. Pünktlichkeit, Gewissenhaftigkeit und Pflichtbewusstsein sind natürlich in unserem Beruf genauso wichtig wie in allen anderen Handwerksberufen auch.

Rüdiger Buschmann, Inhaber einer Kanzlei für Steuerberatung

Unsere Auszubildenden lernen in ihrer dreijährigen Ausbildung alle Aspekte kennen, die im Steuerwesen und anderen Geldfragen von Bedeutung sind. Sie müssen logisch denken und sich mündlich und schriftlich gut ausdrücken können. Gute Englischkenntnisse sind ebenfalls unverzichtbar. Sie sollten gerne mit Menschen arbeiten, sorgfältig in ihrer Arbeit sein und Texte klar und verständlich formulieren können. Gute Umgangsformen sind wichtig wie auch eine hohe Lernbereitschaft und Teamgeist. Grundkenntnisse in den gängigen Softwares sollten Auszubildende ebenfalls mitbringen.

Uwe Bernard,
Ausbildungsleiter beim Technologie- und Dienstleistungsunternehmen Bosch

Die Bereitschaft zu lebenslangem Lernen ist essenziell, um in unserem Unternehmen erfolgreich arbeiten zu können. Dazu gehört es auch, sich eigenmotiviert weiterzubilden und die zur Verfügung stehenden Möglichkeiten zu nutzen, vor allem auch E-Learning-Formate. In unserer vernetzten Welt sind digitale Kompetenzen so wichtig wie die Grundrechenarten. Über Eigenverantwortung und Zielstrebigkeit hinaus legen wir bei Bosch großen Wert auf Einfühlungsvermögen, Teamfähigkeit und Fairness.

1. Arbeite aus den Antworten der Ausbilder die erwarteten Kompetenzen heraus.

2. Welche der Erwartungen betreffen den Umgang mit anderen Menschen (= soziale Kompetenzen), welche haben mit fachlichem Lernen zu tun (Sprache, Mathematik, Computer), und welche betreffen ganz allgemein Verhaltensweisen und Lernbereitschaft (= persönliche Kompetenzen)? Ordne deine Sammlung nach diesen Kriterien.

3. Soziale Kompetenzen wie Teamfähigkeit kann man nicht lernen", meint Alex. Nimm Stellung zu dieser Aussage.

B Was bedeuten die unterschiedlichen Erwartungen konkret?

Kein Ausbildungsbetrieb und keine Lehrerin oder Lehrer in der Berufsschule erwartet, dass die Auszubildenden das Wissen und Können bereits mitbringen, das man in einem der etwa 330 Ausbildungsberufe beherrschen sollte. Ausbildung bedeutet ja, dass man Neuland betritt und neue Fähigkeiten erwirbt.

Spricht man mit Personalchefinnen oder -chefs, werden immer wieder grundlegende Einstellungen genannt, die alle Jugendlichen in die Ausbildung mitbringen sollten. Dabei spielt es kaum eine Rolle, ob es sich um einen handwerklichen oder einen Dienstleistungsberuf handelt, oder ob man einen mittleren Schulabschluss mitbringt oder das Abitur.

Basiskompetenzen und Bedeutung

Höflichkeit – gutes Benehmen

Im Kontakt mit anderen Menschen kannst du bestimmte Regeln einhalten. Du setzt dich nicht einfach hin, bevor man dich dazu aufgefordert hat, stellst dich angemessen mit deinem vollen Namen vor usw.

Freundlichkeit

Das ist eine innere Haltung, mit der man zeigt, dass man gerne mit Menschen arbeitet und eine Leistung gerne erbringt. Wer freundlich ist, gewinnt im Arbeitsleben leichter die Anerkennung der Menschen in seiner Umgebung.

Zuverlässigkeit

Wenn man dir eine Ausbildungsaufgabe stellt, muss man sich darauf verlassen können, dass du sie ohne ständige Kontrolle ausführst und nach den Vorgaben so gut erledigst, wie es dir möglich ist.

Durchhaltevermögen

bedeutet, dass man eine Aufgabe zu Ende führt, auch wenn sich die Aufgabe als schwieriger herausstellt, als man zu Beginn erwartet hat. Wie bei einem Langstreckenlauf gibt man nicht auf, bevor man das Ziel erreicht hat. Durchhaltevermögen hat mit Willensstärke zu tun, und gilt als ein besonders wichtiger Schlüssel für den Erfolg in der Ausbildung und im Beruf.

Engagement, Motivation

Beide Begriffe drücken aus, dass ein Ausbildungsbetrieb erwartet, dass du Einsatz zeigst für deine Arbeit und für das Unternehmen, zu dem du gehören wirst. Du motivierst dich selbst, weil du gut werden möchtest in deinem Beruf. Da es in jedem Beruf auch Arbeiten gibt, die nicht nur Spaß machen, heißt Engagement auch, dass du solche Arbeiten dennoch pflichtbewusst erledigst.

Team von Auszubildenden in einer Restaurantküche: konzentriert und engagiert bei der Sache

Konzentrationsfähigkeit

bedeutet, dass du deine ganze Aufmerksamkeit für eine möglichst lange Zeit auf eine bestimmte dir gestellte Aufgabe richten kannst, ohne dich durch äußere Einflüsse davon ablenken zu lassen und ohne dich selbst ständig abzulenken.

Teamfähigkeit

In der Ausbildung zeigt sich Teamfähigkeit darin, dass man Interesse an der Arbeit der Kolleginnen und Kollegen zeigt, dass man zuhört und Fragen stellt. Auch sollte man sich mit eigenen Vorschlägen einbringen und dabei weder rechthaberisch noch zu zurückhaltend auftreten.

1. Wähle aus dieser Liste eine oder zwei Erwartungen aus, die sich deiner Ansicht leicht erfüllen lassen, und eine oder zwei, die eher schwierig zu erwerben sind.
2. Unterscheide und begründe: An welchen Erwartungen kann man alleine für sich arbeiten? Für welche braucht man die Unterstützung anderer?
3. Beurteile, ob du diese Erwartungen insgesamt für wichtig und vernünftig hältst oder für weniger wichtig und übertrieben.
4. Suche dir eine Erwartung aus. Überlege an diesem Beispiel, was du von nun an unternehmen wirst, um darin immer besser zu werden. S. 256

C Wie gut bin ich bereits auf die Arbeitswelt vorbereitet?

Euer Auftrag:

1. Gehe die Liste alleine durch und entscheide, was du bereits kannst oder teilweise kannst.
2. Tausche dich mit einer Partnerin/einem Partner darüber aus. Sammelt gemeinsam Idee, wie ihr an euren Schwächen arbeiten könnt.
3. Stellt eure drei besten Ideen in der Klasse vor.

		Das kann ich	Das kann ich teilweise	Das muss ich noch lernen
1.	Ich erledige Aufgaben zuverlässig, auch wenn ich nicht kontrolliert werde.			
2.	Ich lerne gerne und bin bereit mich anzustrengen.	?		
3.	Man kann mir Aufgaben übertragen und sich darauf verlassen, dass ich sie erledige.			
4.	In Gruppenarbeiten kann man davon ausgehen, dass ich Einsatz zeige und teamfähig bin.			
5.	Ich kann mich gut konzentrieren und lasse mich nicht leicht ablenken.		?	
6.	Ich arbeite sorgfältig und mache wenig Flüchtigkeitsfehler.			
7.	Ich kann mir die Zeit gut einteilen, zum Beispiel beim Lernen für eine Klassenarbeit.			?
8.	Ich kann Kritik annehmen und daraus lernen.			
9.	Ich habe gute Umgangsformen und kann auch freundlich zu Personen sein, die ich nicht mag.	?		
10.	Ich achte auf ein gepflegtes Äußeres.			
11.	Ich kann bei Streitigkeiten fair und lösungsorientiert diskutieren.		?	
12.	Ich respektiere andere Meinungen und Verhaltensweisen.			
13.	Im Gespräch mit erwachsenen Personen kann ich klar und verständlich ausdrücken, was ich will.			?
14.	Ich kann gut zuhören und mir einprägen, was gesagt wurde.			
15.	Ich kann über mein Verhalten nachdenken und entscheiden, was dabei gut oder schlecht war.			

D Schaubilder verraten, was man frühzeitig wissen sollte

Die Informationen in den Schaubildern auf dieser Seite haben den Vorteil, dass es dabei nicht um die Meinungen einzelner Personen geht. Vielmehr erfahrt ihr, wie man insgesamt in der Welt der Arbeit die Erwartungen einschätzt und wie unterschiedlich die Zukunftschancen mit und Berufsabschluss ausfallen.

Tipp: Die Schaubildanalyse kann arbeitsteilig erfolgen.

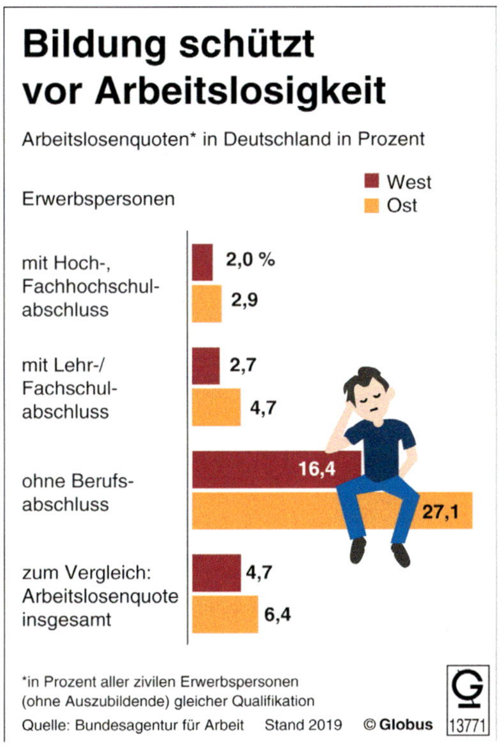

Anmerkungen zum Verständnis der Schaubilder:

Das Bundesinstitut für Berufsbildung ist eine staatliche Behörde, die sich um möglichst gute berufliche Bildungsmöglichkeiten kümmert.

DIHK bedeutet Deutscher Industrie- und Handelskammertag. Das ist ein Verband, der die Interessen aller Industrie-, Handels- und Dienstleistungsunternehmen in Deutschland vertritt.

1. Erkläre an konkreten Beispielen, was mit Teamfähigkeit, Motivation, Engagement und anderen Begriffen gemeint sein kann. (Tipp: auf vorausgehender Seite nachschlagen)

2. Erläutere mithilfe von Zahlenangaben den Zusammenhang zwischen guter Bildung, Arbeitslosigkeit und beruflichem Erfolg.

Tipp: Du kannst eine Präsentation oder eine Wandzeitung gestalten zum Thema Erfolgs- und Misserfolgsfaktoren im Berufsleben.

5 Frauenberufe – Männerberufe: höchste Zeit zum Umdenken?

Veränderungen beschreiben und beurteilen

A Eine Einstiegsübung für alle

Wahrscheinlich habt ihr schon von den Aktionen zu Girls' Day und zu Boys' Day gehört und auch, worum es dabei geht.

- Sammelt gemeinsam, was ihr bereits darüber wisst.

Noch immer entscheiden sich viele Mädchen und Jungs für einen der typischen Frauen- oder Männerberufe. Dass es auch anders geht, verdeutlichen die beiden Fälle auf dieser Doppelseite.

Tipp: Ihr könnt die Fallbearbeitung aufteilen und euch dann gegenseitig informieren.

B Fall 1: Madita verwirklicht Badezimmerträume

Mädchen im Handwerk: Kein Grund, sich nicht zu trauen

■ Erst wollte Madita nichts mit Handwerk zu tun haben, sie machte eine Ausbildung zur Bankkauffrau. Doch jetzt tritt sie als Anlagenmechanikerin für Sanitär-, Heizungs- und Klimatechnik in die Fußstapfen ihres Vaters – und liebt diesen Beruf.

„Das ist natürlich nicht der direkte Weg", lacht die 22-Jährige. Nach der Schule dachte sie, ein Beruf im Büro sei perfekt. Deshalb begann sie eine Ausbildung als Bankkauffrau. Sie war aber von Anfang an nicht glücklich. [...] Plan B wurde zum Volltreffer.

„Keiner glaubte mir, als ich meiner Familie erzählte, dass ich eine Ausbildung im Handwerk machen möchte – dazu noch im Betrieb meines Vaters", erzählt sie. Madita hatte wenig handwerkliche Erfahrung, sie hatte kaum mit Werkzeug gearbeitet. Doch das Bauchgefühl stimmte: „Schon nach den ersten Wochen auf den Baustellen war mir klar: Das ist es!" Madita lernte schnell und kam mit den Aufgaben gut zurecht. Ihr handwerkliches Geschick war ihr selbst gar nicht bewusst. Ihr Tipp daher: „Mädels, traut euch. Wenn ihr Interesse habt, macht auf jeden Fall ein Praktikum. Da seht ihr schnell, ob nicht doch eine handwerkliche Begabung in euch schlummert!"

Mittlerweile steht Madita kurz vor der Gesellenprüfung [...] Auf die Ausbildungszeit blickt sie gerne zurück: „Ich habe so viel rund ums Haus gelernt. [...] Was ihr besonders gefällt, weiß sie auch sofort: „Zu sehen, was ich geschafft habe, ist immer wieder toll. Ich fange oft in einem Rohbau an. Wenn die Kunden sich dann am Ende über ihr neues Traumbad oder die Küche freuen, ist das schön." ■

(Aus: Bundesagentur für Arbeit, Madita verwirklicht Badezimmerträume, 15.01.2020; in: https://planet-beruf.de/schuelerinnen/mein-beruf/berufe-live/mint-ausbildungsberufe/mint-ausbildungs-beruf-anlagenmechanikerin-fuer-sanitaer-heizungs-und-klimatechnik; Abruf: 13.01.2021)

Anmerkungen zur Ausbildung:

Anlagenmechaniker/innen für Sanitär-, Heizungs- und Klimatechnik bauen alle Arten von Sanitäranlagen in Wohnungen ein. Sie installieren auch umweltschonende Systeme wie Solaranlagen oder Wärmepumpen. Die Ausbildung im dualen System dauert 3,5 Jahre.

1. Fasse zusammen, welche Erfahrungen Madita in der Zeit ihrer Ausbilddung gemacht hat.
2. „Mädels traut euch!", sagt sie in ihrem Bericht. Urteile spontan, wie du darüber denkst

C Fall 2: Tom möchte, dass auch Jungs sich für Logopädie interessieren

Tom wird Logopäde. Dabei kombiniert er seine Leidenschaft für Musik und seine soziale Ader. Er befindet sich im 2. Ausbildungsjahr [...] und ist von seiner Berufswahl überzeugt.

Logopädie bedeutet Sprecherziehung. Das wird häufig mit der Therapie von Sprachfehlern bei Kindern in Verbindung gebracht. Tom ist es wichtig klarzustellen, dass das nicht der einzige Aspekt ist: „Wir kümmern uns auch um erwachsene Patienten, die z. B. einen Schlaganfall hatten und wieder neu lernen müssen zu sprechen. Außerdem sind wir Ansprechpartner bei Schluckstörungen. Genauso sind wir für Menschen da, die beruflich ihre Stimme häufig gebrauchen und dabei stark strapazieren, wie zum Beispiel Lehrkräfte oder Schauspieler/innen." [...]

Die schulische Ausbildung zum Logopäden bzw. zur Logopädin dauert drei Jahre. In dieser Zeit machen die Auszubildenden unterschiedliche Praktika [...].

Sein erstes Praktikum hat Tom in einem Hörgerätezentrum absolviert. „Es war interessant zu sehen, wie das Sprechen durch schlechtes Hören beeinträchtigt wird", berichtet er. In einem weiteren Praktikum konnte er einer Logopädin bei der Arbeit über die Schulter schauen. Als Nächstes steht nun ein Therapiepraktikum an. Hier wird er das erste Mal Patienten behandeln. Im Schulunterricht wird die dafür notwendige Theorie vermittelt. [...]

„Viele Übungen, die wir mit Patienten durchführen, vermitteln wir mithilfe von Spielen. Dafür brauchst du Kreativität", meint Tom. Hier möchte er auch seine musikalischen Fähigkeiten einbringen, er spielt Viola und Klavier. Denn vieles kann man auch mit Musik umsetzen. Gerade ältere Menschen finden häufig übers Singen wieder zurück zur Sprache. „Eine weitere wichtige Eigenschaft für diesen Beruf ist Einfühlungsvermögen", sagt er. Es geht ihm darum, auf Menschen zuzugehen und ihnen zuzuhören. So kann er ein Gefühl dafür entwickeln, was ein Patient wirklich braucht. [...]

„Aus meiner Erfahrung kann ich sagen, dass es tatsächlich sehr wenige Männer gibt, die diese Ausbildung machen", berichtet Tom. Er spricht sich deutlich für Männer in diesem Beruf aus: „Es ist gerade für Kinder gut, wenn es im sozialen Bereich sowohl weibliche als auch männliche Bezugspersonen gibt", erklärt er.

Sein Umfeld reagierte überwiegend positiv auf seine Berufswahl. Tom stellte aber fest, dass er oft erklären muss, was der Beruf überhaupt beinhaltet. Ihm ist es wichtig zu vermitteln, dass es eine für unsere Gesellschaft wichtige Aufgabe ist, weil man Menschen hilft, die ernsthaft erkrankt sind.

Logopäde bei der Arbeit: Kindern und Erwachsenen mit Einfühlungsvermögen helfen.

(Aus: Bundesagentur für Arbeit, Beruflich Menschen helfen, 15.01.2020; in: https://planet-beruf.de/schuelerinnen/mein-beruf/berufe-live/sozialer-ausbildungsberuf-logopaede; Abruf: 13.01.2021)

Anmerkungen zur Ausbildung:

Die dreijährige Ausbildung zum Logopäden findet an einer Berufsfachschule statt. Nach der Ausbildung gibt es mehrere Fort- und Weiterbildungsmöglichkeiten. Auch ein Studium ist möglich. Logopäden können eine eigene Praxis eröffnen.

WES-105271-029

Hier findest du eine Kurzvorstellung von zahlreichen Ausbildungsberufen.

1. Fasse zusammen, welche Erfahrungen Tom im Verlauf seiner Ausbilddung gemacht hat.

2. Tom spricht sich für mehr Männer im Beruf des Logopäden aus. Urteile spontan, wie du darüber denkst.

D Berufswahl von Jungen und Mädchen ändert sich – aber zu langsam?

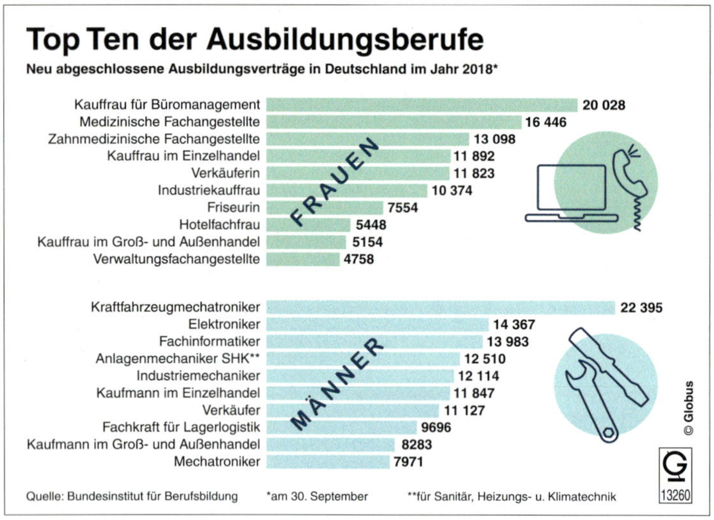

WES-105271-030

Unter dieser Adresse kannst du mit einem Mädchen namens Anna durch die Welt der MINT-Berufe wandern.

Mädchen wählen häufiger MINT-Berufe

MINT steht für Mathematik, Informatik, Naturwissenschaften und Technik. Zusammengefasst werden darunter viele unterschiedliche Berufe, die allesamt einen Bezug zu Technik und Informatik haben. Gemeinsam ist ihnen, dass sie Mädchen und Jungen in gleicher Weise offen stehen und dass die Zukunftschancen in MINT-Berufen als überwiegend gut eingeschätzt werden. Der folgende Textauszug zeigt, dass das nicht länger typische Männerberufe sind.

Immer mehr Mädchen streben bestimmte bei Jungs beliebte Ausbildungsberufe an – und umgekehrt. Der Deutsche Industrie- und Handelskammertag (DIHK) hat eine Auswertung der abgeschlossenen Ausbildungsverträge beider Geschlechter für die Jahre 2016 bis 2018 vorgelegt. Die Statistik deutet daraufhin, dass sich die klassische Rollenverteilung bei der Wahl des Ausbildungsberufs zu ändern beginnt – allerdings eher langsam. [...] So wollen Mädchen zum Beispiel immer öfter Fachinformatikerin werden. Zwischen 2016 und 2018 ist der Beruf in der Beliebtheitsliste bei den Mädchen von Platz 41 auf Platz 33 geklettert. Auch der weiterhin unangefochtene Lieblingsjob bei jungen Männern, Kraftfahrzeugmechatroniker (früher Kfz-Mechaniker), ist bei den jungen Frauen in der Beliebtheit gestiegen und hat sich in der Rangliste von Platz 43 auf Platz 36 vorgeschoben.

WES-105271-031

Text einfacher
Text ausführlicher

Auch Jungs entscheiden anders

Umgekehrte Beispiele gibt es auch: Mehr Jungen entscheiden sich dafür, zahnmedizinischer Fachangestellter zu werden (von Rang 131 auf Rang 113) oder Friseur (von Rang 41 auf 35). Aus Sicht des DIHK ist diese Entwicklung auch wegen des Fachkräftemangels wichtig. Die Unternehmen könnten bei der Fachkräftesicherung auf sich wandelnde Rollenbilder hoffen, sagte der stellvertretende DIHK-Hauptgeschäftsführer Achim Dercks. „Die Berufsvorstellungen von Jugendlichen ändern sich zwar langsam, aber sie ändern sich."

(Aus: Meldung v. 13.08.2019; © dpa)

Girls' Day und Boys' Day

2001 war der erste Girls' Day. Zehn Jahre später gab es parallel dazu den ersten Boys' Day. Etwa zwei Millionen Jugendliche haben seitdem an Veranstaltungen teilgenommen und in Berufe geschnuppert, die für ihr Geschlecht als eher untypisch galten. Ziel dieser von Bundes- und Landesministerien unterstützten Aktion ist es, geschlechtsspezifische Berufswahlmuster zu verändern und Benachteiligungen im Arbeitsleben – besonders von Frauen – entgegenzuwirken.

1. Erkläre, was man unter MINT-Berufen versteht.

2. Analysiere das Schaubild: Welche Erkenntnisse lassen sich daraus über die Berufswahl von Mädchen und Jungen entnehmen?

3. Urteile selbst: Soll sich das Berufswahlverhalten von Mädchen und Jungen ändern: Ja oder Nein?

Selbstständig weiterlernen mit Medien:
Mit den Adressen www.girls-day.de und www.boys-day.de steht euch ein umfangreiches Informationsangebot zur Verfügung. Seit der Corona-Krise 2020 gibt es dort auch ein großes Angebot für digitales Lernen.

Tipp: Die Produzenten von Girls'- und Boys' Day empfehlen, dass bei diesen Recherchen Mädchen und Jungen besser getrennt arbeiten.

S M U H

E Raul will Erzieher werden – Ein Familienstreit als Rollenspiel

Wenn sich Mädchen für den Beruf der Mechatronikerin oder für einen anderen MINT-Beruf entscheiden, wird das in der Regel mittlerweile in den Familien akzeptiert und oft sogar begrüßt. Entschließt sich aber ein Junge für den sozialen Beruf des Erziehers, kann das eher auf Widerstände stoßen.

Einen extremen Fall von Ablehnung könnt ihr hier im Rollenspiel bearbeiten. Dafür sollten Gruppen mit je fünf Mitgliedern gebildet werden.

Euer Auftrag:

1. Bildet Gruppen und verteilt die Rollen.
2. Überlegt gemeinsam, wie die Beteiligten sich im Verlauf des Gesprächs verhalten werden und mit welcher Lösung dieses enden sollte.
3. Probt das Spiel einmal in der Gruppe.
4. Wählt einzelne Beiträge zum Spiel in der Klasse aus. Entscheidet gemeinsam, ob es sich lohnt, ein solches Spiel vor Eltern und anderen Gästen vorzuführen.

Die Situation: Streit in Familie Schreiber

„Das darf doch nicht wahr sein!", schimpft Rauls Vater, als sein Sohn Raul ihm mitteilt, dass er eine Ausbildung zum Erzieher beginnen möchte, weil er in seinem Erwachsenenleben als Kindergärtner arbeiten möchte. Raul hat gerade seine mittlere Reife erlangt – und das mit einem ziemlich guten Notendurchschnitt. Rauls Vater Hubertus kann diesen Wunsch seines Sohnes überhaupt nicht akzeptieren. Er ist Chef eines Unternehmens mit 40 Angestellten. Der Betrieb stellt industriell gefertigte Fenster und Türen her. Der Vater möchte, dass Raul eine kaufmännische Ausbildung macht, damit er später einmal den elterlichen Betrieb übernehmen kann. Raul ist ein Einzelkind. Seine Mutter Eva kann gut verstehen, dass ihr Sohn den elterlichen Betrieb nicht übernehmen will. Raul verkündet seinen Berufswunsch ausgerechnet am Geburtstag seines Vaters, an dem auch Oma und Opa väterlicherseits anwesend sind.

Die Rollen:

Sohn Raul, 18 Jahre

Raul hat während der Schulzeit ein Praktikum in einer Kita (Kindertagesstätte) gemacht. Er war von der Arbeit sofort begeistert und fasste den Entschluss, in seinem Berufsleben Kindern helfen zu wollen. Über die Ausbildung zum Erzieher hat er sich bereits informiert.

Vater Hubertus, 43 Jahre

Er glaubt, dass der Beruf des Erziehers viel besser von Frauen ausgeübt werden kann. Er will, dass Raul einmal seine Nachfolge als Chef des Unternehmens antreten wird. Er wird versuchen, Raul die Vorzüge eines Berufs als Chef deutlich zu machen.

Mutter Eva, 42 Jahre

Sie hat ihren Sohn bisher immer unterstützt. Sie befürchtet aber, dass Raul als Kindergärtner später einmal zu wenig verdienen wird. Sie möchte Raul dazu überreden, noch sein Abitur zu machen, ein Studium zu beginnen und den Beruf des Lehrers zu ergreifen. So kann er auch Kindern helfen.

Opa Paul, 71 Jahre

Er hält den Berufswunsch Rauls für „völligen Blödsinn". Er hat früher selbst das Unternehmen geleitet und will unbedingt, dass die Familientradition fortgesetzt wird. Arbeit in einem Kindergarten ist für ihn klassische Frauenarbeit.

Oma Therese, 69 Jahre

Sie hält die Ansichten ihres Mannes und ihres Sohnes Hubertus für total veraltet. Sie unterstützt Raul in seinem Wunsch voll und ganz. Sie ist überzeugt, dass mit dem Gerede von typischen Frauen- und Männerberufen endlich Schluss sein muss.

Was interessiert dich besonders? Was kannst du richtig gut?

Wähle, wie du vorgehen möchtest:

Möglichkeit 1: Ich arbeite individuell und suche mir zwei, drei oder mehr Aufgaben aus.

Möglichkeit 2: Ich arbeite mit einer Partnerin, einem Partner zusammen. Gemeinsam schaffen wir mehr als allein.

Möglichkeit 3: Wir bilden Gruppen, teilen die Aufgaben auf und lösen alles gemeinsam.

Was ich weiß

S M U H

Ich kann **...**

1. erklären, was man unter einem „anerkannten Ausbildungsberuf" versteht.

2. mindestens vier unterschiedliche Erwartungen nennen und beschreiben, die nahezu alle Ausbildungsbetriebe an Bewerberinnen und Bewerber stellen.

Wozu ich meine Meinung formulieren und begründen kann

S M U H

Ich kann zu folgenden Diskussionspunkten meine Meinung formulieren und diese mit Argumenten begründen:

1. Soll man sich frühzeitig um die Berufswahl kümmern oder ist dazu auch noch Zeit gegen Ende der Schulzeit?

2. Sollen sich Mädchen (und Jungen) eher auf als typisch geltende Frauen- oder Männerberufe konzentrieren oder nicht?

Was ich methodisch gelernt habe

S M U H

Ich kann **...**

1. erläutern, wie man in Klasse 8, 9 und 10 schrittweise bei der Berufswahl vorgehen kann.

2. erklären, was man unter einer „Potenzialanalyse" versteht und beschreiben, was man dabei macht.

Worüber ich mitreden kann

S M U H

Mit ein wenig Nachdenken kann ich (auch zusammen mit anderen) vor der Klasse eine, zwei oder drei Minuten frei sprechen:

1. Zwischen welchen unterschiedlichen Ausbildungswegen in den Beruf können wir uns entscheiden?

2. Was spricht für eine praktische Berufsausbildung nach der zehnten Klasse, was für das Abitur?

Sechs Merksätze zum Einprägen

1	Die freie Berufswahl ist ein …
A	Werbespruch in Deutschland.
B	Plan für die Zukunft.
C	ungeregeltes Versprechen.
D	Grundrecht in Deutschland.

2	Berufe, für die es bundeseinheitliche Ausbildungsordnung gibt, nennt man …
A	Bundesberufe.
B	Berufe für Selbstständige.
C	anerkannte Ausbildungsberufe.
D	akademische Berufe.

3	Das System der praktischen Berufsausbildung wird als „Duales System“ bezeichnet, weil die Ausbildung …
A	an zwei Lernorten stattfindet.
B	in der Regel zwei Jahre dauert.
C	in zwei zeitliche Abschnitte untergliedert ist.
D	zweimal wiederholt werden kann.

4	Die Hilfsangebote der Bundesagentur für Arbeit für den gesamten Prozess der Berufswegplanung findet man im Internet unter der Bezeichnung …
A	Beruf für morgen.
B	Planet Beruf.
C	Berufe für alle.
D	Welt der Berufe.

5	Unter einem „Dualen Studium“ versteht man eine Kombination aus …
A	einem naturwissenschaftlichen und einem sprachlichen Studium.
B	einer Ausbildung im Inland und im Ausland.
C	einem akademischen Studium und einer praktischen Berufsausbildung.
D	dem Studium eines Haupt- und eines Nebenfaches.

6	Die Abkürzung MINT für eine Reihe von Berufen steht für die Begriffe …
A	Meisterprüfung, Interesse, Natur, Theorie.
B	Management, Information, Nachhaltigkeit, Transformation.
C	Multitalent, Interaktion, Neuland, Talent.
D	Mathematik, Informatik, Naturwissenschaft, Technik.

- Bei richtiger Lösung kommen A und B je einmal, C und D je zweimal vor.
- Übernimm die Merksätze in dein Heft und präge sie dir ein.

Glossar

Algorithmus

Der Begriff Algorithmus lässt sich mit „Rechenvorgang“ übersetzen. Dieser Vorgang besteht aus einer festgelegten Abfolge von Einzelschritten. Computer werden mit Algorithmen programmiert, um bestimmte Aufgaben zu erledigen. Im Navigationsgerät eines Fahrzeugs findet zum Beispiel der programmierte Algorithmus immer den kürzesten Weg von A nach B. Unternehmen nutzen Algorithmen für kundenbezogene Werbung. Algorithmen spielen im Zeitalter der computergesteuerten Wirtschaft eine immer größere Rolle.

Arbeit

Darunter versteht man die Summe aller Tätigkeiten, die Menschen verrichten, um ihren Lebensunterhalt zu verdienen. Man kann zwischen bezahlter und unbezahlter Arbeit unterscheiden. Es fehlt hier und in anderen Ländern an bezahlter Arbeit. Die Beseitigung von Arbeitslosigkeit bzw. die Sicherung und Schaffung neuer Arbeitsplätze gilt als eine der wichtigsten Zukunftsaufgaben für die Politik.

Bundeskanzler/Bundeskanzlerin

Er/Sie wird vom Bundestag gewählt und ist der/die mächtigste Politiker/Politikerin in der Bundesrepublik Deutschland. Er/Sie ist gegenüber dem Parlament für die Politik der gesamten Bundesregierung verantwortlich. Als Chef der Regierung bestimmt er/sie die Richtlinien der Politik. Ihm/Ihr steht das Recht zu, die Ministerinnen und Minister zu entlassen und neue zu berufen.

Bundespräsident

Er/Sie ist Staatsoberhaupt der Bundesrepublik Deutschland. Zu seinen/ihren Aufgaben gehört, dass Deutschland bei Staatsbesuchen im In- und Ausland zu vertreten. Er/Sie empfängt die Staatsgäste, unterzeichnet Bundesgesetze und internationale Verträge. Er/Sie wird von der Bundesversammlung für einen Zeitraum von fünf Jahren gewählt und kann sich einmal zur Wiederwahl stellen. Im Vergleich zum Bundeskanzler/Bundeskanzlerin hat der Bundespräsident/die Bundespräsidentin wenig direkte Macht. Zu den wirkungsvollsten Mitteln, Einfluss auf die Politik zu nehmen, gehört die öffentliche Rede bei besonderen Anlässen

Bundesstaat (siehe auch Föderalismus)

Das ist ein Staat, der aus mehreren Teilstaaten besteht, die gemeinsam zu einem Bund zusammengeschlossen sind. Die Bundesrepublik Deutschland ist ein solcher Bundesstaat. Sie besteht aus 16 Bundesländern und hat in der Bundeshauptstadt Berlin ein gemeinsames Parlament und eine gemeinsame Regierung.

Bürgerbegehren/Bürgerentscheid

In den meisten Bundesländern in Deutschland sind Bürgerbegehren und Bürgerentscheide als eine Form direkter Demokratie auf der Ebene der Gemeindepolitik vorgesehen. Mit diesem Instrument können sich die Bürger für oder gegen ein Vorhaben einsetzen. Das Verfahren sieht immer zwei Stufen vor: Zunächst müssen die Bürger für ihr Vorhaben ein Begehren durchführen. Lehnt der Rat das Begehren ab, kommt es zur zweiten Stufe: dem Bürgerentscheid. Er gilt als angenommen, wenn die Mehrheit dafür ist. In den meisten Bundesländern ist die Bedingung, dass ein bestimmter Prozentsatz der Stimmberechtigten an der Abstimmung teilgenommen hat.

Daten

sind Angaben, die eindeutig feststehen und die man durch Beobachtungen, Befragungen und Messungen ermitteln kann. Persönliche Daten sind zum Beispiel Angaben über dein Alter, deine Adresse, die Größe deiner Familie, Schulnoten, erlebte Krankheiten und vieles andere mehr. Das Sammeln von Daten ist für die Planung politischer und wirtschaftlicher Entscheidungen von großer Bedeutung, ist aber stets auch mit der Gefahr des Datenmissbrauchs verbunden.

Datenschutz

hat die Aufgabe, jeden Menschen vor einem Missbrauch seiner persönlichen Daten zu schützen. Wegen seiner Wichtigkeit gehört Datenschutz zu den Grundrechten in Deutschland und wird auch als das „Recht auf informationelle Selbstbestimmung“ bezeichnet. Der Staat übernimmt diese Aufgabe mithilfe von Datenschutzgesetzen. Darüber hinaus liegt der sorgsame Umgang mit persönlichen Daten auch in der Verantwortung jedes Einzelnen.

Digitalisierung

Vereinfacht ausgedrückt bedeutet Digitalisierung die Umwandlung aller Informationen in eine Sprache, die alle Computer in gleicher Weise verstehen. Wörtlich übersetzt heißt der lateinische Begriff *digitus* Finger oder auch Zahl. Um den Computer zu füttern, werden alle Daten in Zahlenkombinationen bestehend aus der 0 und der 1 umgewandelt. Die Erfindung der Digitalisierung war die Voraussetzung für die Entwicklung von Computern.

Diktatur

Sie ist das Gegenteil einer Demokratie. Hier sind die Menschen nicht frei. An der Spitze einer Diktatur steht ein Alleinherrscher oder eine Gruppe von Herrschenden, die alle Macht in Händen hält. Die Bevölkerung hat den Befehlen der Mächtigen zu gehorchen. Politisch Andersdenkende werden häufig verfolgt.

Europäische Union

Die EU ist ein freiwilliger Verbund europäischer Staaten, zu dessen wichtigsten Zielen die Sicherung des Friedens, der Freiheit und die Förderung des wirtschaftlichen Wohlergehens gehört. Die Mitgliedstaaten der Europäischen Union (EU) haben sich vertraglich verpflichtet, weite Bereiche der Politik gemeinsam zu gestalten. Dabei sollen die einzelnen Mitgliedstaaten ihre Selbstständigkeit behalten. Die EU verfügt über gemeinsame Einrichtungen, die in der Lage sind, verbindliche Entscheidungen für alle Menschen in der EU zu treffen. Das Europäische Parlament ist die demokratisch gewählte Vertretung der Bürgerinnen und Bürger in der EU.

Föderalismus

Das lateinische Wort *födus* heißt „Bund". Ein föderalistischer Staat ist ein Staat, in dem mehrere Teilstaaten zu einem Bund zusammengeschlossen sind. Dabei kann man zwischen einem Staatenbund und einem Bundesstaat unterscheiden. Die Bundesrepublik Deutschland ist ein föderalistischer Bundesstaat.

Freiheit

bezeichnet die Fähigkeit des Menschen, aus eigenem Willen und aus eigener Verantwortung Entscheidungen zu treffen und zwischen mehreren Möglichkeiten auswählen zu können. Man kann *frei von etwas* sein, also frei von Unterdrückung, Not, Mobbing oder ungerechter Behandlung. Und man kann *frei für etwas* sein – frei, zu tun und zu lassen, was man will, den eigenen Beruf zu wählen, sich für die Demokratie und gegen Fremdenfeindlichkeit einzusetzen und vieles andere mehr. Die Grenzen der eigenen Freiheit liegen immer dort, wo Recht und Gesetz bestimmte Handlungen verbieten und wo die Freiheit anderer Menschen durch die eigene Freiheit verletzt wird.

Gerechtigkeit

Schülerinnen und Schüler erwarten von ihren Lehrern, dass sie gerecht handeln. Dazu gehört einerseits, dass diese ihre Sache richtig machen, indem sie sich an die geltenden Regeln und Gesetze halten, und andererseits, dass sie gut handeln, zum Beispiel, indem sie niemanden bevorzugen oder benachteiligen. Gerechtigkeit hat immer damit zu tun, wie wir uns anderen Menschen gegenüber verhalten. Welches Handeln wir als gut empfinden, hängt von unseren eigenen Wertvorstellungen ab. Weil das so ist, unterscheiden sich die Auffassungen von Gerechtigkeit von Mensch zu Mensch. Das gilt auch für die Vorstellungen von einer gerechten Politik. Die einen meinen, es gehe dann gerecht in der Gesellschaft zu, wenn alle etwa gleich viel besitzen, andere meinen, Gerechtigkeit bestehe, wenn alle gleiche Bildungschancen hätten, wieder andere sind davon überzeugt, dass es gerecht ist, wenn diejenigen, die mehr leisten als andere, dadurch auch einen höheren Reichtum erzielen. Verteilungs-, Chancen- und Leistungsgerechtigkeit sind drei Vorstellungen, zwischen denen es zu unterscheiden gilt.

Geschäftsfähigkeit

Geschäftsfähig zu sein bedeutet, dass man das Recht hat, allein und ohne Einschränkung einzukaufen und Verträge abzuschließen. Das kann zum Beispiel ein → Kaufvertrag oder ein Mietvertrag sein. Man übernimmt damit in eigener Verantwortung alle Rechte und alle Pflichten, die mit dem Vertragsabschluss verbunden sind. Kleine Kinder sind nicht geschäftsfähig. Nach dem vollendeten siebten Geburtsjahr ist man beschränkt geschäftsfähig (also ab dem 7. Geburtstag). Mit der Volljährigkeit ab 18 beginnt auch die volle Geschäftsfähigkeit.

Gesetz

Gesetze sind die aufgeschriebenen und vom Parlament verabschiedeten Regeln, an die sich alle Menschen in einem Staat halten müssen. Damit die Gesetze eingehalten werden, gibt es Strafen für die Nichtbeachtung. In einem Rechtsstaat ist auch der Staat an die Einhaltung der Gesetze gebunden. Im Streitfall entscheiden die Gerichte frei und unabhängig im Rahmen der Gesetze.

Jugendrecht

ist ein Sammelbegriff für alle Rechtsgrundsätze, die speziell für Jugendliche gelten. Dazu gehören das Jugendschutzgesetz, das Jugendarbeitsschutzgesetz und das Jugendstrafrecht. Die Gesetze zum Schutz der Jugend haben die Aufgabe, Jugendliche vor seelischen und körperlichen Gefährdungen zu bewahren und ihnen eine gesunde Entwicklung zu ermöglichen.

Kaufvertrag

Bei jedem Kauf kommt es zwischen dem Käufer und dem Verkäufer zum Abschluss eines Kaufvertrages. Das gilt auch dann, wenn der Vertragsabschluss nur mündlich zustande kommt. In einem Kaufvertrag verpflichtet sich der Verkäufer, dem Kunden eine bestimmte Ware oder eine Dienstleistung zu einem bestimmten Preis zu übergeben. Der Käufer übernimmt die Verpflichtung, den vereinbarten Preis zu zahlen und die gekaufte Sache anzunehmen.

Konflikt

Das Wort bedeutet „Zusammenstoß". Es bezeichnet eine Auseinandersetzung, die entsteht, wenn Menschen oder Gruppen aufeinandertreffen, die unterschiedliche Interessen vertreten. Die streitenden Parteien versuchen dann mit Argumenten und mit Macht, den Streit siegreich zu beenden. Oft gelten Konflikte als unvermeidbar, zum Beispiel, wenn alljährlich die Vertreter der Arbeitgeber und Arbeitnehmer über die Höhe der Löhne streiten. In der Demokratie gilt der Konflikt nicht als etwas Schlechtes. Wichtig ist, dass die Konflikte mit friedlichen und fairen Mitteln zu einem vernünftigen Ausgleich gebracht werden.

Konsum/Konsument

Konsument ist in der Sprache der Wirtschaft ein anderes Wort für Verbraucher. Konsumenten sind wir alle, wenn wir regelmäßig einkaufen gehen und Wirtschaftsgüter erwerben, die wir verbrauchen oder gebrauchen und von Zeit zu Zeit durch neue ersetzen.

Kredit

Wer einer anderen Person einen Kredit gewährt, leiht dieser in der Regel eine größere Geldsumme, die diese dann zurückzahlen muss. Nimmt zum Beispiel eine Familie einen Bankkredit auf, um ein Auto oder ein Haus zu finanzieren, so zahlt sie die Summe nicht auf einmal, sondern in vereinbarten Raten zurück. Bei großen Anschaffungen kann sich die Rückzahlung über viele Jahre hinweg hinziehen. Kredit bekommt in der Regel nur, wer sich als kreditwürdig erweist. Der Kreditgeber muss darauf vertrauen können, dass der Kreditnehmer zur Rückzahlung in der Lage ist. Banken und Sparkassen verlangen von Kreditnehmern Zinsen, die der Höhe des Kredits hinzugerechnet werden.

Markt

Ein Markt ist ein Ort des Zusammentreffens von Angebot und Nachfrage nach einem Wirtschaftsgut, auf dem der Preis für eine Ware im Zusammenspiel zwischen den unterschiedlichen Interessen von Anbietern und Käufern gebildet wird. In der modernen Wirtschaft müssen Märkte keine konkreten Orte mehr sein. Im Online-Warenverkehr spielt sich das Marktgeschehen zunehmend in der digitalisierten Computerwelt ab. Gütermarkt, Geldmarkt, Arbeitsmarkt und andere stellen unterschiedliche Marktarten dar. Märkte werden auch nach Marktformen eingeteilt. Marktformen sind das Monopol, Oligopol und Polypol.

Menschenrechte

Das sind die grundlegenden Rechte, die jedem Menschen überall auf der Welt zustehen, und zwar unabhängig von seinem Geschlecht, seiner Sprache, seiner Heimat und Herkunft, seiner religiösen oder politischen Anschauung. Dazu gehören zum Beispiel das Recht auf Leben, auf körperliche Unversehrtheit, auf Glaubens- und Meinungsfreiheit. Menschenrechte gehören sozusagen zur Natur des Menschen und können von niemandem aberkannt werden. In Deutschland ist der Staat zum Schutz der Menschenrechte verpflichtet. Alle, um die es dabei geht, stehen als Grundrechte am Anfang des Grundgesetzes für die Bundesrepublik Deutschland.

Nachhaltigkeit

Der Begriff wurde aus der Forstwirtschaft übernommen und bedeutete ursprünglich, dass man nicht mehr Holz schlagen darf als nachwachsen kann. Heute gilt „nachhaltige Entwicklung" in Wirtschaft und Politik als international eingeführtes Prinzip. Es bedeutet, dass Eingriffe des Menschen in die Natur die Lebensbedingungen künftiger Generationen nicht gefährden dürfen. Nachhaltig handeln alle, die heute etwas zum Schutz der natürlichen Lebensgrundlagen unternehmen, von denen sie selbst aktuell keinen Vorteil haben, dafür aber alle diejenigen zukünftiger Generationen.

Normen

Darunter versteht man eine allgemein anerkannte und als verbindlich geltende Vorschrift für das Zusammenleben der Menschen. Gesetze enthalten rechtlich verbindliche Rechtsnormen zum Beispiel darüber, dass man fremdes Eigentum zu achten hat und keine Gewalt anwenden darf. Es gibt auch allgemein anerkannte Normen, die nicht schriftlich formuliert sein müssen. Dazu gehört zum Beispiel die Beachtung gewisser Höflichkeitsregeln im Umgang mit fremden Personen.

Onlinehandel

umfasst alle wirtschaftlichen Aktivitäten, die mithilfe des Internets funktionieren. Dafür werden auch die Begriffe Internethandel und E-Commerce (= elektronischer Handel) verwendet. Zu den häufigsten Aktivitäten gehört das Ein- und Verkaufen. Auch Werbung und andere Maßnahmen zur Kundenbetreuung und Kundengewinnung gehören dazu.

Partizipation

ist ein Schlüsselbegriff für das Zusammenleben in einer lebendigen Demokratie. Der Begriff bedeutet Teilnahme und aktive Mitgestaltung. Partizipation umfasst alle Verhaltensweisen, mit denen Menschen allein oder in Gruppen Einfluss auf die Entscheidungsprozesse in der → Politik nehmen. Die Demokratie versteht sich als eine Form des Zusammenlebens, die nur dann gut funktioniert, wenn mögliche viele Menschen sich für sie engagieren und bereit sind, sich den Feinden der Demokratie entgegenzustellen.

Politik

Der Begriff leitet sich von dem griechischen Wort „Polis“ ab, das man mit „Gemeinschaft“ übersetzen kann. Heute verstehen wir darunter alle Aufgaben und Zukunftsprobleme, die gelöst werden müssen, damit die Menschen im Staat friedlich, frei und in Sicherheit miteinander leben können. Politik wird von einzelnen Personen oder Personengruppen, vor allem aber auch von Parteien, Bürgerinitiativen und Interessenverbänden gemacht. Zum Wesen demokratischer Politik gehört, dass die Vorstellungen über die Lösung der Zukunftsaufgaben sehr unterschiedlich sein können.

Rechtsordnung

Darunter versteht man die Gesamtheit aller Regeln und Gesetze, die für die Menschen in einem Land verbindlich gelten. An die bestehende Rechtsordnung muss man sich halten, sonst droht Strafe. Grundlage der Rechtsordnung in der Bundesrepublik Deutschland ist das am 23. Mai 1949 verabschiedete Grundgesetz.

Rechtsstaat

Im Rechtsstaat ist alles staatliche Handeln an die bestehenden Gesetze gebunden. Der Rechtsstaat schützt so die Bürger vor willkürlichen Übergriffen der Staatsgewalt. Kein Gesetz, keine Verordnung, kein Richterspruch darf den in der Verfassung festgelegten Rechtsgrundsätzen widersprechen. Die Aufgaben von Regierung und Parlament sind durch die Verfassung vorgeschrieben. Zur Rechtsstaatlichkeit gehören auch die Garantie der Grundrechte und die Teilung der Staatsgewalt.

Repräsentative Demokratie

Die Bundesrepublik Deutschland ist eine repräsentative Demokratie. Das bedeutet, dass die Staatsgewalt vom Volk ausgeht, dass sie aber nicht direkt vom Volk ausgeübt wird. Zur Ausübung der Staatsgewalt wählt das Volk seine Repräsentanten, die dann für die Dauer einer Wahlperiode die politischen Entscheidungen treffen. Den Repräsentanten, die auch als Abgeordnete bezeichnet werden, wird ein Entscheidungsspielraum zugestanden. Nach dem Grundgesetz sind sie „an Aufträge und Weisungen nicht gebunden und nur ihrem Gewissen verantwortlich“ (Artikel 38, Absatz 1).

Republik

Der Begriff stammt aus dem Lateinischen „res publica“ und bedeutet, dass der Staat die Sache des Volkes ist. Von einer Republik sprechen wir, wenn die Macht im Staat vom Volk ausgeht. Die Bundesrepublik Deutschland ist eine Republik, weil das Volk durch Wahlen bestimmt, wer für die Zeit zwischen zwei Wahlen die politische Herrschaft ausüben darf. Republik bedeutet auch, dass es keinen König oder Kaiser geben kann.

Soziales Engagement

bedeutet, dass man freiwillig Arbeit und Zeit für einen guten Zweck aufwendet, ohne dafür eine Entlohnung in Form von Geld zu bekommen. Soziales Engagement kann bereits im Kindesalter beginnen. Die guten Zwecke können vielfältiger Art sein. Sozial hat immer mit gesellschaftlichem Handeln zu tun. Engagement heißt, dass man ein Ziel hat und motiviert ist, sich dafür einzusetzen. Die Bereitschaft möglichst vieler Menschen zu sozialem Engagement ist ein wichtiges Qualitätsmerkmal einer lebendigen Demokratie.

Soziale Marktwirtschaft

Nach dem Zweiten Weltkrieg wurde in der Bundesrepublik die soziale Marktwirtschaft eingeführt. In dieser Wirtschaftsordnung ist das Privateigentum auch an Produktionsmitteln garantiert. Die Preise bilden sich auf dem Markt nach Angebot und Nachfrage. Garantiert werden Produktions- und Berufsfreiheit sowie ein freier Kapitalverkehr. Neben diesen marktwirtschaftlichen Elementen erhält die soziale Marktwirtschaft auch sozialpolitische Elemente. Der Staat darf in das Wirtschaftsgeschehen eingreifen, um den Wettbewerb zu sichern. Er übernimmt aber auch eine Schutzfunktion gegenüber seinen Bürgern. Mit einer umfangreichen Sozialgesetzgebung schützt er die Arbeitnehmer und bewahrt den sozialen Frieden.

Sozialstaat

Einen Staat, der in seiner Verfassung das Ziel soziale → Gerechtigkeit anstrebt, bezeichnet man als Sozialstaat. Der Sozialstaat hat eine Fürsorgepflicht gegenüber den Schwachen in der Gesellschaft. Er setzt sich das Ziel, allen Bürgerinnen und Bürgern ein menschenwürdiges Leben zu ermöglichen, und wendet dafür einen erheblichen Teil seiner Steuereinnahmen auf.

Staat

Der Staat ist die Gesamtheit aller Bürgerinnen und Bürger, die zu einem Volk gehören. Wörtlich übersetzen kann man das Wort aus dem frühen Mittelalter mit „Lebensweise“. Man versteht darunter auch die Organisation, die sich die Menschen in der Gesellschaft gegeben haben, damit sie geregelt und friedlich miteinander leben können. Der Staat fordert von den Menschen, dass sie einen nicht unerheblichen Teil ihres Einkommens in Form von Steuern und Abgaben an ihn entrichten. Er verteilt dieses Geld dann wieder, zum Beispiel an Familien in Form von Kindergeld und anderer sozialer Leistungen und zum Bau von Straßen, Schienen, Flugplätzen, Krankenhäusern, Schulen, für die Bundeswehr und für vieles andere mehr.

Steuern

Steuern sind Abgaben, die die Bürger an den Staat zahlen. Es besteht Steuerpflicht. Wer sie nicht bezahlt, macht sich strafbar. Mit den Steuern bestreitet der Staat seine Aufgaben. Man unterscheidet direkte und indirekte Steuern. Direkte Steuern werden vom Lohn und Einkommen und dem Besitz der Bürger bezahlt. Indirekte Steuern werden auf Waren und Dienstleistungen aufgeschlagen. Von der Summe, die die Bürger für diese Produkte zahlen, wird ein Teil als Steuer an die Staatskasse abgeführt.

Unternehmen

Unternehmen bilden einen wichtigen Teil der Wirtschaft: Allen gemeinsam ist, dass sie Güter produzieren oder Dienstleistungen erbringen mit dem Ziel, damit Geld zu verdienen. Die Bezeichnungen Firma, Betrieb und Unternehmen werden oft für ein und dasselbe benutzt, meinen aber Unterschiedliches. Mit Firma ist immer der Name gemeint, unter dem das Unternehmen bekannt ist. Der Betrieb ist ein konkreter Ort oder ein konkretes Gebäude, in dem Güter hergestellt oder Dienstleistungen erbracht werden. Ein Unternehmen kann aus einem oder mehreren Betrieben bestehen. Die Bezeichnung bezieht sich vor allem auf die Rechtsform. Man unterscheidet dabei zwischen Personen- und Kapitalgesellschaften.

Urheberrecht

Urheberin oder Urheber ist man, wenn man ein Werk erschaffen hat. Das kann ein Text sein, ein Foto, ein Film oder ein Musikstück. Unter dem Urheberrecht versteht man das Recht, das man als Urheber an seinem Werk hat. Wenn du zum Beispiel ein Foto gemacht hast, bist du dessen Urheber und darfst bestimmen, was damit geschieht. Niemand darf dieses Foto ohne deine Einwilligung veröffentlichen. Das Gleiche gilt für die Werke von Künstlerinnen und Künstlern. Sie sind deren Eigentum. Oft sind sie darauf angewiesen, mit ihrem Eigentum Geld zu verdienen. Man darf ihre Werke nutzen, wenn man dafür bezahlt. Künstlerinnen und Künstler sind oft vertraglich an ein Unternehmen gebunden, welches die Bedingungen für die Werknutzung bestimmt. Wer diese Bedingungen umgeht, verletzt das Urheberrecht und macht sich strafbar.

Verbraucherschutz

bezeichnet die Gesamtheit der gesetzlichen Vorschriften, welche die Verbraucherinnen und Verbraucher vor Benachteiligungen im Wirtschaftsleben schützen sollen. Dabei geht es oft darum, die Macht der Unternehmen so zu begrenzen, dass diese die vergleichsweise schwächere Stellung der Konsumenten nicht ausnützen können. Viele Vorschriften im Bereich der Versorgung mit lebenswichtigen Gütern dienen auch dem Gesundheitsschutz und der Abwendung von Gefahren durch Drogen und durch andere gesundheitsgefährdende Substanzen.

Volksbegehren/Volksentscheid

Viele Landesverfassungen (vor allem auch in den neuen Bundesländern) haben das Mittel des Volksbegehrens und des Volksentscheids als Element direkter Demokratie aufgenommen. In einem Volksbegehren können die Bürgerinnen und Bürger eines Bundeslandes den Landtag dazu zwingen, einem bestimmten Gesetz innerhalb einer festgelegten Frist zuzustimmen. Das Begehren kommt zustande, wenn eine bestimmte Zahl der Wahlberechtigten (z.B. 15 Prozent) das Begehren unterschreibt. Lehnt der Landtag mit seiner Mehrheit dieses Volksbegehren ab, so kommt es zu einem Volksentscheid. Der Landtag stellt dann dem Volk das Gesetz zur Abstimmung. Wenn die Mehrheit der Abstimmenden (mindestens aber eine bestimmte Prozentzahl aller Wahlberechtigten, z. B. ein Drittel) dem Gesetz zustimmt, ist der Volksentscheid angenommen. Bestimmte Themenbereiche, wie z. B. finanzielle Angelegenheiten, sind allerdings von diesen Möglichkeiten ausgenommen.

Werbung

In der Wirtschaft versteht man unter Werbung alle Maßnahmen, die zum Ziel haben, dass Leute ein Produkt kaufen oder eine Leistung in Anspruch nehmen, zum Beispiel, indem sie eine Versicherung abschließen oder eine Reise buchen. Man spricht auch von einer geschäftlichen Anpreisung. Werbung hat zum Ziel, die Menschen so zu beeinflussen, dass sie genau das tun, was die Firma von ihnen erwartet, die eine Ware zum Kauf anbietet. Das Ziel der Werbung ist erreicht, wenn die Menschen der Meinung sind, das angepriesene Produkt unbedingt besitzen zu müssen, und bereit sind, dafür Geld auszugeben.

Werte

Das sind Grundsätze und Zielvorstellungen, die ein einzelner Mensch oder die gesamte Gesellschaft als erstrebenswert ansieht. Werte beziehen sich oft auf die Art und Weise des Umgangs mit anderen Menschen, zum Beispiel die Gerechtigkeit und die Hilfsbereitschaft. In einer Partnerschaft spielen Werte wie Liebe und Treue eine große Rolle. Eine Gesellschaft braucht ein gewisses Maß von gemeinsamen Werten, die alle Menschen teilen, weil sie sonst nicht funktionieren kann. Dazu gehören zum Beispiel die Ablehnung von Gewalt, die Achtung vor den Gesetzen, die Toleranz gegenüber Andersdenkenden etc. Werte können sich im Laufe der Zeit verändern.

Wettbewerb

Allgemein versteht man unter einem Wettbewerb das Streben von Personen oder Gruppen, ein gestecktes Ziel vor den anderen zu erreichen. In der → Wirtschaft bedeutet Wettbewerb das Ringen von Unternehmen, die gleiche oder ähnliche Produkte anbieten, um Marktanteile. Wettbewerb gilt als ein grundlegendes Element der → sozialen Marktwirtschaft. Die Konkurrenz der Unternehmen führt dazu, dass die Qualität von Produkten ständig verbessert wird und dass die Preise im Rahmen bleiben. Den Wettbewerb durch gesetzliche Regelungen zu garantieren gilt als eine wichtige Aufgabe des Staates.

Wirtschaft (auch Ökonomie)

Unter Wirtschaft versteht man die Gesamtheit aller menschlichen Tätigkeiten, die sich auf die Produktion und den Verbrauch von Waren und Dienstleistungen beziehen. Die Wirtschaft versorgt uns mit diesen Waren (z.B. Lebensmittel, Kleidung, Autos, Computer) und Dienstleistungen (z. B. ärztliche Versorgung, Haarpflege, Krankenpflege, öffentliche Verwaltungen). In der Wirtschaft sind wir nicht nur Käufer und Verbraucher. In der beruflichen Tätigkeit erbringen wir Leistungen, erzielen dafür Einkommen und erstellen die verschiedensten Waren und Dienstleistungen, die wir als Verbraucher wieder kaufen. Daher sind wir alle Teile in einem großen volkswirtschaftlichen Kreislauf.

Wirtschaftskreislauf

Dabei handelt es sich um eine modellhafte Darstellung der Abläufe in der Wirtschaft. Man kann zum Beispiel den Weg des Geldes zwischen den verschiedenen Sektoren in der Wirtschaft in der Form eines Kreislaufs darstellen. Solche Sektoren sind die privaten Haushalte, die Unternehmen, die Banken und der Staat. Die grafische Darstellung der Geldströme soll dabei helfen, die schwer zu durchschauenden Wege der Geldströme modellhaft abzubilden, um sie besser zu verstehen. Neben den Geldströmen lassen sich auch Güterströme im Modell des Wirtschaftskreislaufs modellhaft verdeutlichen.

Hilfekarten

Seite 16, Aufgabe 3
Gehe in zwei Schritten vor:
Zuerst ermittelst du im Text die Dinge, die für Jugendliche „ganz oben“ stehen.
Dann überprüfst du anhand deiner persönlichen Erfahrungen, ob diese Aussagen zutreffend sind.
Beispiel:
1. Aussage: Junge Leute wollen Freunde und eine gute Familie haben.
2. Bewertung: Ich glaube, dass in meinem Bekanntenkreis das alle auch so sehen.

Seite 19, Aufgabe 4
Die Sichtweise wechseln bedeutet: Du stellst dir vor:
Du bist Ada, oder: Du bist Sahir.
Man nennt das auch Perspektivwechsel.
- Überlege erst still: Wie würde ich mich fühlen? Was ginge mir durch den Kopf?
- Teile dann deiner Partnerin/deinem Partner deine Gedanken mit.

Seite 19, Aufgabe 5
Mache es dir mit den Lösungen nicht zu einfach.
Einfach ist: Ada lässt das Papier liegen.
Sahir sagt nichts.
Suche nach Lösungen, bei denen keine Schuldgefühle zurückbleiben müssen.

Seite 21, Aufgabe 4
Bei der Analyse gehst du schrittweise vor:
Du …
- beschreibst genau, was dargestellt ist,
- erklärst die Besonderheit in der Darstellung,
- deutest die Wirkungsabsicht,
- beurteilst die Qualität des Bildes.

Seite 45, Aufgabe 3
Vergleiche die Bedingungen im Internet und im persönlichen Gespräch. Warum ist es leichter, jemanden im Internet zu beleidigen als im persönlichen Gespräch?
Mögliche Gründe:
- Das Internet ist anonymer als die persönliche Begegnung.
- …

Seite 47, Aufgabe 4
- Beschreibe zunächst, was dem gemobbten Schüler in der Zeichnung passiert.
- Überprüfe dann, ob der Vorfall wirklich nur ein kleiner Scherz ist.
- Untersuche die Bildunterschrift und bringe sie in einen Zusammenhang mit der Zeichnung.
- Was will der Zeichner mit dieser Karikatur kritisieren? Fasse dann deine Erkenntnisse zusammen.

Seite 55, Aufgabe 2
Bei der Überprüfung können dir folgende Fragen weiterhelfen:
Beispiel 1:
- Wer hatte in dem Fall Vorfahrt?
- Hat auch Adem gegen die Straßenverkehrsordnung verstoßen?
- Wenn ja, trifft ihn eine Teilschuld?

Beispiel 2:
- Was wurde in dem Prospekt versprochen?
- Welche Versprechen wurden nicht eingehalten?
- Wie schwerwiegend waren die Folgen für den Urlaub?

Seite 59, Aufgabe 4
Um dir ein Urteil zu bilden, solltest du zunächst prüfen,
- ob Noah und Hannes von ihrem Alter her deliktsfähig sind,
- ob sie die nötige Reife und Einsicht hatten, das Unrecht ihrer Tat zu begreifen.

Prüfe anschließend, ob die Eltern ihre Aufsichtspflicht verletzt haben und damit für die Jugendlichen haften müssten.

Seite 63, Aufgabe 4
Das Schaubild kannst du unter folgenden Fragestellungen auswerten:
- Wie hat sich die Jugendkriminalität in den letzten Jahren entwickelt? Ist sie (stark) gestiegen oder (stark) gesunken?
- Welche Straftaten sind besonders häufig? Sind das schwere Straftaten oder eher leichtere Delikte?

Formuliere dann ein Urteil und begründe es mit den Arbeitsergebnissen aus der Analyse des Schaubilds.

Seite 65, Aufgabe 3
Bei der Prüfung können dir zwei Fragen weiterhelfen:
- Wurde im vorliegenden Fall das Urheberrecht verletzt? Wenn ja, warum?
- Wer ist im Fall einer Verletzung des Urheberrechts verantwortlich? Lies dazu im Material B den zweiten Abschnitt.

Beantworte zunächst die beiden Fragen, triff dann eine Entscheidung und begründe sie mit den beiden Antworten.

Seite 82, Aufgabe 2
Du erklärst, warum Beispiel 1 das Gegenteil von Demokratie ist (einer entscheidet für alle, keine Mitbestimmung).
Du beschreibst am Beispiel 2 alle darin enthaltenen Merkmale eines demokratischen Entscheidungsprozesses: Beteiligung, Regeln etc.
Du entdeckst im Fall mindestens vier, eventuell auch mehr Merkmale von Demokratie.

Seite 91, Aufgabe 3
Gehe bei deiner Bewertung davon aus, was die Jugendlichen berichten.
Beispiel: persönlicher Erfahrungsgewinn.
Jerome und Hesham sagen, sie machten wichtige Erfahrungen, die sie für ihr Leben mitnehmen werden.
Überlege, welche das sein können (Interesse an Politik, Lust auf Mitmachen etc.). Begründe dann, ob auch du diese Erfahrungen als wertvoll einschätzen kannst.

Seite 95, Aufgabe 3
Gehe bei deiner Beantwortung von den genannten Adjektiven aus:
a) Lebendig: Was ist für dich eine lebendige Gesellschaft? Denke daran, dass ein Organismus lebendig ist, wenn er sich bewegt, auf Veränderungen reagiert, sich an neue Verhältnisse anpassen kann. Überlege, wie sich das auf die Gesellschaft übertragen lässt.
b) Stabil: Stabil ist etwas, wenn es aus vielen unterschiedlichen Teilen besteht und dennoch zusammenhält. Übertrage das auf die Gesellschaft. Kann sie stabil sein, weil es ihr gelingt, Vielfalt mit Zusammenhalt zu verbinden?

Seite 96, Aufgabe 4
Gehe in zwei Schritten vor:
1. Wo funktioniert Vielfalt gut? Denke hier z. B. an die Vielfalt in deiner Schulklasse, in deinem Freundeskreis, in den unterschiedlichen Ansichten zur Politik. Beschreibe Beispiele.
2. Wo gelingt die Akzeptanz von Vielfalt nicht? Denke an Hasskommentare, Diskriminierung Andersdenkender, Extremismus.
3. Bewerte, indem du positive und negative Erfahrungen gegeneinander abwägst.

Seite 111, Aufgabe 2
Beachte dazu die Erklärung zum Thema „Primärenergien“ unter dem Stichwort „Merke“ in der Randspalte. Die beiden Kreisdiagramme im Schaubild zeigen den weltweiten Anteil dieser Primärenergien an der Energieversorgung (in Form von Strom).
- Beschreibe zuerst das Diagramm zu 2015. Achte auf den hohen Anteil der fossilen Primärenergien (Kohle, Erdöl, Gas).
- Beschreibe dann die Veränderungen, die das Kreisdiagramm zu 2050 verdeutlicht.
- Fasse dein Ergebnis so zusammen, dass der Übergang von den fossilen zu den erneuerbaren Energieträgern verständlich wird.
- Definiere am Schluss, was Energiewende bezüglich der verwendeten Energieträger bedeutet.

Seite 116, Aufgabe 3
Gehe in drei Schritten vor.
- Wie schränkt das neue Polizeigesetz die Freiheit ein?
- Wie erhöht es den Schutz der Bürgerinnen und Bürger?
- Was ist mir persönlich wichtiger:
  a) möglichst grenzenlose Freiheit (ohne Kontrollen und Überwachung),
  b) erhöhter polizeilicher Schutz?

Seite 118, Aufgabe 2

- Wähle deine Favoriten aus den Themen aus (Klimawandel, Umweltpolitik, Studienplätze, Digitalisierung, Inklusion, Nahverkehrstickets, Informatik und andere).
- Formuliere dann deine Fragen

Meine Themen	Meine Fragen
1.	
2.	
3.	

Seite 129, Aufgabe 4

Du kannst in folgenden Schritten vorgehen:

1. Prüfe zunächst anhand der Altersangabe, ob Lea beschränkt geschäftsfähig ist und damit der Taschengeldparagraf zutrifft.
2. Wende dann den Taschengeldparagraf für Lea an, indem du ihn übersetzt. (siehe Tabelle auf dieser Seite)
3. Prüfe, ob die Eltern Lea das Geld zu diesem Zweck, also zum Kauf eines Tablet überlassen haben.

Wenn du die Fragen beantwortet hast, sollst du die Antwort in einem zusammenhängenden Text formulieren.

Seite 132, Aufgabe 4

Es ist sinnvoll, die gesetzlichen Regelungen auf den Kündigungsschutz einzugrenzen. Kriterium könnte die Frage nach einem wirksamen Schutz der Verbraucherinnen und Verbraucher sein.

So kannst du bei der Urteilsbildung vorgehen:

1. Beschreibe zunächst die Regelungen für Vermieter und Mieter.
2. Versetze dich dann in die Rolle der Vermieter:
   - Welche Folgen haben die Regelungen für diese Gruppe?
   - Welche Vor- und Nachteile hat diese Regelung für die Gruppe?
3. Nimm nun die Perspektive der Mieter ein und beantworte die beiden Fragen oben.
4. Vergleiche: Wer profitiert von den gesetzlichen Regelungen stärker, wer ist eventuell benachteiligt?
5. Formuliere in einem zusammenhängenden Text dein Urteil und begründe es.

Seite 145, Aufgabe 3

- Stelle die Argumente pro und kontra Werbung in einer Tabelle einander gegenüber:

informativ	irreführend
Werbung sorgt dafür, dass man neue Produkte kennenlernt.	Werbung verführt Menschen zum Kauf von unnützen Dingen.
Ohne Werbung gäbe es kein privates Fernsehen, keine Finanzierung von sozialen Medien.	Werbung verleitet Kinder und Jugendliche zum Genuss von ungesunden Lebensmitteln.
...	...

- Gewichte dann die Argumente und ordne sie nach Wichtigkeit.
- Formuliere abschließend auf der Grundlage deiner Erkenntnisse eine Stellungnahme.

Seite 150, Aufgabe 3

- Liste zunächst alle Argumente, die du auf dieser Doppelseite findest, in einer Tabelle auf.
- Ergänze diese Liste eventuell mit weiteren Argumenten, die du zum Beispiel im Internet oder durch die Befragung von Erwachsenen findest.
- Verfasse dann einen Text, indem du folgende Satzanfänge ergänzt: „Die wichtigsten Vorteile des Online-Shoppings bestehen für mich in ...“ „Nachteile sehe ich darin, dass ...“ „Meine Antwort auf die Überschrift lautet ..., weil ...“

Seite 160, Aufgabe 3

Stelle mindestens zwei Argumente pro und kontra in einer Tabelle einander gegenüber:

Pro Bargeld	Kontra Bargeld
Man kann damit überall bezahlen, auch in kleinen Läden und Restaurants.	Man muss kein Geld vom Konto abheben.
...	...

Ergänze dann folgenden Text: „Für Bargeld spricht ...“ „Gegen die Abschaffung spricht ...“ „Ich bin für/gegen die Abschaffung von Bargeld, weil ...“

Seite 166, Aufgabe 3
Berechne, wie sich der Kaufpreis durch die Ratenzahlung verändert.
1. Gehe dabei von 52 Wochen im Jahr aus und multipliziere diese Zahl mit zwei. Dann erhältst du als Ergebnis 104 Wochen.
2. Nun kannst du leicht den Preis errechnen, den man bei einem Ratenkauf bezahlen müsste.
3. Vergleiche diesen Preis mit dem Preis ohne Ratenkauf und urteile: ein Schnäppchen oder nicht?

Seite 169, Aufgabe 5
Haushalte müssen auch Steuern und Abgaben sowie Versicherungen bezahlen. Überlege auch: Gibst du dein Taschengeld immer komplett aus? Was machst du mit Geldgeschenken?

Seite 170, Aufgabe 2
Beschreibe die Geldflüsse und Auswirkungen für jeden einzelnen Sektor.
a) Wenn der Staat Steuern senkt, fließt weniger Geld von privaten Haushalten und Unternehmen zum Staat – er nimmt weniger Geld ein. Das bedeutet, dass sich die Geldströme an private Haushalte und Unternehmen verringern, weil der Staat Leistungen für Bürgerinnen und Bürger und Unternehmen kürzen muss. Private Haushalte haben mehr Geld zur Verfügung … Unternehmen … Banken …

Seite 179, Aufgabe 3
Beispiel: **Arbeit**

Definition Merkmale	Bedeutung	Arten
Ziel	Lebensunterhalt	Erwerbsarbeit
…	…	…

Seite 181, Aufgabe 3
- Liste zunächst alle Gründe für die Arbeitslosigkeit auf, die bei Felix liegen.
- Stelle diesen die Gründe gegenüber, die in der Medienbranche liegen.
- Wäge nun ab, welche Gründe schwerwiegender sind. Formuliere dann ein Urteil und erläutere es anhand der Kriterien (Gründe), die für dich entscheidend waren.

Seite 183, Aufgabe 5
Du kannst in folgenden Schritten vorgehen:
1. Entscheide dich für ein, zwei oder mehrere Kriterien als Grundlage für deine Bewertung. Mögliche Kriterien könnten sein: körperliche Belastung, Belastung durch Stress oder Zeitdruck, Anforderungen und Qualifikation für die Beschäftigten, Zukunft der bisherigen Berufe, Veränderungen der Arbeitslosigkeit, Bedarf für schlecht qualifizierte Arbeitskräfte.
2. Überprüfe, welche Auswirkungen die Digitalisierung anhand dieser Kriterien auf die Beschäftigten hat.
3. Bewerte dann diese Auswirkungen positiv oder negativ und formuliere einen zusammenhängenden Text, indem du deine Bewertung begründest.

Seite 189, Aufgabe 3
Beantworte dazu folgende Fragen:
- **Auswirkungen**, zum Beispiel auf Wettbewerbssituation, Ausbildung und Fortbildung, Aufstiegschancen, Geschäftsfelder, Anteil von selbstständiger/unselbstständiger Arbeit, Entstehung neuer Unternehmen.
- **Zukunftschancen: von Berufen:** Welche Berufe werden weniger gefragt sein in Unternehmen, welche stärker? Welche Qualifikationen müssen die Beschäftigten haben?

Seite 197, Aufgabe 4
- Überlege zunächst, nach welchen Kriterien du die beiden Unternehmensarten vergleichen willst.
- Möglich Kriterien: Aufbau und Abteilung, Unternehmensziele, Unabhängigkeit der Geschäftsleitung, Art der Beschäftigung (Teilzeit/Vollzeit), Geschäftsfähigkeit, Ausstattung mit Eigenkapital, Kundenkreis usw.
- Erstelle in einer Tabelle einen Vergleich nach den gewählten Kriterien.
- Ermittle anhand der Tabelle Gemeinsamkeiten und Unterschiede und fasse das Ergebnis zusammen.

Seite 207, Aufgabe 3
Eine Software-Firma bietet eine Dienstleistung an und entwickelt für Kunden Programme.
Beschaffung: 1. Kauf von Laptops oder Tablets für die Beschäftigten; 2. …
Produktion: 1. individuelle Beratung von Kunden; 2. …
Absatz: 1. Pflege der eigenen Website; 2. …

Seite 208, Aufgabe 4
1. Ermittle zunächst für jede Rechtsform Vor- und Nachteile.

Beispiel: Einzelunternehmen
- Vorteile: kann alleine alle unternehmerischen Entscheidungen treffen, bekommt wegen alleiniger Haftung leichter Kredite bei Banken usw.
- Nachteile: kann bei Verlusten oder einer Pleite sein privates Vermögen verlieren usw.

2. Gewichte die einzelnen Vor- und Nachteile aus der Sicht eines Unternehmers.
3. Triff eine Entscheidung und begründe diese.

Seite 220, Aufgabe 3
- Ein mögliches Kriterium für die Beurteilung kann die Frage nach den Auswirkungen/Folgen dieser Aussage bzw. Einstellung sein.
- Prüfe in diesem Fall die Auswirkungen auf das Image des Unternehmens in der Öffentlichkeit, die Wettbewerbsfähigkeit, die Gewinnung neuer Kunden und auf die Kosten im Unternehmen.

Seite 227, Aufgabe 2
Einige Beispiel für anerkannte Ausbildungsberufe findest du auf der nachfolgenden Seite: Zahntechniker/-in, Mechatroniker/-in.
Als Beispiel für einen Beruf ohne Ausbildung kannst du über Menschen aus der Musik- oder Kunstszene nachdenken, die du kennst.

Seite 228, Aufgabe 2
Nenne den Beruf und unterscheide:
Diana: Zahntechnikerin

Fähigkeit – was man können muss:	Interesse – was man gerne macht:
ein Modell anfertigen	präzise handwerklich arbeiten

Seite 234, Aufgabe 2
Lies dazu den Text ein zweites Mal. Notiere dann deine Vorschläge:

Für einen Beruf im Handwerk ist besonders geeignet, wer …
- keine zu lange Ausbildungszeit haben will,
- lieber praktisch als theoretisch arbeitet.
- …

Seite 237, Aufgabe 4
Ein Beispiel kann sein:
Konzentrationsfähigkeit
- sich für eine bestimmte Zeit nur um die gestellte Aufgabe kümmern,
- Handy auf stumm schalten,
- nicht mit den Banknachbarn reden,
- Pause erst machen, wenn die Aufgabe erledigt ist.

Register

Bildquellenverzeichnis

|Alamy Stock Photo (RMB), Abingdon/Oxfordshire: age fotostock 212.1; Alex Timaios Germany Images 73.1; Cultura RM 211.2; Hackenberg-Photo-Cologne 108.1; imageBROKER 4.2, 80.1; Segre, Alex 62.1; Tack, Jochen 106.1; West, Jim 58.1. |Appenzeller, Holger, Stuttgart: 91.1. |Baaske Cartoons, Müllheim: Plaßmann, Thomas 47.1, 191.1. |Bergmoser + Höller Verlag AG, Aachen: 60.1, 60.2, 111.1, 133.1. |Bitkom, Berlin: 34.1. |Bundesagentur für Arbeit, Nürnberg: 231.3. |Bundesagentur für Arbeit, www.planet-beruf.de, Nürnberg: 231.2. |Bundeskoordination Schule ohne Rassismus - Schule mit Courage, Berlin: 98.1; Foto: Aris Papadopoulos 100.1. |Bundesverband Deutscher Inkasso-Unternehmen e.V., Berlin: 165.1, 165.2, 165.3. |ddp images GmbH, Hamburg: Latz, Michael 75.1; Yemelyanov, Maksym 138.1. |Der Präsident des Landtags NRW, Düsseldorf: 123.1. |Deutscher Genossenschafts-Verlag eG, Wiesbaden: 159.2. |Domke, Franz-Josef, Hannover: 4.3, 16.1, 69.1, 71.1, 85.1, 114.1, 120.1, 168.1, 169.1, 170.1, 208.1. |Europäische Kommission, Berlin: 221.1. |fotolia.com, New York: Bauer, Alex 49.3; belahoche 174.3; bluedesign 103.1; Mojzes, Igor 48.2; Sanders, Gina 61.3; Stauke 151.1; wildworx 5.2, 156.1. |fotosearch.com, Waukesha: HighwayStarz 46.1. |Fotostudio Henke, Paderborn: 5.1, 15.1, 17.1, 20.1, 83.1, 126.1. |Getty Images, München: Mmdi 218.1. |GOTS Global Organic Textile Standard, Euskirchen: 143.1. |Greser & Lenz, Aschaffenburg: 39.1. |Hoppe, Thomas - Schülerkarriere GmbH, Hannover: © Thomas Hoppe 200.1. |Hüter, Michael, Stiftung Jugend und Bildung, Bochum: 35.1. |Imago, Berlin: Peters, R. 142.1; sepp spiegl 95.1. |iStockphoto.com, Calgary: akurtz 22.2; amriphoto 94.1; AntonioGuillem 22.1; aydinmutlu Titel; AzmanL 234.1; byakkaya 237.1; iStock 96.1; Mizina 134.1; Motortion 22.3; Portra 22.4; SDI Productions 162.1; vasiliki 143.2; Wong, Chunyip 109.1; © Portra 216.1. |Jugendrat der Stadt Münster, Münster: 90.1. |Kassing, Reinhild, Kassel: 6.2, 8.1, 8.2, 8.3, 10.1, 11.1, 14.1, 18.1, 19.1, 21.1, 28.1, 31.1, 31.2, 31.3, 31.4, 31.5, 31.6, 31.7, 40.1, 41.1, 43.1, 45.1, 51.1, 51.2, 51.3, 51.4, 51.5, 51.6, 51.7, 54.1, 56.1, 68.1, 70.1, 79.1, 79.2, 79.3, 79.4, 79.5, 79.6, 79.7, 82.1, 83.2, 83.3, 83.4, 86.1, 86.2, 86.3, 87.1, 88.1, 89.2, 97.1, 97.2, 97.3, 99.1, 104.1, 113.1, 113.2, 113.3, 113.4, 113.5, 120.2, 125.1, 125.2, 125.3, 125.4, 125.5, 125.6, 125.7, 132.1, 135.1, 146.1, 155.1, 155.2, 155.3, 155.4, 155.5, 155.6, 155.7, 161.1, 161.2, 161.3, 171.1, 173.1, 173.2, 173.3, 173.4, 173.5, 180.1, 193.1, 193.2, 193.3, 193.4, 193.5, 199.1, 203.1, 205.1, 206.1, 208.2, 208.3, 209.1, 209.2, 209.3, 210.1, 211.1, 214.1, 223.1, 223.2, 223.3, 223.4, 223.5, 224.1, 226.1, 226.2, 226.3, 229.2, 238.1, 238.2, 243.1, 243.2, 243.3, 243.4, 243.5, 245.1, 245.2, 245.3, 245.4, 245.5, 245.6, 245.7. |Landesanstalt für Kommunikation, Stuttgart: 38.1. |Landesanstalt für Medien NRW, Düsseldorf: 48.1. |Mattes, Wolfgang, Trier: 236.2. |mauritius images GmbH, Mittenwald: U. Umstätter 204.1; Widmann, P. 3.1, 12.1. |Medienpädagogischer Forschungsverbund Südwest (mpfs), Stuttgart: JIM-Studie 2019 42.2. |Ministerium für Kultur und Wissenschaft des Landes Nordrhein-Westfalen, Düsseldorf: Doro Dietsch 118.1, 118.2. |Natur- und Umweltschutz-Akademie NRW (NUA), Recklinghausen: www.sdz.nrw.de 197.1. |Nelson-Mandela-Gesamtschule Greven, Greven: 196.1. |Picture-Alliance GmbH, Frankfurt/M.: Baumgarten, Ulrich 182.1, 202.6; Bildagentur-online/Schoening 181.1; dieKLEINERT.de/Möller, Christian 189.1; dpa-infografik 49.1, 63.1, 150.1, 159.1, 167.1, 167.2, 167.3, 179.1, 185.1, 186.1, 187.1, 187.2, 198.1, 239.1, 239.2, 239.3, 242.1; dpa-infografik GmbH 184.1; dpa/ Galuschka, Horst 136.2; dpa/Arnold, Andreas 102.1; dpa/Breloer, Gero 141.1, 202.1; dpa/Carstensen, Jörg 42.1; dpa/Charisius, Christian 5.3, 174.1; dpa/dpaweb/Holgersson, Jens 66.1; dpa/Ebener, David 119.1; dpa/epa/Azubel, Diego 202.3; dpa/Führer, Marcus 61.2; dpa/Gateau, Christophe 116.1; dpa/Hase, Tobias 202.4; dpa/Hoppe, Sven 95.2; dpa/Jensen, Rainer 74.1; dpa/Jutrczenka, Bernd von 190.1; dpa/Kumm, Wolfgang 84.1, 107.1; dpa/Nietfeld, Kay 102.2; dpa/Weihrauch, Roland 4.1, 52.1; dpa/Wolff, Maike 77.1; EB-Stock 229.1; Eibner-Pressefoto 121.2; euroluftbild.de/Robert Grahn 6.1, 194.1; Grubitzsch, Waltraud 27.1; Hormann, Frank 26.1; JOKER/Bugnaski, Mark 153.1; Kungel, Reinhard 55.1; Simon, Sven 202.2; Sueddeutsche/Rumpf, Stephan 93.1; SZ Photo/Rumpf, Stephan 84.2; Westend61/Ingold, Daniel 174.2; ZB/Pleul, Patrick 140.1; ZB/Schmidt, Hendrik 227.1; ZB/Settnik, Bernd 117.3; ZB/Wiedl, Hans 202.5. |Ritterbach Verlag, Frechen: 231.1. |Roger Schmidt/cartoons.pub, Brunsbüttel: 65.1. |Shutterstock.com, New York: Hermsdorf 121.1; kasto80 241.1; Phonlamai Photo 188.1. |Stadt Wuppertal-Medienzentrum, Wuppertal: Neumann, Gerd 117.1. |Steuerberatungsgesellschaft mbH, Trier: 236.1. |Stiftung Warentest, Berlin: 136.1. |stock.adobe.com, Dublin: Africa Studio 3.2, 32.1, 130.1; Anastassiya 149.1; ArTo 182.2; asiandelight 44.1; Chabraszewski, Jacek 144.1; contrastwerkstatt 177.1; Countrypixel 164.1; Deminos 166.1; DWP 61.1; eyetronic 152.1; Fabio 64.1; GAYSORN 178.1; gemphotography 128.1; goodluz 228.3; janvier 117.2; jjfarq 105.1; Kneschke, Robert 228.1; Kzenon 174.4, 240.1; Lund, Jacob 168.2; mangostock 110.1; Photographee.eu 183.1; Picture-Factory 158.1; pikselstock 228.2; Prostock-studio Titel; Reimer, Thomas 49.2; Robert Kneschke 23.1; saengsuriya13 176.1; Sanders, Gina 164.2; Seybert, Gerhard 137.1; vitavalka 89.1; Voyagerix 36.1; zeynurbabayev 163.1; © VRD 221.2. |Stuttmann, Klaus, Berlin: 76.1. |Trummer, Reinhard, Konstanz: 160.1. |Verlag C.H. Beck, München: 72.1, 72.2..